Réunis dans la tourmente

*

Protection cachée

BARB HAN

Réunis dans la tourmente

Traduction française de
ISABEL WOLFF-PERRY

BLACK ROSE

HARLEQUIN

Collection : BLACK ROSE

Ce roman a déjà été publié en 2021

Titre original :
WHAT SHE DID

HARPERCOLLINS FRANCE
83-85, boulevard Vincent-Auriol, 75646 PARIS CEDEX 13
Service Clients — https://www.harlequin.fr/contenu/contactez-nous
ISBN 978-2-2805-1970-0 — ISSN 1950-2753

Édité par HarperCollins France.
Composition et mise en pages Nord Compo.
Imprimé en mai 2025 par CPI Black Print (Barcelone)
en utilisant 100% d'électricité renouvelable.
Dépôt légal : juin 2025.

FSC
www.fsc.org
MIXTE
Papier issu de sources responsables
FSC® C159065

Pour limiter l'empreinte environnementale de ses livres, HarperCollins France s'engage à n'utiliser que du papier fabriqué à partir de bois provenant de forêts gérées durablement et de manière responsable.

1

Chelsea McGregor se posta au bas de l'escalier et appela sa fille. Silencieuse, elle guetta le bruit des petits pieds nus de l'enfant trottant sur le parquet grinçant de la maison ancienne dans laquelle elles venaient de s'installer, à Jacobstown.

Surprise de ne pas entendre Skylar qui, en temps normal, débordait d'énergie à cette heure matinale, elle l'appela de nouveau.

Leur première nuit dans cette maison avait été calme, ce dont elle se réjouit. Cet emménagement dans une bourgade isolée du Texas allait leur permettre de repartir de zéro et constituait une lueur d'espoir dans sa vie. La première, depuis que, quatre ans plus tôt, elle avait regardé son bébé dans les yeux. À cet instant de pur bonheur, elle n'avait bien sûr aucune idée de ce qui se passait chez elle. Or, c'est ce moment que son mari – cet homme qui avait promis de la chérir et de la protéger - avait choisi pour délester leur intérieur de tous les objets de valeur qui s'y trouvaient. Sans omettre qui plus est de vider les comptes du ménage et ceux de l'entreprise de Chelsea.

En d'autres termes, Travis Zucker l'avait soulagée de tous ses biens, de son gagne-pain et, elle devait bien le reconnaître, de sa dignité.

Ce malheureux épisode avait été un moment décisif dans son existence.

Travis ne répondant pas aux messages par lesquels elle lui annonçait qu'elle était sur le point d'accoucher, elle avait d'abord craint qu'il ait eu un accident de voiture. Puis, sans nouvelles de lui, elle avait enduré dix-sept longues heures de travail avec sa mère pour seul soutien. Au choc et à la tristesse avait succédé le désespoir, lorsqu'elle s'était rendu compte qu'elle avait désormais la responsabilité d'un nouveau-né et plus un sou vaillant pour l'élever.

Skylar et elle s'étaient donc provisoirement installées chez la mère de Chelsea, dont la santé se dégradait depuis des années : Linda McGregor souffrait d'hypertension, de diabète, d'un excès de cholestérol et d'arthrose, entre autres. La maintenir dans une forme relative grâce aux meilleurs médicaments avait constitué un nouveau défi financier.

— Maman ? cria Chelsea, sachant que Linda aidait Skylar à se préparer pour l'école. Comment ça se passe, là-haut ?

Sa mère se pencha par-dessus la rambarde en bois pour répondre :

— La petite est prête. Je te l'ai envoyée il y a cinq bonnes minutes.

— Ah ? s'étonna Chelsea. C'est bizarre, je ne l'ai pas entendue descendre.

Elle pivota sur elle-même pour examiner le couloir, encombré de cartons empilés à la va-vite contre le mur.

Connaissant le goût de sa fille pour les parties de cache-cache, elle ouvrit ensuite la porte de la salle de bains du rez-de-chaussée, sans succès. Skylar essayait-elle d'échapper à sa rentrée dans une nouvelle école ?

Non. Elle devait être à l'étage, mais la maison ne comportait qu'un escalier qui grinçait, même sous le poids d'une enfant. Chelsea avait déjà repéré deux clous potentiellement dangereux qu'elle devrait extraire de la rampe dès que possible. La liste de menues réparations de ce genre s'allongeait de jour en jour, la maison n'ayant pas été entretenue pendant trop longtemps. Cela n'avait aucune importance, d'ailleurs : ce legs constituait un cadeau infiniment précieux.

— Où es-tu, petit bout ? chantonna Chelsea, tentant de juguler son angoisse, pour se raisonner aussitôt : en aucun cas l'homme qui lui avait tout pris ne tenterait de lui enlever leur fille, sa peur était donc infondée.

Se forçant à respirer normalement, elle entreprit de regarder derrière les cartons malgré le courant d'air glacial qui traversait le couloir. Il y avait un cagibi, sous la cage d'escalier. Peut-être Skylar était-elle descendue à pas feutrés pour s'y cacher ? Après tout, Chelsea avait été occupée à préparer le déjeuner de sa fille pour son arrivée dans cette nouvelle école, et elle n'avait pas prêté attention à ce qui se passait autour d'elle.

Nouveau mois, nouvelle maison, nouveau départ…

Oui, elles allaient repartir du bon pied, toutes les trois !

Chelsea avait réussi à convaincre sa mère de quitter Houston pour s'installer avec elle et sa fille à Jacobstown, prétextant qu'elle avait besoin d'elle pour s'occuper de la petite. La réalité était un peu différente : en fait, Chelsea se faisait un sang d'encre pour Linda et, les médecins lui ayant donné leur accord, elle venait d'emménager avec sa mère et sa fille.

Un front froid s'était installé pendant la nuit, et la température ne dépassait pas les quinze degrés.

Chelsea se frotta les bras pour se réchauffer, et appela sa fille pour la troisième fois.

En vain. Affolée, elle accéléra le pas tout en gardant un œil sur la porte du cagibi.

— Hé, ma jolie, tu es là ? demanda-t-elle d'un ton aussi calme que possible en ouvrant la porte et en tentant de contenir les battements fous de son cœur.

Toujours aucun signe de Sky…

Au pas de course, elle inspecta chaque pièce et, n'y trouvant pas sa fille, elle retourna au bas de l'escalier.

— Je ne la vois nulle part, maman, cria-t-elle. Tu es sûre qu'elle n'est pas là-haut ?

— Je vais retourner voir dans sa chambre, mais...

Linda ne termina pas sa phrase. De toute évidence, elle commençait à être inquiète, elle aussi.

Chelsea courut jusqu'à la cuisine. S'il s'agissait d'une farce façon Skylar, la plaisanterie avait assez duré.

— Allez, sors de ta cachette, ordonna Chelsea d'un ton ferme.

De nouveau, elle tendit l'oreille, en vain. Prise de panique, elle se précipita à l'étage, monta les marches deux à deux et ouvrit la porte de la chambre de la fillette.

— Skylar ! cria-t-elle, d'une voix si forte que Linda ressortit de sa chambre pour prendre appui sur la balustrade.

— Je ne la trouve pas, murmura-t-elle en portant une main à son cœur.

Chelsea connaissait bien cette posture : c'était généralement celle que sa mère adoptait lorsqu'elle se trouvait à court d'idées ; celle qu'elle avait, autrefois, lorsque Chelsea lui posait des questions sur son père.

Comme elle avait très vite compris que le sujet renvoyait sa mère à de pénibles souvenirs, elle avait appris à museler sa curiosité.

Un jour, par le plus grand des hasards, elle était tombée sur une photo de Linda, jeune. Bien qu'elle ait peiné à reconnaître sa mère, si jolie, si insouciante, elle avait pris le temps de caresser son visage souriant du bout de l'index.

Linda n'avait pas eu une existence facile : subsistant difficilement grâce à de petits boulots, elle avait renoncé à ses études pour subvenir aux besoins du père de Chelsea, qui se prétendait photographe et avait probablement pris cette photo de sa femme.

Linda avait toujours été pauvre, et Chelsea ne comptait plus les fois où sa mère et elle avaient dû partir en pleine nuit, abandonnant le peu qu'elles avaient pour ne pas être expulsées d'un appartement dont le loyer était resté trop longtemps impayé.

Elles avaient souvent trouvé refuge chez de vagues parents où, en écoutant les conversations des adultes, Chelsea avait appris que son père était parti acheter du lait un beau matin et n'était jamais revenu.

Au cours de ces deux premières années d'absence paternelle, Chelsea avait compris que sa mère, sans doute pour se protéger, pensait que son père était dans l'impossibilité de rentrer chez lui. Avec le temps, cependant, Linda avait semblé accepter l'idée que son mari avait choisi de la quitter.

Sans explications, sans se retourner.

L'histoire s'était répétée avec Travis, à la différence que Chelsea ne s'était bercée d'aucune illusion : il ne reviendrait pas, lui non plus.

Jugeant que le destin en avait décidé ainsi, elle avait préféré aller de l'avant.

Car le pire, dans son enfance, avait été de voir une lueur d'espoir dans les yeux de Linda, lorsqu'elles prenaient la route pour de brèves escapades qui, elle l'avait compris plus tard, n'étaient en fait que prétextes à essayer de retrouver la trace de ce père absent. Linda reprenait goût à la vie pendant quelques jours, veillait tard et monologuait jusqu'à ce que Chelsea tombe de sommeil. De temps à autre, sa mère faisait une folie et l'emmenait dans un restaurant – sans doute un simple routier, ce qui représentait un véritable luxe pour l'enfant qu'elle était alors.

Le soir venu, Linda tirait de son sac une barre de chocolat, que toutes deux partageaient dans le lit d'un motel quelconque. Avec le recul, Chelsea s'était aperçue que chacune de ces escapades se terminait par la visite d'une exposition de photos.

À l'âge de dix-neuf ans, Chelsea avait ouvert son premier camion de restauration, et les affaires avaient si bien marché que, deux années plus tard, elle en gérait trois. Comme elle avait été fière de sa petite entreprise, à l'époque, fière aussi de pouvoir entretenir la mère qui avait tout sacrifié pour s'occuper d'elle !

Un peu plus tard, elle avait rencontré Travis qu'elle avait épousé très vite – trop vite, sans doute – parce qu'elle était enceinte.

Travis Zucker. L'erreur de sa vie.

Qu'il lui ait soustrait le fruit de ses efforts continuait à la mettre hors d'elle.

La pensée qu'il puisse arriver malheur à sa fille était franchement insupportable.

— Où est-elle passée ? se lamenta Linda, une note de désespoir dans la voix.

— Attends, lui répondit Chelsea, refusant d'envisager le pire. Si ça se trouve, elle a réussi à sortir de la maison et elle m'attend dans la voiture.

Encouragée par cette idée, elle courut jusqu'à une fenêtre, d'où elle pouvait voir le vieux pick-up qu'elle avait pu acheter avec une partie de son héritage. Après sa faillite, elle avait travaillé, faute de mieux, comme adjointe du chef cuisinier Renaldo Vinchesa, séducteur invétéré, marié et père de famille, dont elle avait dû repousser les avances à plusieurs reprises. Malheureusement, cela n'avait fait qu'aiguillonner le cuisinier, qui était allé jusqu'à lui promettre qu'il quitterait sa femme si elle acceptait de sortir avec lui.

Une proposition qui avait écœuré Chelsea.

La femme de Vinchesa était alors partie, et ce dernier avait menacé Chelsea de ternir sa réputation dans les milieux de la restauration au Texas.

Vinchesa étant un personnage influent de la scène culinaire de Houston, il pouvait facilement faire en sorte que Chelsea ne trouve plus jamais d'emploi dans son domaine.

Il avait encore tenté de la forcer à rester, jusqu'à ce que, libérée par l'héritage de sa tante, elle puisse enfin lui présenter sa démission. C'est pourquoi, aujourd'hui, elle s'estimait heureuse. Tant pis si la maison craquait sous le poids des années. En plus de lui appartenir en propre, elle constituait un endroit stable où Skylar pourrait grandir en toute sécurité. Chelsea se moquait de l'état des lieux, bien que le chauffage se soit arrêté sans raison, au milieu de la nuit.

Ce qui lui importait, en revanche, était que sa fille ne se trouve pas non plus à l'intérieur du vieux pick-up.

— Où est passé mon téléphone ? marmonna-t-elle après avoir fouillé ses poches vides.

— Je vais encore regarder ici, lui annonça Linda depuis l'étage. Refais le tour du rez-de-chaussée. On ne sait jamais !

Chelsea se dirigea vers la cuisine, tandis que sa mère recommençait à fouiller les placards et ramassait des cartons vides qu'elle secouait comme si la fillette était susceptible d'en surgir.

Au terme d'un bref moment de découragement, Chelsea, résolue à conserver son sang-froid, se précipita au bas de l'escalier.

Au moment où elle passait devant la porte d'entrée, une silhouette masculine lui apparut à travers la grille de la porte.

Le cœur battant, elle se figea sur place.

Trois coups rapides furent frappés contre la grille, presque aussitôt suivis par une voix dont le timbre la réchauffa, malgré la température glaciale.

Deux pensées lui traversèrent alors l'esprit. Elle repoussa presque aussitôt la première : ce n'était pas la voix de Renaldo. La deuxième était liée à l'absence de Skylar. Où était-elle donc, cette chipie ?

Sa priorité étant de retrouver l'enfant, elle déverrouilla la porte avant de l'ouvrir complètement.

Devant elle se tenait un géant coiffé d'un stetson gris, et âgé d'une trentaine d'années. Ses yeux avaient la couleur de l'acier, et de puissants pectoraux sous-tendaient l'étoffe de son sweat-shirt.

Une nouvelle rafale faillit faire lâcher la porte à Chelsea qui la retint pourtant d'une poigne ferme.

— Bonjour, je m'appelle Nathan Kent, et l'un des occupants de cette maison nous a appelés pour nous signaler un début d'incendie.

Après avoir brièvement examiné Chelsea, il regarda derrière elle. Sa voix était d'une sensualité incroyable.

— Un *quoi* ? demanda-t-elle, tentant de passer outre le trouble qui s'était emparé d'elle à la vue de ce magnifique spécimen de cow-boy.

Qui avait bien pu crier au feu à son insu ?

Chelsea ne savait toujours pas où était son téléphone, et en aucun cas sa mère n'avait pu passer ce coup de fil. Donc...

La réponse lui apparut en un éclair.

— Maman ? cria-t-elle. Ne t'inquiète pas, tout va bien.

Puis, se tournant vers son visiteur, elle demanda :

— Je peux savoir qui vous a appelé, au juste ?

— Il s'agissait d'une petite fille répondant au prénom de Skylar. C'est tout ce que la standardiste a réussi à savoir avant de me donner votre adresse. J'étais près du standard quand l'appel nous est parvenu.

— Je suis navrée, murmura Chelsea, pivotant sur elle-même pour s'assurer que la jeune coupable ne se tenait pas derrière elle, tout simplement.

Skylar était une enfant facile mais craintive, et elle avait appris à composer le numéro d'urgence, dans son ancienne école, lors de l'intervention d'un corps de pompiers.

— Nous venons d'emménager et, comme vous pouvez le constater, la maison n'est pas en feu. Je suis désolée que Skylar vous ait fait perdre un temps sans doute précieux.

Nathan Kent passa un rapide coup de fil au central de la caserne, expliqua qu'il s'agissait d'une fausse alerte, puis rangea calmement son portable dans sa poche avant.

Chelsea le regarda faire, convaincue qu'il allait la verbaliser.

Au lieu de quoi, à sa grande surprise, il se radoucit avant de lui demander :

— Cela vous ennuierait que je parle à votre fille avant de partir ?

— À condition qu'elle accepte de se montrer. Elle sait qu'elle a fait une bêtise et qu'elle va se faire gronder, répondit Chelsea, d'une voix suffisamment forte pour que Skylar l'entende, où qu'elle se trouve.

Bien que le moment soit mal choisi, Chelsea se reprocha de ne pas avoir pris le temps de s'apprêter un peu et de se montrer ainsi vêtue d'un pantalon de jogging et d'un T-shirt passé qu'elle avait acheté, comme d'habitude, au plus bas prix.

Quelles que soient les circonstances, elle se refusait à envisager que l'histoire se répète sur le plan financier. Dès le départ, elle s'était juré que sa fille ne connaîtrait pas les affres de la pauvreté et, jusqu'à présent, elle avait réussi à honorer sa promesse... ou presque.

— Vous voulez peut-être entrer, Nathan, proposa-t-elle, de plus en plus gênée, à la fois par sa tenue négligée et par les circonstances de leur rencontre.

Pourvu que ce cow-boy/pompier prenne le rouge qui lui était monté aux joues pour une réaction à la petite farce de sa fille plutôt qu'à l'attirance qu'elle éprouvait déjà pour lui !

— Nate, corrigea-t-il. Appelez-moi Nate.

Chelsea mit son trouble sur le compte du fait qu'entre sa mère malade, ses responsabilités envers Skylar et son nouveau projet, elle n'avait ni le temps ni l'occasion de chercher à combler le vide qu'était devenue sa vie sentimentale.

Soulagée de savoir sa fille quelque part dans la maison, elle la rappela d'une voix plus douce.

— Skylar, ma chérie ? Nous avons la visite d'un pompier. Je sais que c'est toi qui l'as appelé, et je voudrais que tu sortes de ta cachette, maintenant. Parce que ce monsieur a sûrement mieux à faire que de jouer à cache-cache.

Après avoir refermé la porte pour se protéger du vent,

elle se tourna vers Nate Kent qui attendait patiemment dans le corridor.

— Je peux vous offrir un café ou autre chose ? proposa-t-elle, s'apercevant que son visiteur était beaucoup trop légèrement vêtu - quelle idée, de sortir en sweat-shirt par un temps pareil !

— Je veux bien un café, si ça ne vous dérange pas.

— Suivez-moi, dit Chelsea, l'entraînant dans la cuisine, l'esprit en ébullition. Le pire, c'est que je saurais exactement où ma fille se cache si nous étions dans notre ancien appartement.

Le cow-boy prit appui contre le comptoir, et le cœur de Chelsea s'affola. Tant de sensualité et des traits si fins, c'était rare, chez un colosse pareil !

Et quelle aisance ! songea-t-elle lorsqu'il tira son téléphone de sa poche.

L'instant d'après, elle se réprimanda intérieurement : il aurait sûrement éclaté de rire s'il avait pu deviner ses pensées.

Elle remplit deux tasses du café qu'elle venait de préparer, et en tendit une à Nate.

— Quel est votre numéro de téléphone ? demanda-t-il à brûle-pourpoint.

Aussitôt, elle se tendit.

Sans doute surpris par sa réaction, il la considéra un instant en silence. Puis il dut comprendre les raisons de sa réserve car il enchaîna, presque à mi-voix :

— On l'entendrait sonner, vous comprenez ? Cela dit, si cela vous ennuie...

— Pensez-vous, s'empressa-t-elle de dire avant de lui donner le numéro, presque dans un murmure.

Décidément, la journée s'annonçait mouvementée, et Chelsea n'avait même pas encore bu son premier café.

— Ma mère est à l'étage. Je m'étonne qu'elle ne soit pas descendue voir ce qui se passait. J'espère qu'elle nous a entendus, sans quoi elle est toujours à la recherche de Skylar.

En même temps, la maison n'était pas bien grande, et Chelsea craignit soudain que sa mère ait fait une nouvelle crise. C'était peu probable : Linda aurait appelé si elle avait eu besoin d'elle. Néanmoins...

Elle s'excusa et retourna au bas de l'escalier pour demander :

— Maman ? Mon téléphone va sonner. Tu peux tendre l'oreille, s'il te plaît ?

— Il y avait quelqu'un à la porte, non ? Qui était-ce ? s'enquit tranquillement Linda depuis son perchoir.

— Un pompier, répondit Chelsea, avant de préciser : Rien de grave, rassure-toi.

— D'accord. Je tends l'oreille, dit Linda, levant un pouce d'un air entendu.

Chelsea espéra que le geste de sa mère était dû au fait qu'elle avait compris le but de la manœuvre, plutôt que destiné à l'encourager à flirter avec leur visiteur.

Car, hyper-sexy ou pas, elle n'avait pas le temps de s'émouvoir. Elle s'était lancée dans la création d'une nouvelle entreprise, elle était surchargée de travail et devait assurer la survie de sa petite famille.

L'essentiel, dans l'immédiat, était de retrouver Skylar.

Nate Kent s'engagea dans le corridor, et Chelsea sentit distinctement sa présence virile derrière elle. Se tournant vers lui, elle reproduisit un peu gauchement le geste de sa mère.

Lorsqu'elle referma le poing, Nate comprit le signal et appuya sur la touche de son téléphone.

Un silence inquiétant sembla tomber sur la maison. Même le vent s'était calmé, au-dehors.

Rien ne se produisit.

Chelsea alla de pièce en pièce, dans l'espoir d'entendre la sonnerie, et sentit son cœur se serrer. Skylar était trop petite pour changer la configuration du téléphone, même si elle savait composer le 911 pour demander de l'aide.

Le cow-boy suivit Chelsea jusqu'à ce qu'ils se retrouvent à leur point de départ, dans la cuisine.

— Je tombe immanquablement sur votre messagerie, lui annonça-t-il avec calme.

2

La terreur qu'il lut dans les yeux noisette de la jeune mère atteignit Nate de plein fouet. Une véritable beauté, cette femme, avec ses cheveux blonds, ses lèvres charnues, son teint de porcelaine et sa silhouette parfaite.

— Skylar répondrait si elle le pouvait, dit-elle en se tordant les mains, comme pour ramener Nate à la réalité du moment.

Une femme d'un certain âge, vêtue d'une robe très simple, pénétra à son tour dans la cuisine.

— Alors ? demanda-t-elle. Toujours pas de Skylar ?

— Non, balbutia Chelsea qui partit faire à nouveau le tour de la maison sans cesser d'appeler sa fille.

— Je m'appelle Linda, annonça la nouvelle venue à Nate.

De taille moyenne, elle aussi, elle avait le front barré de rides soucieuses et un regard curieusement dénué d'expression. Son sourire semblait combler un vide intérieur. On sentait néanmoins une certaine chaleur chez elle, chaleur dont sa fille avait hérité, apparemment.

— Nate Kent. Ravi de faire votre connaissance, madame, répondit-il en s'avançant vers elle.

Elle serra la main qu'il lui tendait avec une vigueur étonnante pour une femme qui, par ailleurs, peinait à se mouvoir.

Sentant son téléphone vibrer, Nate s'excusa auprès de son hôtesse et consulta l'écran. L'appel provenait du central.

— Nate, vous êtes toujours chez les McGregor ? lui demanda Patty Smart.

— Oui, madame.

— Tant mieux, car j'ai une petite fille en ligne, et il semble qu'elle se soit mise en difficulté.

La voix posée et bienveillante de Patty acheva de rassurer Nate.

Il jeta un regard à Chelsea, pensa brièvement que, même dans ce pantalon de jogging et ce T-shirt trop grand pour elle, la jeune femme était un régal pour les yeux. Une pensée déplacée, et qui n'aurait pas dû lui venir à l'esprit, surtout en ce moment.

— La petite est à l'intérieur de la maison ? demanda-t-il à Patty.

— Oui. Dans un cagibi, sous l'escalier.

— Pourtant, on a regardé partout ! répondit-il en se dirigeant vers le couloir, Chelsea sur les talons.

— Restez en ligne, Nate, si vous le voulez bien. Je...

— Oui. Attendez une seconde, l'interrompit Nate, avant de se tourner vers Chelsea et de murmurer : Votre fille est en ligne avec la plus compétente des opératrices du 911. Elle est coincée quelque part dans la maison, et il y a plus de peur que de mal, d'après ce que j'ai compris.

Nate était ravi d'avoir une bonne nouvelle à annoncer. En sa qualité de pompier volontaire, il n'en avait que trop rarement l'occasion.

— Merci, souffla Chelsea.

Elle ferma les yeux, le temps de se ressaisir, puis son joli visage s'apaisa.

— Où exactement ? demanda-t-elle.

Nate désigna le cagibi d'un geste du menton, puis reprit sa conversation avec Patty.

Chelsea fronça les sourcils d'un air dubitatif. Pourtant, il devait y avoir un endroit où un enfant pouvait se nicher, dans ce cagibi. Nate avait visité suffisamment de vieilles demeures pour savoir qu'elles recelaient parfois des cachettes totalement invraisemblables. Leurs occupants avaient fait creuser de petits passages dans les endroits les plus incongrus, pour y dissimuler leur argent, voire du whisky de contrebande.

— Je mets le haut-parleur, annonça Nate à Patty.

— Skylar craint que sa maman ne la dispute. Elle ne voulait pas entrer dans sa nouvelle école, expliqua la vieille dame d'une voix pleine de mansuétude.

— Elle est saine et sauve, c'est la seule chose qui m'importe, déclara Chelsea.

— Désolée de ne pas vous avoir prévenue immédiatement, madame, reprit Patty. Je ne comprenais pas ce que votre fille me disait, et j'ai mis quelques minutes à la calmer. Vous avez dû vous faire un sang d'encre !

Chelsea ne l'écoutait plus. Elle était déjà à l'intérieur du minuscule cagibi au toit pentu.

Nate passa la tête à l'intérieur pour jeter un coup d'œil, lui aussi.

— Elle n'est pas là, gémit Chelsea, avant de se mettre à quatre pattes et de tâtonner le sol, autour d'elle.

— Et aucune de ces maisons n'a de cave, l'informa Nate.

Il se demanda brièvement d'où venait la jolie blonde. À sa connaissance, cette demeure avait appartenu à Maddie Barstok, une vieille dame appréciée de l'ensemble de la communauté, de son vivant.

Chelsea passa une main sur les parois du cagibi.

— Non ! s'exclama-t-elle, au désespoir. Il n'y a personne ici !

— Et si vous lui demandiez de crier ou de frapper contre le mur ? lui suggéra Nate, s'accroupissant à son tour, avant de se mettre à cogner contre les parois pour en évaluer l'épaisseur.

Il ne tarda pas à trouver la faille, sous la forme d'une fine crête, qui bordait un panneau carré, apparemment non cimenté.

— Attendez, dit-il. Je crois avoir trouvé quelque chose.

Il fit courir ses doigts le long de l'arête, tandis que Chelsea se rapprochait de lui.

La douce odeur d'agrume qui lui chatouilla le nez faillit le distraire de sa tâche.

Il se redressa, appuya sur le panneau, ce qui le fit légèrement bouger. Lorsqu'il eut compris qu'il aurait besoin de ses deux mains pour accéder à l'intérieur de la paroi, il décida d'avoir recours à la force. Le panneau céda et, instantanément, de timides reniflements se firent entendre.

— Skylar, ma chérie ? Tu es là ? demanda Chelsea avec un calme démenti par l'affolement que Nate lut dans ses yeux.

— Maman ? gémit une petite voix. Un sanglot s'ensuivit, et le visage angélique d'une petite fille apparut dans l'ouverture.

Ses yeux gonflés déversèrent un torrent de larmes à la vue de Chelsea.

Nate s'empressa de ressortir du cagibi, d'une part pour annoncer la bonne nouvelle à Patty, de l'autre pour laisser à sa charmante hôtesse et à sa fille le temps de se remettre de leur frayeur.

Linda arriva sur ces entrefaites.

— C'est la voix de Skylar que j'ai entendue ?

— Oui. Tout va bien, maman.

Cette dernière porta une main à son cœur et, croyant qu'elle allait défaillir, Nate se précipita vers elle.

— Venez vous asseoir, dit-il en l'entraînant dans la cuisine.

Linda se laissa tomber sur une chaise et se confondit en excuses.

— Ne vous inquiétez pas pour ça, lui dit Nate. Ça arrive fréquemment.

Ce n'était pas vrai, mais il tenait à rassurer la mère de Chelsea. Les McGregor avaient eu un début de journée trop pénible pour qu'il en rajoute une dose.

S'il n'avait pas d'enfants lui-même, certains de ses frères étaient déjà pères, et il imaginait sans peine la terreur qu'il aurait éprouvée si un de ses neveux ou nièces avait disparu, ne serait-ce que l'espace de quelques minutes.

Les épreuves avaient encore rapproché sa fratrie pourtant déjà très soudée. Après le décès de leurs parents, à quelques mois d'intervalle, ses quatre frères, sa sœur et lui-même avaient dû gérer seuls le ranch familial – le Ranch Kent, l'un des plus prospères du Texas. En plus de leur bétail, les Kent possédaient du terrain dans tout l'État, ainsi qu'en Idaho et dans le Wyoming.

Seulement voilà : depuis quelques années, un individu mutilait les génisses des exploitations de la région, celle des Kent comprise.

Les Kent ne toléraient pas la cruauté envers les animaux, et Nate ne faisait pas exception à la règle. Ses frères et lui travaillaient donc en étroite collaboration avec le shérif, Zach McWilliams – un de leurs cousins –, dans l'espoir de trouver le coupable. Zach, Nate et sa sœur Amy étaient proches depuis l'enfance.

Bien que tout le monde soit sur le pied de guerre, Zach n'avait encore aucune piste sérieuse, et les patrouilles ne parvenaient pas à mettre le sadique hors d'état de nuire, tant ses actes étaient imprévisibles.

— Je ne veux pas être une charge, dit Linda en s'asseyant.

— Je suis certain que ce n'est pas le cas, lui répondit Nate, dont les connaissances médicales se limitaient aux gestes de première urgence.

Il examina Linda et, confronté à sa pâleur et à la dilatation de ses pupilles, crut bon de demander :

— Vous prenez des médicaments ?

Elle baissa la tête d'un air contrit.

— En temps normal, oui. Seulement, avec tout ça, j'ai complètement oublié de les prendre ce matin.

Chelsea revint sur ces entrefaites. La fillette qu'elle serrait dans ses bras était une version miniature d'elle-même, si on exceptait ses cheveux, sombres et bouclés. Nate sentit son cœur se serrer devant le spectacle de Chelsea et de sa petite Skylar qui continuait à gémir doucement, le visage enfoui dans la longue chevelure maternelle.

Voyant sa fille changer d'expression, Linda s'empressa de la rassurer :

— J'ai eu un petit étourdissement. Rien de grave, ma grande. C'est ma faute, je n'ai pas pensé à prendre mes cachets, ce matin.

— Je vais te les chercher.

Aussitôt, Nate proposa d'y aller lui-même.

— Je les range dans le petit cabinet, au-dessus de l'évier, lui expliqua Linda. Vous allez peut-être avoir du mal à ouvrir le placard.

Nate ayant l'habitude de ces armoires à pharmacie, il n'eut aucun mal à ouvrir celle-là. Après s'être emparé de trois flacons étiquetés au nom de la malade, il les lui apporta avec un verre d'eau.

Elle le remercia, ouvrit les flacons et avala ses comprimés.

— Voilà ! s'exclama-t-elle avec assurance. Dans deux minutes, il n'y paraîtra plus.

Nate remarqua que le visage de Chelsea s'était assombri. Elle avait décidément son compte de problèmes.

Tout comme lui, d'ailleurs.

— Merci infiniment d'être venu, lui dit Chelsea.

Elle avait mille choses à faire, et elle n'avait pas prévu que Skylar passerait la journée à la maison, ce qui allait lui compliquer encore la tâche.

Skylar s'était fait une telle frayeur qu'elle continuait à s'accrocher à Chelsea. Celle-ci savait déjà que rien ne lui ferait lâcher prise. Aussi, au risque de faire preuve de faiblesse, tenait-elle à veiller sur la fillette jusqu'à ce qu'elle soit entièrement remise de ses émotions.

Secouée comme elle l'était elle-même par les événements

de la matinée, elle pouvait avoir une réaction excessive, bien sûr. D'un autre côté, elle avait conscience d'avoir arraché Skylar à son environnement familier, ce qui ne pouvait qu'entraîner quelques petits désagréments.

Comme l'incident de la matinée, par exemple.

Nate termina son café, posa la tasse sur le comptoir et pivota vers le couloir.

— Tu ne vas tout de même pas le laisser repartir comme ça, ce pauvre garçon ! s'exclama Linda, accompagnant le reproche d'un clin d'œil qui fit rougir Chelsea jusqu'aux oreilles, et provoqua l'hilarité du « pauvre garçon » en question.

— Je vous raccompagne à la porte, dit Chelsea, terriblement embarrassée.

— Bien ! dit Nate en se tournant vers Linda. Je vous laisse, chère madame. En espérant que ces cachets fassent rapidement effet, bien sûr.

— Repassez nous voir un peu plus tard, si vous voulez. Vous serez toujours le bienvenu.

— Maman, grommela Chelsea, exaspérée, avant d'entraîner Nate vers la porte, Skylar toujours dans les bras.

Elle prit bien garde à ne pas se retourner, tant elle craignait que sa gestuelle ne trahisse son attirance pour le beau cow-boy. En outre, sans doute à cause de ce qui venait de se passer, elle ne parvenait pas à se débarrasser du sentiment de malaise qu'elle éprouvait depuis son réveil.

Une prémonition ? Non. Chelsea n'avait jamais cru à ce genre de choses.

S'arrêtant devant la porte, elle fit remonter Skylar sur sa hanche, puis se tourna vers Nate.

— Désolée pour l'attitude de ma mère, dit-elle.

— Il n'y a pas de quoi. Elle avait envie de s'amuser un peu, voilà tout ! répondit-il au grand soulagement de Chelsea.

Elle se réjouissait de sa délicatesse lorsqu'il ajouta :

— Sans vouloir vous déranger plus longtemps, je crois que

je ferais bien de retourner jeter un coup d'œil à ce panneau, avant de partir.

Skylar leva la tête vers lui. D'un naturel farouche, elle évitait généralement de regarder les gens dans les yeux.

— Ça faisait drôlement peur, dit-elle, les yeux pleins de larmes.

L'une d'entre elles s'échappa et roula le long de sa joue. Skylar l'essuya de sa petite main.

Chelsea fut prise au dépourvu. Sa fille ne parlait que très rarement à des inconnus, encore moins lorsqu'il s'agissait d'hommes.

Quoi qu'il en soit, en allant examiner ce fichu panneau, Nate lui rendrait service. Elle en conçut une légère contrariété, car elle n'acceptait que très rarement l'aide d'autrui, afin de ne rien perdre de son indépendance. En même temps, elle savait déjà qu'elle ne dormirait pas tranquille tant que le panneau resterait ouvert.

— C'est très aimable à vous, dit-elle, pressée de retourner auprès de sa mère. Pendant que vous y serez, et si ce n'est pas trop vous demander, pourriez-vous le condamner définitivement ? J'ai un marteau, des clous et je crois pouvoir trouver une ou deux planches quelque part.

— J'allais vous le proposer. Je voulais simplement m'assurer qu'il n'y avait rien d'autre à l'intérieur de ce passage.

Chelsea dut se crisper, car le cow-boy s'empressa d'expliquer :

— De petits rongeurs, par exemple. Ils accepteront peut-être de sortir avant que je les expose à une mort certaine.

Chelsea n'était pas emballée non plus par l'idée de rongeurs dans les profondeurs de sa nouvelle demeure, cependant, l'argumentation de Nate lui parut des plus touchante.

— Waouh ! Vous devez adorer les animaux !

Il hocha la tête en souriant.

Chelsea grimaça intérieurement : elle était sous le charme des yeux gris de son visiteur.

Pourtant, ce n'était qu'un homme parmi d'autres, non ?

Non.

Si elle voulait être honnête avec elle-même et juste envers le cow-boy, elle devait avouer qu'il était bien plus que ça.

Du moins sur le plan physique.

— On pourrait aller jusqu'à dire que m'occuper des animaux est une seconde nature chez moi, expliqua-t-il.

— Tu en as, des animaux, monsieur ? demanda Skylar, avec un intérêt marqué.

— Je vis dans un ranch avec du bétail, des chevaux et à peu près toutes les bêtes sauvages que compte la région, répondit-il.

Skylar aurait dû être intimidée par un homme de sa taille et de sa carrure. La douceur avec laquelle il s'adressait à elle expliquait néanmoins l'intérêt que la fillette lui portait.

Chelsea jeta un regard furtif à l'annulaire gauche de leur visiteur et fut ravie de ne pas y voir d'alliance.

Elle se rappela aussitôt à l'ordre : ça ne la regardait pas, bon sang !

Skylar avait écouté la réponse de Nate avec attention, son petit visage s'illuminant au fur et à mesure qu'il parlait. Soudain, elle détacha ses bras du cou de Chelsea, et se mit à gigoter pour lui faire comprendre qu'elle voulait descendre. Chelsea la reposa à terre, sidérée par la vitesse à laquelle sa fille avait récupéré.

— Tu as aussi un poney ? demanda Skylar à leur visiteur.

— Nous en avons même trois. Peter, Polka et Dot, énuméra-t-il pour le plus grand bonheur de la fillette. Peter a une fâcheuse tendance à mordre, alors il faudra te méfier, quand tu viendras nous voir.

— Je peux venir maintenant ?

Chelsea comprit qu'il était temps d'intervenir. Elle était rassurée à présent sur l'état de sa fille, elle se demandait si elle n'aurait pas mieux fait de l'envoyer à l'école, en fin de compte. Peut-être même tenterait-elle de l'y conduire, un peu plus tard dans l'après-midi. Cela lui permettrait de se concentrer sur l'ouverture de son restaurant, prévue dans six petites semaines.

Six semaines, seulement ? Rien que d'y penser, elle se sentait oppressée.

— Non, ma chérie, M. Kent a du travail. Quant à toi, je te rappelle que tu aurais dû faire ta rentrée dans ta nouvelle école, ce matin.

Nate s'accroupit, de façon à pouvoir regarder la petite dans les yeux, puis lui demanda :

— Et comment elle s'appelle, ta nouvelle école ?

Skylar leva brièvement la tête vers Chelsea pour l'interroger du regard.

— En fait, c'est plutôt une garderie, répondit celle-ci. Il s'agit du centre préscolaire Clemens. Ça vous dit quelque chose ?

Le centre, destiné aux enfants en bas âge, visait surtout à améliorer leur développement intellectuel ; l'enseignement en lui-même y était réduit à peau de chagrin, de sorte que les frais d'inscription étaient abordables pour Chelsea dont le restaurant n'était pas encore ouvert.

— Je connais quelques-uns des enseignants, dit Nate. Mme Eaton…

Skylar se mit à sautiller en applaudissant, ce qui était un exploit en soi, dans la mesure où Chelsea ne l'avait encore jamais vue faire les deux en même temps.

— C'est le nom de ma nouvelle maîtresse, dit-elle, les joues roses d'excitation.

Chelsea faillit reculer d'un pas. Encore une fois, la réaction de Skylar l'avait prise de court : Skylar ne connaissait pas son père – même de vue – et aucune figure masculine n'était encore venue combler ce vide.

Soucieuse de l'habituer au contact des hommes, Chelsea avait tenté de l'inscrire dans un club de football, sans grand succès. À sa décharge, la carrure de rugbyman et la voix de stentor du coach, père de sept garçons, l'avaient terrorisée.

— Dans ce cas, reprit Nate, je peux t'annoncer que ta

maîtresse a un invité, chaque année à cette époque-ci. Une grenouille mâle, appelée Henry.

— C'est vrai ? demanda Skylar, les yeux ronds.

Et si elle était captivée, Chelsea, de son côté, devait bien avouer qu'elle était subjuguée par le beau cow-boy, elle aussi.

Il devait avoir une petite amie ou une fiancée.

En aucun cas, un tel homme ne pouvait être libre. Et dans l'éventualité où il aurait été célibataire, Chelsea ne se sentait plus prête à tenter l'aventure, après la manière dont son ex-mari l'avait traitée.

Par ailleurs, une fois Nate Kent reparti, Chelsea aurait une sérieuse conversation avec sa fille, sur le bon usage du 911. Et cela même si Skylar s'était retrouvée coincée et si Chelsea frissonnait encore à l'idée de ce qui se serait passé si elle ne lui avait pas chipé son portable.

Elle fut parcourue d'une sueur froide. Elle était à cran depuis plusieurs jours, probablement à cause des circonstances dans lesquelles elle avait quitté son dernier emploi.

Renaldo Vinchesa avait proféré un certain nombre de menaces avant d'accepter sa démission : à l'entendre, elle le regretterait toute sa vie, d'autant que – bien sûr – il s'était refusé à lui donner une lettre de recommandation.

Chelsea savait pertinemment qu'elle aurait dû partir dès le jour où Renaldo avait commencé à lui faire des avances. Malheureusement, elle avait cru qu'il trouverait une autre proie et finirait par se lasser.

Bref, un homme d'âge moyen, qui se conduisait comme un enfant gâté, habitué à obtenir ce qu'il voulait… Un véritable « tue-l'amour », à l'ego surdimensionné.

Maintenant, savoir s'il représentait un danger pour elle… c'était une autre question.

3

Nate était devenu ami avec l'adorable fillette aux grands yeux bruns et au sourire timide. Il avait été au contact de suffisamment d'enfants, ces derniers temps, pour faire un oncle acceptable, quelques-uns de ses frères ayant trouvé la félicité en se mariant et en fondant une famille. Cependant, même s'il n'avait rien contre le bonheur, il restait convaincu que le mariage ne convenait qu'à une certaine catégorie de personnes et il n'avait aucune intention de s'engager de manière aussi définitive.

Il avait fréquenté Mia Chase pendant six mois, puis elle avait été mutée à Boulder. Après lui avoir dit qu'elle tenait trop à lui pour accepter que leur relation prenne fin, elle lui avait donné un ultimatum : soit ils passaient à l'étape suivante, soit tout était terminé entre eux.

Ne se sentant pas prêt, Nate avait expliqué à sa petite amie que, s'il hésitait encore, ce ne serait pas forcément toujours le cas. Mia s'était alors dérobée et il avait fini par comprendre qu'elle avait attendu une autre réaction de sa part.

Deux semaines après qu'elle fut partie pour Boulder, il avait appris que Mia aurait pu choisir de rester au Texas. En d'autres termes, elle voulait se faire épouser. Et si Nate ne comprenait toujours pas très bien qu'elle lui ait menti de manière aussi grossière, il avait le sentiment d'avoir évité le pire.

De plus, il s'était ennuyé pendant les deux derniers mois de sa relation avec Mia, sans pouvoir se résoudre pour autant à mettre un terme à leur idylle. Et puis, il y avait eu un autre mensonge : Mia avait toujours prétendu ne s'être jamais remise de la mort de sa sœur… qui, il l'avait découvert plus tard, se portait comme un charme.

Après un ultime coup de marteau sur le dernier clou du panneau, il recula d'un pas et dit en s'époussetant les mains :

— Ça devrait faire l'affaire.

Chelsea, qui avait momentanément éloigné sa fille, se tenait à côté de lui. Elle avait changé de tenue et portait un jean moulant, un chemisier et des bottines. Ses cheveux blonds étaient attachés en queue-de-cheval.

Elle examina Nate avec attention, avant de murmurer :

— Skylar a l'air de vous adorer. Comment avez-vous fait pour l'amadouer ainsi ?

La fillette était en train de manger dans la cuisine avec sa grand-mère. Nate et Chelsea l'entendaient parler avec excitation du bon après-midi qu'elle allait passer dans sa nouvelle école.

— C'est merveilleux ! s'exclama Chelsea, manifestement ravie.

Nate hocha la tête. Il avait terminé son travail, il était donc temps pour lui de prendre congé. Il remit son chapeau et se tourna vers son hôtesse.

Elle était si belle que, dans d'autres circonstances, il aurait tenté de mieux la connaître. Malheureusement, il doutait qu'une femme comme elle se contente de ce qu'il avait à lui offrir – un bon moment sous la couette, rien d'autre. Sa dernière aventure l'avait rendu trop amer pour qu'il renouvelle l'expérience avant longtemps.

— Vous avez sans doute compris que nous venions d'arriver dans votre petite ville, reprit Chelsea. Ah, on ne peut pas dire que notre première matinée sous notre nouveau toit a été une réussite !

Nate savait déjà par Linda que Chelsea était célibataire. Un fait qui le réjouissait malgré lui.

— Jacobstown est l'endroit idéal pour élever des enfants. Il y règne l'atmosphère familiale qu'on ne trouve que dans des bourgades de cette taille, je pense, répondit-il.

Puis, trouvant soudain important d'informer Chelsea des méfaits d'un détraqué sur les génisses de la région, il ajouta :

— En fait, jusqu'à ce qu'un inconnu s'en prenne à nos animaux, nous ignorions le sens du mot « délit ».

— Que se passe-t-il ? s'enquit Chelsea, les yeux ronds.

— Comme je viens de vous le dire, une menace pèse sur notre cheptel. Quelques-unes de nos génisses ont été mutilées par un individu qui leur a tranché un ou plusieurs sabots. On le surnomme « le boucher de Jacobstown ». Vous entendrez probablement parler de lui.

— Je vois, murmura Chelsea, d'un ton à la fois dégoûté et triste. Vous êtes confrontés à un grand malade. Comment peut-on éprouver du plaisir à blesser des bêtes qui n'ont jamais fait de mal à personne ?

Nate, qui était tout à fait d'accord avec elle, renchérit :

— Il faut être sacrément tordu. Vous n'avez pas d'animaux de compagnie ?

— J'ai promis un chiot à Skylar, une fois que nous serions vraiment installées.

— À votre place, je veillerais à ce qu'il ne passe pas trop de temps hors de la maison. Il fait une chaleur infernale ici en été, et les alentours grouillent de prédateurs en tous genres.

— J'y avais pensé, dit-elle, sans toutefois préciser de quel État elle était originaire.

— Il n'est pas rare que des citadins viennent jusque dans nos contrées pour abandonner les chiens dont ils ne veulent plus. Si vous n'êtes pas fixée sur une race particulière, vous ferez des économies en adoptant le premier chiot qu'on vous proposera.

Nate n'était pas parvenu à dissimuler son indignation.

Comment pouvait-on abandonner ainsi un ancien compagnon ? Un chien de ville était complètement démuni face à un lynx, et c'était sans parler des chiots qui, en aucun cas, ne pouvaient échapper à une meute de bêtes sauvages.

— C'est... ignoble, commenta Chelsea, les sourcils froncés.

Une fois de plus, le regard de Nate s'attarda sur la bouche de la jeune femme, ce qui lui permit de remarquer les taches de rousseur qui bordaient sa lèvre supérieure.

Cela devait cesser !

— Si jamais on vous propose trop de chiens et que vous vous sentez débordée, enchaîna-t-il afin de penser à autre chose, n'hésitez pas à m'appeler. Les granges du ranch sont climatisées et assez spacieuses pour accueillir de pauvres bêtes errantes. Voici mon numéro personnel, pour le cas où.

— Merci, c'est très gentil.

Nate aurait précisé que Chelsea pouvait l'appeler sous n'importe quel prétexte, s'il n'avait pas été échaudé par sa dernière idylle.

Bien que Chelsea lui semble être totalement différente de Mia, les apparences étaient parfois trompeuses, il l'avait appris à ses dépens.

Encore mal remis de sa précédente rupture, il n'était pas prêt à remettre le pied à l'étrier, en matière d'aventures amoureuses. Et tant pis s'il était émoustillé par le contact de la nouvelle habitante de Jacobstown. Des ébats sans lendemain, d'accord, même si cela ne présentait pas grand intérêt. Les deux partenaires s'étreignaient, puis chacun retournait à ses occupations, et la roue de la vie continuait à tourner.

— Il est charmant, ce jeune homme, commenta Linda, accompagnant sa déclaration d'un clin d'œil complice.

— Ne commence pas à te mettre des idées en tête, répliqua Chelsea, prenant sa fille par la main et tentant de passer outre la déception qu'elle avait éprouvée en voyant le beau cow-boy tourner les talons.

Elle n'avait pas le temps de se laisser distraire par une

simple attirance, surchargée de travail comme elle l'était. Même si, pour la première fois en quatre ans, elle se sentait vaguement excitée et débordante d'énergie.

— Tu… es rayonnante, ma grande, ajouta Linda.

— Tante Maddie nous a rendu un fier service en me léguant ses biens. J'ai assez d'argent pour démarrer mon affaire, et la somme de travail que mon entreprise représente ne me fait pas peur.

Oui, Chelsea avait toutes les raisons d'être optimiste.

À condition de continuer à vivre chichement, et en espérant que le malaise de sa mère, un peu plus tôt dans la matinée, ne soit pas dû à une aggravation de la maladie, tout irait bien.

Elle avait surmonté suffisamment d'épreuves pour aspirer à une route sans embûches. Son entreprise finirait par être rentable, même si cela devait prendre un certain temps. Encore une promesse qu'elle s'était faite.

Zut ! Elle n'avait pas pensé à parler de son projet au cow-boy. Il semblait connaître beaucoup de monde, et il était sans doute temps que les habitants de Jacobstown apprennent qu'une nouvelle pizzeria serait prête à les accueillir d'ici un mois et demi.

Cela lui rappela qu'on devait venir lui installer son four, et qu'il était temps pour elle de se mettre en route.

Elle jeta un coup d'œil à son portable pour s'assurer qu'on n'avait pas tenté de la joindre. Au lieu de voir le numéro de Nate Kent s'afficher, comme elle l'avait vaguement espéré, elle fut confrontée à un nouveau SMS de Renaldo qui lui demandait, presque avec humilité, s'il pouvait venir visiter sa nouvelle demeure.

Elle secoua la tête avec agacement, puis se baissa vers sa fille.

— Sky ? Tu es prête ?

L'enfant acquiesça avec énergie et demanda :

— On va le chercher ?

— Oh ! non ma chérie. M. Kent est très occupé, il n'a pas de temps à perdre.

Devant la mine perplexe de Skylar et l'amusement manifeste de Linda, Chelsea comprit son erreur.

— Ah ! Tu parles du petit chien que je t'ai promis ?

— Bah oui ! répondit Skylar, comme si c'était l'évidence même.

Chelsea entendit Linda glousser et releva le menton. Il était hors de question qu'elle montre son embarras à sa mère qui, malgré sa maladie, avait parfois des idées un peu trop farfelues à son goût.

— Allez, viens que je t'habille, dit-elle à Skylar. Et dépêchons-nous parce que je ne voudrais pas être en retard. J'ai du travail, ma chérie, et ce que j'ai à faire aujourd'hui est très important.

C'était la vérité, et Chelsea contenait mal sa fierté. Renaldo ne parviendrait pas à ses fins : qu'importe qu'il mette ses menaces à exécution, jamais plus elle ne travaillerait dans un grand restaurant.

Grâce à son héritage, et à son propre labeur, elle ne dépendrait pas du bon vouloir d'un employeur.

Elle avait beaucoup à faire, et largement de quoi s'inquiéter. Pourtant, pour la première fois depuis ce qui lui paraissait une éternité, elle se sentait légère et, comme elle venait de le dire à Linda, optimiste.

Lorsqu'elle avait promis à son nouveau-né qu'elle trouverait un moyen de remonter la pente pour arriver au sommet, quatre ans plus tôt, Chelsea ne savait pas encore que son périple ne faisait que commencer. Elle était arrivée jusque-là, et plutôt que de se lamenter sur ce qu'elle n'avait pas, elle préférait se concentrer sur ce que la vie lui apportait de bon.

En allant chercher le manteau de sa fille dans le cagibi qui avait lui causé tant de tracas, elle fut parcourue d'un frisson d'angoisse. Elle tenta de s'en débarrasser, en vain :

ce panneau lui donnait la chair de poule ; sans doute le ferait-elle cimenter.

— Tu es prête, Sky ? demanda-t-elle en se retournant.

La fillette accourut aussitôt, un sourire lumineux aux lèvres.

Chelsea sentit son cœur s'emballer. Ah, si seulement elle pouvait redevenir enfant et, comme sa fille, oublier les aléas de la vie à la vitesse grand V !

— On peut aller chez le monsieur ? lui demanda celle-ci, tandis qu'elle boutonnait son manteau.

— D'abord, on t'emmène à l'école, et ensuite on verra.

La rentrée de Skylar se passa sans heurts et la fillette salua sa maîtresse avec gentillesse avant de la suivre à l'intérieur de l'établissement, sans doute dans l'espoir d'y voir Henry-le monsieur-grenouille.

Chelsea était à peine arrivée devant son restaurant qu'un camion de livraison se gara le long du trottoir. Elle examina avec satisfaction ce qui n'était encore qu'un chantier. Les locaux, qui seraient rénovés dans les semaines à venir, étaient situés sur la grand-rue, un emplacement idéal pour le commerce.

Les ouvriers devaient venir le lendemain pour abattre une cloison extérieure, afin que les clients puissent dîner sur la terrasse tout en ayant vue sur l'intérieur du restaurant.

Trois heures plus tard, une fois le four installé, Chelsea avait débarrassé et nettoyé le coin qui lui servirait de bureau, à l'arrière du local. Elle avait l'intention d'y faire poser une vitre qui lui permettrait de surveiller la cuisine.

Il lui restait trois bons quarts d'heure avant d'aller chercher Skylar.

Elle jeta un coup d'œil autour d'elle et ne put s'empêcher de sourire. Elle était couverte de poussière, mais les choses avançaient.

Un dernier coup de balai, et elle se mettrait en route.

La journée qui avait si mal commencé s'était révélée plutôt satisfaisante, en fin de compte.

Chelsea posa le balai contre un mur puis consulta son téléphone.

Encore un message de Renaldo... S'il pensait obtenir une réponse en la harcelant ainsi, il allait être déçu. Chelsea envisagea de changer de numéro, ce qui constituerait une corvée supplémentaire.

En même temps, si son ancien patron insistait, elle n'aurait pas le choix. Enfin... Elle verrait bien comment les choses évolueraient. Au pire, il serait toujours temps de prendre des mesures.

D'un pas léger, elle alla chercher son sac et y plongea la main pour prendre ses clés.

15 h 25. Dans deux heures, il ferait nuit, et Chelsea se prit à espérer que Skylar soit assez épuisée par cette première journée d'école pour accepter de dîner tôt et d'aller se coucher après un bon bain.

D'un autre côté, il ne fallait pas rêver... Toute cette excitation avait sans doute eu l'effet inverse.

Le simple fait de fermer la porte du restaurant lui fit monter des larmes de joie aux yeux.

Son restaurant, enfin

Elle pivota vers son pick-up, étouffa un cri et recula d'un pas.

Son ex-mari l'attendait sur le trottoir, un sourire ironique aux lèvres.

— J'ai eu un mal de chien à retrouver ta trace, bébé, dit-il simplement.

4

— J'ignore ce que tu as fait pendant tout ce temps, et je ne veux pas le savoir, dit Chelsea. J'ai un document juridique attestant que nous ne sommes plus liés.

Quatre années de colère et de ressentiment remontèrent à la surface, menaçant d'exploser.

Elle serra les poings, prête à le frapper s'il faisait un seul pas vers elle.

Il lui parut plus petit que dans son souvenir, sans doute parce que son regard sur lui avait changé. Bien que de taille et de carrure acceptables, Travis semblait maigrichon, comparé à Nate Kent. Pourtant, avec ses cheveux de la couleur du sable et ses yeux bruns, certaines devaient le trouver séduisant.

Pas Chelsea en tout cas : Travis Zucker avait perdu tout attrait à ses yeux dès qu'elle avait compris qui il était vraiment.

— Depuis quand un homme n'a plus le droit de voir sa femme et son enfant ? demanda-t-il avec flegme.

— Ex-femme, rectifia sèchement Chelsea. Et *ton* enfant, comme tu dis, est devenue *mon* bébé, le jour où tu as disparu dans la nature avec tous nos biens, et où tu m'as laissée sans un centime pour l'élever.

— L'erreur est humaine, rétorqua-t-il avec un de ces sourires flegmatiques qui autrefois l'électrisaient.

Autrefois… Car à le regarder maintenant, elle se demandait ce qu'elle avait bien pu lui trouver.

— Écoute, bébé…

Elle ne le laissa pas terminer sa phrase : il était hors de question pour elle de le laisser s'en tirer par de belles paroles.

En outre, elle n'avait jamais aimé qu'il la surnomme ainsi. Si on pouvait facilement manipuler un bébé, il en allait différemment d'une adulte, en l'occurrence d'une ex-épouse qui portait en elle les marques de sa trahison. Tous les Travis de ce monde ne l'abuseraient plus de la sorte, c'était certain.

— Cesse de m'appeler comme ça, dit-elle d'un ton cassant. J'ai un prénom. Chelsea, ça te dit quelque chose ? J'ai même un nom de famille, si tu veux. Il faut que je te le rappelle ?

Travis la dévisagea assez longuement pour l'alarmer, avant de faire mine de jeter un coup d'œil autour de lui.

— Où est le petit bout ? finit-il par demander.

Pour le coup, Chelsea vit rouge. Apparemment, ce fumier ne connaissait même pas le sexe de son enfant. Existait-il un père plus indigne ?

— Tu le saurais si tu avais daigné te présenter à la maternité. Bien ! À présent, écarte-toi de mon chemin, j'ai à faire.

L'expression de Travis changea du tout au tout lorsqu'elle tenta de passer devant lui.

— D'accord, susurra-t-il d'un ton menaçant. Tu es furieuse après moi. N'oublie pas pour autant ce qui nous lie, bé…

Elle lui jeta un regard si agressif qu'il s'interrompit au milieu du mot.

— Chelsea, rectifia-t-il. Je veux bien admettre que je me suis mal conduit envers toi, mais il n'est pas trop tard pour ressouder notre petite famille. Notre enfant a besoin d'un père.

— C'est ce qu'on verra, lui répondit-elle, faute de mieux.

Elle n'avait pas exigé de pension alimentaire au moment du divorce, et elle doutait même qu'il ait reçu les papiers concernant leur séparation officielle.

Soudain, elle fut prise de panique : si Travis s'acharnait sur elle, il s'ensuivrait fatalement une bataille juridique qui l'obligerait à prendre un avocat.

Il avait un certain culot de parler de Skylar comme de *son* enfant : lorsqu'elle lui avait annoncé qu'elle était enceinte, il l'avait accusée de l'avoir trompé avec un de ses employés.

— Aucun juge de l'État ne me refusera le droit de visite. Alors, autant t'habituer à l'idée que je suis dans les parages parce que j'ai la ferme intention de faire partie de vos vies.

Sur ces mots, il tenta de caresser le visage de Chelsea qui le repoussa d'un geste brusque.

— Ne me touche pas, Travis, dit-elle aussi calmement qu'elle le put.

Préoccupée, elle songea qu'elle allait devoir contacter un juriste pour connaître sa situation légale.

— Qu'est-ce qui te donne le droit de revenir dans nos vies ? Et où étais-tu, d'abord ?

— En Alaska. J'ai travaillé sur un pipeline pour pouvoir mettre de côté de quoi te rembourser. L'idée était de voir si tu me donnerais une seconde chance.

Chelsea se crispa encore davantage.

Manifestement, il était en plein délire.

S'il parvenait à prouver qu'il était vraiment allé en Alaska, peut-être serait-elle obligée d'organiser un planning de visites – sous contrôle, bien entendu. En même temps, elle avait trop souvent bercé Skylar en regrettant que la fillette n'ait pas de père pour s'opposer d'emblée à ce qu'il la rencontre.

Avant cela, toutefois, elle voulait être sûre que Travis ne disparaîtrait pas une nouvelle fois. Sa fille adorée méritait la stabilité, et elle se refusait à la soumettre aux caprices et au bon vouloir d'un père épisodique.

Ce retour, au moment précis où Chelsea s'apprêtait à ouvrir un restaurant, était suspect.

Comme tout le reste d'ailleurs, à bien y réfléchir. Il lui faudrait vérifier les dires de Travis – une simple recherche sur Internet et quelques coups de fil devraient suffire. Elle n'avait pas porté plainte contre son ex-mari lorsqu'il avait vidé leurs comptes : en théorie, l'argent volé lui appartenait autant qu'à elle, vu qu'elle avait fait la bêtise d'opter pour un compte joint, à une époque où Travis semblait s'intéresser à son entreprise.

— Je te suggère de commencer par rembourser à *ton enfant*, comme tu l'appelles, l'argent que tu nous as volé. N'essaie pas de me reconquérir, c'est perdu d'avance. De mon côté, je préfère attendre de voir si tu restes effectivement dans la région. Quand j'aurai la preuve que tu veux assumer ta paternité, on verra. En attendant...

Le rictus de Travis s'intensifia. Il s'avança vers Chelsea d'un air menaçant et s'arrêta si près d'elle qu'elle sentit l'odeur désagréable de l'après-rasage bon marché dont il s'était aspergé.

Instinctivement, elle détourna la tête et fit la grimace.

S'apercevant qu'elle se mettait en état de faiblesse, elle se rappela à l'ordre : la meilleure défense, face à une brute, restait l'attaque.

Elle se força à le regarder en face et, posant la main sur son torse, le repoussa de toutes ses forces.

Bien qu'elle ait réussi à le faire reculer d'un pas, Travis revint vers elle et fut accueilli cette fois par un coup de genou bien placé.

Le choc fut si violent qu'il dut se retenir à la porte du restaurant pour ne pas s'affaler comme une chiffe.

Il tenta de reprendre son souffle tandis qu'elle essayait de se faufiler sous son bras.

Elle était presque parvenue à lui échapper quand, faisant volte-face, il referma une poigne de fer sur son avant-bras.

— Tu me fais mal, dit-elle, la mâchoire crispée, avant de se laisser tomber sur les genoux pour se dégager de son emprise.

— Tu es devenue une sacrée bourrique, hein ? persifla-t-il, tandis qu'elle se relevait dans l'intention de s'éloigner.

— Fiche le camp, Travis.

— Je ne repartirai pas sans avoir vu mon enfant, rétorqua-t-il.

Décidément, il connaissait les points faibles de Chelsea :

quatre ans plus tôt, il s'en était pris à sa sécurité financière, ce qui à présent lui paraissait dérisoire, comparé à la nécessité de protéger leur fille.

Le doute n'était plus permis : Chelsea allait devoir consulter un juriste pour savoir où elle en était exactement.

Elle se dirigea vers son pick-up, garé dans la rue, en s'attendant à moitié à ce que Travis revienne à la charge.

L'incident lui avait fait perdre un temps précieux.

Après s'être assurée à plusieurs reprises que son ex ne l'avait pas suivie, elle s'arrêta, le temps d'appeler l'école et d'informer la directrice de son retard.

Dix minutes après, sur le parking de l'établissement, elle fut prise d'un soudain accès de désespoir.

L'arrivée de Travis dans la vie de leur fille aurait dû constituer une bonne nouvelle, mais elle savait ce dont son ex était capable, et l'idée de se trouver dans l'obligation de lui confier Skylar la révoltait.

Une autre voiture s'engagea sous le portique du parking et elle sentit l'inquiétude la gagner.

Elle n'avait pas fait attention au type de véhicule que conduisait Travis et ne se détendit qu'en voyant une femme descendre du sien.

Elle se précipita vers l'entrée de l'école. À son grand soulagement, elle n'était pas la dernière : Skylar l'attendait en compagnie de deux autres bambins.

— Votre fille s'est bien amusée, l'informa Mme Bartels, la directrice. Elle était un peu intimidée au début mais elle s'est vite fait des petits camarades.

— Vous m'en voyez ravie, murmura vaguement Chelsea qui en temps normal aurait été enthousiasmée par cette nouvelle.

— Voulez-vous visiter la classe de Skylar ? lui proposa Mme Bartels.

La femme que Chelsea avait repérée quelques minutes plus tôt entra à son tour d'un pas vif.

— Bonjour, madame Stanley, lui lança la directrice.

— Bonjour, Elaine, répondit la nouvelle venue. Ça s'est bien passé aujourd'hui ?

Chelsea en profita pour s'excuser. Skylar avait passé un après-midi serein, c'était l'essentiel. Pourtant, elle n'avait aucune raison d'en douter : en cas de problème, Mme Bartels l'aurait contactée.

Plus rassurant encore, Travis ignorait tout de *son* enfant.

— Maman ! s'exclama la fillette, ravie de la revoir.

Chelsea consulta du regard l'institutrice qui hocha la tête avec indulgence.

S'agenouillant devant sa fille, elle lui ouvrit les bras. La spontanéité avec laquelle Skylar se précipita vers elle l'émut aux larmes.

— Je suis contente de te voir, ma chérie, dit-elle en resserrant encore son emprise.

— Moi aussi. C'était drôlement bien. J'ai colorié un éléphant et je suis montée sur un vrai vélo.

— Waouh ! Tu as été très occupée, on dirait !

Elle recula légèrement pour pouvoir regarder Skylar dans les yeux et ajouta :

— Et la bonne nouvelle, c'est que tu reviens demain.

Un grand sourire aux lèvres, Skylar demanda :

— Tu crois qu'il sera là ?

— Qui ? lui demanda Chelsea, affolée.

— Tu sais bien, lui dit Skylar, comme si elle ne faisait que souligner une évidence. Le pompier !

— Cela m'étonnerait, ma chérie. Il a passé l'âge d'aller à l'école et, comme je te l'ai expliqué, il est très occupé. En revanche, tu retrouveras tous tes petits camarades. Allez, va chercher ton manteau.

Skylar se leva, puis revint sur ses pas pour annoncer :

— C'est vrai, ce qu'il m'a dit hier, tu sais. Ma maîtresse a une grenouille qui s'appelle Henry.

Mme Stanley réapparut, et le petit garçon qui était assis près de Skylar sourit à son tour.

— Bonjour, mon grand, lui dit sa mère. Tu es prêt ?

Aussitôt, il se leva pour gagner son casier et rassembler ses affaires. Skylar eut un peu plus de mal avec les siennes.

Chelsea s'avançait vers elle pour l'aider à s'habiller lorsqu'une voix masculine retentit derrière elle, la faisant sursauter.

Mme Eaton la dévisagea avec surprise. Un homme en bleu de travail salua l'assemblée d'un signe de tête, puis entreprit de vider les corbeilles à papier.

— Désolée, murmura Chelsea en entraînant sa fille vers la sortie.

La nuit était tombée et elle se tint sur ses gardes tout le temps qu'il lui fallut pour installer Skylar dans son siège auto.

En s'engageant dans son allée, Chelsea sentit son angoisse remonter en flèche : une fourgonnette inconnue était garée sur l'aile gauche de la maison. Une nouvelle crise de panique s'ensuivit. Elle leva les yeux vers le rétroviseur pour jeter un coup d'œil à sa fille, attachée à l'arrière.

Et si Travis savait où elles vivaient, en fin de compte ?

Non ! Elle ne se sentait pas la force de le confronter pour la seconde fois de la journée.

Elle ne pouvait pas laisser Skylar seule dans le pick-up et n'avait plus envie de rentrer chez elle.

Elle referma la main sur le levier de vitesse afin de pouvoir faire marche arrière très vite s'il le fallait.

— On y va, maman ? lui demanda Skylar.

— Dans un instant, ma chérie. Mais d'abord, j'aimerais bien savoir à qui appartient cette fourgonnette.

— Et si mamie est malade ?

Perturbée par tout ce qui s'était passé dans la journée, Chelsea avait complètement oublié le malaise de Linda. La remarque de sa fille l'inquiéta suffisamment pour qu'elle lui réponde :

— Tu as raison. Rentrons ! Mais tu me donnes la main et tu restes derrière moi jusqu'à ce que je te dise que tout va bien.

Après avoir déposé la fillette sur la terre ferme, Chelsea s'avança vers l'entrée, puis grimpa sur le porche, le cœur battant. Elle serra un peu plus fort la main de Skylar, mais ne put se résoudre à glisser la clé dans la serrure.

— Tu veux que je t'aide à ouvrir la porte, maman ?

C'était un rituel. Skylar adorait se rendre utile et, d'ordinaire, Chelsea acceptait de lui passer le relais

La clé était un vieux modèle, sûrement d'origine, de même que la serrure. Encore une chose qui allait devoir changer : pour l'instant, cette maison était le petit coin de paradis de Chelsea, et l'idée que Travis puisse envahir son territoire la rendait malade. Il lui avait déjà tant pris !

Prenant son courage à deux mains, elle déverrouilla la porte et se prépara à affronter son visiteur.

Un rire sonore retentit dans les profondeurs de la maison. Un rire masculin, dont le son déjà familier fit frissonner Chelsea.

Celui de Nate Kent.

Auquel celui de Linda fit aussitôt écho.

Chelsea s'engagea dans le couloir qu'elle trouva glacial. Pourvu que le système de chauffage soit réparable ! Il avait tendance à s'arrêter au plus mauvais moment, et le mois de janvier au Texas pouvait être une longue succession de vagues de froid.

Malgré sa nervosité, Chelsea sentit quelque chose se détendre en elle à la vue de Nate, assis à la table de sa cuisine. Face à lui, Linda bavardait sans retenue, et Chelsea s'interdit de repenser à l'épisode du matin. La journée avait été suffisamment éprouvante comme ça.

— Tout va bien ? demanda-t-elle à celui qui, somme toute, n'était qu'un étranger.

Nate se tourna vers elle et la regarda suffisamment longtemps pour qu'elle en soit troublée.

Dans des circonstances normales, elle aurait cherché à mieux connaître Nate Kent. Malheureusement, il y avait bien longtemps que plus rien n'était normal dans son petit univers. Et même si elle l'avait pris pour un être d'exception, de prime abord, elle était bien décidée à ne plus jamais accorder sa confiance à un homme, aussi charmant qu'il soit.

Travis avait décidément fait du beau travail, et elle se rendait compte que si elle restait sur sa triste expérience conjugale pour le restant de ses jours, elle le laisserait gagner, en quelque sorte.

— Coucou, monsieur ! lança Skylar d'un ton joyeux, avant de contourner Chelsea pour courir vers Nate.

Encore un miracle. Chelsea n'avait jamais vu sa fille accueillir un quasi-inconnu avec tant d'enthousiasme. À se demander si sa spontanéité n'était pas simplement due au fait que Nate était un homme. Se pouvait-il qu'une présence masculine lui manque à ce point ?

Chelsea était reconnaissante à sa mère de tout ce qu'elle faisait pour Skylar. Malgré sa santé délicate, Linda avait fait montre d'un soutien infaillible pendant la période de désarroi qui avait suivi le départ de Travis. Elle s'était pleinement consacrée à sa petite-fille dès que celle-ci était venue au monde et, par son soutien, elle avait aidé Chelsea à remonter la pente.

Bien sûr, les choses avaient été facilitées par le fait que Chelsea travaillait de nuit, à l'époque. Elle partait à 16 heures, un peu avant le dîner de Skylar qui était couchée dès 19 heures. Linda avait toujours été très matinale, et Chelsea la soupçonnait de ne pas avoir dormi du sommeil du juste avant le troisième anniversaire de Skylar. Cette période n'avait pas été facile, mais les « Trois Mousquetaires », comme sa mère se plaisait à les surnommer, s'en étaient bien tirées.

A posteriori, Chelsea s'en voulait d'avoir tant tardé à percer

Travis à jour. Il lui paraissait sincère quand il prétendait avoir eu une enfance particulièrement difficile.

Chelsea n'ayant jamais rencontré sa mère, dont il disait le plus grand mal, elle n'avait aucune raison de mettre sa parole en doute. Pas même lorsqu'il avait prétendu qu'aucun membre de sa famille n'assisterait à leur mariage, faute de pouvoir se déplacer.

Après le départ de Travis, Chelsea avait procédé à quelques recherches et avait découvert que la prétendue marâtre, mariée à un pasteur, vivait près de Little Rock.

À sa décharge, elle travaillait trop dur, à l'époque, pour avoir les idées claires. Le manque de sommeil et le bon sens faisaient mauvais ménage, c'était bien connu.

Nate s'agenouilla pour se mettre à la hauteur de Skylar et, une fois encore, Chelsea sentit son cœur s'emballer.

Il savait vraiment s'y prendre, avec les enfants. Sans doute sa formation de pompier volontaire l'y avait-elle préparé. À moins que, inconsciemment, Chelsea souhaite voir sa fille se rapprocher de lui ?

Oui, bien sûr. Elle pouvait au moins se faire cet aveu. Elle tenait à ce que Sky fasse confiance aux hommes. Jusqu'à présent, elle avait évité leur contact et, au fond, Chelsea craignait que cette défiance ne perdure.

Nate Kent était différent. Il semblait avoir une patience infinie.

Avec les enfants, s'empressa de lui préciser sa petite voix intérieure.

— Pourquoi tu es venu ? demanda Skylar, un poing posé sur la hanche, comme si leur visiteur lui devait une explication.

Chelsea laissa échapper un soupir d'envie. Si seulement les adultes pouvaient être aussi directs !

— Ta grand-mère m'a appelé pour me demander de passer la voir, répondit Nate, à la grande surprise de Chelsea qui se tourna vers Linda.

— Tout va bien, maman ?

— Beaucoup mieux maintenant, lui répondit Linda, dont le sourire espiègle expliquait tout ou presque.

Chelsea l'avertit du regard tandis que Nate se redressait sans quitter Skylar des yeux.

— Disons simplement que M. Kent m'a été d'une grande aide, ajouta Linda en haussant les épaules, l'air vaguement contrit. Quelqu'un a jeté une pierre à travers la fenêtre du salon, et j'ai eu tellement peur que j'ai jugé plus sage de ne pas rester seule en t'attendant.

— Enfin, maman ! Tu aurais dû m'appeler ! s'exclama Chelsea d'un ton de reproche.

— Je ne voulais pas te déranger, ma grande. Et puis, ce charmant jeune homme m'a dit ce matin de ne pas hésiter à le contacter si j'avais besoin de compagnie.

— Tout à fait, renchérit Nate. Il n'est pas toujours facile de s'intégrer dans une nouvelle ville.

Certes. Surtout quand, comme Chelsea, on était harcelée par son ex-mari.

D'ailleurs, que signifiait cette vitre brisée ? Cela voulait-il dire que Travis avait réussi à trouver leur adresse ?

5

Chelsea tenta de dissimuler son affolement en se frottant les avant-bras, comme pour se protéger du froid ambiant.

— Quelqu'un a lancé une pierre à travers la vitre ? répéta-t-elle en se dirigeant vers le salon.

— Du moins, je pense que c'était une pierre, précisa Linda. Je ne suis pas retournée m'en assurer et je voulais éviter de t'inquiéter. Ce n'est pas bien grave, on en a vu d'autres, non ?

Chelsea garda le silence. Ce n'était effectivement pas grave, à condition que le méfait ait été commis par des garnements du coin. Ce qui était beaucoup plus inquiétant, c'est que, contrairement à Linda, elle savait que Travis était de retour dans la région.

Plutôt que de parler de lui devant Skylar, elle se lança dans une rapide évaluation des dégâts. Le carreau endommagé était sur l'aile gauche de la maison ; la fenêtre donnant sur l'emplacement qu'elle réservait normalement à son pick-up. Elle n'avait rien remarqué en arrivant.

La trajectoire du projectile était facile à reconstituer. Chelsea se pencha pour ramasser la pierre.

— Attendez, dit Nate, dont le ton calme l'apaisa immédiatement.

Elle en déduisit qu'elle manquait vraiment d'affection : la voix de Nate Kent la troublait de façon exagérée, et elle n'osait imaginer ce qui se produirait s'il la touchait.

Elle repoussa bien vite cette pensée aussi malvenue que déplacée.

— Le vandale qui a fait ça doit être poursuivi, ajouta Nate en brandissant son portable. J'appelle le shérif.

— Maman, j'ai faim, geignit Skylar, qui avait dû les suivre à leur insu.

— Je vais lui préparer à manger, dit aussitôt Linda en prenant sa petite-fille par la main pour la ramener dans la cuisine.

— Merci, maman, lui répondit Chelsea. Et ne t'en fais pas pour moi. Ça ira mieux quand j'aurai trouvé un moyen de réparer ce carreau, au moins temporairement, pour qu'on ne meure pas de froid pendant la nuit.

Au regard que lui jeta Nate, elle comprit qu'elle ne devait toucher à rien, sous peine de faire disparaître d'éventuelles empreintes digitales.

— Je ne bouge pas d'ici, conclut-il, après avoir expliqué la situation à son interlocuteur.

Les derniers mots de Nate achevèrent de rassurer Chelsea. Il lui plaisait décidément beaucoup, peut-être parce qu'elle se sentait vulnérable.

— Je vous remercie de ne pas avoir fui en courant, lui dit-elle. Quelle journée ! Pourtant je peux vous assurer que nous menons une vie plutôt monotone, d'habitude !

Il la considéra un long moment, avant de répondre :

— Permettez-moi d'en douter. Vous faites un travail formidable, avec Skylar. On voit tout de suite qu'elle trouve son équilibre dans son entourage et qu'elle s'y sent aimée. Par ailleurs, si j'en crois les rumeurs, vous vous apprêtez à ouvrir une pizzeria haut de gamme, en ville. Vous êtes belle et intelligente, alors je doute fort que votre vie soit si... monotone.

Belle ?

À son grand embarras, Chelsea se sentit rougir jusqu'aux oreilles.

Fort heureusement, on frappa à la porte à ce moment précis.

— Je reviens tout de suite, marmonna-t-elle faute de mieux.

Elle sourit pour elle-même en imaginant la réaction de sa mère si elle avait perçu le silence gêné qui avait suivi la déclaration du cow-boy.

Elle courut jusqu'à l'entrée et hésita un instant avant d'ouvrir la porte.

Et si Travis se tenait sur le palier ?

Pire encore... Ne s'attendait-elle pas à le trouver sur son perron, chaque fois qu'on sonnait à sa porte depuis la naissance de Skylar ?

Trouvant la question plus que dérangeante, elle se résigna à faire entrer son visiteur. Fort heureusement, il s'agissait du shérif.

— Bonsoir, madame. Zach McWilliams, à votre service, dit-il en lui tendant la main.

Chelsea la lui serra avant de se présenter à son tour.

— Entrez, je vous en prie, murmura-t-elle, consciente de la présence de Nate derrière elle, et agacée de la ressentir aussi viscéralement.

— C'est sympa d'être venu, Zach, enchaîna Nate.

Zach ? Tout le monde s'appelait donc par son prénom, dans cette bourgade ? Sans doute était-ce l'un des bons aspects de la vie dans une petite ville... Même si, en principe, les voisins étaient plus là pour vous rendre service que pour briser vos carreaux à coups de pierre.

Nate et le shérif auraient pu être jumeaux tant ils se ressemblaient.

Intriguée, Chelsea les observa tour à tour.

Nate dut percevoir son trouble, car il s'empressa d'expliquer :

— Zach est mon cousin germain.

De l'avis de Chelsea, Nate l'emportait haut la main, sur le plan physique. Zach était bel homme, lui aussi, mais pas de la même manière : Nate Kent avait décidément quelque chose de singulier.

Se ressaisissant, elle guida le shérif vers son salon.

— La pierre a traversé ce carreau, dit-elle en désignant la fenêtre.

— Vous venez d'arriver en ville, je crois, lui dit Zach.

— Tout à fait, murmura Chelsea, évitant de lui faire remarquer qu'il ne faisait que souligner une évidence.

— Eh bien, vous n'avez pas de chance ! D'habitude, on est plus accueillants que ça à Jacobstown.

Chelsea surprit Zach et Nate en train d'échanger un regard lourd de sens.

— Si on excepte les incidents survenus dans certains ranchs de la région, ces dernières années, ajouta Nate.

— Ah oui ? Et que se passe-t-il ? demanda Chelsea en se plantant au milieu de la pièce, les bras croisés.

Nate vit une lueur d'effroi traverser le joli visage de Chelsea, et il se promit de lui demander ce qui lui faisait si peur.

— Un malade mutile les bêtes et les laisse saigner à mort, expliqua Zach à Chelsea.

— Je sais. Votre cousin m'en a vaguement parlé. Qui peut bien faire une chose pareille ? Des ados ?

— Je ne vois pas des ados commettre des actes aussi barbares, rétorqua Zach. Quoi qu'il en soit, c'est devenu assez fréquent pour que la population de Jacobstown soit sur le qui-vive. Tout le monde redoute d'autres méfaits du même style, vous comprenez ?

— C'est pour cela que vous avez tenu à prévenir le shérif de ce qui s'est passé ici, cet après-midi ? s'enquit Chelsea en se tournant vers Nate.

Zach prit le relais.

— Disons que ce genre d'incident n'arrive jamais. Nos concitoyens sont bienveillants, pour la plupart. De manière générale, je dirais qu'il a longtemps régné ici une atmosphère bon enfant. Les gens ne se barricadaient pas chez eux, et il n'était pas rare de les voir laisser leurs clés de leur voiture sur le contact, le temps d'aller faire une course. Malheureusement, c'est fini, tout ça. Certains d'entre nous deviennent paranoïaques, et les autres sont sur leurs gardes. Du coup, ils sont moins tolérants envers les nouveaux venus. Voilà pourquoi, de notre côté, nous faisons très attention à tout ce qui est inhabituel. Comme cet acte de vandalisme, par exemple.

Nate se rembrunit. Les explications de son cousin ne le satisfaisaient pas. Certes, les gens étaient à cran, mais pas au point de s'en prendre à de nouveaux habitants. Au contraire, Jacobstown tenait à sa réputation de ville particulièrement ouverte.

Pour lui, l'arrivée de Chelsea n'avait donc rien à voir avec la persécution des génisses.

— Vous êtes texane ? demanda Zach à Chelsea, commençant ainsi l'interrogatoire de routine que Nate l'avait souvent entendu mener.

— Oui, je viens de Houston.

Nate tira son téléphone de sa poche et fit mine d'en consulter l'écran, dans l'espoir de dissimuler son intérêt pour les réponses de Chelsea.

— Vous êtes mariée ?

— Je l'ai été. Je... je ne le suis plus.

Surpris par son intonation, Nate releva brièvement les yeux et constata qu'elle avait baissé la tête en même temps que la voix.

— Vous avez des ennemis ? Une idée de qui pourrait vous en vouloir ?

Des bruits de pas résonnèrent dans le couloir, les plus sonores étant ceux de Skylar.

Encore une chose qui ne laisserait jamais d'étonner Nate : même hauts comme trois pommes, les enfants faisaient beaucoup plus de bruit qu'un adulte en se déplaçant.

Linda tenait sa petite-fille par la main.

— Je remonte pour lui donner son bain, annonça-t-elle.

— Merci, maman, dit Chelsea avant de se tourner vers Zach en frissonnant.

— Je peux mettre une planche à la place de ce carreau ? Je suis gelée.

— Dans un instant, madame, répondit le shérif.

Il prit son téléphone et se mit à pianoter sur le clavier.

— J'envoie un SMS à mon adjoint afin qu'il vienne, toutes affaires cessantes, pour relever d'éventuelles empreintes, dit-il.

En d'autres circonstances, Nate aurait volontiers proposé à Chelsea de la réchauffer. Il se reprocha cette pensée d'autant plus inconvenante qu'il traversait une période de grande méfiance à l'égard des femmes.

Merci, Mia, songea-t-il avec amertume.

Dire qu'il s'était toujours targué de reconnaître un menteur au premier coup d'œil ! Bien que Mia ait été convaincante, il continuait à s'en vouloir de ne pas avoir mis fin à leur relation beaucoup plus tôt. Non contente de se servir de sa faiblesse, Mia avait joué avec ses sentiments.

Cela, ajouté au problème des génisses, l'avait mis d'humeur plus que maussade… jusqu'à sa rencontre de la matinée. L'atmosphère qui régnait dans cette maison était différente de tout ce qu'il connaissait.

Les questions de Zach ne lui parvenaient plus qu'en un vague murmure, toutefois il tendit l'oreille en entendant son cousin demander à Chelsea si elle savait où vivait son ex-mari.

— Je n'en ai aucune idée, répondit-elle après avoir tourné la tête vers la cage d'escalier, comme pour s'assurer que sa fille ne pouvait pas l'entendre. Il a disparu dans la nature à la fin de ma grossesse, et je n'avais eu aucune nouvelle de lui depuis la naissance de notre fille… jusqu'à ce qu'il vienne à mon restaurant, cet après-midi. Comme ça, sans prévenir. Et avec des exigences, en plus !

Tout comme son cousin, Zach parut intéressé par cette

information. Nate eut néanmoins le sentiment que ce n'était pas pour les mêmes raisons.

— Il ne vous a pas dit ce qu'il faisait là, après tout ce temps ? demanda Zach, les sourcils froncés.

— Si. À l'entendre, il pensait que nous pourrions revivre ensemble, et il voulait voir son enfant, répondit-elle d'un ton vague.

Nate ne put s'empêcher de la dévisager. Pour se rendre compte de quoi, au juste ? Pour voir si elle aimait toujours son ex ?

À en juger par son expression, la réponse était non.

Il n'y avait pas de quoi se réjouir. Chelsea, son ex et Skylar auraient dû former une famille, ce qui, pour Nate, prévalait sur tout le reste. S'il y avait une possibilité de participer à la reconstitution d'un noyau familial, il serait le premier à mettre la main à la pâte.

À condition, toutefois, que personne n'en souffre.

— Il vous a expliqué les raisons de son départ ? poursuivit Zach, après avoir noté le nom de l'ex de Chelsea.

Travis Zucker. Un patronyme que Nate n'oublierait pas.

De nouveau, il examina Chelsea. Cette fois, il eut l'impression qu'il lui en coûtait terriblement de répondre.

Zach dut aussi percevoir son malaise, car il s'excusa avant de reprendre :

— Je voudrais avoir une idée des menaces éventuelles qui pèsent sur vous, votre fille, et sur toute personne susceptible d'empêcher ce « monsieur », si on peut l'appeler ainsi, d'obtenir ce qu'il veut.

— Non, murmura Chelsea. En tout cas, il ne s'est pas excusé. Pendant que j'étais en salle de travail pour l'accouchement, il a vidé notre compte en banque et dévalisé la maison. C'est pourquoi, quand il m'a demandé de le laisser revenir parmi nous, je l'ai envoyé promener.

Les deux poings posés sur ses hanches, comme la ride

soucieuse qui lui barrait le front, avaient parlé pour Chelsea : elle était furieuse.

— Et ensuite, madame ? Pardonnez-moi d'insister, il faut vraiment que je sache ce qui s'est passé.

— Après ? J'ai regagné ma voiture et, une fois que j'ai été certaine qu'il ne me suivait pas, je suis allée chercher ma fille. C'était son premier jour dans cette école, et j'étais en retard, complètement stressée, vous comprenez ?

De nouveau, elle jeta un coup d'œil inquiet vers le couloir, puis vers le plafond.

Nate comprit qu'elle ne mentait pas. Depuis sa mésaventure avec Mia, l'honnêteté était pour lui une qualité essentielle, et il était à l'affût du moindre signe de duplicité chez ses interlocuteurs.

— Il vous a fallu à peu près combien de temps, pour récupérer votre fille ? poursuivit Zach.

— J'ai été partie suffisamment longtemps pour que Travis vienne jusqu'ici et brise ce carreau. C'est d'ailleurs à lui que j'ai pensé en premier.

— Vous voyez d'autres possibilités ?

— Mon ancien patron a très mal pris ma démission. Il m'a envoyé un ou deux SMS depuis notre emménagement, pour me demander s'il pouvait me rendre visite.

Elle sortit son téléphone de sa poche et le posa sur la paume déployée de sa main, avant de préciser :

— Je ne lui ai pas répondu. J'essaye de tourner la page. Je voudrais vraiment passer à autre chose.

Nate comprenait sans peine qu'on puisse courtiser Chelsea McGregor. Néanmoins, ce qu'elle décrivait ressemblait à du harcèlement pur et simple.

Il serra les dents : qu'on lui donne cinq minutes en tête à tête avec un de ces pauvres types, et il lui apprendrait à respecter les femmes.

Zach nota les coordonnées de l'individu en question, un

chef cuisinier de renom, puis conclut l'interrogatoire en demandant :

— Qu'est-ce qui vous a décidée à venir vous installer à Jacobstown ?

— Un cadeau, répondit Chelsea en souriant. Cette maison et l'endroit où je vais ouvrir mon restaurant appartenaient à ma grand-tante, Maddie Barstok. Elle m'a légué le tout, et comme c'était l'occasion rêvée pour repartir de zéro, nous avons fait nos bagages et nous sommes venues à Jacobstown. Maddie m'a également transmis le bail du local de son entreprise, en ville.

— Vous étiez proche de votre grand-tante ? demanda Zach.

— Pas du tout. En fait, je n'ai aucun souvenir d'elle. Ma mère et elle ne se voyaient que très rarement, et c'est tout juste si je connaissais l'existence de cette branche de ma famille.

— Il faut croire que vous l'avez marquée, commenta Zach.

Au coup d'œil qu'il jeta à Nate, ce dernier comprit qu'ils pensaient la même chose.

— Je croyais que Mme Barstok était entrée dans un centre pour personnes dépendantes à Austin, afin de se rapprocher de ses amis, dit Nate.

— Moi aussi, renchérit Zach en se pinçant l'arête du nez. Je me souviens avoir entendu dire cela, en ville, il y a quelques années. Quoi qu'il en soit, nous serons ravis d'avoir un nouvel endroit où nous restaurer. Le local dont vous parlez est désaffecté depuis trop longtemps, et les ados commencent à le squatter.

— J'ai la ferme intention de réhabiliter les lieux, déclara Chelsea, une pointe de fierté dans la voix.

Décidément, cette femme et sa petite Skylar étaient exceptionnelles, songea Nate. Au point qu'il se surprit à vouloir les aider. Une mère célibataire, avec un ex – un voleur, ni plus ni moins – qui faisait quelques apparitions inopinées, et un ancien patron qui semblait déterminé à la poursuivre de ses assiduités, méritait bien qu'on veille sur elle.

Nate resterait donc à ses côtés – à condition qu'elle le veuille bien, car il avait eu le temps de percevoir en elle une certaine crainte vis-à-vis du sexe opposé. Crainte bien compréhensible, vu ce que lui avait fait ce Travis Zucker.

Un coup frappé à la porte fit sursauter Chelsea.

Après s'être excusée de sa nervosité, elle sortit de la pièce et regagna le corridor.

Zach et Nate lui emboîtèrent le pas, pour le cas où Zucker aurait décidé de lui rendre une seconde visite, mais il s'agissait bien de Long, l'adjoint de Zach.

Chelsea le guida jusqu'au salon, où il se mit aussitôt à l'œuvre.

— Je vais jeter un coup d'œil à l'extérieur, dit Zach.

Le ciel était nuageux, signe que la pluie n'allait pas tarder à tomber, et l'obscurité ambiante donnait l'impression qu'il était bien plus tard que ne l'indiquait la montre de Nate.

Il sortit sur le porche avec Chelsea, et Skylar ne tarda pas à les rejoindre.

— Maman, quand je souffle en l'air, je vois ma respiration.

— Rentre vite, ma chérie. J'arrive tout de suite.

— Mamie a dit que je devais aller dans sa chambre pour jouer avec elle, répondit Skylar, les sourcils froncés.

— C'est une excellente idée, tu ne trouves pas ?

Nate eut un pincement au cœur en voyant le sourire de Chelsea. Elle faisait bonne figure devant sa fille pour ne pas l'inquiéter. Pourtant, d'après ce qu'il avait compris, elle avait eu plus que sa part de périodes difficiles : d'abord la faillite organisée de sa première entreprise, puis le harcèlement de son dernier employeur… De quoi éviter la proximité de la gent masculine, effectivement.

Ces pensées l'amenèrent à d'autres considérations, plus adaptées à la situation.

Zucker étant à Jacobstown, il se pouvait fort bien qu'il ait tenté d'intimider Chelsea en jetant cette pierre par une des fenêtres. Il en allait de même pour le chef cuisinier qui semblait capable d'avoir fait le déplacement jusqu'à leur petite ville et attendait peut-être non loin de là que son cousin et lui-même repartent. Il faudrait qu'il demande à Zach de vérifier l'emploi du temps de Renaldo Vinchesa. Un simple coup de fil à son restaurant de luxe devrait le renseigner : s'il apprenait que le cuisinier avait pris sa journée, ce dernier avait eu tout le temps de venir jusqu'ici.

Nate revint à la réalité du moment. Rien de tout cela ne le concernait, en fait : une fois la vitre condamnée, et après avoir aidé Chelsea à trouver un artisan pour la remplacer, il n'aurait plus rien à faire chez elle.

Il décida d'appeler Bill Staller, un petit entrepreneur local à qui il avait rendu service à plusieurs reprises. Une simple planche ne suffirait pas à empêcher le froid de pénétrer dans cette vieille demeure, si perméable aux courants d'air.

Le temps que Bill prenne son appel, Nate s'était mis en tête de faire poser, à ses propres frais, des doubles vitrages dans toute la maison. C'était le moins qu'il pût faire pour les McGregor qui, manifestement, ne roulaient pas sur l'or.

Restait une question, néanmoins : Chelsea accepterait-elle son aide ou serait-elle vexée par sa proposition au point de la refuser tout net ?

6

Le shérif avait pris sa déposition, le carreau avait été remplacé par un professionnel, et il faisait si sombre qu'on se serait cru en pleine nuit.

— Je ne vous remercierai jamais assez pour tout ce que vous avez fait pour nous, murmura Chelsea dans un élan de sincérité.

Nate Kent avait passé la journée à s'occuper d'elles, c'était presque trop.

— Ça fait partie de mon travail, répondit-il d'un ton léger.

Peut-être, cependant cela représentait beaucoup pour Chelsea qui ajouta :

— Il ne m'a pas été facile d'admettre que je m'étais éprise d'un abruti de première classe, vous savez !

Le dire à voix haute ne changeait rien à l'affaire. Combien de nuits avait-elle passées à ruminer sur son erreur de jugement ? Des dizaines ? Des centaines ?

Elle se tourna vers Nate, s'attendant à lire une nuance de dédain sur son beau visage.

À sa grande surprise, il la gratifia d'un sourire compatissant.

— Je pense qu'on a tous commis ce genre de bévues au moins une fois dans notre vie, commenta-t-il simplement.

Comme elle le considérait d'un air perplexe, il ajouta :

— Quoi ? Je ne suis pas différent des autres, vous savez !

— C'est cela, répliqua-t-elle, d'un ton sceptique.

— Qu'entendez-vous par là ? lui demanda Nate.

Sentant qu'elle l'avait vexé, Chelsea s'empressa de faire machine arrière.

— Pardonnez-moi. Je ne voulais pas vous blesser. Mais avec une prestance comme la vôtre, j'ai du mal à croire que vous puissiez avoir le moindre problème dans ce domaine.

À peine ces mots avaient-ils franchi ses lèvres qu'elle les regretta. Malheureusement, il était trop tard. Nate s'était levé, et ses yeux gris lançaient des éclairs.

— Je vois, dit-il. Vous vous êtes fait votre opinion, et je sais d'expérience que je ne vous en ferai pas changer.

Là-dessus, il regagna la cuisine et posa son café sur le comptoir.

Chelsea réprima une grimace. Elle avait tout gâché en moins d'une minute.

— Et si je vous présente mes excuses ? murmura-t-elle, faute de mieux.

Piètre question.

Son stress commençait à transparaître, et elle n'aimait guère le jour sous lequel elle se montrait. Elle fut tentée d'en imputer la faute à Travis, mais renonça presque aussitôt. Elle seule était responsable de ses actes et de ses paroles.

La vérité était ailleurs.

Chelsea commençait à éprouver pour Nate Kent des sentiments malvenus. Elle était fatiguée, accablée de soucis, et tout cela lui pesait.

— Je suis complètement idiote, dit-elle, alors que le beau cow-boy se dirigeait vers la sortie. Vous vous êtes porté à ma rescousse, vous avez été adorable avec Skylar et avec ma mère. Je n'ai donc pas le droit de vous juger. D'autant plus que je ne sais rien de vous ou presque.

Comme il ne se retournait pas, elle comprit qu'elle l'avait vraiment froissé. Aussi alla-t-elle lui poser une main sur le bras.

— Nate, vraiment, j'ai eu tort. S'il vous plaît, ne prenez pas mal mes propos.

Il se tourna enfin vers elle, puis recula d'un pas.

— Je crois comprendre ce qui se passe.

— Ah bon ? Vous voulez bien m'expliquer ?

— Vous avez peur, dit-il.

Chelsea le dévisagea avec stupeur, avant de demander :

— De quoi ?

— Il s'agirait plutôt de savoir de *qui* ! répondit-il, la regardant droit dans les yeux.

— Je... Je n'ai pas peur de vous, Nate, bégaya-t-elle. Si c'est ce que vous pensez, vous vous trompez. Surtout après ce que vous avez fait pour nous.

Son sourire était ravageur. Dire qu'il était beau constituait presque une insulte, pour décrire un homme tel que lui. Il émanait de sa personne ce magnétisme animal dont elle avait si souvent entendu parler, sans jamais le rencontrer. Ses yeux couleur de l'acier et sa mâchoire parfaitement dessinée mettaient en valeur sa chevelure sombre, épaisse et ondulée. Il devait faire du sport, il était tout en muscles.

— Si ce n'est pas de moi, c'est de ça, murmura-t-il avant de lui faire relever le menton et d'amener sa bouche vers la sienne.

Chelsea avait souvent rêvé d'embrasser Nate depuis leur première rencontre, pourtant ce qui était en train de se passer ne lui ressemblait pas, et la raison aurait voulu qu'elle le repousse avant que les choses aillent plus loin.

Le problème était qu'elle *voulait* qu'il la touche, elle voulait sentir ses lèvres sur les siennes et ses mains sur son corps. Elle tenta – en vain – de se convaincre que sa réaction n'était due qu'au fait qu'on ne l'avait pas étreinte depuis trop longtemps.

Et puis, cette agaçante petite voix intérieure se manifesta : *Tu désires Nate Kent, ma belle.*

Il était beau, charmant sans être charmeur. Son attirance était-elle due à la réserve qu'elle sentait chez lui ?

Aucune importance. Le corps vibrant de désir, Chelsea fit monter ses mains vers le torse du cow-boy et, au lieu de le repousser comme l'exigeait la sagesse, fit courir ses doigts sur ses muscles.

La sensation de ses lèvres fermes contre les siennes l'électrisa. Elle entrouvrit la bouche pour qu'il puisse jouer avec sa langue.

S'ensuivit un baiser d'une intensité rare et empreint d'une telle passion qu'elle se lova contre lui.

Nate laissa échapper un grognement animal puis, enserrant la taille de Chelsea, il posa les mains dans le bas de son dos.

Le jeu devenant dangereux, il était temps d'y mettre fin.

Comme elle ne s'en sentait pas la force, Chelsea fut soudain prise de panique : la pensée de l'impact que ce baiser pouvait avoir sur sa vie fut comme une douche froide.

Elle releva donc la tête tout doucement pour reprendre son souffle, avant de reculer d'un pas et de se dégager.

Elle constata aussitôt que l'émoi provoqué par ce baiser lui avait terriblement manqué sans qu'elle en prenne conscience.

Un véritable problème en soi : Chelsea avait passé l'âge des baisers enivrants. Même si, en toute honnêteté, celui-là avait fait bien plus que l'enivrer.

Pire encore, il n'avait pas été prémédité.

Nate se tint immobile dans la cuisine un peu plus longtemps qu'il ne l'aurait dû, le regard rivé à celui de Chelsea.

Il l'avait embrassée sur une impulsion qu'il regrettait déjà. Son instinct aurait dû mieux le guider. La dernière fois qu'il avait commis une erreur pareille, il n'était pas en âge de voter. Et l'adulte qu'il était devenu ne se laissait pas emporter comme ça, d'habitude…

Non. C'était cette lueur dans les yeux de Chelsea McGregor. Elle l'avait attiré comme une flamme attire un papillon.

Il tenta de se raisonner. S'il avait agi ainsi, c'était pour chasser Mia de ses pensées. Chez un homme normal, se remettre d'une rupture ne constituait pas un problème. Pour lui, qui n'avait pas pour habitude de s'engager, en revanche, c'était mauvais signe. Signe qu'il s'était vraiment ramolli au contact de Mia ?

Depuis les bouleversements entraînés par la disparition de ses parents, Nate se sentait déstabilisé et commettait erreur sur erreur.

Il était grand temps d'y remédier.

— Bill a votre numéro, dit-il à Chelsea. Il vous contactera afin de voir avec vous à quel moment il peut venir changer l'ensemble des vitres.

Elle leva un doigt en l'air.

— Je vais chercher mon portefeuille.

— Ce ne sera pas nécessaire.

— Comment cela ? demanda-t-elle.

La petite ride de perplexité qui apparut sur son front était si sensuelle que Nate dut faire un effort pour en détacher le regard.

— C'est déjà payé, lui répondit-il simplement, peu désireux d'expliquer pourquoi il éprouvait le besoin de participer à une partie des rénovations de la vieille demeure.

— Comment cela ? Je n'ai pas eu le temps de prendre une assurance.

— C'est réglé, vous dis-je, répéta-t-il, dans l'espoir de mettre un terme à cette conversation embarrassante.

En réalité, Nate avait été motivé par la lueur d'effroi qu'il avait lue dans les yeux de Chelsea lorsqu'elle avait évoqué son ex. Il avait simplement voulu lui prouver que tous les hommes n'étaient pas faits du même bois.

— Vous comptez faire installer une alarme ou, mieux encore, un système complet de sécurité ?

— Ici ? À Jacobstown ? Je ne pensais pas en avoir besoin !

— On n'est jamais trop bien protégé, vous savez.

Chelsea McGregor avait son lot de préoccupations, entre sa fillette, sa mère souffrante et son entreprise en cours.

Cela faisait beaucoup pour une seule femme, et si Nate pouvait la soulager un tant soit peu, il n'hésiterait pas un seul instant.

— Je réfléchirai à la question, promit-elle.

À en juger par son expression, elle songeait au coût qu'une telle installation entraînerait.

— Au fait, reprit-elle avec entrain, je n'ai pas pensé à vous dire, ce matin, que l'inauguration de ma pizzeria aurait lieu dans six semaines... si tout va bien. Or, j'ai l'impression que vous connaissez beaucoup de monde à Jacobstown et...

Bien qu'il ait immédiatement compris où Chelsea voulait en venir, Nate lui sourit pour l'encourager à continuer.

— ... Et ce serait bien que les gens entendent parler de l'ouverture de mon restaurant, acheva-t-elle.

— Ne vous inquiétez pas pour ça. D'ici demain matin, toute la ville sera au courant de votre arrivée à Jacobstown, et à la fin de la semaine, les gens en sauront certainement plus sur votre entreprise que vous ne le souhaiteriez. Il ne se passe pas grand-chose, dans cette bourgade. Il va y avoir la queue devant votre restaurant, le jour de l'ouverture. L'attrait de la nouveauté, si vous voyez ce que je veux dire.

— Vous me rassurez, murmura-t-elle.

— Bon, je ferais bien d'y aller, enchaîna-t-il en consultant sa montre. Les journées de travail commencent tôt, au ranch.

Chelsea poussa un petit cri de surprise.

— Vous avez deux métiers ?

— En théorie, je n'en ai qu'un, et c'est plus un mode de vie qu'un métier, expliqua Nate, soulagé de voir la conversation prendre un tour plus neutre, même si la tension sensuelle qui s'était installée entre eux depuis leur étreinte n'avait fait que décupler.

— Et qu'est-ce que vous faites au ranch ? demanda-t-elle.

De mieux en mieux.

Il était décidément facile de discuter avec cette femme, même quand, comme Nate, on était d'un naturel plutôt taciturne.

— Un peu de tout, dit-il.

C'était la vérité : Nate étiquetait et enregistrait les naissances de veaux, vérifiait l'état des clôtures et nettoyait les stalles, comme tout un chacun.

— Enfin, vous devez bien avoir un rôle attitré ! Quelle est votre fonction, au juste ?

— Propriétaire.

À la grande surprise de Nate, Chelsea parut déstabilisée par l'annonce.

— Quoi ? demanda-t-il en s'efforçant de ne pas paraître sur la défensive. Ça pose un problème que je possède ce ranch ?

— Non, pas vraiment, répondit-elle, un peu trop vite, sans doute parce qu'elle pensait avoir fait une nouvelle gaffe. Simplement, comme vous êtes déjà pompier...

— Bénévole, s'empressa-t-il de préciser, comprenant ce qui avait amené Chelsea à réagir ainsi. Je ne suis pas payé pour ça.

— Je vois, murmura-t-elle d'un ton qui indiquait le contraire.

Manifestement, elle concevait mal qu'on puisse gérer un ranch en plus d'être pompier bénévole.

— Jacobstown tient plus de la bourgade que de la ville, et nous devons tous mettre la main à la pâte, si nous voulons que les choses fonctionnent à peu près correctement. En outre, je ne suis pas le seul propriétaire du ranch. Je partage les responsabilités et le travail avec mes cinq frères et sœurs. Si j'ai proposé mes services à la caserne de pompiers, c'est parce que ça me permettait de m'éloigner un peu du ranch et de penser à autre chose. Et puisque nous en parlons, il est vraiment temps que je rentre, histoire de dormir un peu avant d'entamer ma journée.

L'expression de Chelsea étant indéchiffrable, Nate ne

parvint pas à savoir si elle le trouvait fou ou si, au contraire, elle l'admirait pour sa participation à la vie de la communauté.

Pour une raison qui lui échappa, il en conçut une vague contrariété.

— Encore une fois, je vous remercie de tout ce que vous avez fait pour nous aujourd'hui, dit-elle, ses grands yeux levés vers lui.

La fermeté de son ton laissait entendre qu'ils en avaient vraiment terminé.

— De rien, marmonna-t-il avant de prendre la porte.

Nate dut contourner le pick-up de Chelsea pour sortir de l'allée. Une fois qu'il fut sur la route, il appela Zach.

— Que penses-tu de ce qui s'est passé chez les McGregor ? lui demanda-t-il après l'avoir brièvement salué.

— Je ne sais pas trop quoi en penser, justement. Ça pourrait être l'œuvre de ce salopard de Zucker, bien sûr. Du coup, je suis en train d'appeler les motels du coin pour voir s'il n'a pas pris une chambre dans les environs.

— Ce qui me chiffonne dans l'affaire, c'est l'acte en lui-même. Cette pierre jetée à travers un carreau…

— Pourquoi ?

— Parce que son ex n'a pas hésité à aller lui parler directement cet après-midi, et que je ne vois pas l'intérêt pour lui de tenter de l'intimider par un acte de vandalisme.

— Ça m'a traversé l'esprit, à moi aussi, concéda Zach. Bref. Je vais manger un morceau au Last Bite Diner, près de la voie rapide. On pourrait discuter de tout ça là-bas, qu'en dis-tu ?

— Volontiers. Tu t'y rends directement ? demanda Nate.

— Je suis déjà en route. Il faut que je m'asseye quelque part pour passer un ou deux coups de fil. Il n'y aura personne à cette heure-ci.

Après avoir raccroché, Nate se dirigea vers le Last Bite.

Fébrile comme il l'était, il ne trouverait pas le sommeil de sitôt, et le souvenir du baiser échangé avec Chelsea ne le quittait pas. Ah, s'il avait pu oublier le goût exquis de ses lèvres contre les siennes !

Il s'obligea à se concentrer sur la route, plutôt que de repenser à la lueur qu'il avait vue briller dans ses yeux et qui l'entraînait sur ce terrain glissant.

L'envie d'embrasser Chelsea avait été physique, presque douloureuse, et Nate ne souhaitait pas s'interroger plus avant sur ce qui l'attirait tant en elle. Elle était belle, intelligente, elle avait la tête sur les épaules… C'était exactement le genre de femme qu'il aurait aimé mieux connaître, en temps normal.

Cette dernière pensée le fit sourire.

Bon, d'accord. Ce n'était pas tout à fait vrai. En temps normal, il aurait envisagé la possibilité de passer un moment fantastique entre ses draps, pour une petite aventure sans lendemain. Hélas, cela ne serait pas possible avec Chelsea qui, en plus d'être mère, ne lui semblait pas du style à se commettre avec un quasi inconnu, l'espace d'une nuit ou deux.

Raison de plus pour ne pas renouveler l'expérience. Ce baiser devait rester un doux souvenir, car Nate n'avait rien de plus qu'une nuit à offrir.

Il avait commis une erreur en embrassant Chelsea McGregor. Cela ne se reproduirait pas.

7

Dix minutes plus tard, Nate se garait dans le parking du Last Bite Diner. Malgré ses efforts, il n'était pas parvenu à oublier, ne serait-ce que l'espace de quelques minutes, la situation de Chelsea. L'apparition inopinée de son ex le dérangeait d'autant plus que, d'après elle, ils étaient séparés depuis la naissance de Skylar.

L'idée qu'un homme puisse se désintéresser ainsi de sa progéniture le révulsait. S'il avait été père, Nate aurait été aussi présent que ses parents l'avaient été pour sa fratrie et lui-même.

Il fut tiré de sa réflexion par l'arrivée de Zach sur la place de parking voisine. Au moment où il descendait de son véhicule, il remarqua une troisième voiture, rangée le long du bâtiment.

À en juger par son expression, ce détail n'avait pas échappé à Zach non plus, et il avait noté, lui aussi, la plaque d'immatriculation indiquant que le propriétaire du véhicule venait de Louisiane.

Zach et Nate se saluèrent brièvement, avant de pénétrer à l'intérieur du restaurant.

Avisant un client installé devant un des comptoirs, et qui ne leva pas la tête à leur arrivée, Nate se tourna vers son cousin pour demander :

— Qui est ce type ? Sa tête me dit quelque chose.

Liesel vint déposer un carafon de café sur leur table, et dévisagea tour à tour ses deux clients.

— Salut, les gars ! Comment ça va ? Je sais ce que tu fais ici, Zach. En revanche, j'aimerais bien comprendre ce qui a réveillé notre cow-boy à une heure pareille.

Comme elle travaillait là depuis une bonne quinzaine d'années, Liesel prêtait attention à ce tout qui se passait dans sa petite ville. Il n'y avait pas de barman à Jacobstown ; seulement Liesel, qui remplit leurs tasses de café.

Nate la remercia, s'empara de sa tasse, but une gorgée du liquide brûlant et ne put s'empêcher de penser qu'il avait meilleur goût sur les lèvres de Chelsea.

— Pourquoi ai-je l'impression de connaître cette tête ? demanda Zach à la serveuse.

— Laquelle ? La sienne ? demanda-t-elle en se tournant vers le comptoir comme s'il y avait d'autres possibilités.

— Oui. J'ai déjà vu ce type quelque part.

— C'est Reggie, le fils de la veuve Barstok, murmura-t-elle. On ne l'avait pas vu depuis une éternité. Il ne rendait jamais visite à sa mère, même quand elle était très malade. Et si j'ai bien compris, il n'a pas l'intention de s'attarder à Jacobstown, cette fois non plus.

— Tiens donc ! s'exclama Zach, avant de se lever et d'annoncer à Nate : Désolé, vieux. Il se pourrait que tu manges tout seul, en fin de compte.

— Ne t'en fais pas pour moi. Je peux commander quelque chose à emporter et venir te retrouver à ton bureau, si ça te convient.

— Alors ce sera un sandwich bacon-salade-tomate, pour moi. Avec des frites de patates douces, s'il te plaît.

— Deux, renchérit Nate, levant la tête vers Liesel, avant d'ajouter pour son cousin : Je te rejoins avec tout ça d'ici un quart d'heure, une fois que je me serai assuré que ce... Reggie n'a pas l'intention de s'en prendre à toi. Il n'a pas l'air à son aise. À croire qu'il n'a pas la conscience tranquille.

Zach s'avança vers le client solitaire et s'arrêta derrière lui.

— Je peux m'asseoir ici ?

— Il n'y a personne, dans ce boui-boui. Vous ne pouvez pas vous installer ailleurs ? rétorqua Reggie, d'un ton mal aimable, sans regarder Zach.

— Il se trouve que j'aimerais avoir une petite conversation avec vous. Bien entendu, vous pouvez m'accompagner jusqu'à mon bureau, si vous préférez, lui renvoya Zach sans se démonter.

— Je n'ai rien fait de mal, grommela Reggie.

C'était possible, cependant, Nate, qui n'avait rien perdu de l'échange, n'aimait pas l'attitude du fils Barstok.

De plus, certains éléments commençaient à se mettre en place, dans son esprit. Chelsea héritait de sa grand-tante, on jetait une pierre à travers la vitre de son salon, et voilà que le fils de la grand-tante en question – spolié par sa mère – débarquait à Jacobstown, lui aussi ? Curieuse coïncidence !

Nate tenait à attendre la conclusion de l'entretien de son cousin avec Reggie, parce qu'il entendait rassurer lui-même Chelsea McGregor. L'effroi qu'il avait lu dans ses yeux continuait à le perturber, au point qu'il ne cessait d'y penser.

— Je n'ai pas prétendu le contraire, il me semble, enchaîna Zach.

Il prit appui sur le tabouret voisin de celui de Reggie et ajouta :

— Vous êtes bien le fils Barstok ?

Nate se souvenait vaguement que Reggie avait fréquenté la même école que lui, mais qu'ils n'avaient jamais été dans la même classe, contrairement à son frère, Deacon, un peu plus âgé. Il faudrait qu'il demande à Deacon ce qu'il avait pensé de Reggie Barstok, à l'époque.

Maddie Barstok, une femme dévouée, était appréciée de l'ensemble des habitants de Jacobstown.

Malheureusement, son fils unique avait été pour elle une constante source de tracas et de contrariétés diverses. Il avait disparu dès sa sortie du lycée, ce qui n'était pas surprenant en soi : il arrivait que les gens se sentent à l'étroit dans une petite ville où tout le monde se connaissait. Pour un garçon aussi peu sociable que Reggie, cette promiscuité devait être rédhibitoire.

Il leva le nez de son assiette, le temps de dire à Zach :

— Je ne suis pas très bavard.

— Tiens donc ! Dommage, parce que la maison d'une nouvelle arrivante a été vandalisée, et il se trouve que la demeure en question était celle de votre mère. Vous êtes donc la seule personne à avoir un motif pour commettre un tel acte et vous n'avez aucune autre raison pour être venu jusqu'ici.

Reggie se leva, fusilla Zach du regard et palpa sa poche.

— Laissez vos mains là où je peux les voir, lui ordonna Zach en reculant d'un pas et en baissant le bras vers la crosse de son Glock.

Reggie leva les mains en l'air et grommela :

— Je voulais simplement payer mon addition.

— Ah oui ? Dans ce cas, où est votre portefeuille ? rétorqua Zach, avant de sortir son arme tout en s'éloignant de Reggie.

L'atmosphère du petit restaurant fut soudain chargée d'une tension palpable.

Nate se souvint qu'il avait laissé son revolver dans sa voiture. Il disposait d'un permis l'autorisant à être constamment armé, afin de pouvoir se débarrasser d'éventuels animaux nuisibles, au ranch, et un revolver était à la fois plus précis et plus facile à transporter qu'un fusil.

Il vit les doigts de son cousin se poser sur la gâchette de son Glock de service.

— Dans ma poche arrière, lui répondit Reggie, manifestement inquiet, à présent.

— Parfait. Baissez la main droite et sortez-le avec deux de vos doigts. L'index et le majeur. Débrouillez-vous pour que je voie ce que vous faites à tout moment, Reggie. C'est bien compris ?

Nate connaissait bien ce ton sans réplique, pour avoir entendu Zach l'utiliser dans des circonstances où il n'était pas sûr des intentions de son interlocuteur. Cela n'annonçait généralement rien de bon.

Il jeta un regard appuyé à Liesel, figée de l'autre côté du comptoir, puis hocha discrètement la tête. La serveuse sembla comprendre le message. « Si les choses se gâtent, baisse-toi. »

Reggie, obéissant à Zach, tira son portefeuille de sa poche arrière.

— La main gauche en l'air, lui rappela le shérif, sûrement désireux d'emmener sa cible au poste pour un interrogatoire en bonne et due forme.

— Enfin, qu'est-ce que j'ai fait ? aboya Barstok, avant de se résoudre à obéir.

— Écartez les jambes, poursuivit imperturbablement Zach.

Il s'assurait que le suspect n'était pas armé, lorsque ce dernier se rebella.

— Où est le problème, au juste ? On n'a plus le droit de s'arrêter pour manger un morceau avant de reprendre la route, dans ce pays ?

— C'est votre voiture, là-bas, sur le parking ? reprit Zach.

— Oui, et alors ?

— Je peux savoir où vous vous rendez ?

— Je ne me suis pas encore décidé.

— Vous êtes allé voir quelqu'un pendant votre passage à Jacobstown ?

— Ça ne vous regarde pas, rétorqua sèchement Reggie.

— Tout ce qui se passe dans ma ville me regarde, lui rétorqua Zach sur le même ton.

Il avait raison : le calvaire des génisses avait commencé trois longues années auparavant, et l'enquête piétinait lamentablement, faute de pistes.

— Alors, qu'est-ce qu'on fait ? reprit Zach. Vous répondez à mes questions ici ou dans mon bureau ?

Lorsqu'il vit descendre Reggie de son tabouret et le contourner en boitillant, Nate devint encore plus suspicieux. Ce détail n'avait pas échappé non plus à Zach, apparemment, car il enchaîna sur une nouvelle question.

— Vous avez mal au pied gauche ?

— Non. C'est ma jambe qui me fait souffrir. Rien de grave. Si je la surélève, il n'y paraîtra plus.

Zach n'était pas prêt à se laisser dissuader ainsi.

— Vous en êtes sûr ? Faites donc quelques pas, insista-t-il en désignant la direction opposée.

Reggie se traîna le long du comptoir sur lequel il dut rapidement prendre appui.

— Ça vous va, comme ça ? demanda-t-il de mauvaise grâce.

— Très bien, dit Zach, probablement conscient qu'il n'avait aucune raison valable d'arrêter Reggie Barstok.

— Vous ne savez toujours pas où vous allez dormir, ce soir ?

— Je vais poursuivre mon chemin, finalement. Je ne faisais que passer. Je me suis arrêté ici parce que j'avais faim. Ce n'est pas un crime, ça non plus, hein, shérif ?

Sur cette dernière question, Reggie pivota sur lui-même et fit quelques pas précautionneux.

Il était difficile de dire laquelle de ses jambes il tentait d'épargner, mais la police avait une certitude : la personne qui mutilait les génisses de la région boitait.

Maddie Barstok avait déshérité son fils, au profit de Chelsea, à qui elle avait légué, en plus de sa maison, le local dans lequel elle comptait ouvrir son restaurant. Nate se promit de lui demander si Mme Barstok avait fait état d'autres proches, dans son testament.

Zach et lui étaient tellement convaincus de la culpabilité de l'ex-mari de Chelsea qu'ils avaient écarté toute autre possibilité. L'arrivée soudaine du fils Barstok changeait la donne.

— Avant de reprendre la route, néanmoins, j'aimerais que vous passiez me voir au poste. J'ai quelques questions à vous poser, reprit Zach.

— Et si je ne viens pas ? protesta Reggie d'un ton de défi.

Les lois relatives à la circulation au Texas étant innombrables, Zach n'avait que l'embarras du choix.

— Votre véhicule prend deux places sur le parking, dit-il calmement. La seconde est réservée aux handicapés.

— Je mords à peine sur la ligne, lui répondit Reggie, sur la défensive.

— N'empêche que vous empiétez sur la place voisine.

Les deux hommes se confrontèrent longuement du regard, puis Zach reprit la parole.

— Une seule dérogation à la règle, et je serai en droit d'immobiliser votre voiture avant de vous embarquer, afin que nous ayons une petite conversation, vous et moi. Alors à vous de choisir.

— Je vois, dit Reggie Barstok.

— Vous voulez l'adresse ? s'enquit Zach.

— Je l'ai déjà, grommela Reggie, avant de passer devant le shérif et de gagner la sortie.

— Parfait, dans ce cas, je vous suis.

Nate chercha le regard de son cousin, avant de lui annoncer :

— J'ai commandé nos sandwichs, je les apporte au poste.

Zach le remercia d'un hochement de tête avant de suivre Reggie Barstok à l'extérieur.

Liesel attendit que les deux hommes soient sortis pour pousser un soupir de soulagement. Nate, à qui Reggie – et sa jambe folle – n'inspirait toujours aucune confiance, les accompagna du regard.

Il se posait une multitude de questions : ce type était-il simplement venu revoir la maison dans laquelle il avait grandi ? Ou avait-il vraiment une chose précise à faire à Jacobstown, en cette période troublée où un individu lambda mutilait des animaux de la région ?

Par ailleurs, qu'est-ce qui avait poussé Maddie Barstok à déshériter son fils unique ? Il devait bien y avoir une raison !

Chelsea serait peut-être en mesure de la lui expliquer quand elle serait réveillée.

Cette pensée le ramena aussitôt au baiser qu'ils avaient échangé.

Il s'efforça aussitôt de la refouler.

— La langue de Barstok s'est un peu déliée depuis tout à l'heure ? demanda Nate à son cousin dès qu'il eut poussé la porte du bureau.

— Non. Il reste muet comme une tombe. Je le laisse mariner un peu dans la salle d'interrogatoire, histoire de voir si ça l'inspire.

— Il n'a pas demandé d'avocat ? reprit Nate, à la fois curieux de savoir comment les choses avaient évolué, et agacé de penser si souvent à Chelsea.

En effet, son image ne l'avait pas quitté de tout le chemin et il ne parvenait pas à se convaincre que son état d'âme était dû à l'intérêt qu'il portait aux McGregor, et à leur arrivée récente à Jacobstown.

Pour sa part, il n'avait aucune idée de ce que représentait un nouveau départ dans la vie. En plus du fait d'avoir un toit sur la tête, il avait toujours mangé à sa faim, ce qui lui avait semblé tout naturel. Il n'aurait jamais à coucher un enfant le ventre creux, ce qui, il en était presque certain, était une des sources d'inquiétude de Chelsea.

Il ouvrit le sac qu'il venait de poser sur le bureau de son cousin, lui tendit un sandwich et demanda :

— Tu ne peux pas l'arrêter ?

— Sous quel prétexte ? Je suis sûr qu'il a quelque chose à se reprocher mais je n'ai ni preuve ni témoins contre lui.

— Long a relevé des empreintes tout à l'heure ?

Zach lui jeta un regard désapprobateur.

— Tu sais qu'en théorie je n'ai pas le droit de discuter des détails de cette affaire avec toi.

— Et quand sauras-tu si ces empreintes correspondent à celles d'un repris de justice ? demanda obstinément Nate.

Zach mordit dans son sandwich et consulta sa montre avant de répondre :

— D'ici une heure ou deux.

Nate entendait annoncer la nouvelle à Chelsea lui-même. Au risque d'outrepasser ses droits, il voulait l'assurer que ce n'était probablement pas son ex-mari qui avait lancé cette pierre dans son salon.

Ce qui, sauf erreur de sa part, faisait de Reggie Barstok un suspect potentiel.

— Je peux te poser une question ? lui demanda son cousin.

— Vas-y, répondit-il.

— Pourquoi t'intéresses-tu autant à cette affaire ?

— J'étais de service, hier matin. Il y a eu un problème avec la petite, répondit-il en guise d'explication. Sympa, cette famille, tu ne trouves pas ?

— Je n'ai pas prétendu le contraire, rétorqua Zach qui se remit à manger. Mais les familles sympas, ce n'est pas ce qui manque, à Jacobstown. L'intérêt que tu portes à celle-ci en particulier ne serait pas lié au fait que la ravissante Chelsea McGregor est célibataire, par hasard ?

8

— J'ai hâte de savoir quel souvenir Deacon a gardé de Reggie, marmonna Nate, comme si de rien n'était.

— Tu n'as pas répondu à ma question, lui fit remarquer Zach.

— Il n'y a pas grand-chose à dire. Mon intervention de la matinée m'a chamboulé, voilà tout. Tu sais comment c'est... Une mère célibataire emménage dans une nouvelle demeure afin de repartir du bon pied. Je comprends vite qu'elle et les siens sortent d'une période difficile, et je ne peux que penser à la chance que nous avons, nous, d'être ancrés à Jacobstown, malgré tous les soucis que nous avons eus ces dernières années. Tu n'es pas d'accord avec moi ?

Nate en avait dit un peu plus qu'il ne l'aurait voulu, mais il savait que son cousin reviendrait sur le sujet jusqu'à ce que sa curiosité soit satisfaite. Et si, en théorie, son attirance pour Chelsea ne le regardait pas, les deux hommes avaient toujours été proches, de sorte que Nate n'avait aucune raison de mentir.

D'où sa réponse relativement évasive.

— Si, marmonna Zach, apparemment prêt à passer à autre chose. Quant à demander à ton frère ce qu'il pense de Reggie, c'est une bonne idée. J'ai vu que tu avais remarqué sa claudication, toi aussi.

— Ce n'est peut-être rien, tu sais. Depuis qu'on sait que

celui ou celle qui s'en prend aux génisses tend à épargner sa jambe gauche, je suis sur le qui-vive dès que je vois quelqu'un boiter.

— Pareil pour moi. Ce serait idiot de ne pas prêter attention à ce genre de détail, répliqua Zach. J'ai même demandé à mes adjoints de se pencher sur les déclarations d'accident ayant pu engendrer une claudication de la jambe gauche. À cause d'un piège, par exemple.

— Tu sais bien qu'il n'y en a pas sur nos terres, lui rappela Nate.

— Parce que nous nous refusons à en poser. Les braconniers, eux, ne se gênent pas.

C'était la vérité. Malgré tous leurs efforts, les Kent ne pouvaient les empêcher d'approcher du ranch. Quoi qu'il arrive, il y aurait toujours des contrevenants, parfois même des enfants, qui posaient des pièges pour s'amuser.

— Tu as raison, dit Nate. Et maintenant, qu'est-ce qu'on fait ?

— On s'occupe sérieusement de Reggie. S'il a un alibi pour les dates auxquelles les génisses ont été mutilées, il est couvert.

— Je ne le sens pas, ce type, grommela Nate.

— Moi non plus, lui concéda son cousin. Je n'aime pas le savoir de retour dans la région. Que sais-tu de la veuve Barstok ?

— Pas grand-chose. C'était une femme discrète, et elle a vécu ses dernières années en recluse. Il me semble que les membres du Rotary Club allaient la voir, à un moment. Elle est revenue à Jacobstown environ deux ans avant de mourir. Pour tout t'avouer, j'avais complètement oublié l'existence de son fils, et je ne crois pas qu'elle ait eu d'autres parents que les McGregor, ici.

Malgré lui, Nate se dit qu'il se serait souvenu de Chelsea, s'il l'avait déjà vue dans leur petite ville.

— Bref, la seule bonne nouvelle est que nous tenons une

première piste dans cette histoire de génisses, conclut-il d'un ton lugubre.

Il continuait à espérer que son cousin trouve le coupable avant que, s'enhardissant, celui-ci s'en prenne à des êtres humains. C'était devenu une crainte le jour où un homme avait sauvagement agressé des randonneurs, avant de les abandonner à leur sort. Personne, à Jacobstown, ne dormirait sur ses deux oreilles tant qu'un malade susceptible de commettre de telles abominations ne serait pas derrière les barreaux.

— Il faut que j'aille fouiller un peu dans le passé de cette femme, reprit Zach. Elle arrive à Jacobstown, et les ennuis commencent.

Nate comprit aussitôt qu'il faisait allusion à Chelsea McGregor.

— N'oublie pas son ex-mari, souligna Nate.

Zach secoua la tête d'un air entendu.

— Il est déjà dans mon collimateur.

Zach était manifestement épuisé. En plus de sa charge de travail normale, il avait eu sa part de préoccupations, ces derniers temps.

Quelques joies, aussi, dont l'une résidait dans ses retrouvailles avec Jillian Major. Désormais, seuls Nate et son frère cadet, Jason, étaient célibataires.

— On n'a encore pas annoncé la nouvelle, dit Zach, faisant défiler les photos que contenait son portable, et tournant l'appareil pour montrer à Nate celle d'une Jillian radieuse, les mains posées sur son ventre.

— Attends, dit Nate, abasourdi. J'ai mal compris, ou quoi ?

— Non, non ! Tu as très bien compris, au contraire. Nous attendons un bébé.

L'amour qui se lisait dans les yeux de Zach acheva de convaincre Nate : la paternité était une suite logique dans la vie de son cousin.

— J'ai l'impression que vous venez juste de vous remettre ensemble, balbutia-t-il.

Zach hocha la tête d'un air entendu.

— Quand c'est le moment... c'est le moment. Et tu le sens tout de suite !

Bien qu'il n'ait jamais eu une telle révélation, Nate en avait entendu parler. Il semblait que ce soit comme un coup de tonnerre venu de nulle part ; la certitude d'avoir enfin trouvé l'âme sœur.

Une voix intérieure lui souffla qu'il avait été frappé par quelque chose de semblable, ce qui était d'un ridicule achevé. Contrairement à Jillian et Zach qui se connaissaient depuis toujours, il ne savait rien de Chelsea McGregor et n'avait aucun souvenir à partager avec elle.

Cela ne voulait pas dire grand-chose, au fond, car deux des frères de Nate s'étaient épris de parfaites inconnues avec lesquelles ils étaient très heureux.

— Félicitations, vieux, dit-il. Je suis ravi pour toi et pour Jillian.

Il se leva pour donner l'accolade à son cousin, puis se tourna vers la porte.

— Où vas-tu ? lui demanda Zach.

— Je rentre. Je vais essayer de grappiller quelques heures de sommeil avant d'attaquer la journée. Tu me tiens au courant pour Reggie, d'accord ?

— D'accord. Ah, et ne dis rien à personne, pour l'instant, s'il te plaît. Jill veut annoncer la nouvelle elle-même, au cours d'un barbecue. Rien de grandiose : juste la famille et quelques proches amis, dans le jardin de la maison que nous faisons construire au bord du lac.

— Tu peux compter sur ma discrétion, promit Nate, songeant que Zach n'était pas le seul à avoir un secret.

Chelsea considéra la benne à ordures et se dit qu'elle serait pleine avant la fin de la journée. Il allait lui en falloir au moins cinq autres si elle voulait débarrasser entièrement son local.

C'était stimulant de travailler, et les choses prenaient forme. Cette fois, elle avait pris soin de fermer la porte à clé, afin d'éviter toute mauvaise surprise. L'entrepreneur chargé d'abattre les cloisons et de les remplacer par des baies vitrées devait venir le lendemain matin de bonne heure.

Elle souffla sur ses doigts pour les réchauffer. La température avait encore chuté, et elle se refusait à mettre le chauffage, si loin de la date prévue pour l'ouverture de la pizzeria. Il lui paraissait essentiel de limiter ses dépenses au maximum, afin de démarrer dans les meilleures conditions possible.

Le local serait bientôt prêt à accueillir des clients, l'argent coulerait à flots, du moins l'espérait-elle. Et elle y croyait tellement qu'elle ne tenait plus en place tant elle était excitée. Son existence allait enfin prendre une tournure positive, et se remettre ainsi sur les rails avait quelque chose de grisant. Il n'était pas question de gâcher la chance inespérée qui s'offrait à elle.

Une deuxième chance… L'apparition de Travis n'avait été qu'un contretemps, en fin de compte, et elle était bien décidée à ne plus se laisser intimider. Il l'avait prise de court, la veille, et s'il revenait, il trouverait à qui parler. Elle avait déjà prévu d'acheter un spray au poivre pour le cas où il reviendrait dans les mêmes dispositions que lors de sa première visite surprise.

Au cours de ses multiples allers et retours jusqu'à la benne, elle avait minutieusement examiné les environs, sans apercevoir le moindre signe de son ex, fort heureusement.

Après avoir verrouillé la porte de derrière, elle se dirigea vers les futures cuisines. En entendant frapper à la porte, elle se figea sur place.

Skylar était à l'école, Linda probablement en train de faire les courses, et elle-même n'attendait aucune livraison.

Elle hésita à ouvrir.

Cette porte en métal l'empêchait de voir ses visiteurs, il lui faudrait la faire remplacer par une porte en verre.

On frappa de nouveau, puis une voix déjà familière retentit :

— Chelsea ?

Nate Kent.

Complètement rassurée, Chelsea traversa la salle au pas de course.

— Entrez, entrez ! cria-t-elle joyeusement en lui ouvrant.

— Pardonnez-moi de vous déranger, je… Ah, je vois que ça avance, ici ! s'exclama-t-il, un grand sourire aux lèvres.

Chelsea referma la porte à clé avant de répondre :

— Il me reste beaucoup à faire, et le temps file. Cela dit, pour l'instant, tout se déroule comme prévu sur mon planning.

C'était un choc, pour elle, de revoir Nate, si tôt après le baiser grisant qu'ils avaient échangé la veille.

En même temps, il ne fallait rien exagérer ! Nate Kent l'avait embrassée, et elle avait mieux à faire que se remémorer la texture incroyablement douce de ses lèvres sur les siennes.

— Je viens de préparer un café, dit-elle, s'arrachant à regret à sa rêverie. Vous en voulez une tasse ?

— Vous avez déjà l'eau ? demanda-t-il, l'air étonné.

— Non. J'en ai apporté.

Aïe… Nate lui paraissait encore plus craquant que la veille alors que, objectivement, il n'avait pas changé.

— Je veux bien, alors, dit-il en jetant un coup d'œil autour de lui.

— Comme le compteur d'eau ne sera pas activé avant trois semaines, j'apporte le nécessaire, dit-elle en désignant la table pliante sur laquelle elle avait disposé le matériel.

Nate se servit, trempa les lèvres dans la tasse, puis hocha la tête d'un air appréciateur.

— Hum… Il est délicieux, votre café !

— C'est celui que j'ai l'intention de servir, dit Chelsea, ravie malgré elle de l'approbation du beau cow-boy.

— Je suis allé retrouver Zach pour manger un morceau avec lui, hier soir, après notre départ, et on a fait une rencontre surprenante. Vous saviez que le fils de Mme Barstok est en ville, lui aussi ?

— Non, je l'ignorais, répondit Chelsea, abasourdie. Je le croyais sur la côte Ouest. Il n'a pas assisté à la lecture du testament, et j'en ai déduit qu'il avait définitivement rayé Jacobstown de sa carte personnelle, répondit Chelsea.

— Sa voiture est immatriculée en Louisiane, précisa Nate.

— Vous m'étonnez, là encore. Je suis à peu près sûre que le notaire nous a dit que Reggie était quelque part dans l'ouest du pays. Il n'a aucun droit sur le patrimoine de sa mère. Ma grand-tante a été très claire sur ce point, et son avocat m'a certifié que j'étais l'unique légataire. Il n'y a aucune contestation possible.

— Vous étiez proche de Mme Barstok ? s'enquit Nate de sa belle voix grave.

— Pas du tout, comme je vous l'ai expliqué hier, je la connaissais à peine. Si peu, en fait, que j'ai eu du mal à croire qu'elle m'avait légué tous ses biens.

Un peu plus secouée par l'annonce de Nate qu'elle ne l'aurait voulu, Chelsea éprouva le besoin soudain de s'asseoir.

Elle alla donc chercher deux chaises posées contre un mur et en déplia une pour son visiteur.

— À en croire le notaire, tante Maddie a commencé à s'intéresser à moi et à me faire rechercher après une chute qui lui a valu une fracture de la hanche. Toujours selon le notaire, elle jugeait son panier percé de fils indigne de se retrouver à la tête de l'héritage, et a préféré le transmettre à une personne susceptible d'en faire quelque chose de bien.

— Pour moi, elle a fait le bon choix, commenta Nate.

Le compliment alla droit au cœur de Chelsea.

— Merci, dit-elle, avant de regarder son interlocuteur dans les yeux pour lui demander : Que voulait-il ?

— Qui ? Reggie ? Je n'en sais rien. Il a essayé de nous faire croire qu'il était de passage et s'était arrêté pour manger un morceau sur la route qui le ramenait chez lui.

Chelsea dévisagea Nate, les yeux ronds. Elle comprenait mieux sa visite, à présent.

— D'accord, murmura-t-elle. La pierre dans mon salon… Vous pensez que Reggie a voulu me faire peur, c'est ça ?

— Ou vous menacer, à sa façon. Zach est en train de le cuisiner gentiment, en attendant de pouvoir examiner les rares empreintes relevées par Long, dans votre salon, hier.

— Quand saura-t-il si elles correspondent à celles de Reggie Barstok ? demanda-t-elle, comprenant soudain que cela changeait toute la donne.

Ses soupçons s'étaient immédiatement portés sur Travis, la veille. S'il n'était pas le vandale, se pouvait-il qu'il ait simplement voulu signaler sa présence, avant de disparaître à nouveau, sans avoir eu gain de cause ? D'une certaine manière, c'était souhaitable : Chelsea ne voulait plus avoir de contact avec son ex-mari et pensait avoir été claire sur ce point.

S'il revenait avec un emploi et parvenait à la convaincre qu'il était digne d'assumer son rôle de père, elle envisagerait la possibilité de le laisser entrer dans la vie de Skylar. Ces conditions n'étaient pas négociables : il lui faudrait la preuve que Travis s'était amendé, sans quoi elle recourrait à la loi avant de le laisser s'approcher de leur fille.

— Reggie vous a paru contrarié ? demanda-t-elle, se tirant de ses mornes pensées.

— Pour le moins, oui. Vous le connaissez ?

— Non, et je ne me rappelle pas avoir rencontré ma grand-tante non plus. Pourtant, maman prétend que je l'ai vue quand j'étais toute petite. Toujours d'après ma mère, tante Maddie a chargé son avocat de retrouver ma trace. Il semble que celui-ci ait eu recours à un détective privé qui a obtenu un certain nombre d'informations sur mon compte. Il faut croire que son rapport a séduit ma grand-tante. J'étais à la tête d'une entreprise lucrative, à l'époque, et elle a dû en déduire que j'utiliserais son héritage à bon escient.

Chelsea s'interrompit et fit courir son doigt sur le bord de sa tasse avant de reprendre :

— Cette enquête lui a aussi appris que je n'étais pour rien dans la faillite de mon commerce ; que je n'avais pas mal géré mon argent, par exemple.

Chelsea grimaça intérieurement. Elle *était* responsable de cette faillite dans la mesure où elle avait accordé sa confiance à la mauvaise personne.

— Vous avez dû lui faire bonne impression, commenta Nate, apparemment fasciné par la course de son index sur le rebord de la tasse.

Son portable se mit à vibrer, la faisant sursauter. Elle chercha l'appareil des yeux et le trouva sur un des éléments qui restaient à poser.

— Bonjour, maman, dit-elle lorsqu'elle reconnut le numéro.

— Il y a quelqu'un dans la maison, chuchota Linda à l'autre bout de la ligne.

9

— Comment ça ? Maintenant, tu veux dire ? demanda Chelsea, dont la voix avait soudain monté d'une octave.

Se levant d'un bond, Nate alla la rejoindre.

La panique inscrite sur son visage, elle pencha le téléphone sur le côté pour qu'ils puissent tous deux entendre ce qui suivrait.

— J'ai trouvé la porte arrière grande ouverte en rentrant, expliqua Linda, et puis j'ai entendu du bruit à l'étage. Alors je me suis dépêchée de sortir.

— Tu as bien fait. Où es-tu, si tu n'es pas à l'intérieur ? demanda Chelsea.

— Dans ma voiture, et j'ai bloqué les portières, lui répondit sa mère, avec la fierté d'une gamine qui aurait rapporté un tableau d'honneur de l'école. Il m'a semblé que c'était la meilleure solution.

— Ne bouge pas, et surtout, ne raccroche pas, maman. J'arrive.

— Je vous emmène, annonça Nate en l'entraînant vers la porte, une main posée au bas de son dos.

Le geste lui paraissant un peu trop naturel, il se le reprocha. En même temps, il émanait de Chelsea ce parfum subtil, un mélange de fleurs sauvages et de café qu'il commençait à adorer.

Il s'était garé à côté du pick-up. Une fois qu'elle eut verrouillé son restaurant, Chelsea s'installa sur le siège du passager, tandis que Nate se glissait derrière le volant. Il lui aurait ouvert la portière, bien sûr, s'ils n'avaient pas été aussi pressés.

Le trajet lui prit huit minutes, montre en main – un record, quand on devait traverser la ville.

— On est presque arrivés, maman, dit Chelsea, interrogeant Nate d'un coup d'œil inquiet.

D'instinct, il tendit la main vers elle. Et, bien que son but n'ait été que de la réconforter, il s'en voulut, là encore : le courant qui passait entre eux était si fort que le moindre contact le perturbait.

Il retira donc sa main pour la refermer sur le volant où elle resta crispée jusqu'à leur destination. Il s'arrêta à côté de la Sedan que Linda avait garée de façon à condamner la porte principale de la maison.

Quiconque essayerait de sortir par là serait obligé de se confronter à lui.

— Appelez Zach, ordonna-t-il à Chelsea, tout en se penchant pour récupérer son arme dans la boîte à gants. Faites monter votre mère dans ma fourgonnette et enfermez-vous à l'intérieur, toutes les deux. Si jamais il y a du grabuge, fuyez.

Chelsea parut sur le point de protester, mais Nate était déjà loin. Pourvu qu'elle ait le bon sens de déguerpir, comme il le lui avait conseillé ! En même temps, elle ne lui paraissait pas femme à laisser autrui prendre des risques pour la mettre à l'abri du danger.

Il tenta de se rassurer en se disant qu'elle n'était pas non plus du genre à s'exposer inutilement.

Il ne ralentit le pas qu'en voyant la porte de la cuisine, vers laquelle il continua à avancer, revolver chargé au poing.

À sa connaissance, il n'y avait que deux possibilités. Zach n'ayant pas eu matière à l'arrêter, Reggie devait être libre. Peut-être avait-il décidé de prendre le taureau par les cornes et, comme il avait grandi dans cette demeure, de revenir y chercher quelques affaires ou d'essayer d'en faire sortir Chelsea.

Si Reggie était hors de cause, c'était peut-être l'ex-mari de Chelsea qui se trouvait là. Il aurait pu venir chercher leur fille, dans l'espoir de prendre Chelsea par surprise.

Cette seconde éventualité déplaisait particulièrement à Nate. Bien qu'il n'ait aucune raison objective de se mêler de cette histoire de famille, il était hors de question pour lui de laisser un homme intimider l'épouse qu'il avait abandonnée et volée quelques années auparavant.

Se sentant soudain submergé par la colère, il prit le temps de réfléchir à sa propre réaction. Et la logique l'emporta : pour quelle raison Travis Zucker se serait-il introduit dans une maison vide ? Qu'aurait-il eu à y gagner ?

Il traversa la cuisine à pas de loup, un simple craquement sur ce vieux plancher risquant de trahir sa présence.

Une fois de plus, il constata à quel point la maison, bien que simple, était coquette. Sur la table, Chelsea avait déposé un bouquet de fleurs, et il se dit qu'elle devait être de ces femmes capables de rendre un intérieur accueillant en moins de temps qu'il ne fallait pour le dire. Son affabilité naturelle donnait envie à Nate de se confier à elle, un sentiment qui lui était tout à fait étranger. En plus d'être d'un naturel taciturne, il était pudique et n'avait pas pour habitude d'analyser ses impressions comme il le faisait depuis la veille.

De la cuisine, il gagna le salon à côté duquel il avait remarqué une chambre d'amis. Se postant devant la porte ouverte, il vit que le lit avait été repoussé vers un des murs et que, comme les autres pièces, la chambre était encombrée de cartons posés à la va-vite.

Nate entendit une sirène retentir au loin et poussa un soupir de soulagement. Les renforts n'étaient plus loin, ce qui ne l'empêcha pas de poursuivre ses recherches : il gagna le couloir du rez-de-chaussée et passa la tête à l'intérieur du cagibi d'où s'échappait un courant d'air glacial.

Les sirènes se turent, puis Zach signala sa présence dans la cuisine.

— Je suis dans le couloir, lui cria Nate qui connaissait la marche à suivre dans ce genre de situation.

Zach le rejoignit presque aussitôt.

— Je n'ai pas encore inspecté les pièces de l'étage. Et, comme tu peux le constater, le passage que je venais de condamner a été forcé.

— Bon travail, Nate. On jette un coup d'œil au reste de la maison ? suggéra Zach. On ne sait jamais.

— Allons-y, répondit Nate.

Côte à côte, les deux hommes passèrent les lieux en revue. Nate monta au grenier et, comme il n'y avait pas de cave, il suivit son cousin à l'extérieur : il était temps d'aller rassurer Chelsea et Linda.

— Tout va bien, leur annonça Zach. J'ai appelé mon adjoint. Il va passer chercher d'éventuelles empreintes sur la porte et dans le cagibi.

Le regard de Chelsea passa de Zach à Nate qui fut frappé, une fois encore, par la terreur qu'il y lut.

L'adjoint Long, arrivé sur ces entrefaites, commença par s'excuser.

— Désolé d'avoir trouvé si peu d'empreintes, hier, madame. Enfin... j'aurai peut-être plus de chance aujourd'hui !

Sur ces mots, il s'enfonça dans la maison pour se mettre à l'œuvre.

— Quand il aura terminé, j'aimerais que vous passiez chaque pièce en revue, afin de voir s'il vous manque quelque chose, dit Zach à Chelsea.

— Comment voulez-vous que je le sache ? répondit-elle, avec une lassitude non dissimulée. Nous venons d'emménager et nous n'avons pas vidé la moitié de nos cartons.

Chelsea avait trois priorités, à présent : se sentir en sécurité sous son propre toit ; ouvrir son restaurant à la date prévue, et ne pas perdre courage.

Son planning lui paraissait soudain compromis. La matinée avait été aussi mouvementée que celle de la veille, et elle ne pouvait se permettre de négliger son local, ni cet après-midi ni un autre jour.

Long ne mit pas longtemps à inspecter les lieux. Il s'apprêtait à repartir lorsqu'un serrurier vint poser un nouveau verrou sur chacune des portes. Et comme la prudence semblait de mise, il fut décidé que Chelsea et sa mère seraient les seules à en détenir les clés.

L'heure du déjeuner approchait, et Chelsea n'avait toujours pas pu retourner au restaurant. Pire encore, elle avait dû renoncer à faire carreler le sol pour payer le serrurier. Il lui faudrait donc se résigner à accueillir ses clients sur une dalle en béton recouvert d'une ou deux couches de peinture – et si ce n'était qu'un détail, elle était fière d'avoir trouvé la solution aussi rapidement.

Reggie Barstok était peut-être loin, à cette heure, Zach ayant été forcé de le laisser repartir avant l'aube. Néanmoins, Chelsea le tenait pour responsable de cette intrusion chez elle. D'après le shérif, le coupable s'était servi d'une pince-monseigneur, et bien que ce terme lui soit étranger, Chelsea en avait tiré une leçon : on pouvait entrer dans sa nouvelle demeure comme dans un moulin.

Restait Travis, qui avait très bien pu pénétrer chez elle dans l'espoir de glaner quelques informations sur l'enfant dont il ignorait jusqu'au sexe. Il avait une idée derrière la tête, et le fait qu'il n'ait pas donné signe de vie depuis son intrusion à la pizzeria ne voulait pas dire pour autant qu'il avait quitté Jacobstown. Il avait très bien pu se renseigner sur son adresse – chose relativement facile, dans cette petite bourgade où tout le monde se connaissait.

Zach avait assuré à Chelsea qu'il continuerait à surveiller son ex, même de loin.

La seule chose dont elle pouvait se réjouir, pour l'instant, était que Skylar n'ait pas assisté au remue-ménage généré par cette intrusion, sans quoi elle n'aurait pas réussi à dormir dans leur nouveau foyer. Cette pensée exaspérait Chelsea. Elle *pouvait* offrir la sécurité à sa fille, bon sang !

Personne ne l'en empêcherait, c'était décidé.

Elle consacra le reste de la matinée à rassurer sa mère, de sorte que lorsqu'elle put enfin retourner au restaurant, il ne lui restait plus qu'une demi-journée de travail. Enfin, c'était mieux que rien... De plus, la pose de nouveaux verrous avait dû rassurer Linda qui n'appela qu'à deux reprises, en tout début d'après-midi. Et bientôt, il fut l'heure d'aller chercher Skylar.

Après s'être assurée qu'aucun véhicule n'était garé près de son pick-up, Chelsea verrouilla la porte de métal en jetant des coups d'œil furtifs autour d'elle, tant elle était déterminée à ne plus se laisser surprendre. Le petit pincement au cœur qu'entraîna néanmoins cette décision lui rappela que Nate lui manquait. Sans s'en apercevoir, elle avait plus ou moins espéré qu'il passerait la voir dans l'après-midi.

Elle grimpa dans son pick-up, prit soin d'en bloquer les portières, puis démarra.

Il était normal que Nate ne lui ait pas rendu visite, en fin de compte. Il devait s'occuper du ranch dont il était propriétaire, comme le lui avaient confirmé ses recherches informatiques, qui lui avaient également appris que les Kent étaient une des familles les plus fortunées du Texas.

Surprenant pour un homme aussi terre à terre, non ? Il lui avait confié que son père et sa mère étaient morts, et elle regrettait déjà de ne pas les avoir connus, car ils lui apparaissaient comme des parents accomplis. D'après les informations glanées au fil de ses recherches, les Kent étaient passés par des périodes de turbulence dont ils avaient tiré enseignement. Chelsea aurait aimé avoir le dixième de leurs talents d'éducateurs afin de pouvoir leur demander conseil.

Elle adorait sa mère qui, malgré ses propres souffrances, avait toujours été là pour l'aider à braver les éléments. Malheureusement, la fragilité de Linda était depuis longtemps une telle source d'angoisse qu'elle ne se souvenait pas lui avoir jamais dit au revoir avec le cœur léger.

C'était probablement la raison pour laquelle Chelsea entendait épargner sa fille autant que possible. Elle avait touché du doigt les relations entre adultes, s'y était brûlée, et on ne l'y prendrait plus. Le moins qu'elle puisse espérer était d'avoir tiré une leçon de ses erreurs passées.

Fort heureusement, elle fut la deuxième à arriver à l'école. Skylar l'en remercia en l'accueillant avec son plus beau sourire.

La vie était belle, finalement. Il suffisait que Chelsea puisse se plonger dans le regard encore innocent de sa fille pour reprendre espoir.

Sur le chemin du retour, toutes deux chantèrent la comptine que Skylar venait d'apprendre à l'école. Il y avait quelque chose d'assez magique dans ce genre de partage pour que Chelsea en oublie tout le reste.

— Hé, maman, regarde ! s'exclama la fillette, lorsque Chelsea s'arrêta devant chez elle.

Skylar semblait aussi excitée qu'au moment d'ouvrir un cadeau.

Voyant la fourgonnette de Nate, Chelsea s'empressa de vérifier sur son téléphone que Linda n'avait pas tenté de l'appeler pendant le trajet.

— Pourquoi il est revenu, le monsieur pompier ? enchaîna Skylar.

Bonne question : Nate s'était fait fort de condamner définitivement le passage du cagibi et, à moins qu'il y ait eu un nouvel incident, il n'avait aucune raison d'être là. Chelsea passa chaque fenêtre en revue sans rien trouver de suspect.

— Allons voir ça nous-mêmes, dit-elle aussi calmement que les battements fous de son cœur le lui permettaient.

Emprisonnant fermement la main de sa fille dans la sienne, elle s'avança vers le porche. La porte grillagée s'ouvrit avant même que Chelsea ait posé le pied sur le perron.

La présence de Nate chez elle lui parut un peu trop naturelle.

— Il y a un problème avec ma mère ? demanda-t-elle, nerveusement.

En guise de réponse, Nate sortit de la maison et referma la porte derrière lui ;

— Il faut que je vous parle, Chelsea. C'est important.

Il dut lire son inquiétude sur son visage, car il s'empressa d'ajouter :

— Ça n'a rien à voir avec votre mère, rassurez-vous.

— Coucou, monsieur le pompier, lança Skylar, visiblement folle de joie de le trouver là.

— Coucou, mademoiselle Skylar, lui renvoya-t-il, avec bonne humeur.

Se sentant fondre plus encore que lors de leurs précédentes entrevues, Chelsea se réprimanda. Elle ne devait pas fantasmer sur le beau cow-boy. L'expérience lui avait appris à ne pas se fier à son jugement en la matière. Les hommes avaient tendance à l'abandonner, et elle ne pouvait se permettre un nouveau chagrin d'amour.

Se ressaisissant, elle leva la tête vers Nate Kent.

— Me parler ? De quoi ?

Skylar lui lâcha la main pour aller prendre celle de Nate. Il baissa la tête vers elle en souriant, mais Chelsea remarqua deux rides de tension au coin de ses lèvres.

Le voyant désigner d'un mouvement de tête discret la balançoire de fortune installée dans le jardin, elle comprit qu'il voulait lui parler seul à seul et cherchait un moyen de distraire Skylar.

Il savait décidément s'y prendre avec les enfants, ce qui ne devait rien changer à sa détermination.

— Tu veux faire un peu de balançoire, ma chérie ? proposa-t-elle à sa fille.

Elle n'eut pas à se répéter : déjà Skylar fonçait vers le pneu attaché à une corde, dans le jardinet latéral.

— Fais attention à toi ! lui cria-t-elle.

Nate et Chelsea s'avancèrent sans hâte vers la balançoire

et, bien que troublée par la proximité du cow-boy, Chelsea ne fléchit pas.

— Je suis venu avec un ami, lui annonça Nate. J'aimerais qu'il séjourne ici jusqu'à ce que les choses se calment, si c'est possible, bien sûr.

Chelsea eut le sentiment qu'il avait pesé ses mots, pour ne pas éveiller la curiosité de Skylar, suffisamment proche d'eux pour les entendre.

— Quel genre d'ami ? demanda-t-elle, s'imaginant déjà sous la vigilance d'un videur de boîte de nuit mal rasé.

— Un costaud...

— Vous pensez vraiment que c'est nécessaire ? l'interrompit-elle. Je crains que la présence d'un étranger dans cette maison ne déstabilise ma fille.

— Rofert est un chien, pas un homme, déclara Nate, levant aussitôt une main pour prévenir toute nouvelle interruption. Un terre-neuve errant qui a échoué au ranch, l'an dernier, dans un piètre état, et que nous avons soigné. Il adore les enfants, et je n'ai jamais vu de chien aussi protecteur envers les autres animaux. Pour vous donner un exemple, il a été jusqu'à attaquer un coyote qui s'en prenait à notre chat.

— Rofert est sans doute un animal fantastique, et je vous remercie d'avoir pensé à nous, répondit évasivement Chelsea. Toutefois, je ne suis pas sûre que nous le laisser en pension soit une bonne idée. Skylar risque de s'attacher à lui, et...

Ce fut au tour de Nate de l'interrompre :

— On n'a qu'à lui expliquer que je dois vous confier Rofert parce que je suis surchargé de travail, en ce moment. Ce ne sera pas un mensonge. De plus, Skylar pourra ensuite venir lui rendre visite au ranch aussi souvent qu'elle le voudra.

Il avait pensé à tout, ou presque, car Rofert, en sa qualité de terre-neuve costaud, pour reprendre le terme de son maître, devait avoir un appétit féroce, et le nourrir risquait de constituer un casse-tête financier.

— Encore une fois, c'est l'affaire de quelques jours,

poursuivit Nate. Et comme je ne voulais pas que vous vous sentiez obligée d'accepter ma proposition, j'ai jugé préférable de vous parler avant que Skylar le voie. Je lui avais plus ou moins promis de lui montrer un poney, mais Rofert a l'avantage de tenir dans ma fourgonnette, lui. Cela dit, si vous n'en voulez pas, je le ramène au ranch, bien sûr.

Chelsea ne put résister au regard presque implorant du cow-boy. En outre, puisqu'elle n'avait pas les moyens de faire installer une alarme dans sa maison, un chien de taille respectable lui semblait un excellent compromis.

— J'ajoute que je serais plus tranquille si je vous savais en sécurité, toutes les trois, conclut Nate. Et que Rofert est trop bien dressé pour s'attaquer à votre mobilier ou s'oublier sur votre tapis préféré. Pensez aussi à Linda, seule ici toute la journée. Rofert lui tiendrait compagnie, en plus de la rassurer, vous ne croyez pas ?

Si. Nate venait de marquer un certain nombre de points.

En cherchant un peu dans les magasins du coin, Chelsea parviendrait peut-être à trouver de la nourriture pour chien à un prix raisonnable. De plus, il ne faisait aucun doute dans son esprit que Skylar adorerait accueillir Rofert. Elle s'adapterait sans doute mieux à son nouvel environnement si elle avait un compagnon.

Enfin, une fois qu'elle saurait sa mère à l'abri de tout danger, elle pourrait se consacrer pleinement à son entreprise.

— Qu'est-ce qu'il mange, au juste ? demanda-t-elle.

— Il a un régime spécial, mais ne vous inquiétez pas pour ça. Je vous fournirai ses croquettes.

On lui prêtait un chien, et on fournissait sa nourriture en plus ? C'était parfait !

— Si j'ai eu cette idée, c'est parce que vous m'avez dit que vous aviez l'intention de prendre un chiot, d'ici peu, reprit Nate, d'un ton indiquant ainsi clairement qu'il n'avait aucune intention d'envahir son territoire.

— Sachez tout de même que vous aurez du mal à arracher

votre chien à ma fille quand il devra regagner le ranch, crut-elle bon de l'avertir, tout en se disant qu'il avait géré la situation avec un doigté rare en s'abstenant de parler devant Skylar.

— Encore une fois, elle pourra venir le voir quand elle le voudra, dit-il avec un sourire engageant. Et puis, sait-on jamais ? Rofert pourrait se sentir si bien chez vous qu'il ne veuille plus vous quitter.

Chelsea hocha machinalement la tête. Elle trouvait le sourire de Nate un peu trop sexy à son goût.

C'était la première fois qu'elle entendait le mot « terre-neuve », et elle n'avait jamais eu de chien de sa vie. Des chats sauvages, oui, à une ou deux reprises, lorsqu'elle vivait à la campagne. Elle aimait aller les nourrir, sous la caravane d'un proche chez qui Linda et elles avaient trouvé refuge. Dans ces moments-là, quand elle leur glissait subrepticement des conserves de thon, elle les caressait comme s'ils étaient à elle. À l'époque, elle avait même rêvé de posséder une grande maison dans laquelle elle pourrait élever autant d'animaux qu'elle le voudrait. Cela faisait longtemps : depuis, Chelsea avait vu ce que pouvait coûter un animal de compagnie.

— Comment voulez-vous lui annoncer la nouvelle ? demanda Nate, faisant mine d'aller vers Skylar.

— Appelons-la, on verra bien sa réaction.

10

Chelsea ouvrit la porte arrière de la cuisine et s'écarta pour permettre à sa fille de voir le terre-neuve.

— Voici le chien de M. Kent, annonça-t-elle. Il aimerait que nous nous occupions de lui parce qu'il va avoir beaucoup de travail, dans les jours à venir. Qu'en penses-tu, ma chérie ?

Skylar enjamba le perron, regarda dans l'énorme animal qui bondissait vers elle et poussa un cri perçant.

— Comment il s'appelle ? demanda-t-elle en se précipitant vers le terre-neuve, un animal splendide au pelage couleur café, aux yeux doux et aux oreilles tombantes.

— Rofert, glissa Nate, visiblement mal remis des hurlements de joie de la fillette.

— Je peux le caresser ? demanda celle-ci en passant ses bras autour du cou du chien.

Chelsea ferma les yeux en priant pour que Rofert soit aussi débonnaire que le prétendait son maître. À son grand soulagement, le terre-neuve pencha la tête sur le côté et se laissa étreindre. Il agitait la queue, ce que Chelsea prit pour un bon signal.

— Ne vous en faites pas, lui souffla Nate de sa belle voix grave. Comme je vous l'ai dit, il adore les enfants. Skylar ne risque rien.

— Le dîner est prêt, cria Linda. Allez, ma puce. Laisse cette pauvre bête souffler et viens manger.

— Vous n'avez pas exagéré, fit remarquer Chelsea à Nate. Rofert est... impressionnant.

En son for intérieur, elle songea que Nate avait raison : la présence de ce chien la sécuriserait, et ce ne serait pas un luxe. En outre, à en juger par son intérêt marqué pour Skylar, il y avait de grandes chances pour qu'il passe ses nuits au pied de son lit.

La maison comportait quatre chambres. Celle du bas, dont Chelsea comptait faire son bureau, puisqu'elle n'avait aucun proche susceptible de se faire héberger chez elle. La pièce était la plus poussiéreuse de toute la maison, sans doute parce que Maddie ne recevait jamais personne, elle non plus. Cette supposition amena Chelsea à s'étonner, une fois encore, du choix de sa grand-tante. Le notaire lui avait expliqué que Reggie n'apportait que soucis et déceptions à la vieille dame.

Restait à savoir s'il constituait un danger pour sa famille et pour elle-même.

S'efforçant d'être un peu plus positive, elle se tourna vers Nate.

— Merci infiniment de nous prêter Rofert, lui dit-elle. Rien ne saurait faire plus plaisir à Skylar. Vous avez déjà tant fait pour nous, ça va devenir gênant à la fin !

Le beau visage du cow-boy se fendit d'un large sourire.

— Oh ! ce n'est rien. La solidarité joue un rôle important dans notre petite communauté, dit-il d'un ton léger. Je pense que cela vient du fait que nous travaillons tous avec du bétail, que ce soit dans les fermes ou dans les ranchs. Cela nous oblige si souvent à nous entraider que c'est devenu une seconde nature.

— Dommage que cet état d'esprit ne soit pas plus répandu, commenta Chelsea. Et puisque le repas est prêt, pourquoi ne resteriez-vous pas dîner avec nous ?

— Désolé, je ne suis pas libre, ce soir.

— Dans ce cas, je ne vous retiens pas plus longtemps, dit-elle en le raccompagnant à l'entrée.

Elle regrettait déjà qu'il s'en aille, même s'il semblait normal que ses soirées soient prises. Elle se consola en tentant de se convaincre qu'il ne l'aurait pas embrassée s'il y avait eu une autre femme dans sa vie.

Au moment d'ouvrir la porte, elle pivota sur elle-même pour appeler sa fille :

— Skylar ? Viens remercier M. Kent de nous prêter Rofert. C'est une marque de confiance, tu sais !

Avant que Nate ait le temps de répondre, la fillette referma ses petits bras autour de ses longues jambes et les serra avec enthousiasme.

— Quand je serai grande, je veux être pompier, comme toi, annonça-t-elle en le gratifiant d'un sourire lumineux

— Bonne idée, répondit Nate en lui tapotant le dos. Ça devrait plaire à Rofert.

Chelsea s'efforça de ne tirer aucune conclusion hâtive de la facilité avec laquelle ils conversaient, tous les deux. Nate savait y faire avec les enfants en général ; il avait été formé pour cela. Tout de même, qu'il était rafraîchissant de voir un homme interagir de la sorte avec une fillette de quatre ans !

— On va bien s'occuper de ton chien, dit solennellement Skylar au cow-boy.

Sur cette promesse, elle laissa retomber ses bras, fit volte-face et retourna vers Rofert en courant. Le terre-neuve se mit à aboyer, assez fort pour faire trembler les murs.

— Il donnera de la voix comme ça si jamais on essaie d'entrer chez vous, de jour comme de nuit, affirma Nate à Chelsea.

— Il faudrait être fou pour se risquer à faire une chose pareille, rétorqua-t-elle. Rofert a du coffre, et il suffit de l'entendre pour comprendre qu'on n'a pas affaire à un chien de poche.

Nate lui décocha un de ses sourires ravageurs, et elle en

conçut un tel trouble qu'elle jugea préférable qu'il ne puisse pas rester pour dîner, finalement. Encore une fois, elle ne pouvait se permettre une nouvelle désillusion amoureuse.

Lorsqu'il fut parti, néanmoins, elle s'aperçut qu'elle était vaguement déçue. Sans doute était-ce à cause du stress lié à ces deux dernières journées particulièrement agitées.

Chelsea leva les yeux au plafond.

Elle-même n'y croyait pas ! Cela dit, si elle s'éprenait du premier homme un tant soit peu attentionné envers Skylar, autant faire ses valises et rentrer chez elle.

Chez elle... Elle n'avait plus d'autre foyer que celui-ci. Jacobstown était devenu son havre, peut-être s'y sentirait-elle mieux lorsqu'elle aurait fini de déballer ses affaires et se serait vraiment installée.

Une odeur appétissante s'échappait de la cuisine.

— Hum, ça sent bon ! s'exclama Chelsea en plantant un baiser sonore sur la joue de sa mère.

— Je t'ai préparé des tacos de bœuf sauté, comme tu les aimes, pour fêter notre nouveau départ dans la vie.

— Merci, ma petite mère, lui répondit Chelsea, sincèrement touchée

Linda était ainsi. Aux petits soins pour les siens. Sur un sourire attendri, Chelsea monta chercher sa fille.

Rofert attendit sagement que ses nouvelles maîtresses aient pris place autour de la table pour s'allonger au pied de Skylar.

Après le dîner, et comme chaque soir, Chelsea donna un bain à sa fille, Rofert à ses pieds, malgré l'exiguïté de la salle d'eau. Lorsqu'il fut l'heure de coucher l'enfant et de lui lire une histoire, le chien était toujours aux côtés de Skylar. Chelsea en fut ravie : Rofert était le plus fidèle des compagnons et Skylar était aux anges.

Dès que la lumière fut éteinte, le terre-neuve pénétra d'un bond dans la chambre de la fillette, adjacente à celle de Chelsea. Sur le petit palier se trouvait également la chambre de Linda ainsi que la salle de bains. Bien que petites, les pièces de l'étage étaient confortables et la configuration idéale car Chelsea préférait savoir sa fille dans la chambre voisine de la sienne.

Elle regarda Rofert glisser son énorme tête dans l'entrebâillement de la porte – le museau à l'intérieur de la pièce, le reste du corps sur le palier.

Chelsea sourit intérieurement. Ce chien était une bénédiction ; Nate avait eu une idée de génie en le leur confiant.

Linda s'étant « retirée dans ses appartements », pour reprendre une de ses expressions favorites, Chelsea prit un bain chaud avant d'aller se coucher à son tour. Elle était tellement fatiguée qu'elle s'endormit, à peine la tête posée sur l'oreiller.

Pour une raison qu'elle n'aurait su expliquer, elle s'attendait plus ou moins à trouver Nate dans sa cuisine, le lendemain matin. Ne voyant que sa mère, elle se força à sourire en l'entendant annoncer :

— Je nous prépare des crêpes, ma chérie !

— Quand as-tu passé ton diplôme de cordon-bleu ? lui demanda Chelsea sur le ton de la plaisanterie.

Linda ne s'était pas souvent mise aux fourneaux, pendant l'enfance de Chelsea, épuisée comme elle l'était après ses journées de travail.

— Je suis motivée, que veux-tu ? lui renvoya Linda, ponctuant sa réponse d'un clin d'œil appuyé.

Chelsea s'avança vers la machine à café. Skylar ne se lèverait pas avant une bonne demi-heure – et ce moment de calme avant le tumulte de la journée était presque sacré, chez les McGregor.

— Rofert est toujours en train de ronfler au pied de Skylar ? s'enquit Linda.

— Oui, répondit Chelsea. Il ne va pas être simple de les séparer, ces deux-là, quand nous devrons rendre Rofert à son maître. Je proposerais volontiers de le garder, seulement il va nous coûter une fortune en nourriture !

Après avoir enfilé une paire de baskets, elle sortit examiner le demi-hectare de terrain qui s'étirait devant la maison.

Parfait. Skylar aurait largement de quoi s'y dégourdir les jambes. Et puis cet air pur... Un vrai délice ! Alors, c'était vrai ? Tout ceci lui appartenait en propre ? Les larmes aux yeux, elle remercia silencieusement Maddie Barstok qui lui avait fait un cadeau inestimable en lui offrant un endroit où élever sa fille dans de bonnes conditions, et où veiller sur sa mère à la santé chancelante.

Sans se préoccuper du froid, elle essuya la larme d'émotion qui roulait sur sa joue et se dirigea vers la boîte aux lettres.

— Alors, ce restaurant, ça avance ? demanda une voix féminine, sur sa gauche.

Chelsea se tourna vers son interlocutrice qui se présenta aussitôt :

— Gayle Swanson. Pardonnez-moi, j'aurais dû commencer par là.

Gayle, qui devait approcher les soixante-dix ans, portait une tenue de jogging rose fluo et noir. Sous ses cheveux gris coupés court, son visage était des plus avenant.

— Chelsea McGregor, répondit-elle avant de s'avancer vers la clôture, la main tendue.

Jugeant la poigne de son aînée étonnamment ferme, Chelsea se prit à espérer que Gayle se prenne d'amitié pour Linda. Cela la changerait agréablement de sa compagnie et de celle de Skylar.

— Vous commencez à trouver vos marques ? Ne vous inquiétez pas, ma belle, je n'ai aucune intention de vous envahir. Il se trouve simplement que j'ai remarqué un certain nombre d'allées et venues, ces derniers jours, et comme je n'ai pas eu de voisins depuis des années, je suis sortie pour voir comment se passait votre installation.

— Après des débuts difficiles, tout semble rentrer dans

l'ordre. Figurez-vous qu'une pierre a réussi à se frayer un chemin par une des fenêtres, et qu'on s'est introduit chez nous par effraction. Fort heureusement, ma mère est rentrée des courses à ce moment-là.

Gayle porta une main à sa bouche, d'un air épouvanté.

— Mon Dieu ! Je suis désolée. J'ai aperçu ce vaurien de Reggie Barstok dans le coin, l'autre jour. Ça m'a semblé bizarre. Maddie et moi nous connaissions assez pour que je sache à quel point son fils l'a déçue.

Elle s'interrompit, sembla se perdre dans une rêverie, puis reprit :

— Maddie était plus âgée que moi, et je me suis occupée d'elle, sur la fin. Elle m'a confié qu'elle s'était renseignée sur le compte d'une petite-nièce à qui elle entendait léguer tous ses biens. Je suppose qu'elle parlait de vous.

Chelsea hocha la tête, ravie de rencontrer une connaissance de sa grand-tante, Linda n'ayant pas été suffisamment proche de Maddie pour lui en parler.

— Je l'ai à peine connue, malheureusement. Ce legs a été une bénédiction pour moi, et je ne m'y attendais vraiment pas. Elle ne vous a pas dit ce qui l'a poussée à vouloir que j'habite sa maison ?

— Plus ou moins, si. D'après ses informations, vous êtes travailleuse et honnête.

Toute fière, Chelsea remercia sa voisine du compliment, avant de lui demander :

— Alors comme ça, vous avez entrevu Reggie dans le coin, il n'y a pas longtemps ?

Gayle se rembrunit.

— Oui, finit-elle par dire, sur un ton indiquant que l'évocation du jeune homme lui était pénible. Et si j'ignore comment ce garçon en est arrivé là, je peux vous assurer qu'il fallait être une sainte pour le supporter. Si vous saviez par quelles affres il a fait passer Maddie, vous comprendriez sans peine qu'il ait été hors de question pour elle de lui transmettre quoi que ce soit, sur le plan matériel. Il aurait tout vendu à la première occasion, et l'argent ne lui aurait servi qu'à jouer encore davantage. Si j'ai bien compris, c'était son problème, ça. Le jeu. Tant et si bien qu'il a fini par avoir des ennuis. Je n'en sais guère plus, car Maddie n'aimait pas beaucoup parler de lui. À l'en croire, elle avait tout essayé pour le remettre sur le droit chemin, avant d'abandonner la partie.

— Vous m'en voyez navrée, murmura Chelsea, partagée entre tristesse et admiration pour sa grand-tante.

— Reggie n'a rien en commun avec le fils Kent, celui qui passe vous voir, de temps à autre. Comment se prénomme-t-il, déjà ?

Bien qu'elle ait remarqué la lueur malicieuse qui s'était mise à briller dans les yeux de Gayle, et malgré le rouge qu'elle sentit lui monter aux joues, Chelsea lui répondit aussitôt :

— Nate. Et heureusement qu'il est venu à notre secours ! Ma fille avait réussi à se coincer dans un passage étroit, à l'intérieur du cagibi. On ne l'a retrouvée que parce qu'elle s'était munie de mon téléphone pour aller explorer sa nouvelle maison, et qu'elle a pu m'appeler.

— Une débrouillarde, donc ! s'exclama Gayle.

— Peut-être un peu trop, commenta Chelsea.

— Et Nate ? Il passe souvent vous voir, non ? lui demanda Gayle, la prenant de court.

— Il est venu plusieurs fois pour nous aider à régler tous ces problèmes, mais à présent, il n'a plus rien à faire ici, répondit Chelsea, muselant sa déception.

— Un beau parti, ce garçon. Et un cœur à prendre, je crois. Dommage qu'il ne soit pas du genre à se fixer. Il papillonne. Je ne crois pas l'avoir vu deux fois de suite avec la même femme. Non, je dis des bêtises, là. Il a eu une relation un peu plus stable avec une fille du coin. Mais elle a été mutée, et les choses se sont arrêtées là.

Bien que n'aimant pas les ragots, Chelsea comprenait mieux, à présent, que Nate se soit crispé lorsque Skylar s'était accrochée à ses jambes, l'autre jour. Si Gayle disait vrai, il n'avait aucune intention de s'attarder et mettrait probablement fin à leur relation naissante à la première occasion.

Pourquoi cette perspective lui était-elle donc si pénible ? La vie affective de Nate Kent ne la regardait en rien !

— Bien, s'exclama-t-elle. Je vais rentrer. Mon café doit être froid, et ma fille ne va pas tarder à se réveiller.

— Je suis ravie d'avoir fait votre connaissance, lui répondit Gayle. Vous pouvez compter sur ma présence, à l'inauguration de votre restaurant. Ça ne nous fera pas de mal, d'avoir un nouvel endroit où dîner, dans cette ville.

— Merci, Gayle. Alors, à bientôt, à la pizzeria ! conclut Chelsea qui se dépêcha de regagner sa cuisine pour dissimuler son trouble.

Comme une idiote, elle s'était laissé emporter par ses fantasmes au point de s'imaginer que le beau cow-boy avait un penchant pour elle. Il s'était efforcé de lui être agréable, rien d'autre. Et si ça n'expliquait pas qu'il l'ait embrassée, il se pouvait qu'il ait agi sur une simple impulsion.

Un charmant tableau l'attendait à l'intérieur : Skylar avait passé une jambe sur le dos de Rofert et sautillait sur l'autre pour gagner le couloir. La fillette était hilare, et le chien semblait bien s'amuser, lui aussi.

— Alors, cette promenade ? lui demanda Linda.

— Plutôt agréable, malgré le froid, répondit-elle avant d'aller se servir un deuxième café et de se pencher vers sa fille.

— Bonjour, ma chérie !

La vue de Rofert agitant la queue dans tous les sens lui réchauffa le cœur. C'était vraiment un bel animal et, lorsqu'il la dévisagea de ses grands yeux noisette, elle ne résista pas à l'envie de lui embrasser le dessus de la tête.

Peu lui importaient les motivations de Nate Kent, au fond. Elle avait eu l'occasion d'apprécier sa courtoisie et s'en tiendrait là, sur le plan émotionnel.

Les jours suivants passèrent comme dans un rêve. Chelsea

se levait tôt et les choses avançaient bien, à la pizzeria. Le calme ambiant était une véritable bénédiction, après l'agitation qui avait suivi leur installation à Jacobstown. Seule ombre au tableau, Chelsea n'avait aucune nouvelle de Nate et, malgré ses belles résolutions, elle était bien obligée de constater qu'il lui manquait.

De temps à autre, elle se demandait si Reggie Barstok reviendrait rôder autour de chez elle. Parfois, c'est à Travis qu'elle pensait, Travis qui ne s'était pas manifesté, lui non plus.

Elle ne se berçait pas d'illusions, néanmoins. Il était peu probable que tous deux la laissent en paix et retournent à leurs propres affaires. Ce sentiment la mettait mal à l'aise. Quelque chose se préparait, elle le sentait. C'était le calme avant la tempête, en quelque sorte.

Repoussant ces pensées improductives, elle se força à l'optimisme. Sa vie reprenait son cours, et sa petite famille commençait à trouver son rythme. Et si son local ressemblait toujours à un chantier en construction, le sol en était débarrassé de tout débris. L'agencement des lieux convenait parfaitement à un restaurant et rendrait faciles d'éventuelles rénovations.

Malgré tout ce qui lui restait à faire, Chelsea était si contente d'elle qu'elle avait presque l'impression d'en avoir terminé.

Elle s'efforça d'oublier qu'on était samedi soir et qu'elle était seule dans son local. D'habitude, pourtant, ça ne la dérangeait pas de travailler le week-end. Que lui arrivait-il en ce moment ?

Nate Kent, lui souffla son exaspérante voix intérieure.

L'appel arriva à 1 h 55 du matin, sur la radio réservée aux urgences.

« Appel à tous les personnels de garde. Incendie au 2312, Main Street. »

Nate sortit précipitamment de son lit et enfila à la hâte

le jean et le polo toujours prêts, sur une des chaises de la chambre. Il finissait d'enfiler ses chaussettes lorsqu'il se souvint que l'adresse indiquée était celle de la future pizzeria de Chelsea.

Il tenta de se raisonner : à une heure pareille, Chelsea devait dormir tranquillement chez elle.

La radio se remit à grésiller, lui apportant d'autres informations :

« Un pick-up immatriculé BZWG 1234 est garé devant le bâtiment. On ignore combien de personnes se trouvent à l'intérieur. »

Nate s'empara de son téléphone et courut jusqu'à sa fourgonnette en se passant une main dans les cheveux dans l'espoir de les discipliner. Le véhicule était au garage, les clés sur le contact. Il prit une gorgée du bain de bouche qu'il laissait dans sa boîte à gants pour des cas semblables, puis attendit d'être au carrefour pour baisser sa vitre et recracher le liquide.

Tout cela n'aurait été que pure routine pour lui, s'il n'avait été torturé par la pensée que Chelsea était peut-être prisonnière du brasier.

C'était précisément ce qu'il avait voulu éviter en cessant de rendre visite à la famille McGregor : que quelqu'un finisse par souffrir de leur relation. Malheureusement pour lui, le souvenir du baiser qu'il avait échangé avec Chelsea avait continué à le hanter et à se manifester aux moments les plus inopportuns. Quelques jours plus tôt, espérant se prouver qu'il pouvait passer une bonne soirée en compagnie d'une femme, il s'était résigné à appeler Brenda Hunt pour l'inviter à dîner.

Au bout d'une demi-heure, Brenda lui avait demandé, avec la franchise qui la caractérisait :

— Tu as vraiment envie de passer la soirée avec moi, Nate ?

La question méritant une réponse honnête, Nate lui avait épargné les platitudes du style : « Ce n'est pas ta faute, c'est la mienne », même si, en l'occurrence, cela avait été vrai. Brenda était une jolie petite brune, de compagnie fort agréable. Malheureusement, il s'était mis à la comparer à Chelsea, et il en avait déduit qu'il n'était pas encore prêt.

La naissance imminente de veaux, alliée à la surveillance des génisses, l'avait beaucoup occupé et lui avait permis de se changer les idées.

Il appuya sur le champignon et traversa la ville aussi vite que possible. Son gyrophare éclairait les rues paisibles, en parfait contraste avec la tension qui l'habitait. Pourvu qu'il ne soit pas arrivé malheur à Chelsea !

Malgré l'obscurité, il ne tarda pas à voir un épais nuage de fumée, puis des flammes qui s'élevaient du bâtiment, comme pour aller lécher le ciel.

Les incendies avaient leurs propres desseins. Ils prenaient des vies, faisaient des veuves et des orphelins sans se soucier de la détresse qu'ils laissaient derrière eux.

En un éclair, Nate vit le visage poupin de Skylar, puis celui, plus fin, de Chelsea.

Plus il se rapprochait du sinistre, plus son angoisse grandissait. Il entendit une sirène et en déduisit qu'un camion de pompiers l'avait précédé de peu, ce qui lui fut confirmé par radio, quelques minutes plus tard.

Il se gara le long du véhicule et grimpa à l'intérieur pour enfiler sa tenue. Les informations qui continuaient à arriver ne faisaient état que de la gravité de la situation.

Une équipe s'était occupée de relier le tuyau à incendie à la bouche d'eau et le temps que Nate repère son capitaine, Steve Benton, un long jet balayait la façade du restaurant.

Sa hache en main, Nate s'avança vers Benton.

— Je suis prêt, lui dit-il. Donnez-moi l'ordre et j'entre.

— Vous êtes bien pressé, lui fit remarquer le capitaine. Je ne vois pas où...

Nate ne le laissa pas terminer sa phrase.

— Chelsea McGregor est à l'intérieur de cette fournaise, dit-il aussi calmement qu'il le put.

— Comment pouvez-vous en être certain ?

— C'est son pick-up, que vous voyez là. Et telle que je la connais, elle a très bien pu décider de travailler toute la nuit pour ne pas prendre de retard.

— Et si elle s'était fait raccompagner chez elle, tout bêtement ? Non, mon garçon. Il est hors de question que j'envoie un de mes hommes dans cet enfer sans avoir la certitude qu'elle s'y trouve !

S'efforçant de dissimuler son agacement, Nate insista :

— Je la connais. Elle est là-dedans. De plus, elle est mère d'un petit bout de chou qui a besoin d'elle. Alors si je peux faire quelque chose pour la tirer de là, je prends le risque. En me portant volontaire, je savais à quoi je m'engageais, capitaine.

Benton l'étudia attentivement avant de dire avec un soupir résigné :

— D'accord. Dès que je donnerai le signal du départ, vous serez le premier à entrer. Pour l'instant, nous ne savons pas grand-chose, si ce n'est que deux alarmes se sont déclenchées. Nous ne disposons que d'un camion, l'appel d'air risque de happer quiconque essayera d'entrer et…

Pour la deuxième fois, Nate interrompit son supérieur :

— Comme je vous l'ai dit, je suis prêt à prendre le risque, et comme je n'ai demandé à personne de m'accompagner, j'y vais !

11

Chelsea entendit une voix crier son nom, mais fut incapable de réagir. Si seulement elle avait pu ouvrir les yeux pour s'assurer qu'il s'agissait bien de la personne à laquelle elle pensait…

Nate ?

Non. Elle devait fantasmer, ce qui n'aurait rien d'étonnant puisqu'elle avait pensé à lui toute la soirée.

Le timbre grave de sa voix avait pour effet de la rassurer, en plus de l'émouvoir physiquement. Cette fois, néanmoins, son intonation était porteuse d'une angoisse palpable.

Elle cria pour signaler sa présence, sans parvenir à couvrir le vacarme environnant.

En désespoir de cause, elle inhala profondément et, aussitôt, se mit à tousser. Ses poumons en feu cherchèrent un peu d'oxygène, sans succès.

Subitement, elle sentit quelque chose se poser sur son visage, comme surgi de nulle part et, l'instant d'après, deux bras puissants la soulevèrent.

Elle n'aurait su estimer le temps qu'il lui fallut pour recommencer à respirer à peu près normalement. Des voix masculines l'enjoignaient à rester éveillée, alors qu'elle n'aspirait qu'à dormir.

— Ne te rendors pas, ma belle. Skylar a besoin de toi, lui souffla Nate à l'oreille.

Immédiatement, le visage rond de sa fille lui apparut, et elle comprit qu'elle n'avait pas le droit de se laisser aller. Il lui fallait rentrer chez elle et s'occuper de Sky – une conviction qui la maintint sans doute en vie.

Lorsqu'elle revint à elle, Chelsea était à l'hôpital. Elle respirait péniblement, et son crâne lui semblait proche de l'implosion tant il la faisait souffrir.

Elle se força à ouvrir les yeux et elle le vit, debout à son chevet et qui lui tenait la main.

— Nate, murmura-t-elle avant d'être prise d'une nouvelle quinte de toux.

— Je suis là, lui répondit-il en se penchant vers elle, tandis qu'une infirmière s'approchait de son lit.

— Bonsoir, dit cette dernière. Je m'appelle Willow, et c'est moi qui vais m'occuper de vous, ce soir.

Chelsea secoua la tête avec véhémence. Il fallait qu'elle rentre chez elle au plus vite. Si on entendait parler de cet incendie...

Se souvenant soudain que son restaurant était parti en fumée, elle jura intérieurement. Impuissante, vidée de toute énergie, elle aurait fondu en larmes si ses yeux n'avaient pas été complètement secs.

— Ça va s'arranger, lui souffla Nate.

Non. Ça n'allait *pas* s'arranger. Chelsea venait de perdre son gagne-pain, et bien qu'elle ait entamé les démarches nécessaires, elle n'avait encore signé aucun contrat d'assurance.

Pourquoi fallait-il que ça lui arrive ? *Ça !*

— Ne t'inquiète pas, il doit y avoir une solution, poursuivit Nate.

La pression légère qu'il exerça sur sa main l'émut un peu plus qu'elle ne l'aurait voulu. Elle n'aurait dû penser qu'à sa mère, à sa fille, et à la manière dont elle allait s'y prendre pour subvenir aux besoins des deux personnes auxquelles elle tenait le plus au monde.

La petite voix qui la harcelait, ces derniers temps, se rappela à son bon souvenir en lui soufflant : *Et Nate dans tout cela ? Il ne compte pas* ?

Elle tenta d'ignorer la question, tout en tâchant de rester consciente. Un détail continuait à la chiffonner.

Quant à savoir lequel, c'était une autre question.

Elle avait commis une erreur en restant seule sur son chantier, dans l'espoir de respecter la date qu'elle s'était fixée pour l'ouverture de la pizzeria. Cette décision, en plus de lui avoir coûté cher et de la rendre encore plus vulnérable, aurait pu la tuer.

En outre, elle doutait que l'incendie ait été accidentel. S'il s'agissait d'un acte de malveillance, qui pouvait en être l'auteur ?

Ces idées noires achevèrent de la terroriser. Elle avait garé son pick-up devant le restaurant. Alors, on lui en voulait vraiment ? On la surveillait, on guettait la première occasion pour s'en prendre à elle ?

Elle remercia silencieusement le ciel que l'incendie ait touché sa future entreprise plutôt que sa nouvelle demeure, épargnant ainsi sa mère et sa fille.

— Et que faisais-tu dans ton local, à une heure pareille ? lui demanda Nate.

— J'ai pris du retard, commença-t-elle en fermant les yeux pour lutter contre son mal de tête.

Nate devait l'observer avec attention car il lui tapota la main et dit, d'une voix douce :

— Essaie de te reposer, maintenant. Je suis là, et je n'ai pas l'intention de m'en aller.

Pendant les heures qui suivirent, médecins et infirmières se relayèrent à son chevet, lui posant des questions et renseignant son dossier. Pour finir, Chelsea parvint à se redresser et à boire un peu d'eau sans aucune aide. Ses yeux, sa bouche et sa gorge la brûlaient toujours, mais elle avait un peu moins mal aux poumons.

— Vous avez eu une chance folle. M. Kent est arrivé juste au bon moment, lui annonça le Dr Newman. Vous êtes tombée et vous avez dû perdre connaissance.

— D'où cet affreux mal de crâne, répondit-elle après avoir soulevé son masque à oxygène.

Elle savait déjà qu'elle avait pris un coup sur la tête et se doutait que Nate avait dû entrer dans le local en feu par la porte arrière, à ses risques et périls. Sans lui, apparemment, elle aurait inhalé trop de fumée pour qu'on puisse la sauver.

— Oui, nous avons eu de la chance, renchérit Nate.

Si Chelsea voulait bien croire le médecin, elle ne se rappelait pas avoir chuté ou s'être cognée. Encore qu'à bien y réfléchir, il lui semblait avoir entendu une voix, bien avant de perdre connaissance.

Elle fut traversée par un frisson d'angoisse, puis elle se raisonna. Elle devait confondre avec la voix de Nate ou celle d'un secouriste. Dans l'état de confusion où elle se trouvait, cela n'aurait rien d'étonnant.

— La bonne nouvelle, c'est que vous pourrez repartir dès que cette poche sera vide, reprit le médecin en désignant sa perfusion. En revanche, il va vous falloir remettre votre masque à oxygène et le garder encore un peu.

Chelsea s'exécuta docilement.

— Allez, mon petit. D'ici peu, tout cela ne sera qu'un mauvais souvenir, conclut le Dr Newman avant de ressortir de la chambre.

Rassérénée, Chelsea leva les yeux vers Nate et, comme chaque fois qu'elle le voyait, sentit les battements de son cœur s'accélérer.

Nate lui avait terriblement manqué, ces derniers jours. Grâce à la simplicité naturelle dont il faisait preuve en toute occasion, elle s'était immédiatement sentie à son aise en sa compagnie et n'avait eu aucun mal à se confier à lui. Bien que son corps lui rappelle fréquemment qu'elle s'adressait à un magnifique spécimen de mâle dont les nombreux attraits ne la laissaient pas insensible, tous deux parvenaient généralement à converser sans trop d'arrière-pensées, un peu comme de vieux amis.

— Tu m'autoriseras à te reconduire chez toi, tout à l'heure ? lui demanda-t-il presque timidement.

Chelsea réfléchit à toute vitesse. Si elle refusait, elle allait devoir appeler Linda qui devrait réveiller Skylar pour venir la chercher aux urgences.

— Bien sûr, répondit-elle, reconnaissante. Merci, Nate. C'est très gentil.

Puis, relevant son masque, elle ajouta :

— Plus je réfléchis à ce qui s'est passé ce soir, plus je reste sur l'impression d'avoir entendu une voix masculine *avant* de m'évanouir.

— C'est peut-être un effet de ta commotion, lui dit-il d'un ton apaisant. Tu es sûre de ce que tu avances ?

— Pas complètement, non, lui concéda-t-elle. En même temps, c'est une impression très nette.

Chelsea reposa sa nuque meurtrie sur l'appui-tête de la fourgonnette de Nate.

— Zach passera tout à l'heure pour prendre ta déposition, l'informa-t-il, manifestement préoccupé.

— Je ne suis pas responsable de cet incendie, en tout cas. J'ai beau réfléchir à ce qui aurait pu le causer, une lampe à kérosène ou... je ne sais quoi d'autre. Le thermostat était réglé au minimum, par mesure d'économie, et je peux te dire que je me suis gelée, même si le fait d'être à l'intérieur me protégeait du vent. Au point que j'ai dû mettre mon manteau et enfiler des gants. Si je ne m'enrhume pas, avec ça, ce sera un miracle.

Le beau visage de Nate se barra de rides soucieuses.

Les mains crispées sur le volant, il demanda :

— Tu m'as bien dit que la voix t'avait paru familière ?

— Oui, mais je serais bien en peine de te dire à qui elle appartenait. Pire encore, je ne pourrais pas jurer que ma mémoire ne me joue pas des tours. J'ai simplement la sensation que c'est bien dans cet ordre-là que les choses se sont passées. D'abord cette voix, et ensuite, l'obscurité.

— Tu reconnaîtrais la voix de Reggie ? lui demanda Nate au terme d'une courte pause. Personne ne l'a revu en ville, mais ça ne veut rien dire.

— Non. Et puis, qu'aurait-il eu à gagner en détruisant mon futur restaurant ? lui répondit-elle aussitôt, car elle avait déjà réfléchi à la question.

— Il veut peut-être te faire peur et t'obliger à quitter Jacobstown. Ton avocat t'a dit qui hériterait des biens de ta grand-tante s'il t'arrivait malheur ?

— Il semble que Maddie n'ait pas envisagé cette éventualité. D'un autre côté, ça me paraît évident, même pour un type comme Reggie. La maison et le local m'appartiennent, dorénavant, alors je suppose que le tout irait à mes proches.

— À moins qu'il ne projette de faire appel, et pense avoir davantage de chances d'obtenir gain de cause si tu n'es plus dans les parages.

Chelsea se rembrunit. Il y avait une autre possibilité.

— Ou qu'il me déteste et veuille se venger d'avoir été déshérité en ma faveur.

Nate acquiesça lentement et se concentra sur sa conduite.

— Je vais appeler Zach et lui demander s'il peut venir tout de suite, finalement. Le capitaine des pompiers mènera son enquête, et l'assurance ne te dédommagera pas avant d'avoir ses conclusions. Je vais voir s'il y a moyen de faire pression pour obtenir le verdict dès que possible.

— Et si je ne suis pas assurée ? murmura Chelsea en se pinçant l'arête du nez pour lutter contre sa migraine. Je n'avais pas encore choisi ma compagnie.

— Ta grand-tante avait peut-être pris une assurance relais, lui dit-il, sans doute dans l'espoir de la rassurer.

Se redressant sur son siège, Chelsea tenta d'associer un nom à la mystérieuse voix masculine mais elle y renonça bien vite.

— Mon sac à main et mon portable sont restés là-bas, dit-elle.

— Au risque d'énoncer un lieu commun, ce n'est pas le plus grave dans l'histoire. Un sac et un téléphone se remplacent, non ?

— Tu as raison, soupira-t-elle, tandis que Nate s'engageait dans l'allée.

— Ah, et on n'a pas prévenu ta mère pour ne pas l'inquiéter, précisa-t-il en s'arrêtant devant la maison.

— Il vaut mieux que ce soit moi qui lui apprenne la nouvelle. Je...

Chelsea s'interrompit en voyant un véhicule garé dans l'allée.

— C'est la voiture de patrouille de Long, lui expliqua Nate qui avait sans doute perçu son angoisse. Zach l'a envoyé monter la garde dès qu'il a été informé de cet incendie. Il ne voulait prendre aucun risque avec ta mère et Skylar.

— Et si c'était mon ex qui a mis le feu à la pizzeria ? demanda-t-elle, soudain frappée par une nouvelle idée, encore plus inquiétante que les autres.

— Qu'aurait-il à y gagner ? lui renvoya Nate.

— Ma fille, dit-elle sobrement.

Car s'il lui arrivait malheur, Travis y gagnerait, de toute évidence.

Cette pensée lui donna la nausée et l'obligea à se plier en deux.

Lorsqu'elle se redressa, elle vit que Nate l'examinait attentivement.

— Viens, rentrons au chaud. Je voudrais que tu te mettes au lit et que tu manges un peu. Ça te fera le plus grand bien.

Chelsea poussa la portière avant qu'il ait le temps de descendre pour la lui ouvrir. Il sauta aussitôt hors du véhicule, qu'il contourna pour lui tendre la main.

Le soleil était presque levé, et des lumières brillaient à l'intérieur de la maison. Linda était déjà debout, Chelsea allait donc pouvoir lui expliquer la situation à peu près calmement.

Nate lui offrit son bras, et elle s'appuya sur lui en s'efforçant de faire abstraction de l'émoi que son contact provoquait en elle.

Linda était dans la cuisine quand Chelsea frappa à la porte de derrière. Après avoir tiré le rideau et vu sa fille sur le perron avec Nate, elle déverrouilla la porte.

— Que se passe-t-il ? demanda-t-elle en voyant Nate accompagner Chelsea à la table pour l'aider à s'installer.

— Il y a une bonne et une mauvaise nouvelle, énonça Chelsea en faisant tout son possible pour contenir son émotion. La bonne, c'est que je suis saine et sauve ; la mauvaise, c'est que le restaurant a pris feu pendant la nuit.

Presque aussitôt, elle releva le menton. Ce n'était pas le moment de craquer, et elle savait déjà qu'elle trouverait un moyen de retomber sur ses pieds et de mener son projet à bien.

— Oh ! Quel grand malheur, ma pauvre chérie. Tu as travaillé dur, et je sais à quel point cette pizzeria te tient à cœur.

Linda était sincèrement atterrée, de toute évidence. Cela devait lui faire un drôle d'effet d'avoir à épauler Chelsea, alors que d'habitude, c'était plutôt l'inverse.

— Enfin, enchaîna-t-elle. Telle que je te connais, tu vas trouver la force de réparer tout ça, et de faire de ce local un endroit encore plus parfait que tu ne le prévoyais.

Une larme solitaire coula sur la joue de Chelsea qui tendit les bras à sa mère.

Voyant Nate aller vers la cafetière, elle le remercia silencieusement de sa discrétion.

Rofert se mit à japper à l'étage, et le cow-boy se précipita dans le couloir. Chelsea se leva péniblement en s'efforçant de faire bonne figure. Sa fille n'allait pas tarder à descendre, et elle ne voulait pas qu'elle se trouve nez à nez avec un inconnu.

Son agaçante petite voix intérieure choisit ce moment pour se manifester et la raisonner : Skylar connaissait bien Nate, à présent. Il avait dû lui manquer, à elle aussi, car elle avait fréquemment demandé à le voir.

Seule l'évocation du Père Noël avait suffi à la distraire de sa préoccupation.

Nate grimpa les marches deux à deux. Chelsea, en revanche, avait toujours l'impression d'étouffer et dut faire une pause à mi-chemin, ce qui la ralentit considérablement.

Un nouvel aboiement s'échappa de la chambre de Skylar.

Pourquoi la porte était-elle fermée ?

Le temps que Chelsea atteigne le palier, sa fille était étendue de tout son long sur le terre-neuve, couché sur le flanc.

— Bah ! s'exclama Chelsea, interloquée.

— La porte était fermée, et Rofert a dû nous entendre faire du bruit, en bas. À mon avis, il n'a pas compris que c'était nous, alors il a donné l'alerte, expliqua Nate.

— C'est ma faute, cria Linda, du rez-de-chaussée. Le chien ronflait si fort que je n'arrivais pas à dormir.

Chelsea s'appuya contre le mur et se laissa glisser sur le sol. Tout ce stress commençait à lui peser. Il lui apparut soudain qu'elle avait le choix entre rire et pleurer, aussi se mit-elle à rire… aux larmes.

12

Nate écouta attentivement Chelsea raconter à Zach tout ce dont elle se souvenait. Maigre consolation, son cousin lui avait rapporté son sac et son téléphone. Intacts, ce qui constituait un véritable miracle et épargnerait bien des démarches à leur propriétaire.

La première chose qu'elle fit, en récupérant son sac à main, fut d'y plonger la main pour en sortir une photo. Le soulagement visible avec lequel elle considéra le cliché surprit d'autant plus Nate qu'elle n'avait même pas pensé à vérifier le contenu de son portefeuille.

Comme Linda s'était portée volontaire pour accompagner Skylar à l'école, Zach avait demandé à Long de les suivre, par mesure de prudence.

L'attentat contre la pizzeria avait été particulièrement osé : son auteur s'était introduit dans le local à l'insu de Chelsea, pendant qu'elle travaillait. Se pouvait-il que quelqu'un d'autre qu'elle ait les clés ? Cette question le renvoya à Reggie ; d'ailleurs, si on y réfléchissait bien, tout ramenait à cet abruti.

Chelsea était certaine d'avoir verrouillé les deux portes, un détail qui perturbait Nate.

Il serra les poings. L'attitude de Barstok lui avait profondément déplu.

Le rapport d'enquête, qui ne serait pas disponible avant quelques jours, établirait le point de départ du sinistre.

Entendant Chelsea évoquer son ex-mari, Nate songea qu'il serait bien négligent d'écarter la piste Zucker.

— Travis prétend avoir travaillé sur un pipeline en Alaska, afin de gagner suffisamment d'argent pour pouvoir nous récupérer, *son* enfant, comme il dit, et moi, expliqua Chelsea à Zach. Je n'ai pas pris le temps de vérifier ses dires, parce que, pour tout vous avouer, j'étais bien contente qu'il me laisse tranquille, la semaine dernière.

— Je peux procéder à quelques recherches, à partir de son nom de famille et de son numéro de sécurité sociale, si vous l'avez toujours, proposa Zach.

— Sa carte doit être là-dedans, répondit Chelsea, en tirant un portefeuille de son sac et en le fouillant jusqu'à ce qu'elle ait trouvé ce qu'elle cherchait. Tenez ! Travis me l'avait confiée par peur de la perdre, et il a dû oublier que c'était moi qui l'avais. Je l'ai gardée à tout hasard.

— Vous avez bien fait, dit Zach.

Il prit le document pour le photographier et demanda :

— Il ne vous a pas dit où il comptait aller, après votre entrevue ?

— Il a surtout insisté sur le fait qu'il avait l'intention de rester dans les parages.

La voyant grimacer de dégoût, Nate comprit qu'elle en voulait terriblement à son ex, ce qui se comprenait sans peine. Quand on était assez abject pour vider les comptes du ménage pendant que sa femme accouchait, on n'avait pas droit à une seconde chance.

S'il avait été marié à Chelsea, jamais Nate ne l'aurait traitée ainsi.

Le simple mot « mariage » lui donnant l'impression d'étouffer, il glissa un doigt dans le col de sa chemise pour le desserrer.

Chelsea bâillait sans relâche, depuis un bon quart d'heure. Zach dut avoir pitié d'elle, car il se leva en jetant à Nate un regard appuyé.

— Je le raccompagne, dit aussitôt celui-ci.

— Super. Je vais en profiter pour prendre une bonne douche. Ça me sera plus bénéfique que l'air frais, commenta Chelsea.

Nate se crispa. Il se serait passé de cette information qui l'obligeait à se la représenter nue sous le jet d'eau chaude. Il avait déjà trop souvent repensé au baiser qu'ils avaient échangé et qui l'avait poussé à garder ses distances, ces derniers jours.

D'un autre côté, Chelsea traversait une période difficile, et il ne pourrait pas lui tourner le dos tant qu'il la saurait en danger. Car le doute n'était plus permis : elle était dans la ligne de mire d'un individu prêt à tout pour la décourager.

Il raccompagna son cousin jusqu'au porche et s'y arrêta.

— Tu restes ici ? lui demanda Zach.

— Oui, pourquoi ? rétorqua Nate, sur la défensive.

Il avait dû être plus sec qu'il ne l'aurait voulu, car Zach haussa les sourcils et leva les mains en un geste d'apaisement.

— Du calme, vieux ! J'essayais de voir combien d'hommes je devais envoyer ici, pour assurer la sécurité des McGregor. Si tu restes, ça résout la question, du moins en partie.

— Compris. Et excuse-moi. J'ai les nerfs à vif, ce soir.

— Oublie ça. J'aime autant te savoir ici, avec ces gens adorables, qui m'ont l'air d'avoir grand besoin d'un ami.

— Je ne te le fais pas dire. Pour le reste, je t'appelle si jamais un nouveau détail revient à la mémoire de Chelsea.

— C'est tout à fait possible. Son subconscient pourrait rejeter l'événement en bloc. À moins que, comme tend à le montrer sa blessure, elle ait été agressée par-derrière.

— Qui d'autre qu'elle pourrait avoir la clé ? demanda Nate.

— Comment veux-tu que je le sache ? Si ça se trouve, elle a oublié de verrouiller une des portes, lui répondit Zach en se détournant pour éviter les rayons du soleil levant.

S'il faisait toujours aussi froid, la lumière était particulièrement bienvenue, après ces jours de grisaille.

— Nous sommes à deux semaines de Noël, reprit Nate.

Si ça se trouve, Zucker s'est mis en tête de réunir sa petite famille pour l'occasion.

— J'y ai pensé, sauf que cet incendie aurait pu tuer Chelsea.

Nate continua à penser à voix haute.

— Auquel cas, il guettait peut-être la suite des événements, dans l'intention de se porter à son secours et de jouer les héros.

— Il faudrait qu'il soit sacrément tordu, répliqua Zach. Et qu'il se soit convaincu que la disparition de Chelsea lui permettrait d'obtenir la garde de la petite, en plus de mettre la main sur son héritage.

Zach frotta énergiquement son menton avant de conclure :

— Quoi qu'il en soit, j'ai la ferme intention de creuser dans son passé, histoire de savoir où il était passé, ces quatre dernières années.

— Toujours rien sur les antécédents de Reggie ? demanda Nate. Et ne te réfugie pas derrière le secret professionnel, s'il te plaît. J'aimerais simplement savoir à quoi m'attendre. Je te rappelle qu'il boite.

— Je ne sais pas grand-chose, si ce n'est qu'il a été arrêté à plusieurs reprises pour des délits mineurs et qu'il vit de petits boulots. Au-delà de ça et du fait que le chef de la police de Boissier l'a à l'œil, il n'y a rien à dire.

Le téléphone de Nate retentit quasiment au même moment que celui de son cousin. Les deux hommes échangèrent un regard avant de répondre, chacun de leur côté.

— Oui, Deacon, dit Nate à son frère. Comment ça va ?

— Plutôt bien. Je t'appelais pour te poser la même question. Ça fait un moment qu'on ne s'est pas vus, et j'ai entendu dire que Reggie Barstok avait une patte folle. La gauche... Tu crois qu'il y a un lien avec l'affaire des génisses ?

— Je suis chez Chelsea McGregor, avec Zach, et nous en parlions, justement.

— Parfait. Inutile de te dire que plus nous tardons à trouver le coupable, plus les gens du coin paniquent, ajouta Deacon.

— Je sais. Avec tout ce qui se passe en ce moment, la tension monte. J'ai l'intention de rester chez les McGregor jusqu'à ce que ça se calme un peu, pour Chelsea. Tu crois pouvoir t'en tirer, au ranch, si je m'absente pendant quelques jours ?

La question de Nate fut suivie d'un silence de mauvais augure.

— Chelsea..., reprit enfin Deacon. Chelsea McGregor. Ce n'est pas la mère de la nouvelle élève de Mme Eaton, par hasard ?

— Si, j'avais complètement oublié qu'elle pouvait être dans la même classe que Connor, avoua Nate, un peu honteux d'avoir négligé sa famille, ces derniers temps.

La faute en incombait à Mia, là encore. Car Nate était trop vexé d'être tombé dans le piège d'une femme capable de mentir sur l'état de santé de sa propre sœur pour se consacrer à sa fratrie.

Était-ce pour cela qu'il se sentait si proche de Chelsea ? Parce que, comme lui, elle avait été mystifiée ?

Nate voulait bien reconnaître qu'il avait sa part de responsabilité, dans l'affaire. Il aurait dû être plus vigilant, et il se reprochait d'avoir fermé les yeux pendant si longtemps. Et puis, comment avait-il pu envisager, même momentanément, de se fixer avec une seule personne ?

Sans doute avait-il été influencé par le bonheur que plusieurs de ses frères avaient trouvé en se mariant et en fondant une famille.

Mais ce genre d'engagement n'était pas pour tout le monde, de sorte que Nate s'interrogeait sur son attirance pour Chelsea. Non qu'elle ait quoi que ce soit en commun avec Mia, bien au contraire. Mia avait vite tenté de l'emprisonner alors que Chelsea paraissait sur le point de s'enfuir en courant dès qu'ils se frôlaient accidentellement, dans sa minuscule cuisine.

— On a été coupés ? lui demanda Deacon, le faisant sursauter.

— Non, pourquoi ? Tu disais donc... ?

En aucun cas, Nate n'avouerait à son frère qu'il avait cessé de l'écouter dès qu'il avait été question de Chelsea. Deacon se serait payé sa tête, s'il l'avait su.

— Que je peux te remplacer pendant quelques jours. Pas plus, parce que nous sommes surchargés de travail, en ce moment. Tu penses en avoir pour longtemps chez les McGregor ? Connor va être jaloux ! Il a l'air de bien l'aimer, la « nouvelle », comme il l'appelle. Il parle souvent d'elle, mais je ne connais toujours pas son prénom.

— Skylar, murmura Nate, en pensant avec une certaine tendresse au visage poupin de la fillette et à ses boucles folles. À croquer, vraiment ! C'est bien qu'elle se fasse des camarades, ajouta-t-il. Ça ne doit pas être facile, de faire une rentrée en cours d'année scolaire.

— Effectivement. J'ai vu ça avec Connor, quand il est arrivé au ranch, commenta Deacon.

Nate sourit intérieurement. Son frère s'était bonifié, depuis qu'il élevait le fils de sa compagne, Leah. Cela valait aussi pour Mitch et Will qui avaient trouvé le bonheur dans la stabilité.

— Bon, il faut que je te quitte, Nate. Si tu as besoin de l'un d'entre nous, n'oublie pas qu'on est là.

— Je sais, et je vous en suis reconnaissant.

Nate était sincère, en disant cela. Le soutien des siens lui était infiniment précieux.

Cela le ramena à Chelsea et à sa mère, qui semblaient s'en être sorties sans aide extérieure et étaient, de toute évidence, très attachées l'une à l'autre. Linda était un personnage haut en couleur et, malgré l'amour qu'elle portait manifestement à sa fille, on sentait que quelque chose s'était brisé en elle à un moment donné.

Zach mit fin à sa conversation téléphonique une minute plus tard, se tourna vers Nate et dit :

— C'était Patty. Elle est inondée d'appels depuis l'incendie. Les gens veulent savoir ce qui s'est passé, ils penchent pour l'œuvre d'un pyromane et, va savoir pourquoi, ils commencent à établir un lien avec le problème des génisses.

— Chelsea pense avoir été frappée *avant* que le feu se déclare. Ça irait plutôt dans le sens d'un incendie volontaire, non ? lui renvoya Nate

— Tout à fait. D'ailleurs, c'est probablement la conclusion à laquelle en viendra le capitaine Benton. Jacobstown est en ébullition avec cette histoire de génisses.

— Ça n'est pas nouveau, seulement on ne passe pas du grade de boucher à celui d'incendiaire comme ça, du jour au lendemain. Je ne vois pas le rapport.

— Je suis d'accord avec toi, mais essaie de faire comprendre ça à Ray Royce ou à Betty Orson. L'inquiétude commence à laisser place à la panique, pour ne pas dire à l'hystérie. Ça ne va pas nous aider à démasquer le coupable ! Bref. J'ai des coups de fil à passer, alors je...

Zach s'interrompit en voyant une camionnette blanche ralentir devant la maison de Chelsea.

Un jeune homme en émergea, puis la contourna pour aller ouvrir la portière du passager. Il en tira un énorme bouquet de fleurs qu'il posa en équilibre sur son bras, le temps de refermer la portière. Lorsqu'il se tourna vers Zach et lui, Nate reconnut Sammy Orr, un camarade de classe d'Amber, employé par le fleuriste local.

— Des fleurs, souffla Zach. Il y aurait un homme dans la vie de Mme McGregor ? Si c'est le cas, elle a omis de me le dire.

— À moi aussi, renchérit Nate, fouillant dans sa mémoire, avant de penser qu'il le saurait, depuis le temps.

Et quid de ce baiser passionné qui le perturbait tant ? Nate n'était pas du genre à embrasser une femme déjà engagée dans une relation, et il estimait trop Chelsea pour imaginer qu'il n'en aille pas de même pour elle.

Sammy s'arrêta au bas des marches du porche.

— J'ai une livraison pour Mme McGregor. Elle vient

d'emménager, non ? Ça fait plaisir de voir la maison Barstok occupée.

— De la part de qui ? demanda impérieusement Nate, avançant vers Sam dont le visage disparaissait presque derrière les fleurs.

— D'un certain Renaldo Vinchesa, répondit le livreur. Bien. Mme McGregor est chez elle ? Sinon, je laisse ça à l'un de vous deux.

— Je le prends, dit Nate en s'emparant de la bonne douzaine de roses mises en valeur par des feuillages dont il ignorait le nom. L'ensemble était harmonieux, délicieusement parfumé…

— Il y a une carte à l'intérieur, précisa Sammy.

Nate tendit le bouquet à son cousin, le temps de fouiller dans sa poche à la recherche d'un pourboire.

Sammy s'en empara, le remercia et prit aussitôt congé.

Nate le regarda s'éloigner, la mâchoire serrée. Il fallait qu'il ait une sérieuse conversation avec Chelsea, le plus vite possible.

Chelsea, installée sur le canapé, regardait par la fenêtre. Rofert dormait paisiblement à ses pieds, et pour la énième fois depuis son arrivée, elle se dit que le chien lui était du plus grand réconfort en cette période troublée. Voyant un livreur confier un somptueux bouquet à ses visiteurs, elle écarquilla les yeux.

Qu'est-ce que c'était encore que ça ?

Nate entra par la porte principale, la mine grave. Il ne semblait pas plus ravi qu'elle par l'arrivée des fleurs, et elle ne tarda pas à comprendre la raison de sa contrariété. Il devait s'imaginer que le bouquet provenait d'un homme qu'elle aurait connu à Houston et qu'elle continuait à voir.

D'une certaine manière, sa réaction était flatteuse. Peut-être tenait-il plus à elle qu'il ne le laissait paraître, après tout.

Depuis qu'il l'avait embrassée, il se montrait si distant qu'elle en était venue à penser qu'il regrettait son geste.

En même temps, si ces fleurs lui avaient été envoyées par Travis...

— D'où viennent-elles ? demanda-t-elle à Nate, n'y tenant plus.

Il déposa les fleurs sur la table basse et, au grand amusement de Chelsea, recula aussitôt d'un pas.

— De Renaldo Vinchesa, répondit-il sobrement.

— Quoi ? s'exclama-t-elle en se levant d'un bond pour chercher une carte sous le papier cellophane.

Nate avait dû deviner son intention, car il lui tendit la carte, sur laquelle était inscrit :

Pardonnez ma bêtise. Tous mes vœux de réussite dans votre nouvelle entreprise.

C'était bien la signature de Vinchesa ; Chelsea l'avait vue assez souvent pour en être certaine.

Après avoir regagné le canapé, elle leva vers Nate un regard gêné.

— Renaldo a été mon patron, lui expliqua-t-elle en reposant la carte.

— Oui, oui, je m'en souviens à présent, marmonna Nate, les bras croisés en une posture si défensive qu'on aurait cru qu'il craignait d'être agressé.

— Nous n'avons eu aucune relation qui ne soit pas liée à notre profession, s'empressa de préciser Chelsea.

— Ça ne me regarde pas, lui renvoya-t-il froidement.

Chelsea accusa le coup. À en juger par son expression, il nourrissait quelques doutes sur la question.

13

— Tu ne trouves pas suspect qu'il m'ait menacée de ternir ma réputation quand je lui ai donné ma démission, et qu'il me fasse parvenir ces fleurs alors qu'on vient de m'agresser et de mettre le feu à ma pizzeria ? demanda Chelsea, de nouveau frappée par l'horreur de sa situation.

Ce qui aurait été son restaurant – sa réussite – n'était plus qu'un petit tas de cendres. Tous ses efforts avaient été réduits à néant, et elle avait besoin d'argent.

Désespérément, car en plus de ne plus avoir de quoi se payer un nouveau four à pizzas, elle n'était pas assurée. Restait l'assurance relais dont Nate lui avait parlé. À condition bien sûr que sa grand-tante en ait pris une, et rien n'était moins sûr.

Nate vint s'asseoir à côté d'elle, l'encourageant ainsi à continuer :

— Je peux te montrer les SMS de Renaldo si tu ne me crois pas...

Elle sursauta en entendant un crissement de pneus sur le gravier. Nate se leva aussitôt pour aller jeter un coup d'œil par la fenêtre.

— C'est ta mère, dit-il.

Chelsea se remit à respirer normalement. Tous ces événements l'avaient vraiment mise à cran. Rofert s'agita, mais Nate le maintint au sol en lui grattant le museau. Voyant Chelsea étouffer un bâillement, il se tourna vers elle et dit :

— On parlera de ton ancien patron quand tu te seras reposée. D'ailleurs, tu ne devais pas aller te doucher ?

— Si, mais…

Elle s'interrompit, peu disposée à avouer ce qui l'en avait empêchée.

— Mais quoi ? Il s'est passé quelque chose ? Tu as entendu un bruit ?

La sollicitude de Nate lui réchauffa le cœur.

— J'ai eu peur de monter à l'étage toute seule, finit-elle par admettre, les yeux baissés, se sentant terriblement vulnérable.

Nate lui glissa une main sous le menton pour l'obliger à le regarder.

— Tranquillise-toi, Chelsea. Tant que je suis dans les parages, tu ne risques rien. Je veille sur toi.

— Il y a quelqu'un ? cria Linda, du bout du couloir.

— On est là, maman, lui répondit Chelsea.

— Oh ! bonjour, Nate ! s'exclama Linda en entrant dans la pièce.

— Madame, lui répondit-il avec un large sourire.

— Je monte me laver, annonça Chelsea.

Elle était si faible néanmoins qu'elle dut s'arrêter au bout du canapé et s'y accrocher pour conserver son équilibre.

— Appuie-toi sur moi, dit Nate en lui glissant un bras autour de la taille pour la soutenir.

Elle s'exécuta et tira un certain réconfort de sa force. Il l'aida à monter les marches à son rythme, puis l'accompagna jusqu'à sa chambre. Elle sentit son corps s'embraser à son contact et, pour une fois, ne se le reprocha pas.

Il resta sur le seuil de la pièce, le dos tourné, le temps qu'elle se déshabille et enfile son peignoir de bain qui, par chance, touchait presque le sol. Cela ne lui fit pas oublier pour autant qu'elle était nue sous le vêtement en éponge lorsque Nate revint vers elle pour l'aider à gagner la salle de bains.

Ces dernières heures avaient été si éprouvantes qu'elle se sentait au bord de la syncope.

— Tu veux bien m'attendre ici, à l'étage ? lui demanda-t-elle.

Elle savait que sa peur était parfaitement irrationnelle, et qu'elle trouverait bien un moyen de la surmonter… plus tard. Pour l'instant, elle avait besoin de la présence rassurante de Nate.

— Bien sûr, répondit-il de cette belle voix dont la sensualité était comme une caresse sur sa peau.

Une fois enfermée dans la salle de bains, elle s'appuya sur la porte. Le film des événements de la nuit lui revint avec une telle force qu'elle craignit que ses jambes ne la lâchent. Il ne fallait pas qu'il lui arrive quoi que ce soit. Que feraient sa mère et Skylar sans elle ?

Plutôt que de s'apitoyer sur son sort, elle se redressa et entreprit de faire couler l'eau.

En entendant craquer le parquet, elle comprit que Nate, fidèle à sa promesse, l'attendait sur le palier. Cela lui permit de mesurer à quel point elle comptait sur lui.

Trop sans doute pour son propre bien.

— J'ai parlé à Zach des exploits de ton ancien patron. Il a vérifié ses notes et a vu que tu lui avais signalé certains incidents le concernant dès votre premier entretien, annonça Nate à Chelsea, lorsqu'elle ressortit de la salle de bains.

Elle vint s'asseoir près de lui, sur le lit, et le parfum fleuri de son gel douche provoqua en lui une réaction physique des plus malvenue.

Il était temps qu'il se ressaisisse.

Il tenta de se convaincre que son émoi était dû au fait qu'il n'avait eu aucune relation digne de ce nom depuis sa rupture avec Mia, et s'aperçut aussitôt que ce n'était pas l'entière vérité. S'il était resté relativement chaste depuis lors, c'était faute d'avoir éprouvé la moindre attirance pour une autre que Chelsea.

— Allez, lui dit-il en repoussant les draps et la couverture. Couche-toi.

Le regard qu'elle lui jeta le fit rire.

— Ne t'inquiète pas, je n'ai pas pour habitude d'aller là où je ne suis pas invité, crut-il bon de préciser.

— Ce n'est pas le problème, dit-elle d'une voix si basse qu'il faillit ne pas l'entendre.

L'instant d'après, elle se glissait entre les draps. Nate se rapprocha encore, aussi nerveux qu'un collégien.

— Dis-moi, qu'est-ce qu'elle a de si spécial, la photo que tu ranges dans ton portefeuille, pour que tu t'en sois inquiétée aussi vite ? demanda-t-il.

Son geste l'avait intrigué, et il n'avait pas eu l'occasion de l'interroger à ce sujet.

Chelsea se détendit un petit peu, se redressa et ramena le drap et les couvertures sous son menton. Elle garda un coin du drap serré entre son pouce et son index de la main gauche.

Tiens, elle était gauchère, comme lui ? Nate fut surpris de ne pas s'en être aperçu avant, alors qu'il avait remarqué la fossette qui lui creusait la joue quand elle souriait. Ça, sa peau de pêche et ses immenses yeux. Il y avait aussi ces taches de rousseur qui bordaient sa lèvre supérieure et nombre d'autres détails auxquels il avait pensé plus souvent qu'il ne voulait se l'avouer.

— C'est mon père qui a pris cette photo, expliqua-t-elle. Maman le trouvait très doué.

Elle haussa les épaules, comme pour signifier à Nate que cela n'engageait que Linda.

— Qu'est-il devenu ?

— Excellente question. Il est sorti acheter du lait, un beau matin, peu avant mon deuxième anniversaire, et il n'est jamais revenu. Je ne crois pas que maman ait été vraiment heureuse, depuis lors. Toutes ces années de solitude…

Sa voix s'était brisée, sur la fin. Manifestement, la plaie était toujours à vif, même après tout ce temps.

— La désertion de ton père m'apparaît comme une bonne raison de rester célibataire, commenta Nate sans réfléchir.

Voyant Chelsea froncer les sourcils, il s'empressa d'ajouter :

— Moi, par exemple, je préférerais passer le restant de mes jours seul, plutôt que risquer le chagrin d'amour.

Ces mots avaient à peine franchi le seuil de ses lèvres qu'il se le reprocha : Chelsea avait vécu une expérience similaire à celle de sa mère. Décidément, il était bien maladroit, ce matin.

De nouveau, elle haussa les épaules.

— Je suppose que tu as raison. Je n'ai jamais connu l'amour fou. Je tenais à Travis, bien sûr, mais j'étais jeune et naïve quand je l'ai rencontré, c'est pourquoi je ne savais pas quelles qualités rechercher chez une personne. Rien de grandiose, je crois. Et puis je suis tombée enceinte. Apparemment, les antibiotiques et la pilule ne font pas bon ménage.

Elle jeta à Nate un regard penaud.

— N'empêche que j'ai souffert le martyre quand Travis m'a quittée. Je ne crois pas que son départ m'ait vraiment mise en colère. Je lui en ai surtout voulu pour Skylar. Et je ne te parle pas de ce que j'ai ressenti quand je me suis rendu compte qu'il m'avait tout pris, réduisant à néant des années de travail intensif. À l'époque, je n'imaginais pas qu'on puisse être aussi abject. Je vois les gens différemment, à présent, conclut-elle.

— C'est normal, non ? Il n'y a rien de plus dévastateur que d'être trahi par un proche. Même si tu n'étais pas follement amoureuse de ton mari, il me paraît logique que sa duplicité t'ait blessée.

— On dirait que tu parles d'expérience, commenta Chelsea en bâillant à nouveau.

— Je te raconterai ça une autre fois. Pour l'instant, je préfère que tu te reposes, lui rétorqua-t-il.

Nate n'avait aucun mal à se contrôler, en temps normal, pourtant il dut se faire violence pour ne pas s'étendre aux côtés de Chelsea. Elle avait besoin de sommeil. Si elle l'invitait à partager sa couche, ils ne se reposeraient ni l'un ni l'autre.

Lorsqu'il fit mine de se lever, elle le retint par le bras.

— Tu restes près de moi jusqu'à ce que je m'endorme ?

— Je vais faire mieux que ça. Je vais rester ici jusqu'à ton réveil. Ce fauteuil me conviendra parfaitement, dit-il en désignant le meuble, dans un coin de la chambre.

Il se retourna juste à temps pour la voir sourire, fermer les yeux puis relâcher son emprise sur le coin du drap.

Chelsea se réveilla en sursaut, comme oppressée. À peine eut-elle ouvert les yeux qu'elle sentit une présence masculine à son chevet, dans l'obscurité.

— Tout va bien, la rassura Nate.

Elle sentit le matelas s'affaisser à côté d'elle et demanda :

— Quelle heure est-il ?

— Bientôt 3 heures, lui répondit-il en allumant l'écran de son téléphone avant de le reposer sur le lit.

— J'ai dormi tout ce temps-là ? demanda-t-elle en se frottant les yeux.

— J'en ai bien peur, oui. Ta mère s'est occupée de Skylar, ne t'inquiète pas.

— Et toi ? Tu as veillé ? Tu ne dors donc jamais ?

— Peu. De temps à autre, je passe un week-end entier au lit pour me rattraper. C'est une méthode qui en vaut une autre et…

Chelsea l'interrompit d'un cri étouffé.

— Skylar sait que tu es là ?

— Oui, répondit-il d'un ton d'excuse. C'est d'ailleurs pour ne pas la réveiller que j'ai laissé les lumières éteintes. Je lui ai expliqué que tu avais eu un accident au travail et que je voulais veiller sur toi. Ça a eu l'air de lui convenir, comme explication.

Quand Travis l'avait quittée, Chelsea s'était promis que sa

fille ne verrait pas passer un cortège d'hommes à la maison. Elle avait le souvenir d'avoir séjourné avec sa mère chez une cousine dont les enfants en bas âge avaient un « tonton » différent chaque semaine. À l'époque, ça l'avait beaucoup perturbée et aujourd'hui qu'elle était adulte, elle trouvait ça malsain.

S'il lui paraissait naturel qu'une mère célibataire ait une vie sexuelle, ce à quoi elle commençait à aspirer, elle aussi, il était hors de question que ce soit le défilé permanent sous son toit. Sa mère l'avait bien éduquée à ce niveau-là aussi.

— Qu'est-ce qu'il y a ? demanda Nate avec inquiétude. J'ai fait une bêtise ?

Chelsea poussa un long soupir et tenta de se détendre.

— Non, non. Pour une fois, Skylar s'en remettra. Du moins je l'espère.

— Elle a vu que j'étais toujours habillé, déclara-t-il avec un sourire un peu trop sexy au goût de Chelsea. Et elle m'a demandé si je ne pouvais pas dormir ici tout le temps.

— Et ma mère ? s'enquit Chelsea.

— Linda ? Même réaction, sauf qu'elle a voulu savoir ce que je prendrai au petit déjeuner.

Chelsea se renfrogna légèrement. Était-elle paranoïaque sur le sujet ?

Quoi qu'il en soit, elle avait d'autres sujets d'inquiétude, bien plus graves. On l'avait agressée, et il se pouvait qu'on veuille sa mort. Il était donc temps de réfléchir à l'avenir.

— J'ai un mal de tête épouvantable, dit-elle à mi-voix.

Nate s'empara d'un flacon de comprimés analgésiques et du verre d'eau, posés sur sa table de nuit.

— Tiens, j'avais prévu le coup, murmura-t-il, toujours souriant… et toujours sexy en diable.

Chelsea laissa tomber un comprimé dans sa main ouverte.

— Tu n'en prends qu'un ? lui demanda Nate d'un ton étonné.

— Pour l'instant, oui. Je tiens à avoir les idées claires, si jamais Skylar a besoin de moi.

— J'ai reçu un SMS de Zach, tout à l'heure. D'après la serveuse du Last Bite Diner, Reggie est devenu un de ses habitués. Apparemment, il débarque toujours à des heures bizarres.

— C'est toujours lui, le suspect numéro un pour ton cousin ?

— Non, ton ancien patron l'a remplacé depuis qu'il t'a fait livrer des fleurs.

Se souvenant qu'elle n'avait toujours pas montré les SMS insistants de Vinchesa à Nate, Chelsea se pencha pour attraper son sac et crut que sa tête allait exploser.

— Que cherches-tu ? lui demanda Nate en la voyant faire la grimace.

— Mon sac. Je l'ai posé sur la coiffeuse, et mon téléphone doit être dedans.

Lorsqu'elle eut l'appareil en main, elle vit que trente-sept messages l'attendaient. Certains provenaient de ses fournisseurs, d'autres – vingt-trois, précisément – de Renaldo dont elle n'avait pas effacé le numéro pour ne pas lui répondre par étourderie.

Vingt-trois messages qu'elle avait ignorés pour la plupart, dans l'espoir que Vinchesa finirait par se lasser.

Les plus anciens, les plus vindicatifs, furent les premiers qu'elle montra à Nate :

Je causerai ta perte

Tu ne trouveras plus jamais de boulot, espèce de salope.

Réponds-moi !

Tu ne vas pas t'en tirer comme ça. Fais gaffe, parce que je pourrais être là où tu t'y attends le moins.

— Et tu as travaillé pour ce type ? demanda Nate, manifestement choqué.

— Ces trois dernières années, oui, admit Chelsea, honteuse malgré elle.

— Tu n'as pas trouvé d'autre chef pour t'embaucher ?

insista-t-il en continuant à lire les messages, une expression de plus en plus indignée sur le visage.

— Hé non ! Vinchesa a une certaine influence dans le monde de la restauration. Quand il m'a embauchée, j'étais aux anges. J'avais tout perdu, je croulais sous les dettes, il n'y avait pas beaucoup de travail là où je vivais. De plus, il fallait que je trouve quelque chose près de mon domicile parce que, pour couronner le tout, nous n'avions qu'une voiture. Travis était parti avec la mienne. Bref, j'étais au bord du gouffre financier quand j'ai entendu dire qu'un chef de renom recherchait un bras droit. J'ai été éblouie par son restaurant et, malgré tout ce que j'avais entendu dire sur son compte, je ne m'attendais pas à ce qu'il me fasse des avances aussi directes. Quand il a été confronté à ma résistance, la situation s'est singulièrement compliquée.

— Malgré tout ça, tu n'es pas partie ? lui lança Nate d'un ton réprobateur.

— Ma réputation m'avait précédée. Aux yeux du monde, j'étais une mauvaise gestionnaire. Et bien que plutôt douée dans mon domaine, je n'avais pas l'expérience du travail dans un vrai restaurant. Encore une fois, Renaldo était un personnage influent sur la scène gastronomique de Houston, et je n'avais pas les moyens de m'installer ailleurs.

Nate referma un poing, puis le déploya ostensiblement.

— Je connais quelques moyens de faire pression sur ce genre d'énergumène, dit-il d'une voix menaçante.

— Pour ne rien arranger, j'avais perdu toute estime de moi. Skylar était encore bébé, et il y avait maman... Je pouvais d'autant moins démissionner que Renaldo semblait bien décidé à me rendre la vie impossible. D'ailleurs, quand j'ai voulu lui rendre mon tablier, il m'a menacée de causer ma perte.

Chelsea s'était échauffée, tandis qu'elle parlait. Elle prit le temps de reprendre son souffle, avant de conclure :

— Il avait le pouvoir, et moi, j'étais... complètement

démunie face à lui. Pour travailler ailleurs que chez le « grand Vinchesa », il m'aurait fallu des références que je n'aurais jamais obtenues. Bref, j'étais coincée, jusqu'à ce que le notaire de ma grand-tante me redonne espoir et confiance en l'avenir. Toute contente d'avoir un toit, pour la première fois en quatre ans, j'ai commencé à réfléchir à la suite. D'où l'idée de cette pizzeria dans laquelle j'ai mis trop d'énergie pour accepter l'idée d'un nouvel échec. Le problème, c'est que maintenant… je ne sais pas comment je vais faire.

Le simple fait de prononcer ces derniers mots l'avait mise dans un état proche de l'hystérie.

— Ça va aller…, commença Nate

— Ah oui ? Et comment ? J'ai tout perdu, l'interrompit-elle, en pleine panique.

— On trouvera une solution, poursuivit-il sans se démonter. Je refuse de te voir spoliée ainsi, Chelsea. Et comme je suis certain que ta pizzeria aura un succès fou, j'aimerais t'avancer de quoi remonter la pente.

Vu sa situation, Chelsea n'aurait pas dû être rassurée par cette offre dont elle tira pourtant un étrange réconfort.

— C'est vrai ? Tu ferais ça ?

— Tout à fait.

— Et pourquoi ?

— Parce que tu es une femme intègre, que tu as trop souvent dû faire face à l'adversité, et que tu mérites une pause. Ça te suffit comme raison ou il faut que j'ajoute que j'ai horreur de l'injustice ?

Chelsea laissa retomber sa tête en arrière. La proposition lui paraissait d'autant plus alléchante qu'elle ne voyait pas d'autre solution si elle voulait assumer ses responsabilités envers Skylar et Linda.

— À condition que ce ne soit qu'un prêt, Nate.

— On verra ça plus tard, et c'est toi qui géreras.

— Avant tout, il faut que je fasse mes comptes pour savoir où j'en suis.

— Ça me paraît logique, dit-il distraitement. Ah, et il va falloir qu'on montre ces SMS à Zach. Ça devrait l'intéresser. Il se peut même qu'il veuille faire le déplacement jusqu'à Houston pour dire deux mots à Vinchesa.

— Tu n'as pas tout vu, lui fit-elle remarquer. Lis les textos les plus récents.

Je me suis conduit comme le dernier des abrutis.

Pardonne-moi.

Chelsea ? Réponds-moi, s'il te plaît. Encore une fois, je suis désolé.

— Il a envoyé le dernier deux heures avant l'incendie, lui fit remarquer Nate.

— Renaldo est un colérique, répondit-elle. Totalement imprévisible. Il commence par s'emporter, et il réfléchit ensuite. En revanche, je ne le crois pas idiot au point de me menacer par écrit avant de mettre le feu à mon restaurant.

Cela dit, Chelsea n'avait jamais compris le fonctionnement de son ancien patron. Pourquoi fantasmait-il sur elle, pour commencer ? Et pourquoi s'acharnait-il ainsi, tout en sachant qu'elle ne voulait pas de lui ?

Elle avait souvent réfléchi à la question, étant enfant. Dès l'âge de douze ans, elle avait compris que sa mère dépendait toujours moralement du mari qui l'avait abandonnée.

— D'après mon expérience, c'est à leurs paroles et à leurs actes qu'on juge les gens. Seuls les plus calculateurs ne se font pas pincer tout de suite, commenta Nate en s'emparant du téléphone. J'aimerais bien qu'on m'enferme avec ce type pendant quelques minutes, pour voir s'il joue toujours les gros durs.

Nate avait déjà commencé à photographier les messages de Renaldo.

— Je vais les envoyer à mon cousin dès maintenant, pour qu'il les ait demain matin. Tel que je le connais, il appellera Vinchesa pour demander à le rencontrer. Ton ancien boss ne m'a pas l'air d'un criminel endurci, habitué à brouiller les pistes. Tu ne peux pas imaginer le nombre de malfrats qui craquent à la première anicroche.

— Et les autres ? s'enquit Chelsea.

14

— Les autres truands ? Ils sont effrayants. Les plus rusés, comme le malade qui s'en prend aux génisses de la contrée, ne se font pas pincer.

Nate était écœuré par l'ingéniosité avec laquelle certains réussissaient à couvrir leur comportement déviant.

Malgré un dispositif de sécurité renforcé, avec patrouilles et caméras, le « boucher de Jacobstown » restait introuvable. Indétectable aussi, car tout ce qu'on savait de lui, pour l'instant, c'est qu'il s'agissait d'un homme. Le scélérat avait commis une seule erreur en laissant l'empreinte d'une de ses chaussures derrière lui. Pour le reste, il avait veillé à ce qu'aucune trace ADN ne soit retrouvée sur les lieux de ses méfaits.

— Et tu crois que Reggie est si malin que ça ?

— On peut se poser la question : ce pauvre type a eu maille à partir avec la justice à plusieurs reprises pour des délits mineurs, et il a dû en tirer quelques leçons. Les gars comme lui apprennent de l'intérieur. Chaque fois qu'un de leurs crimes reste impuni, ils se sentent un peu plus forts – à juste titre, d'ailleurs, conclut-il amèrement.

Comme tous ses concitoyens un tant soit peu éclairés, Nate butait sur l'identité du tortionnaire de génisses. D'un autre côté, il ne voyait pas le même homme s'en prendre à Chelsea, au risque d'attirer l'attention sur lui. De son point de vue, il était peu vraisemblable que les deux affaires soient liées.

— Reggie me semble plus que suspect, murmura Chelsea. Il est venu à Jacobstown et il en est reparti presque à l'insu de tout le monde, avant de réapparaître au Last Bite Diner.

— C'est vrai, concéda Nate. Et nous ignorons depuis combien de temps il se déplace ainsi. La dernière fois que Zach l'a interrogé, il s'est muré dans le silence. Par ailleurs, bien que sa voiture soit immatriculée en Louisiane, les adresses figurant sur son permis et sur les papiers de sa voiture ne correspondaient pas.

— On n'a toujours aucun témoin de l'incendie ? s'enquit Chelsea.

— À part toi, non. On attend que le capitaine des pompiers nous fasse part de ses premières impressions.

Nate était confiant, à ce niveau-là. Il n'avait pas encore appelé Benton, parce qu'il pensait obtenir plus d'informations au cours d'un face-à-face.

Il regarda Chelsea boire une autre gorgée d'eau, songea soudain qu'il aurait les idées plus claires avec une dose de caféine, et s'enhardit jusqu'à demander :

— Sans vouloir réveiller toute la maison, je descendrais bien nous préparer un bon café. C'est possible ?

— Il va falloir que tu fasses doucement, alors. Ma mère et Skylar ont toutes les deux le sommeil léger.

Prenant sa réponse pour un assentiment, Nate ne se la fit pas répéter.

— Je t'en apporte une tasse ?

— À ton avis ? lui renvoya-t-elle avec un sourire dont il se réjouit.

Ce bref échange l'avait momentanément distraite de la tension qui commençait à marquer son joli visage.

— Entendu. Je reviens tout de suite. Tu as faim peut-être ?

— Je crois qu'il y a un bac de crème glacée dans le congélateur. Ça ne t'ennuie pas de le remonter ?

— Pas du tout, dit-il avant de s'enfoncer dans le couloir

à pas de loup et sans faire craquer une seule latte du vieux plancher.

Une fois dans la cuisine, tandis qu'il regardait la machine crachoter son liquide brun, une nouvelle idée lui vint à l'esprit.

Et si le pyromane avait pris le restaurant pour cible parce que Chelsea hébergeait Rofert ? Elle avait été agressée, cela ne faisait plus aucun doute dans son esprit. Elle avait entendu une voix avant de s'évanouir, et si les vents avaient été moins forts, elle aurait sans doute succombé aux émanations de fumée.

Autre question : qui avait donné l'alarme ? Il faudrait que Nate se renseigne sur ce point. Il n'était pas rare que des criminels préviennent la police de leur propre méfait, surtout s'ils pensaient que leur victime était morte.

Bref, le message était clair. Son expéditeur essayait de faire comprendre à Chelsea qu'il pouvait l'atteindre à tout moment, en tout lieu... Sauf chez elle.

Rofert aurait entendu un étranger s'introduire dans la maison, les cadenas étaient sûrs, les fenêtres neuves...

Oui, atteindre Chelsea sous son propre toit était presque mission impossible.

Il se pouvait aussi que l'agresseur n'ait de rancœur qu'envers Chelsea elle-même et tienne à épargner son entourage. Cela pointait en direction de Travis Zucker, Reggie ne semblant pas du style à faire le distinguo. Il frappait généralement où il le pouvait, et Nate doutait fort qu'il se préoccupe d'éventuels dommages collatéraux.

Pour le reste, il était peu probable que le projet de Chelsea dérange certains habitants de Jacobstown. Nate n'avait entendu que des commentaires favorables concernant l'ouverture de la pizzeria dans ce local resté à l'abandon pendant trop longtemps.

Il secoua lentement la tête. Et s'il faisait erreur sur toute la ligne ? Si Chelsea était tout simplement tombée en provoquant un court-circuit fatal ? Après tout, elle avait pris un coup sur la tête, et il se pouvait qu'elle ne se souvienne pas des événements dans le bon ordre.

Nate avait vu suffisamment de victimes de traumatismes crâniens pour le savoir.

La machine à café se mit à biper, Nate remplit deux tasses du liquide bouillant, s'empara du bac de glace et d'une cuiller. Arrivé sur le seuil, il s'arrêta, revint sur ses pas et posa une des tasses sur le comptoir pour gratter les oreilles de Rofert qui se mit à remuer la queue.

Le pauvre. Il aurait du mal à quitter ses nouvelles maîtresses quand il serait temps pour lui de regagner le ranch.

Le lendemain matin, Nate fut réveillé par une délicieuse odeur de bacon montant de la cuisine et par les voix familières d'Amber et d'Amy, sa sœur et sa cousine.

Pris de panique, il se leva d'un bond et descendit précipitamment pour s'assurer que tout allait bien au ranch.

— Bonjour, Amber, cria-t-il depuis le couloir.

Il avait entendu Linda emmener Skylar à l'école puis revenir, et il s'était plus ou moins rendormi.

Il aurait sans doute glané une heure de sommeil supplémentaire, s'il ne s'était pas interdit de s'habituer à l'ambiance douillette de la maison des McGregor.

— Salut, Nate ! lança Amber en venant à sa rencontre, Amy sur les talons.

— Que se passe-t-il ? demanda-t-il en regardant les deux femmes tour à tour.

— Nous avons appris qu'il y avait eu un incendie à la pizzeria et nous sommes venues voir si nous pouvions nous rendre utiles.

Nate sourit. Sa petite sœur et sa cousine étaient vraiment d'une gentillesse à toute épreuve.

— Bonjour, Nate, dit Linda. Merci infiniment d'avoir veillé sur ma fille, la nuit dernière.

— Tout le plaisir a été pour moi, lui renvoya-t-il d'un ton léger.

— Comment va-t-elle ? s'enquit Amber.

— Physiquement, beaucoup mieux.

— Mon frère nous a tout raconté, c'est terrible, une histoire pareille ! intervint Amy. Je suis navrée pour Chelsea. Même s'il semble qu'elle ait eu une chance folle de s'en tirer.

Bien que Nate soit tout à fait d'accord avec elle, sa priorité était ailleurs : café avant tout.

Il sortit une tasse d'un des éléments, se servit et but une gorgée du breuvage avant de se retourner.

Amy et Amber le considéraient avec un étonnement marqué.

Il comprit rapidement pourquoi : inconsciemment, il se comportait comme s'il était chez lui, ce qui n'était pas son genre.

— Je vois que Rofert vous a tenu compagnie, Linda, dit-il pour éviter d'avoir à expliquer une attitude à laquelle il ne voulait pas réfléchir lui-même.

— Il restera devant la porte jusqu'au retour de Skylar, expliqua Linda.

— Ça ne m'étonne pas, il adore les enfants, commenta Amber en lançant un regard attendri au chien roulé en boule sur le palier.

— J'ai préparé du bacon pour votre réveil à tous les deux. Je monte voir Chelsea, et je reviens, annonça Linda avant de sortir.

Aussitôt, « les filles », comme il les appelait, se mirent à bombarder Nate de questions :

— Alors, raconte ! commença Amber.

— Il n'y a rien à raconter – j'ai dormi dans un fauteuil, ce qui me vaut ce torticolis d'enfer.

Amber le dévisagea, les yeux ronds.

— Qu'est-ce que tu nous chantes là ?

— Je vous raconte ma nuit ! Ce n'est pas...

Il s'interrompit en comprenant son erreur.

— Ah, tu parlais de l'incendie ? Je croyais que vous en aviez discuté avec Zach.

— Tout à fait, mais tu le connais, il n'en dit jamais plus que ce qu'il juge nécessaire. D'après la rumeur, Chelsea a un cousin éloigné qui boite de la jambe gauche. C'est vrai ?

— Oui. Zach est en train d'enquêter sur son passé pour savoir ce qu'il a fait, ces dernières années.

— Et il serait l'auteur de l'incendie ? insista Amy.

— Rien n'est encore sûr, et je n'ai pas revu le capitaine des pompiers.

— C'est un incendie criminel, déclara Amy avec emphase. Mon frère en est convaincu.

— Si Zach le dit, c'est que l'enquête préliminaire est terminée, répondit Nate, tout content d'avoir une bonne nouvelle à annoncer à Chelsea quand elle se réveillerait.

Il termina son café et s'apprêtait à s'en servir un deuxième quand il remarqua un alignement de sacs remplis de provisions, ainsi qu'une pile de récipients en plastique contenant des plats cuisinés.

— C'est toi qui as apporté tout ça ? demanda-t-il à Amber.

— Oui. Avec Amy et le reste de la famille, on s'est dit que tes hôtesses auraient besoin d'un coup de main, au moins tant que Chelsea ne sera pas complètement remise.

— Merci, les filles. C'est vraiment sympa. N'oubliez pas de remercier les autres de ma part.

De légers bruits de pas résonnèrent dans le couloir, et une Chelsea un peu plus reposée pénétra dans la cuisine.

En la voyant ainsi, presque pimpante et ses cheveux blonds tombant sur ses frêles épaules, Nate eut un pincement au cœur.

— Bonjour, tout le monde ! lança Chelsea à la cantonade, son regard passant d'Amber à Amy.

Indéniablement, elles faisaient partie de la famille Kent, à en juger par la finesse de leurs traits.

— Bonjour, lui répondit l'une d'entre elles en se levant pour lui tendre la main. Je suis la sœur de Nate, Amber.

— Et moi, Amy, sa cousine, dit la seconde avant d'ajouter : Vous devriez rester allongée, non ?

— Bien que cette nuit de repos m'ait fait le plus grand bien, je vais m'asseoir avec vous, répondit Chelsea, trouvant préférable de se ménager dans l'immédiat.

— Café ? lui proposa Nate.

— Volontiers, lui répondit Chelsea.

Elle regarda autour d'elle et ajouta :

— Ma mère m'a dit que vous aviez apporté de quoi ravitailler toute une armée. Vous n'auriez pas dû...

Amber l'interrompit d'un geste de la main.

— C'est le moins qu'on puisse faire dans cette situation. De toute façon, nous avions prévu de venir nous présenter dans les jours à venir. Nous avons eu une telle charge de travail au ranch que nous avons sans cesse remis cette visite.

— C'est... vraiment très gentil, balbutia Chelsea, refoulant les larmes qui lui étaient montées aux yeux, même si elle commençait à penser que les laisser couler la soulagerait.

— Nous étions en train d'aider votre mère à ranger tout ça quand Nate est descendu, expliqua Amy. Nous allons terminer ce que nous avons commencé, si ça ne vous dérange pas.

— Je vais vous aider, dit Chelsea.

Au moment où elle faisait mine de se lever, Nate posa une tasse de café devant elle.

— Autant te prévenir tout de suite. Une fois que ces deux-là se sont mis une idée en tête, on ne les arrête plus, dit-il d'un ton moqueur.

Chelsea se délecta de son sourire. Voir cet homme dans sa cuisine au réveil lui donnait des idées inopportunes.

En plus d'être intelligent et beau comme un dieu, il était doté d'un corps de rêve.

En d'autres termes, il constituait un véritable danger.

Chelsea pouvait perdre son entreprise et trouver un

emploi, afin de subsister. Si on lui retirait sa maison, elle se relèverait, là encore. En revanche, pas question qu'elle se fasse voler son cœur.

Et en cet instant, elle se demanda s'il n'était pas déjà trop tard.

— Vous faites une équipe formidable, toutes les deux, dit-elle, admirative de la manière dont les deux femmes collaboraient.

On les sentait très proches l'une de l'autre, et les voir interagir lui fit prendre conscience de tout ce qui la séparait de Nate.

Il descendait d'une famille soudée, alors que Chelsea, si elle adorait sa mère, avait toujours perçu chez elle une certaine retenue, sans doute due à son instinct de préservation.

Elle n'en voulait pas à Linda de se protéger ainsi... Elle se savait aimée, bien sûr, mais sa mère n'avait jamais pu rassembler les morceaux de son cœur en miettes, d'où sa réserve à son égard.

C'était exactement ce qui arriverait à Chelsea, si elle s'attachait à Nate.

Encore une raison pour elle de garder ses distances.

Quelques jours passèrent sans nouvel incident.

Cette rencontre avec la sœur et la cousine de Nate amena Chelsea à regretter que Skylar ne grandisse pas dans une atmosphère aussi chaleureuse et équilibrée que celle qu'elle avait perçue chez les Kent.

Pourtant, elle avait l'impression de s'en sortir plutôt bien dans son rôle de mère.

Nate avait élu domicile dans la chambre d'amis, au rez-de-chaussée. Chelsea avait eu beau lui affirmer qu'elle était suffisamment en forme pour qu'il retourne au ranch, rien n'y avait fait.

Le fait qu'il passe ses nuits sous son toit la ramenait constamment au danger auquel elle avait échappé.

Elle était *toujours* en danger, d'ailleurs, et le resterait tant que l'individu qui l'avait agressée avant de mettre le feu à son restaurant serait en liberté.

Steve Benton, le capitaine des pompiers avait initialement conclu à un incendie volontaire, notant toutefois que le feu était parti de l'intérieur. En outre, si le malfaiteur avait laissé des traces d'ADN sur le lieu du sinistre, elles avaient été détruites par les flammes, de sorte que Zach n'avait toujours pas démasqué le coupable.

Par bonheur, il s'était avéré que Maddie Barstok avait contracté une assurance relais, ce qui signifiait qu'en plus de ne pas tout avoir perdu, Chelsea n'aurait besoin d'emprunter d'argent à personne. Elle avait sa fierté, après tout !

L'inauguration de la pizzeria avait été repoussée à fin février au plus tôt, ce qui ajoutait encore à son stress.

Ce serait juste, au niveau financier, mais si elle ne faisait pas de folies, elle pensait pouvoir tenir jusque-là.

Nate pénétra dans la cuisine où elle s'était installée avec son café.

— Je viens d'avoir Zach au téléphone, annonça-t-il.

— Et ?

— Ce qu'il a découvert risque de ne pas te plaire. Ton ex a passé les trois dernières années derrière les barreaux. Pour possession illégale d'armes à feu.

15

Chelsea n'en crut pas ses oreilles. Travis était malhonnête, elle le savait, seulement de là à avoir été condamné pour une raison pareille...

La nouvelle fit naître en elle une idée plutôt réconfortante, pour une fois :

— Attends, ça signifie qu'il n'obtiendra jamais la garde de Skylar ? murmura-t-elle.

— Au mieux, on pourrait lui accorder un droit de visite sous surveillance, lui confirma Nate.

Chelsea ne tenta pas de dissimuler son soulagement. Travis était beaucoup plus dangereux qu'elle ne l'avait pensé, et il lui aurait été insupportable d'être forcée de lui confier Skylar.

— Et si je n'étais plus là ? demanda-t-elle. S'il m'arrivait malheur ?

— Là, ce serait beaucoup plus compliqué. Skylar vit depuis toujours avec ta mère et toi. D'un autre côté, il suffirait que Zucker ait un emploi stable et parvienne à prouver que son domicile est plus adapté que le tien pour...

Chelsea ne le laissa pas terminer.

— Ma mère resterait le meilleur recours, s'obstina-t-elle, tout en gardant à l'esprit – sans doute comme Nate – que la santé précaire de Linda pourrait constituer un obstacle, donc un argument en faveur de Travis.

Elle s'était mise à redouter le moment où son ex-mari se

présenterait chez elle avec un document officiel établissant son droit à voir leur fille, voire à l'élever lui-même, alors qu'il n'avait aucune chance devant un tribunal. Ses menaces de l'autre jour n'étaient que des paroles en l'air, ce dont il devait être conscient.

— Et je suppose que Zach n'a aucune idée de l'endroit où Travis peut se trouver, dit-elle.

— Aucune.

Pour autant que Chelsea le sache, son ex n'avait pas été vu dans les parages depuis sa visite surprise à la pizzeria.

— Il savait que je m'apprêtais à ouvrir un restaurant, reprit-elle. Je me demande depuis combien de temps il me surveillait.

— Bonne question. D'après Zach, il est en liberté conditionnelle depuis peu, et il voit son contrôleur judiciaire le deux de chaque mois.

— Il devait sortir d'un de ces rendez-vous, le jour où il est venu à Jacobstown, dit-elle.

— Cela dit, s'il est l'auteur de l'incendie, il se pourrait qu'il n'honore pas le prochain rendez-vous, lui fit remarquer Nate avant de lui proposer un deuxième café, qu'elle accepta.

Après l'avoir servie, il la regarda droit dans les yeux et déclara solennellement :

— Zucker ne s'approchera ni de toi ni de Skylar tant que je serai là. Tu le sais, j'espère ?

— Oui, répondit-elle, non sans une certaine tristesse.

Tant que Nate serait là… Or il ne pourrait pas rester indéfiniment. Il avait des responsabilités au ranch où, d'après ce qu'elle avait compris, on manquait de main-d'œuvre.

— Il faudra bien que tu reprennes le travail à un moment ou à un autre, dit-elle. Je me sens déjà assez coupable de t'avoir accaparé tout ce temps, alors que tes frères et ta sœur ne savent plus où donner de la tête. J'ai lu un certain nombre d'articles sur la gestion d'un ranch, et j'en ai déduit que l'exploitation du vôtre occupe tous les membres de ta famille, aussi nombreux qu'ils soient.

— Une chose est certaine : gérer un ranch n'est pas le moyen le plus facile de gagner son pain. Comme je crois te l'avoir expliqué, c'est surtout un mode de vie. Mes ancêtres ont acheté le terrain il y a une éternité, et ont obtenu les droits miniers qui y étaient associés. Nous sommes privilégiés, et nous en sommes conscients. Nos parents ont veillé à ce que nous ne l'oubliions pas.

— Je regrette de ne pas les avoir connus. Ils devaient être extraordinaires, et je suis presque sûre qu'ils auraient su me conseiller. Je crains de commettre un tas d'erreurs, dans ma manière d'élever Skylar.

— Tu plaisantes ? s'écria Nate. Tu aimes ta fille plus que tout au monde, et à mon sens, c'est principalement d'amour que les enfants ont besoin.

Il avait raison. Chelsea aurait effectivement fait n'importe quoi pour sa fille, ce qui aurait été vain si celle-ci ne s'était pas sentie aimée.

Elle-même avait souvent eu l'impression, étant enfant, de ne pas suffire à l'épanouissement de sa mère. Devenue adulte, elle avait compris que Linda portait le deuil d'un mari qui s'était volatilisé. En fait, c'était sûrement la présence de Chelsea qui avait empêché sa mère de sombrer complètement dans la dépression.

— C'est vrai, dit-elle à Nate. J'ai peut-être un peu trop tendance à me concentrer sur mes éventuelles erreurs dans mon rôle d'éducatrice. C'est un travail important, et je n'ai pas le droit d'échouer.

Nate prit place sur la chaise voisine de celle de Chelsea et posa ses mains sur les siennes.

— Tu sais, lui dit-il. J'ai été au contact d'un certain nombre de bébés, ces derniers temps. Ça m'a aidé à comprendre un tas de choses, notamment qu'il n'y a ni parents ni enfants parfaits. Cela dit, en toute honnêteté, la bienveillance et l'amour m'apparaissent comme les ingrédients qui mènent à une relation parfaite entre les deux générations.

— Dit comme ça, ça semble évident, murmura Chelsea.

Bien que la proximité de Nate la mette en émoi, elle parvint à lui sourire.

Il se pencha vers elle au moment même où les pas de Linda résonnaient dans le couloir.

Il se leva, alla récupérer son café sur le comptoir, et salua cérémonieusement la mère de Chelsea.

— Je vous ai déjà dit de m'appeler Linda, lui rappela-t-elle.

— Ah oui, pardon. La force de l'habitude, que voulez-vous !

Chelsea profita de ce court échange pour se sermonner.

Elle devait absolument redescendre sur terre.

Il était hors de question qu'elle s'éprenne de Nate Kent.

— Nous allons à Houston avec Zach, demain matin, pour poser quelques questions à Vinchesa, annonça Nate.

Il s'assura que Chelsea était confortablement installée dans son lit et éteignit la lampe.

— Skylar et ma mère ont besoin de moi, objecta-t-elle.

— Non, Chelsea. Tu nous accompagnes. On fera l'aller-retour en jet privé, et tu seras rentrée avant le dîner, dit-il.

D'une part, il était résolu à ne pas la quitter des yeux tant qu'il craindrait pour sa sécurité. D'autre part, il tenait à protéger les arrières de son cousin si jamais Vinchesa s'énervait pendant leur entrevue.

Il s'était déjà organisé pour que la maison soit surveillée, afin que Skylar et Linda n'aient rien à redouter.

— Dans ce cas, je vous accompagne, dit Chelsea. Je suppose que Zach n'a pas réussi à localiser l'endroit d'où Renaldo m'a envoyé ses messages.

— Effectivement. C'est l'une des raisons pour lesquelles il tient à avoir une petite conversation avec lui. Et si ça peut te rassurer, nous attendrons dans un café voisin que leur entretien soit terminé. Zach ne nous autorisera pas aller au-delà.

Malgré lui, Nate avait continué à s'inquiéter, ces derniers jours.

Son premier sujet de préoccupation était ce Reggie Barstok à la probité douteuse, et qui était toujours sous les radars des gens de Jacobstown, ce qui le dissuaderait sans doute de se présenter chez les McGregor sans préavis. En effet, la population de la petite ville avait été informée de sa claudication, ainsi que de ses mystérieuses visites éclair à Jacobstown.

Le deuxième problème de Nate, c'est l'ex de Chelsea qui le lui posait. Car il ne savait qu'une chose : sitôt sorti de prison, Travis Zucker s'était mis à traquer Chelsea. À moins, bien sûr, qu'il soit parvenu à la faire surveiller pendant son incarcération.

Ça lui aurait été d'autant plus facile qu'elle ne s'était pas cachée, occupée comme elle l'était par sa famille et son travail.

Pour la énième fois, Nate se dit qu'une femme aussi courageuse qu'elle méritait un peu de répit.

Comme il le lui avait promis, le vol jusqu'à Houston fut bref, et ils arrivèrent au pied de l'immeuble de Vinchesa peu avant 9 heures.

La bâtisse, particulièrement haute, avait des façades en verre teinté dans lesquelles se reflétait le bleu du ciel. Nate, avec son amour des grands espaces, n'aurait jamais pu vivre dans ce genre d'endroit. Sa conception d'un foyer agréable était très traditionnelle, en somme : une maison, avec une cheminée et des meubles confortables, correspondait mieux à ses goûts.

Le café qui faisait face au domicile de Vinchesa était l'endroit idéal pour attendre le retour de Zach.

Nate, Chelsea et le shérif s'étaient séparés après s'être assurés que le véhicule du chef était garé sur son emplacement.

Chelsea avait été très tendue, pendant le vol, et Nate

perçut encore son angoisse tandis qu'ils faisaient la queue pour commander leur café : elle ne cessait de se retourner pour jeter un coup d'œil sur le trottoir d'en face, ce qui était compréhensible.

— Tu ne veux pas aller t'installer à une table près de la baie vitrée pendant que je patiente ? lui proposa Nate.

— Bonne idée, lui répondit-elle. J'espère qu'il est bien chez lui !

— Sa voiture est sur le parking, alors il y a de grandes chances pour qu'il ne soit pas sorti, lui répondit-il.

Si Nate ignorait tout ou presque du milieu des chefs cuisiniers, il savait une chose : ils travaillaient tard le soir et se levaient à l'aurore pour aller acheter leurs produits. Ils faisaient une pause en fin de matinée puis retournaient à leurs cuisines. Bref, malgré ses multiples défauts, Vinchesa n'était pas fainéant.

Le téléphone de Nate se mit à vibrer au moment où il s'asseyait face à Chelsea. Son cousin venait de lui envoyer un message.

— Zach a beau sonner, personne ne lui ouvre, annonça-t-il avant de tremper les lèvres dans son café.

Elle laissa échapper un grognement et dit :

— Il s'est peut-être rendormi, dans ce cas il n'entendra pas la sonnerie. Il porte des boules Quiès.

— Je vais en informer Zach, répliqua Nate, un peu froissé malgré lui que Chelsea soit au courant de ce détail.

— Attends, dit-elle en montrant l'autre côté de la rue. Le voilà.

Nate se retourna. Un homme vêtu d'une tenue de jogging de luxe arrivait en courant au coin de l'immeuble.

— Les agents de sécurité ont dû le prévenir qu'il avait de la visite, ajouta Chelsea.

En jurant intérieurement, Nate se précipita vers la sortie du café et fonça sur Vinchesa.

— Stop ! cria-t-il, espérant que Chelsea avait choisi de prévenir Zach par SMS, plutôt que de quitter le café à son tour.

Renaldo Vinchesa continua sa course. Bien qu'il soit plutôt trapu, il était beaucoup moins sportif que Nate qui traversa la rue à toute allure pour lui tomber dessus – au sens premier du terme.

— Où allez-vous, comme ça ? demanda-t-il au chef qui, surpris, avait perdu l'équilibre.

Vinchesa se mit à hurler comme s'il était victime d'une agression, et les rares passants s'éloignèrent à la hâte.

Le chef était à terre, à présent. Nate commença par lever un poing puis, se ravisant, maintint sa proie en place en posant un genou sur son torse.

— On ne bouge plus. Les mains en l'air, tous les deux ! ordonna Zach, du ton qu'il réservait normalement aux criminels les plus endurcis.

Nate et Vinchesa s'exécutèrent, sans que Nate relâche pour autant la pression qu'il exerçait sur le cuisinier.

— OK. Allons régler cette affaire chez vous, reprit Zach après avoir rapidement fouillé leur adversaire pour s'assurer qu'il n'était pas armé.

Le hall du building était encore désert, et l'agent de sécurité assis à la réception jeta un coup d'œil contrit à son patron.

Les jambes écartées et une main sur la crosse de son arme, Zach ordonna à Vinchesa de prendre place sur l'une des chaises alignées devant une paroi de la réception.

— Où étiez-vous, dans la nuit de samedi à dimanche dernier ? lui demanda-t-il, au moment précis où le portable de Nate se remettait à vibrer.

Chelsea.

Après avoir consulté Zach du regard, et obtenu son aval, Nate se précipita à l'extérieur pour traverser la rue. Chelsea était effectivement restée à l'intérieur du café, sans doute pour éviter que Vinchesa la repère, surtout dans l'éventualité où il n'aurait rien à voir avec l'incendie.

— Tu vas bien ? demanda-t-elle avec une inquiétude manifeste.

Nate hocha la tête, avant de répondre :

— Zach est en train d'interroger Vinchesa. Je peux t'affirmer que s'il est responsable de ce qui s'est produit, mon cousin le saura rapidement.

— Au risque de te paraître bizarre, j'en suis presque à espérer que ce soit lui, le coupable.

— Je te comprends. Tu n'as pas envie que ton ex soit l'auteur de ce sinistre parce que c'est tout simplement impensable et qu'il reste le père de ta fille. J'ajoute que malgré ton aversion pour lui, s'il avait été sincère en prétendant vouloir entamer une relation avec Skylar, tu l'aurais senti.

— Tout à fait.

— C'est normal. Tu l'aimes, cette petite. N'oublie pas que Travis ne l'a jamais vue. Contrairement à toi, il n'a jamais eu à la bercer pour qu'elle s'endorme ou à la rassurer après un cauchemar.

Oui. À tous points de vue, Zucker était un étranger pour sa propre progéniture. Une raison supplémentaire pour Nate de le détester. Il pouvait pardonner bien des choses, mais tout en lui se révoltait à l'idée qu'on abandonne ainsi femme et enfant. Cela allait à l'encontre de toutes les valeurs des Kent.

— Là encore, je suis d'accord avec toi, renchérit Chelsea. Je ne sais toujours pas ce qu'il veut à Skylar. Et je ne comprends pas non plus pourquoi il est venu me voir, l'autre jour.

Nate réprima une grimace. Le fond du problème était là : sachant que Zucker pouvait faire intrusion dans sa vie à n'importe quel moment, Chelsea passerait le restant de ses jours à se demander s'il continuait à la suivre.

Restait à savoir ce que ce misérable avait à gagner à la persécuter.

Nul ne savait où Zucker était passé et, un peu égoïstement,

Nate espérait qu'il était très loin. Mieux encore, il souhaitait qu'il s'installe ailleurs, refasse sa vie et oublie Chelsea.

Non. Cette dernière éventualité était peu vraisemblable avec un type comme Travis Zucker, encore moins s'il y avait de l'argent à la clé. Cela dit, il avait délesté Chelsea de tous ses biens, et elle était peu susceptible de se faire duper une nouvelle fois.

Cela expliquait sa réserve envers Nate. Elle avait été trop blessée pour accorder sa confiance.

Nate se tira de sa réflexion et releva la tête juste à temps pour voir son cousin traverser la rue.

La mine sombre, Zach poussa la porte du café et vint s'installer à la table de Chelsea et Nate.

— Alors ? lui demanda aussitôt Chelsea.

— Ce type n'a pas la conscience tranquille, c'est certain, répondit le shérif.

16

— Il prétend avoir passé la nuit de samedi à dimanche chez une amie, poursuivit Zach, manifestement très contrarié.

— À vous entendre, vous ne le croyez pas, enchaîna Chelsea.

— Il a appelé l'amie en question devant moi, et j'ai senti qu'elle ne parlait pas librement. Il faut que je la rencontre et que j'aie une petite conversation avec elle, histoire de voir si elle maintient sa version de l'histoire.

— Comment s'appelle-t-elle ? s'enquit Nate. Chelsea a peut-être entendu parler d'elle.

— Danielle French.

— Danielle ? s'exclama Chelsea. Je la connais de nom. C'est une des serveuses du restaurant. Renaldo passe de femme en femme, et il est difficile de le suivre, cependant je suis à peu près sûre qu'il ne sortait pas avec Danielle quand j'ai rendu mon tablier.

— D'après Vinchesa, cette prétendue amie n'habite pas très loin d'ici, ajouta Zach. Vous m'accompagnez, tous les deux ?

— Allons-y, répondit Nate sans hésiter.

Une vingtaine de minutes plus tard, ils se garaient sur le parking de la résidence Rio Verde, située en bordure de la ville.

L'endroit n'avait rien en commun avec l'immeuble de Renaldo. Zach attendit qu'une voiture sorte pour passer la barrière censée protéger la propriété. Une multitude de bâtiments de trois étages s'étirait sur une étendue de plusieurs centaines de mètres carrés. L'ensemble était modeste, ce qui n'avait rien d'étonnant si on considérait l'écart de salaire entre un chef de renom et une simple serveuse.

Zach se gara et descendit de voiture. Chelsea emboîta le pas à Nate pour être moins visible.

Une femme répondit au deuxième coup frappé à la porte de l'appartement, sans que Chelsea reconnaisse sa voix.

— Madame Danielle French ? demanda Zach.

Le fait qu'il porte un uniforme plus son intonation de voix avaient de quoi intimider un suspect, d'ailleurs la personne qui leur répondit était manifestement très angoissée.

— Non. Cindy Staten, sa colocataire. Vous cherchez Danielle ? Que se passe-t-il ? demanda-t-elle comme si elle avait répété son texte.

Chelsea en déduisit que la colocataire, tout comme Vinchesa, avait été informée de leur visite prochaine.

Son ancien patron essayait de se couvrir : aux menaces avaient succédé le bouquet de fleurs puis les excuses. Bref, il faisait tout pour prouver une innocence que personne n'avait encore officiellement mise en doute.

— Mme French est là ? reprit Zach.

— Oui, attendez un instant. Je vais la chercher.

Cindy revint quelques secondes plus tard en compagnie d'une autre femme qui devait être Danielle.

— Madame French ?

Celle-ci hocha la tête, visiblement perplexe. Âgée d'environ vingt-cinq ans, plutôt jolie, elle semblait être d'un naturel impressionnable – tout à fait le genre de personne à se faire manipuler par un type comme Vinchesa.

— Où avez-vous passé la nuit de samedi à dimanche dernier ? lui demanda Zach.

— Ici, lui répondit-elle simplement.

— C'est vrai, confirma Cindy. Elle était ici avec son petit ami. Pourquoi ?

— Son petit ami ? Vous pouvez être plus précise ? insista Zach, ignorant la question.

— Son patron. Renaldo Vinchesa.

— Il était donc là, lui aussi.

— Oui. Enfin…

— Enfin, quoi ? lui renvoya Zach avec impatience.

— Renaldo porte des chaussures de luxe que j'ai trouvées, comme d'habitude, devant la porte d'entrée. Et comme je suis rentrée tard le soir et que je suis repartie à l'aube, je n'ai vu ni Danielle ni Renaldo, en fait.

Chelsea jugea cet interrogatoire parfaitement stérile. Les chaussures de Renaldo pouvaient être restées là pendant des jours, et il était possible que sa prétendue maîtresse mente pour le couvrir.

Bref, ils perdaient leur temps.

Sentant son téléphone vibrer, elle jeta un coup d'œil à l'écran qu'elle montra à Nate.

Il la prit par la main pour la conduire à l'extérieur, en silence.

Une fois sortie de l'immeuble, Chelsea rappela Linda.

— Maman ? Tout va bien ? demanda-t-elle, tremblant déjà à l'idée qu'il soit arrivé malheur à sa fille ou à sa mère, alors qu'elle était si loin de chez elle.

— J'ai la tête qui tourne, lui annonça Linda.

— Tu as pris tes médicaments ? lui renvoya Chelsea sans ménagement.

— Je… Je crois, oui. Et, bien que ce ne soit probablement qu'un étourdissement passager, je préférerais que tu te charges d'aller chercher Skylar, tout à l'heure. Pour ma part, je vais me faire un thé bien chaud et m'allonger.

Chelsea l'entendit tousser et se rembrunit encore. Et si Linda couvait quelque chose ?

— D'accord. Ne t'en fais pas pour la petite, je m'en occupe. Repose-toi, je viendrai voir comment tu vas dès mon retour.

Elle allait couper la communication lorsqu'elle se ravisa.

Bien que Linda sache faire la différence entre une urgence

et un simple coup de froid, elle avait une fâcheuse tendance à tout minimiser pour éviter d'alarmer son entourage.

— Maman ?

— Oui, ma chérie.

— Tu es sûre que ça ira et que je n'ai pas besoin de m'inquiéter ?

— Ça ira, ma grande. Rofert me tient compagnie, et je me sentirai mieux une fois que j'aurai bu mon thé et fait une bonne sieste. Le réfrigérateur est plein, alors je n'ai pas besoin de cuisiner. J'ai goûté le risotto que la famille de Nate nous a apporté, un vrai régal !

Chelsea trouva les propos de sa mère plutôt rassurants. Linda semblait fatiguée, sans plus.

— Parfait. J'en ferai réchauffer pour Skylar, Nate et moi, quand nous rentrerons. Garde ton téléphone près de toi au cas où tu aurais besoin de me joindre, d'accord ?

— D'accord, ma chérie. Et toi, sois prudente en ramenant Skylar. D'après la météo, le temps va encore changer, et il faut s'attendre à un bon coup de blizzard, si j'ai bien compris.

— Je ferai attention, promit Chelsea avant de raccrocher et de se tourner vers Nate.

— Je dois rentrer le plus vite possible, dit-elle, ma mère ne se sent pas bien, et je n'aime pas être aussi loin d'elle dans ces cas-là.

La main crispée sur la lanière de son sac, elle regarda Zach s'avancer vers l'endroit où elle se tenait avec Nate. Ce dernier était, lui aussi, en pleine conversation téléphonique.

— Entendu, dit-il en refermant son portable.

Il se tourna vers son cousin et demanda :

— Alors ? Ton verdict ?

— Elles mentent toutes les deux et, malheureusement, je ne peux rien prouver. Soit Vinchesa essaie de brouiller les pistes, soit il est franchement idiot. Comme il est en plein divorce, je suis prêt à parier qu'il cherche à s'épargner toute mauvaise publicité. Décidément, ce type me hérisse.

— Chelsea doit rentrer, annonça Nate à son cousin.

Elle avait beau s'efforcer de ne pas la laisser transparaître, son angoisse se lisait sur son visage. Elle était mal à l'aise depuis leur atterrissage, et Nate ne l'avait pas beaucoup aidée.

Il s'efforça de ne pas trop s'attarder sur ce qui le rendait si sensible à ses réactions.

— De toute façon, lui répondit Zach, je n'obtiendrai rien de plus des gens que nous avons vus aujourd'hui. Si je suis obligé de revenir, ce sera avec un policier local, et un mandat de perquisition.

Nate se dit que, pour cela, son cousin devrait se tourner vers la police de Houston et les intéresser à l'affaire.

— On peut savoir ce que t'ont dit la serveuse et sa copine ? demanda-t-il d'un ton curieux.

— Elles m'ont donné une même version des faits, au mot près, ce qui me paraît suspect, dit Zach. Normalement, dans ce genre de circonstances, on obtient deux récits différents, alors que là, on aurait dit des perroquets. Elles ont dû se mettre d'accord avant notre arrivée pour parvenir à ce genre de perfection.

— Je ne vois pas quel intérêt elles auraient à couvrir Vinchesa, lui fit remarquer Nate.

— Moi, si, intervint Chelsea. Elles tiennent à conserver leur emploi, les pauvres.

Nate ferma puis relâcha ses poings en regrettant de ne pas avoir frappé le chef cuisinier quand il l'avait à sa merci.

— Même si ça les oblige à mentir aux autorités ? demanda Zach à Chelsea.

— Il doit tenir Danielle d'une manière ou d'une autre, répondit-elle. Si je ne lui ai jamais donné matière à faire pression sur moi, il y a réussi avec certaines de mes collègues.

— Comment s'y est-il pris ? s'enquit Zach.

— Il n'a pas eu trop de mal : deux serveuses se sont fait pincer en train de fumer de la drogue dans la chambre froide. Renaldo leur a demandé tout un tas de « faveurs » en échange de son silence.

— Et lui ? Il ne se drogue pas ? demanda Nate.

— À ma connaissance, non. Son ego surdimensionné suffit à le faire planer. Ça, plus la conviction de dominer son petit monde. Il adore prendre les gens à défaut, sous n'importe quel prétexte.

— Il n'a pas essayé avec toi ? demanda Nate à Chelsea.

— Si, en me menaçant de ternir ma réputation dans les hauts lieux culinaires de la région. Je n'ai que deux atouts, au plan professionnel : mes références et mes qualifications. J'y tiens d'autant plus que je me sais douée dans mon domaine.

— Il vous a harcelée sexuellement ? s'enquit Zach tandis qu'ils regagnaient son véhicule.

En voyant la mine consternée de Nate, Chelsea partit d'un rire franc avant de répondre :

— Quelle question ! Il faisait des avances à toutes ses assistantes. Un vrai coureur de jupons.

— Et ?

— Et ça marchait plutôt bien, pour lui. Il n'est pas trop mal de sa personne, il a les moyens de faire le beau... Vous avez vu l'endroit où il habite, la voiture qu'il conduit, non ? Beaucoup de mes collègues ont été flattées d'avoir attiré son attention.

Tous trois remontèrent dans leur voiture de location ; Nate au volant, Chelsea sur le siège du passager, et Zach au milieu.

— Vinchesa t'a manipulée, toi aussi ? demanda Nate à Chelsea, une fois que tous trois eurent pris la route de l'aéroport.

— Je ne l'ai pas laissé faire, rétorqua-t-elle simplement.

— Et toi, Zach, reprit Nate. Tu le mettrais en quelle position, dans ta liste de suspects ?

— La dernière, admit son cousin.

Restaient donc Travis Zucker et Reggie Barstok.

— Selon les derniers ragots, ajouta Zach, comme s'il avait deviné les pensées de Nate, Reggie serait en partance pour le Nord. Il commençait à se sentir à l'étroit parmi nous, semble-t-il.

— Tu crois qu'on peut l'éliminer ?

— C'est difficile à dire.

Le vol de retour fut perturbé par des turbulences dues à la tempête qui approchait la région. Les passagers, quant à eux, se murèrent dans le silence. Chelsea passa son temps à triturer les lanières de son sac, tandis que Nate relisait ses notes ou réfléchissait à sa situation.

Il avait beau savoir qu'il avait pris un retard fou sur son travail au ranch où on l'attendait avec impatience, il ne pensait qu'à une chose : aider Chelsea à démarrer son entreprise.

Lorsqu'ils atterrirent, Nate était toujours plongé dans ses pensées. Chelsea était trop fière pour lui demander de l'aide et, sans vouloir outrepasser ses droits, il tenait à lui rendre service. Il trouverait bien un moyen…

La pensée de Chelsea luttant seule afin de respecter la date qu'elle s'était fixée pour l'ouverture de sa pizzeria lui pesait toujours lorsqu'il remercia Zach de les avoir amenés jusqu'à Vinchesa.

Quel salaud ! À l'idée qu'on puisse abuser ainsi de son pouvoir, Nate sentait la tension monter au point d'en attraper la migraine.

Chelsea monta en voiture avec lui, tandis que Zach repartait dans sa voiture de patrouille après leur avoir promis de les rappeler dès qu'il aurait du nouveau.

— On a besoin de moi, au ranch, annonça Nate à Chelsea une fois son cousin reparti. Il va faire très mauvais, et les animaux doivent être à l'abri avant que les éléments se déchaînent. J'aimerais que tu m'accompagnes.

— Je dois m'assurer que ma mère va bien et prendre rendez-vous avec quelques entrepreneurs, avant d'aller récupérer Skylar, dit-elle sur un ton d'excuse.

Nate ne discuta pas, ce qui sembla la surprendre.

— Je ferai mon possible pour rentrer avant le dîner,

promit-il, bien qu'il ne sache pas combien de temps prendrait l'opération.

Il se gara à côté de la voiture de Linda et prit la main de Chelsea pour l'accompagner jusqu'à la porte de derrière.

Et comme il en avait rêvé toute la matinée, il lui demanda la permission de l'embrasser.

Elle se retourna et le regarda droit dans les yeux.

— Je ne suis pas sûre que ce soit une bonne idée, lui répondit-elle calmement.

17

— Une bonne idée ? répéta-t-il, un sourire dévastateur aux lèvres. Non, c'est même une très mauvaise idée !

Chelsea serra le poing sur le col de son manteau. Elle n'avait que trop souvent pensé à leur premier baiser, recommencer serait une folie, et pourtant, elle était tentée.

Son regard se porta sur la bouche sensuelle de Nate, puis sur ses yeux – une autre erreur, car le désir qu'elle y lut la mit dans un émoi indicible.

En autorisant Nate à l'embrasser, elle s'exposerait à de nouvelles épreuves, car elle donnerait à ce baiser une importance qu'il n'aurait pas.

Il lui semblait plus pertinent de se limiter à un épisode passionné avec cet homme. Du genre qui vous consumait pendant quelques heures avant de s'éteindre de lui-même.

La tension sexuelle qui s'était installée entre eux augmenta encore d'un cran.

Passant outre ses réticences, Chelsea se haussa donc sur la pointe des pieds pour poser ses lèvres sur celles de Nate.

La sensation de sa langue brûlante s'enroulant autour de la sienne acheva de l'électriser. Leurs bouches se soudèrent l'une à l'autre, leurs respirations s'accélérèrent, et Chelsea ne put que constater qu'elle n'avait éprouvé une sensation aussi envoûtante qu'entre les bras de Nate.

Une fois de plus, elle se dit qu'à son physique de rêve s'ajoutaient une intelligence et une bienveillance irrésistibles.

D'ailleurs, elle n'avait pas résisté bien longtemps.

Elle sentit les bras de Nate se refermer autour de sa taille pour l'attirer plus près de lui, puis ses mains se déployer sur ses reins.

À la moindre inspiration, ses seins se faisaient plus lourds du besoin d'être caressés.

Surprise qu'un simple baiser puisse éveiller ses sens à ce point, elle pencha la tête en arrière, le temps de demander :

— Tu veux entrer ?

— Quelle question !

Dès qu'elle eut refermé la porte derrière eux, Nate lui prit la main et s'immobilisa, le temps de lui poser un baiser furtif dans le cou. Chelsea l'entraîna dans le couloir où elle se tourna vers lui pour lui tendre les lèvres.

Le souffle court, tous deux montèrent les marches, leur excitation grandissant à chaque pas qui les rapprochait de la chambre de Chelsea, de son lit.

Elle se figea en entendant le parquet craquer, puis serra les doigts de Nate entre les siens pour l'entraîner jusqu'au palier.

La porte de la chambre de Linda était close. Chelsea jeta un coup d'œil à l'intérieur ; sa mère dormait profondément.

Skylar étant à l'école, la voie était libre.

Chelsea mit moins d'une seconde à faire entrer Nate dans sa chambre qu'elle referma à clé. Lorsqu'elle se retourna, il se tenait devant elle, dans toute sa splendeur. Sans un mot, il lui fit lever les mains au-dessus de la tête et les plaqua contre la paroi de bois. Puis, se penchant vers elle, il prit possession de sa bouche avec une ferveur renouvelée.

Chelsea se prit à fantasmer sur ce qu'elle éprouverait, si Nate était étendu sur elle, l'enfonçant un peu plus profondément dans le matelas, à chaque pénétration.

Pénétration.

Oui. Elle voulait que Nate se glisse en elle, désirait sentir son sexe au cœur de sa féminité.

Sa respiration se fit encore plus rapide quand elle le vit retirer ses santiags. Elle fit courir ses mains sous son polo et Nate l'aida en le retirant et en le lui tendant. Elle laissa le vêtement tomber sur le parquet et, dans la foulée, se débarrassa de son T-shirt.

Nate laissa échapper un grognement lorsqu'il vit les balconnets bordés de dentelle du soutien-gorge de Chelsea. Il referma une main sur son décolleté, tandis qu'elle se retournait pour lui donner accès aux agrafes. Son soutien-gorge rejoignit aussitôt le reste de leurs vêtements, à leurs pieds.

— Tu es... la perfection même, dit-il dans un murmure rauque qui la traversa tout entière.

La perfection même, moi ? se demanda-t-elle, songeant aux vergetures qui striaient son ventre, et que Nate ne devait pas avoir remarquées, puisqu'il prit un de ses mamelons entre ses lèvres pour le cajoler du bout de la langue.

Son corps continua à vibrer tandis que ses doigts fébriles couraient le long de la ceinture du jean de Nate. Comme elle se débattait avec les boutons de sa braguette, il lui vint en aide et, en moins d'une seconde, lui apparut en boxer.

Voyant l'intensité de son excitation, Chelsea se sentit dans un état proche de la transe.

Elle tenta vainement de se convaincre qu'elle avait si longtemps été privée de sexe que la perspective de faire l'amour avec Nate Kent exacerbait encore son manque d'affection chronique.

Elle posa donc une main sur l'érection superbe qui soustendait son boxer, et fut ravie de voir celui qui s'apprêtait à devenir son amant se raidir encore à son contact.

Leurs regards se croisèrent, et l'intensité de celui de Nate lui donna la sensation d'être la femme la plus merveilleuse de la terre, malgré ses nombreux défauts.

Quelques secondes plus tard, elle fit glisser son jean le long de ses jambes. Nate passa ses pouces de part et d'autre de ses hanches, et sa petite culotte alla rejoindre les vêtements déjà entassés sur le plancher.

Le temps qu'ils atteignent le lit, ils étaient tous les deux nus, soudés l'un à l'autre.

La peau soyeuse du pénis en érection de Nate se pressa contre le ventre de Chelsea. Il l'étreignit et l'embrassa avec une telle fougue que ses genoux cédèrent et qu'il dut la maintenir de ses bras puissants.

— Tu es belle, murmura-t-il de sa belle voix grave. Intelligente, ajouta-t-il avant de faire courir sa bouche sur le bas de sa gorge. Et super sexy, conclut-il.

D'autres baisers s'ensuivirent, dessinant une ligne sur sa nuque.

Chelsea le repoussa doucement pour le faire asseoir sur le bord du lit. Puis, le rejoignant, elle enroula les jambes autour de sa taille, ce qui lui donna un sentiment encore inédit : celui de dominer un homme.

Nate lui faisait cet effet. Il la valorisait et, en sa compagnie, elle avait l'impression d'être exceptionnelle.

Elle referma les mains autour de son cou pour enfoncer les doigts dans ses cheveux sans cesser de l'embrasser.

Soudain confiante, elle s'enhardit jusqu'à s'asseoir sur son sexe érigé, afin qu'il la pénètre. Tout doucement d'abord, puis un peu plus vite. Lorsqu'il fut en elle, elle fit osciller ses hanches latéralement. Il reprit possession de sa bouche tandis qu'elle accélérait la cadence.

Elle se laissa encore glisser, lui arrachant un râle.

Il fit remonter ses mains jusqu'à ses seins dont il malaxa les mamelons.

Nate la possédait entièrement, à présent, et le désir de

Chelsea n'avait plus de limites. Il dut le comprendre car il se mit à bouger, lui aussi, en cadence avec elle.

Chelsea s'accrocha à ses épaules et enfonça les ongles dans sa peau surchauffée, tandis qu'il la menait au bord de l'extase.

Au moment où elle allait exploser, il se redressa puis la fit pivoter sur le dos. Une seconde plus tard, il s'étendit sur elle et la prit avec une ardeur renouvelée.

Elle le sentit se contracter et sut qu'il était proche de l'orgasme, lui aussi.

Nate se remit à aller et venir en elle, de plus en plus vite, de plus en plus fort.

Incapable d'en supporter davantage, Chelsea se crispa tout entière, puis céda au plaisir.

Nate jouit en même temps qu'elle, lui arrachant un dernier soupir spasmodique.

Il se laissa ensuite retomber sur le matelas, le souffle court.

Chelsea le considéra avec émotion. Ça avait été l'étreinte la plus merveilleuse de sa vie, sans doute parce qu'elle y avait vu bien plus qu'une simple fusion sexuelle.

— Notre relation évolue plus vite que je ne l'avais prévu, ma belle, dit-il d'une voix à peine audible. Je commence à m'attacher à toi, ça va finir par me rendre fou.

Comme elle ne savait que répondre, Chelsea fit mine de ne pas l'avoir entendu.

Quelques instants plus tard, sur un dernier baiser, Nate se leva, se rhabilla et sortit de la chambre.

Chelsea resta là, à se poser une multitude de questions.

Pourquoi ne lui avait-elle pas avoué son attirance pour lui ?

Pourquoi ne l'avait-elle pas retenu ?

Et surtout, surtout, qu'est-ce qui l'empêchait de le suivre là où il semblait vouloir l'emmener ?

Une branche heurta le carreau, la faisant sursauter. Le vent s'était levé et les éléments se réveillaient plus tôt que prévu, semblait-il.

Elle jeta un coup d'œil au réveil et vit qu'il lui restait une demi-heure avant d'aller chercher Skylar à l'école.

D'énormes gouttes de pluie se mirent à marteler la vitre, derrière elle, à un rythme régulier.

C'était mauvais signe. Le blizzard annoncé se rapprochait dangereusement.

Au lieu d'attendre que le temps se gâte encore davantage, Chelsea décida d'aller récupérer sa fille un peu avant l'heure.

Mieux valait prévenir que guérir avec la météo capricieuse du Texas, elle le savait d'expérience.

Dans la foulée de vents d'une force incroyable, la grêle se mit à tomber. Bientôt, un tas de débris volèrent dans les rues presque désertes de Jacobstown, les rares passants se dépêchant de rentrer chez eux pour se mettre à l'abri.

Lorsqu'elle arriva à l'école, Chelsea vit que de nombreux parents étaient déjà venus chercher leur progéniture. Elle n'était pas la seule à être en avance, ce dont elle se félicita.

Skylar courut vers elle pour se jeter dans ses bras avec un tel enthousiasme qu'elle dut la rattraper au vol. Au passage, elle remarqua que sa fille était de plus en plus difficile à porter.

— Maman ! s'écria joyeusement l'enfant.

Chelsea sentit son cœur se gonfler d'amour. Quel bonheur de ne pas avoir à partager la garde de Skylar avec son ex ! Et si c'était égoïste, tant pis. Elle l'était suffisamment pour vouloir passer chaque anniversaire et chaque Noël à venir avec son petit ange. Si Travis avait été un père digne de ce nom, elle aurait trouvé la force de vivre certains de ces événements en solo, mais comme ce n'était pas le cas…

— Tu es prête, ma chérie ? demanda-t-elle en reposant Skylar à terre.

— Oui, répondit la fillette avec un sourire à faire fondre un glacier.

Skylar rangea ses affaires dans son sac tandis que Chelsea remerciait la maîtresse.

Main dans la main, Skylar et Chelsea sortirent de l'école.

Une rafale les força à reculer d'un ou deux pas. Chelsea resserra son emprise sur la main de sa fille, et referma un poing sur le col de son manteau pour le maintenir fermé.

— On court ? demanda-t-elle à l'enfant.

— Maman ? C'est qui, le monsieur, là ?

Alarmée, Chelsea releva la tête.

Travis était appuyé contre le capot de son pick-up.

Se figeant sur place, elle répondit, d'une voix mal assurée :

— On en parlera tout à l'heure, d'accord ?

— D'accord, répondit la fillette de bonne grâce.

Ses clés bien serrées dans sa main libre, Chelsea avança d'un pas vif jusqu'à son pick-up.

— Il faut qu'on parle, lui lança Travis en la voyant approcher avec Skylar.

— Désolée, je n'ai rien à te dire, lui renvoya Chelsea en passant devant lui. Et s'il te plaît, écarte-toi de mon chemin.

— Tu sais aussi bien que moi que je ne bougerai pas d'ici.

— Tu n'as donc aucun respect pour moi ? lui demanda-t-elle, incrédule.

— Je t'aime encore, bébé, déclara Travis en s'éloignant tout de même d'un pas ou deux.

Terrifiée, Chelsea installa fébrilement Skylar dans son siège auto.

Lorsqu'elle voulut refermer la portière, Travis l'attrapa par le poignet.

— Tu me fais mal, protesta-t-elle en se forçant à sourire pour ne pas inquiéter Skylar qui observait la scène à travers la vitre du pick-up.

— Je t'ai vue avec ce pompier, reprit Travis avec une lenteur exagérée.

— Lâche-moi ! lui ordonna-t-elle en se dégageant d'un geste vif.

— Tu m'appartiens.

Son intonation donna la chair de poule à Chelsea. Dans

le monde chimérique qu'il s'était inventé, Travis semblait sûr de son fait.

— Non. Je m'appartiens à moi-même et à *ma* fille. Le reste ne te regarde pas, Travis.

Sur ces mots, elle contourna le pick-up pour gagner la place du conducteur.

Elle avait à peine entrouvert la portière que Travis la refermait d'un coup sec.

Il poussa Chelsea contre l'aile du véhicule et s'approcha d'elle pour lui murmurer à l'oreille :

— Écoute-moi bien, bébé. Tu m'appartiens toujours, cet enfant m'appartient, et j'ai la ferme intention de vous récupérer.

Posant ses deux mains sur la carrosserie de sa voiture, Chelsea se jeta en avant de toutes ses forces.

Travis perdit l'équilibre et recula en titubant. Chelsea en profita pour se précipiter à l'intérieur du pick-up dont elle bloqua aussitôt les portières. Travis donna un coup de poing dans une vitre, avec une telle violence que Chelsea craignit qu'il ne la brise.

Skylar se mit à hurler.

— Ne crains rien, ma chérie. Ce type ne nous fera pas de mal, dit Chelsea dans l'espoir de la rassurer.

Tout en elle se révoltait à l'idée d'annoncer à sa fille que *ce type* était son père.

Son ex-mari n'avait plus rien de commun avec l'homme qu'elle avait connu. Était-ce la prison qui l'avait rendu si malveillant ? Même s'il l'avait dépouillée de tous ses biens, il n'avait encore jamais menacé de lui faire du mal. Mais de toute évidence, il était passé à l'étape suivante. Il avait changé, et elle était horrifiée de voir ce qu'il était devenu.

Elle démarra en trombe puis, se rendant compte qu'elle tremblait de tous ses membres, se força à respirer lentement et profondément.

La tempête faisait rage, les grêlons avaient doublé de

volume, et une pluie sans doute glaciale s'était mise à tomber. Chelsea s'en était à peine aperçue tant elle avait été perturbée par son altercation avec Travis.

Travis.

Elle s'était interrogée maintes fois à son sujet, ces dernières années. Lui avait-il envoyé des signaux qu'elle avait ignorés plus ou moins consciemment ? Si l'annonce de sa grossesse ne l'avait pas emballé, il avait fini par l'accepter, alors qu'elle se faisait du mouron parce qu'ils ne se fréquentaient que depuis peu, qu'il avait perdu son travail et que son moral s'en était ressenti.

Le soir où elle lui avait appris qu'il allait être père, il s'en était pris à elle, l'accusant de le tromper, avant de disparaître pendant dix-huit longues heures, au cours desquelles elle n'avait pas réussi à le joindre. Convaincue qu'il allait la quitter, elle s'était préparée à élever l'enfant sans son aide.

Et puis il était revenu, expliquant son absence par le fait qu'il avait eu besoin d'un peu de temps pour s'habituer à l'idée de sa paternité à venir. Après s'être excusé de sa réaction initiale, il avait réussi à lui faire croire qu'il était heureux qu'elle soit enceinte. Il était allé jusqu'à lui embrasser le ventre et, dans son allégresse, Chelsea avait choisi de le croire, alors qu'elle aurait dû voir qu'il lui mentait, comme l'indiquait le tic nerveux qui agitait le coin de sa bouche.

Malheureusement, elle était passée outre. Par besoin de croire qu'il pouvait faire un bon père. Par refus de voir l'histoire de sa vie se répéter, par orgueil aussi, d'une certaine manière, car elle s'était crue moins naïve que sa mère.

Et puis il y avait eu l'absence de Travis, en ce matin d'avril, à la maternité.

Elle avait mis longtemps à comprendre que la défection de son mari n'était pas sa faute à elle. De guerre lasse, elle avait fini par admettre qu'elle n'avait pas réussi à réparer ce qui était brisé en lui, et qu'elle aurait également échoué à lui faire aimer leur fille.

Le moteur d'une vieille jeep gronda derrière elle. Un coup d'œil dans le rétroviseur lui permit de constater que Travis était au volant du véhicule.

Elle se remettait à peine de sa surprise lorsque, accélérant, il heurta son pare-chocs arrière.

Elle ravala le chapelet de jurons qui lui était monté aux lèvres.

— Maman, j'ai peur, gémit Skylar avant de fondre en larmes.

Si les pleurs avaient pu leur être d'une aide quelconque, et surtout si elle n'avait pas craint d'affoler davantage sa fille, Chelsea se serait sans doute laissée aller, elle aussi.

— Calme-toi, ma puce. Il m'arrive d'avoir peur, moi aussi, dit-elle, la gorge serrée. J'ai une idée. Si on jouait à quelque chose, toutes les deux ?

Elle chercha l'inspiration et prit un brusque virage sur sa droite. Sans grand succès : Travis continua à la suivre.

— Allez, Sky. Ferme les yeux, pose tes mains dessus et compte jusqu'à cinquante, aussi fort que tu le peux.

Le cœur battant à toute allure, elle pria le ciel pour que cela suffise à distraire Skylar.

Puis elle sentit une colère folle s'emparer d'elle. C'était une chose de s'en prendre à elle, mais elle ne pouvait pas admettre qu'on terrorise ainsi une gamine innocente.

— Un, deux, trois, commença Skylar, criant à pleins poumons.

— C'est parfait, ma chérie. Continue, dit Chelsea.

Elle s'engagea au hasard sur sa gauche, puis sur sa droite. La chaussée étant glissante, elle faisait néanmoins attention à ne pas rouler trop vite.

Elle continua ainsi, tournant tantôt à gauche, tantôt à droite, dans l'espoir de semer la jeep.

Elle ne tarda pas à s'apercevoir qu'elle s'était perdue et qu'elle serait incapable de gagner le bureau du shérif. Avec tous ces virages intempestifs, son sac était tombé, et son contenu – téléphone portable compris – était éparpillé sur le tapis, côté passager.

Un panneau annonçant un pont l'obligea à ralentir encore davantage. Elle ne pouvait pas faire demi-tour car un coup d'œil dans le rétroviseur lui avait suffi pour voir que Travis la talonnait toujours.

Comment en étaient-ils arrivés là ? Il ne voyait donc pas qu'il risquait de provoquer un accident au cours duquel leur fille pourrait être blessée ?

Les mains crispées sur le volant, elle chercha un moyen de faire passer sa rage. Elle bouillait littéralement. Elle changea de file ; Travis fit de même et percuta une nouvelle fois son pare-chocs arrière.

Chelsea serra les dents : manifestement, il était décidé à s'acharner. Il la connaissait bien mal, et s'il avait réussi à lui faire peur, elle n'en refusait pas moins de le laisser gagner.

Pas deux fois.

L'état de la chaussée lui interdisant de reprendre de la vitesse, elle appuya légèrement sur le champignon pour changer de voie. Là encore, Travis la suivit et recommença son petit numéro.

Qu'avait-il donc dans le crâne ?

Au désespoir, Chelsea passa la route en revue, à la recherche d'une sortie, et en se demandant s'il n'était pas plus sage de s'arrêter carrément pour éviter le pire.

Travis devait pourtant savoir qu'elle ne l'autoriserait pas à s'approcher de Skylar, il n'était pas idiot au point de se bercer d'illusions sur ce point ! Il n'aurait pas le bonheur de serrer sa fille dans ses bras. Tant pis pour lui… et pour Skylar qui n'aurait jamais de vrai papa.

Sauf, bien sûr, si Nate Kent voulait bien endosser ce rôle.

— Trente-cinq, trente-six…

Elle entendit le moteur de la jeep rugir derrière elle. Travis réessaya de heurter le pick-up au moment où elle s'engageait sur le pont, mais dérapa sur une plaque de verglas que Chelsea était parvenue à éviter. La jeep alla s'échouer contre le parapet.

Chelsea continua à rouler, avec une lenteur qui ne fit qu'aggraver son stress.

Elle jeta un nouveau coup d'œil dans le rétroviseur, sans voir la jeep, cette fois. Au bout de quelques centaines de mètres, agacée de rouler ainsi à la vitesse d'un escargot, elle chercha un endroit où s'arrêter. Ne voyant toujours pas le véhicule de Travis, elle prit le risque de se garer sur la ligne d'arrêt d'urgence puis tendit la main vers son portable que, fort heureusement, elle parvint à saisir.

— Quarante-cinq, quarante-six...

Chelsea redémarra et interrompit sa fille.

— On change de jeu, ma puce. Maman va te prêter son téléphone, et tu vas composer le 911.

— Il est parti, le méchant monsieur ?

— Oui. Du moins pour l'instant.

Consciente que la trêve ne durerait pas, Chelsea tendit l'appareil à sa fille d'une main mal assurée.

Elle était presque parvenue à l'autre extrémité du pont quand elle fut surprise par une nouvelle plaque de verglas.

Cette fois, elle perdit le contrôle du pick-up qui atterrit dans le fossé.

18

— Que se passe-t-il ? demanda Nate, percevant la panique de Chelsea à l'autre bout de la ligne.

— J'ai... J'ai demandé à Skylar d'appeler le 911, bredouilla-t-elle.

Son intonation semblant indiquer qu'elle n'avait pas reconnu sa voix, Nate ne trouva rien d'autre à dire que :

— C'est moi, Chelsea. Mon téléphone a sonné, alors j'ai répondu. Tout va bien ?

Elle ne répondit pas, mais Nate l'entendit parler à sa fille.

— Ça va, ma chérie, dit-elle d'une voix mal assurée.

Comme il insistait pour savoir ce qui s'était passé, elle expliqua enfin :

— Je... Je suis coincée dans un fossé. La route est glissante, j'ai dérapé au bout d'un pont qui surplombait un lac.

— Ne bouge pas, j'arrive.

Nate savait exactement où Chelsea se trouvait, et il ne voulait pas qu'elle descende de voiture avant son arrivée. Comme la température était glaciale, il prit néanmoins le temps de lui demander :

— Il te reste assez d'essence pour laisser tourner le moteur et mettre le chauffage ?

Il enfila son blouson et se chaussa en toute hâte avant de grimper dans sa fourgonnette.

— Je crois, oui. Le problème...

Chelsea baissa encore la voix.

— Le problème, c'est Travis...

— Travis ? Où est-il ? s'exclama Nate.

Les grêlons rebondissaient sur la route, le vent soufflait en rafales, et les conditions météorologiques allaient en s'aggravant.

— J'ai réussi à le semer, il y a quelques minutes. Il doit toujours être à l'entrée du pont, et je crains qu'il revienne à la charge.

La voix de Chelsea se faisant de moins en moins audible, Nate comprit soudain qu'elle voulait éviter que sa fille l'entende.

— Si nous ne sortons pas d'ici au plus vite, il va arriver, reprit Chelsea. Nate, j'ai peur.

— Il n'y a pas d'autres voitures derrière toi ? s'enquit Nate plutôt que de lui demander si elle voyait celle de son ex.

— Je ne crois pas, non.

— Alors, reste où tu es. C'est ce qu'il y a de plus sûr pour l'instant.

La fourgonnette ne cessait de déraper, et Nate n'avait pas encore quitté le ranch.

— J'en ai pour une bonne demi-heure, dit-il à Chelsea qui était toujours en ligne. Tu as raison, ça glisse.

— Bien. Il ne me reste plus qu'à espérer que toi ou Zach arriviez avant Travis.

Le silence se fit au bout du fil. Nate n'entendait plus que le moteur du pick-up lorsque Chelsea ajouta :

— Il était fou de jalousie. C'est un miracle que je lui aie échappé.

Nate grimaça. La pensée que Travis ait émis le vœu de réunir ce qu'il appelait *sa famille* le contrariait au plus haut point. À ses yeux, l'ex de Chelsea avait eu sa chance, et le fait qu'il les ait abandonnées en disait long sur son inaptitude à s'intégrer dans une cellule familiale. S'il s'était amendé,

Nate aurait vu les choses différemment, car il n'était pas homme à refuser à autrui le droit de se racheter. Le hic, c'est que Zucker se montrait de plus en plus agressif.

Nate dressa une liste mentale de ses connaissances, en bordure du lac d'Elm Fork. Il n'y avait pas grand monde : s'il était prévu d'y construire un complexe immobilier, les travaux ne commenceraient que l'année suivante.

Il continua à réfléchir. Il se souvint que de vagues parents à lui s'étaient installés près du lac. Parviendrait-il à les joindre pour que Chelsea soit secourue au plus vite ?

Un nouveau dérapage lui indiqua que non. Il ne pouvait décemment pas exposer sa famille, même éloignée, aux dangers de la conduite par un temps pareil.

Il tenta de se rassurer : Skylar étant parvenue à appeler le 911, Zach ou un de ses adjoints arriverait peut-être à temps pour tirer Chelsea de ce mauvais pas.

— Nate ? reprit-elle. Voilà une voiture, et… et je n'arrive pas à voir si c'est la sienne.

Son angoisse palpable aiguillonna encore Nate. Il devait absolument parvenir jusqu'à Chelsea et sa fille.

Au plus vite.

— Décris-moi ton environnement, dit-il aussi calmement qu'il le put.

— Il y a un petit bois, de l'autre côté du pont. Et puis… le lac.

Sa voix se brisa.

Nate, lui, se remit à respirer. Le petit bois qui bordait une des rives du lac… Elle pouvait tenter de s'y réfugier… En tout cas, ça valait la peine d'essayer.

— Où en est l'autre voiture ?

— Elle progresse doucement. Elle est encore loin, mais elle ne tardera pas à arriver à ma hauteur.

Au ton de sa voix, il comprit que la panique de Chelsea avait encore augmenté d'un cran.

Aucun conducteur ne se serait aventuré sur ce pont sans

un but précis. Comme poursuivre un autre véhicule. Ce fut cette sinistre pensée qui fit réagir Nate.

— Tu penses que tu pourrais traverser la route à pied avec Skylar sans te faire voir ? demanda-t-il.

N'obtenant pas de réponse, il secoua la tête avec découragement. Il lui fallait un plan. De toute évidence, il ne parviendrait pas jusqu'à Chelsea avant la voiture qui s'avançait vers elle. Pire encore, le temps ne s'arrangeait pas, et les prévisions dans ce domaine étaient des plus pessimistes.

Que faire ? Envoyer Chelsea et Skylar dans le bois, au risque qu'elles n'aient plus de réseau et soient dans l'impossibilité de le joindre ? Elles allaient y mourir de froid ! L'autre solution consistait à leur ordonner de rester où elles étaient, c'est-à-dire à la merci d'un ex-mari jaloux.

Nate savait que les femmes arrivaient en première ligne des victimes de violence conjugale.

Zach le lui avait répété trop souvent pour qu'il n'y pense pas dans cette situation périlleuse.

— Tu as bien verrouillé les portières ? demanda-t-il.

— Oui, je…

Chelsea s'interrompit pour reprendre presque aussitôt, d'une voix précipitée :

— Nate… Il n'est plus qu'à une centaine de mètres de nous. Qu'est-ce qu'on va faire ?

Il ouvrait la bouche pour la rassurer de son mieux quand le hurlement d'une sirène résonna au loin. Jamais ce son strident ne lui avait paru aussi doux.

— Tu entends ça ? lui demanda Chelsea, apparemment aussi ragaillardie que lui.

— Oui. Tu vas avoir des renforts.

Nate n'était encore qu'à mi-chemin, soit bien trop loin. Mais s'il parvenait à les rejoindre, c'en serait fini de Chelsea. Zucker pourrait s'emparer de sa fille, traverser la frontière, et Nate perdrait à la fois Chelsea et Skylar.

Cette idée lui fut plus insupportable qu'il ne l'aurait pensé.

Était-il vraiment amoureux de Chelsea ? S'il se savait déjà très attaché à elle, il ne s'était pas aperçu que la fillette figurait en bonne place dans son cœur, elle aussi.

Il avait donc sa réponse. Il aimait Chelsea et souhaitait former une famille avec sa fille et elle.

Restait à savoir si elle voudrait bien de lui. Parviendrait-elle à s'ouvrir à lui et à se laisser aimer, après ses déboires amoureux ? Nate tenait à clore l'épisode de cette union malheureuse dans son esprit. Chelsea éprouvait des sentiments pour lui, cela ne faisait aucun doute dans son esprit. Le lien qui les unissait était d'une intensité rare.

Bien qu'ils ne se connaissent que depuis peu, il avait l'impression de l'avoir rencontrée une éternité auparavant. Sans doute était-ce ce que l'on éprouvait quand on trouvait enfin l'âme sœur. Chelsea et lui s'étaient reconnus, en quelque sorte.

Il se souvint ensuite qu'il avait fréquenté Mia pendant plusieurs mois avant que leur relation prenne un tout autre tour, sans pour autant qu'il la perce à jour.

Il n'en irait pas de même avec Chelsea. Malgré ses nombreuses désillusions, elle était restée honnête et pure.

Cela forçait le respect de Nate, sans toutefois lui donner la moindre indication sur sa capacité à l'accueillir dans sa vie. Enfin… Il verrait bien. Une chose était certaine, cependant : elle seule pouvait décider de leur devenir.

— Ça va aller, murmura-t-il à Chelsea, devenue étrangement silencieuse depuis leur dernier échange.

Pensant qu'elle retenait son souffle et n'osait pas prononcer un mot, il accéléra jusqu'à risquer de perdre le contrôle de sa fourgonnette.

Il fallait absolument qu'il arrive jusqu'à Chelsea et Skylar. Il n'y avait pas d'autre solution.

Il en était à ce point de sa réflexion lorsque la voix fluette de Skylar chantonnant une comptine que lui avait apprise sa maman ou sa maîtresse lui parvint.

Il ne put réprimer un sourire attendri. Quelle bonne idée de distraire la petite fille de cette façon !

— Un 4 - 4 équipé d'un gyrophare vient de s'arrêter derrière la jeep de Travis, l'informa Chelsea. Je crois que c'est la voiture de patrouille de ton cousin.

À ces mots, Nate sentit le plus gros de sa tension s'évanouir. Il dut néanmoins se faire violence pour reprendre la parole avec le calme auquel il était rompu en cas d'urgence.

— C'est presque fini. Vous êtes quasiment tirées d'affaire, toutes les deux. Je ne vais plus tarder, maintenant.

— Sois prudent, lui souffla-t-elle.

Il arriva à proximité de sa destination plus tôt qu'il ne l'avait prévu.

Il jubilait presque lorsqu'une détonation déchira l'air.

Il eut l'impression que l'oxygène emmagasiné dans la cabine de sa fourgonnette en ressortait à la vitesse grand V. Au bord de l'asphyxie, il demanda :

— Chelsea ? Chelsea ? Que s'est-il passé ?

— C'est la catastrophe ! L'adjoint de Zach, celui que je connaissais, est venu me porter secours et, au moment où il se penchait pour parler au conducteur de la jeep, on lui a tiré dessus. Quand je l'ai vu se redresser et prendre appui sur le toit de la voiture, j'ai cru qu'il n'avait rien, mais il a chancelé et s'est écroulé d'un seul coup. Nate, la jeep revient vers nous, ajouta-t-elle d'un ton paniqué. Qu'est-ce que je fais ?

— Skylar est toujours attachée à son siège ? demanda-t-il à contrecœur, car ce qu'il avait à proposer ne l'enchantait guère.

— Oui.

— Alors descendez de voiture, toutes les deux. Courez jusqu'aux bosquets en zigzaguant. C'est essentiel. Surtout, n'allez pas droit devant vous. Une fois que vous serez cachées par les arbres, faites aussi peu de bruit que possible. Je...

Nate n'acheva pas sa phrase. Il venait d'entendre la portière du vieux pick-up de Chelsea s'ouvrir puis se refermer d'un coup sec.

Il perçut ensuite une multitude de bruissements, puis ce qui ressemblait à une nouvelle bourrasque.

La voix de Skylar terminant sa chansonnette ne fut bientôt plus qu'un doux murmure.

Et puis… rien d'autre que la tempête.

— Chelsea ? Chelsea ?

S'apercevant qu'il appelait en vain, Nate raccrocha.

Il faisait si froid qu'à chaque inspiration, Chelsea ressentait une douleur dans les poumons. Elle n'en desserra pas son emprise sur Skylar pour autant. Sa fille était au chaud ainsi, le visage enfoui dans le col de son manteau. À son grand soulagement, Travis avait été trop occupé par sa rencontre avec Long, l'adjoint de Zach, pour se lancer à sa poursuite.

Chelsea continua à avancer péniblement, tout en serrant Skylar contre elle.

Elle ne parvenait pas à accepter l'idée qu'un représentant de la loi ait été touché par une balle. Cela lui paraissait d'autant plus invraisemblable que Travis semblait être l'auteur du coup de feu. Quel tour avait donc pris sa vie pour qu'il en arrive là ?

De même, elle s'étonnait sincèrement que son ex ait eu recours à de telles extrémités pour lui faire du mal. De toute évidence, elle avait sous-estimé les effets conjugués du mélange de jalousie, de colère et de désespoir qui l'habitait.

D'autant qu'à bien y réfléchir, la vie de Travis était fichue à présent. Une fois qu'on aurait réussi à l'arrêter – et elle souhaitait que ce soit pour bientôt –, il passerait le restant de ses jours derrière les barreaux.

Ce qui la ramenait toujours aux mêmes questions :

Pourquoi ?

Pourquoi l'avoir pistée ?

Pourquoi avoir tenté de la tuer ?

Et pourquoi avoir définitivement gâché toute chance de rachat ?

Bien sûr, Chelsea pouvait supposer que son intention première avait été de la tuer, puis de s'emparer de Skylar. La frontière n'étant pas loin, il aurait pu emmener l'enfant au Mexique comme cela se produisait souvent dans les conflits autour de la garde d'un enfant.

Elle avait passé quatre années à se demander si Travis reviendrait un jour. Contrairement à sa mère, cependant, elle ne l'avait pas cherché. Cela lui avait paru d'autant plus vain qu'il avait compromis toute possibilité d'une reprise de vie commune en la délestant de ses possessions. Ce qu'elle avait craint, tout ce temps, était qu'il revienne dans l'intention de lui ravir sa fille.

Elle tourna sur sa droite, courut sur quelques mètres, puis, suivant les conseils de Nate, changea de nouveau de direction. De temps en temps, elle s'arrêtait et tendait l'oreille pour s'assurer que personne n'était à ses trousses.

Au terme d'un énième détour, elle fut forcée de ralentir, le temps de reprendre son souffle. Ce n'était pas facile de courir entre les arbres en portant un enfant. De temps en temps, trop souvent à son goût, elle ne parvenait pas à éviter une branche gelée qui lui fouettait alors le visage. Seul avantage de ce bois, il était suffisamment dense pour la protéger de la grêle.

En revanche, comme elle avait laissé tomber son téléphone, un peu avant d'atteindre son refuge de fortune, elle ignorait depuis combien de temps elle courait et où elle se trouvait.

Elle ne sentait plus ses pieds depuis un bon moment, et si elle avait été tentée d'abandonner la partie à plusieurs reprises, elle avait aussitôt rejeté cette idée. Il était hors de question de laisser Travis les retrouver.

Soudain, elle entendit quelqu'un crier son nom. La voix forte et virile tant attendue était sa première lueur d'espoir depuis le début de cette nouvelle mésaventure.

— Nate, dit-elle dans un souffle.

— Maman, voilà le pompier, cria Skylar contre son cou gelé. Il va nous aider !

— Oui, ma chérie, répondit Chelsea en pivotant sur elle-même et en rassemblant ce qui lui restait d'énergie pour courir vers l'endroit d'où provenait la voix.

Nate prenait un risque énorme en l'appelant ainsi. Il trahissait sa présence, et Chelsea se demanda si cela signifiait que Travis ne constituait plus un danger.

Se pouvait-il qu'il se soit enfui ? Ou – mieux encore – avait-il été arrêté ?

Comme elle n'en savait rien, elle continua à avancer malgré la douleur causée par ses orteils engourdis.

Un nouveau coup de feu déchira l'air.

Chelsea se figea sur place.

— Maman ? C'est quoi, ce bruit ? lui demanda sa fille.

Chelsea ouvrit la bouche pour lui répondre, sans qu'un son en sorte.

L'espace d'une seconde, elle eut l'impression que la terre avait cessé de tourner et que le temps s'était arrêté. Elle n'avait plus froid, le vent semblait être tombé, et un silence absolu régnait autour d'elle.

Une autre seconde passa et, comme par magie, les choses reprirent leur cours normal.

— Nate, murmura-t-elle en se précipitant vers l'endroit d'où était provenu le tir.

— Retourne vers la route, lui cria-t-il. Cours. Zucker est trop loin pour te rattraper.

Elle hésita un instant. Nate gisait-il dans un fossé, blessé et perdant son sang ? Elle ne pouvait pas le laisser là ! Et s'il était en train d'agoniser ? Elle devait l'aider, sans quoi elle ne se le pardonnerait jamais. D'un autre côté, elle ne pouvait pas exposer sa fille.

Alors, que devait-elle faire ? Regagner le pick-up ou se

lancer à la recherche de l'homme qui lui avait toujours porté secours ?

Et soudain, elle comprit qu'il s'agissait d'une ruse. Nate ne voulait pas qu'elle retourne à son pick-up, en fait. Il était trop intelligent pour indiquer à leur ennemi l'endroit où il la trouverait.

Elle fit donc demi-tour pour retourner là où le coup de feu avait été tiré.

Tapi sur la terre gelée, Nate tentait d'entendre les pas de Chelsea, étouffés par le vent. Zucker était retourné vers la route dès l'instant où Nate avait ordonné à cette dernière de regagner sa voiture.

Travis ne s'était sans doute pas rendu compte que la balle qu'il avait tirée avait manqué son objectif. Nate avait joué le jeu, s'affalant de tout son long. Fort heureusement, sa ruse avait fonctionné et Travis était retourné sur ses pas. Quant à Long, qui n'avait pas été mortellement blessé, il ne se laisserait pas surprendre une seconde fois, c'était certain.

Abandonner ainsi l'adjoint du shérif avait coûté à Nate. En réalité, Long avait été touché au cou, sans que la balle atteigne une artère principale. Il avait beaucoup saigné, mais il avait réussi à appeler une ambulance. Quand Nate était arrivé, il était suffisamment alerte pour affirmer que tout irait bien et qu'il devait au plus vite secourir Chelsea et Skylar.

Avec tout cela, le temps filait. Nate devait retrouver Chelsea et sa fille avant qu'elles meurent de froid. Elles étaient exposées au blizzard depuis une bonne heure, à présent.

Il s'arrêta dans une clairière pour passer le petit bois en revue. Là où il se tenait, la grêle continuait à tomber et à lui fouetter le visage.

À son grand soulagement, il vit bientôt quelque chose bouger sur sa gauche. Passant discrètement derrière un tronc d'arbre pour le cas où Zucker aurait compris son subterfuge et fait demi-tour, il fouilla les lieux du regard.

— Nate, dit Chelsea d'une voix presque inaudible qui le remplit de joie.

Son allégresse fut de courte durée lorsqu'il la vit : elle semblait proche de l'évanouissement tant elle était épuisée.

Il se précipita vers elle pour la soulager du poids de Skylar. La fillette était transie, et sa mère ne valait guère mieux, à en juger par les tremblements qui la secouaient.

— Prends mon blouson et enfile-le, lui dit-il.

— Pas question. C'est toi qui aurais froid, lui rétorqua-t-elle du tac au tac.

À son ton catégorique, Nate comprit qu'il était inutile d'insister.

— D'accord. Dans ce cas, allons dans un endroit où vous pourrez vous réchauffer, lui répondit-il.

Comme il avait mémorisé le trajet le plus direct pour retourner jusqu'au pick-up, il savait qu'il leur faudrait marcher un bon quart d'heure, ce qu'il jugeait beaucoup trop long.

Ils venaient d'émerger du petit bois lorsqu'il aperçut le 4 - 4 de son cousin. Il lui semblait risqué de courir vers lui, mais Skylar claquait des dents à présent. Du coup, il fonça vers la voiture de Zach en s'étonnant presque de ne pas essuyer de nouveaux tirs.

Zach, qui l'avait vu arriver, ouvrit la portière. Chelsea s'engouffra aussitôt à l'intérieur, tandis que Nate tendait la petite fille à sa mère.

— Éloigne-les d'ici, dit-il à Zach.

— Ta place est avec elles, lui répondit son cousin. La mienne est auprès de mon adjoint. Il faut que j'aille voir où il en est.

La portière du 4 - 4 était à peine refermée qu'une détonation déchira l'air.

— Occupe-toi aussi d'elles, s'il te plaît, dit Nate à son cousin avant de se jeter à terre et de se ruer vers sa fourgonnette.

Zach ne quitterait pas les lieux tant qu'il ne serait pas rassuré sur le sort de Long, Nate le savait, tout comme il avait la conviction que son cousin veillerait à la sécurité de Chelsea et Skylar.

Une nouvelle détonation retentit, suivie du sifflement d'une balle qui passa juste au-dessus de l'oreille de Nate.

Bon sang ! Le danger se rapprochait. Il plongea, roula sur lui-même et se releva derrière la fourgonnette. Il aurait pu monter dans la cabine mais qu'aurait-il fait ensuite ?

La main refermée sur la crosse de son arme, il examina l'aile du véhicule. Il y eut encore un tir, puis deux, en rafale.

Il avait compté les détonations et savait que le revolver de Zucker était vide.

Il pouvait le recharger, bien sûr, à condition d'avoir une réserve de munitions. Calculant que l'opération lui prendrait au moins deux minutes, Nate en profita pour courir vers son agresseur.

Lorsque celui-ci leva la tête, Nate reconnut immédiatement Travis Zucker, dont Zach lui avait montré la photo.

L'homme était manifestement en pleine panique ; sans doute commençait-il à comprendre qu'il avait perdu la partie, car ses doigts étaient secoués de tremblements qui le gênaient dans son entreprise. Cela joua en faveur de Nate : voyant deux balles échapper des mains de son adversaire, il se jeta sur lui.

Rapide comme l'éclair, Zucker roula sur le côté et échappa à Nate qui s'affala de tout son long. S'ensuivit une averse de balles qui se fichèrent dans la glace, tandis que Nate se redressait.

Travis essayait de prendre la fuite.

Nate parvint à lui attraper une cheville, Travis se servit de la crosse de sa carabine pour lui frapper le dos de la main et tenter de lui faire lâcher prise. Le coup heurta l'index de Nate qui poussa un cri de douleur.

Travis continua à se débattre, en vain : Nate était déterminé à ne pas le laisser échapper si près du but.

Il prit un autre coup, au poignet cette fois. Si violent que la douleur remonta jusqu'à son avant-bras, tandis que ses doigts s'engourdissaient.

Seule sa volonté farouche d'arrêter le forcené lui donna la force de resserrer encore son emprise sur sa cheville.

— Lâche-moi, lui ordonna Zucker, d'une voix saccadée.

— Laisse tomber, Travis. Tu es bon pour la prison. Inutile d'aggraver ton cas, grommela Nate en faisant monter sa main valide vers le mollet de son agresseur.

— Compte là-dessus ! rétorqua celui-ci en lui assénant un nouveau coup avec la crosse de son arme, au niveau du crâne, cette fois.

Bien que franchement sonné, Nate eut la présence d'esprit d'agripper la carabine.

Ce geste les amena à un corps à corps féroce.

Nate se pencha en avant, puis relâcha la cheville droite de Zucker. Il n'eut pas trop de mal à lui arracher son arme, mais Travis, qui n'avait pas dit son dernier mot, se mit à lui marteler le crâne à coups de pied.

Ça suffisait comme ça. Se redressant de toute sa hauteur, Nate lança la carabine aussi loin qu'il le put, sans oublier de noter au passage l'endroit où elle avait atterri.

Il attrapa ensuite Travis par le poignet, juste au moment où ce dernier allait l'atteindre en pleine mâchoire.

Il lui fit baisser le bras, puis leva un poing et le frappa au visage, lui arrachant un hurlement.

Nate profita de sa douleur pour le pousser en avant. Zucker tomba à plat ventre ; Nate se saisit de ses poignets qu'il lui coinça derrière le dos pour le maintenir en place.

S'apercevant qu'il n'avait plus son téléphone, il appela à l'aide.

S'il avait eu de quoi ligoter son adversaire, il l'aurait

attaché à un arbre et abandonné là, à la merci des couguars et autres prédateurs.

Et puis non. À la réflexion, la mort aurait été trop douce pour ce type. Sans compter qu'il était capable de trouver le moyen de s'échapper.

Travis méritait de souffrir, de voir à quoi ressemblait un tribunal, de moisir en prison. Et, vu les accusations qui pèseraient sur lui, il serait sans doute condamné à perpétuité. Cela lui servirait peut-être de leçon.

Nate se remit à appeler à l'aide. Il avait très mal au poignet et sentait la migraine lui brouiller la vue.

Toujours aucune réponse...

S'il restait là, il allait mourir de froid. Il ne lui restait donc qu'à déplacer son prisonnier.

— On va faire un petit tour, toi et moi, annonça-t-il à Zucker avant de retirer sa ceinture pour le menotter comme il le pouvait.

Après l'avoir obligé à se relever, il le força à avancer.

19

— Allonge-toi, mets-toi à plat ventre, ordonna Nate à Travis dès qu'ils eurent atteint la fourgonnette.

— Et comment je fais ? demanda Zucker d'un ton geignard. J'ai les mains attachées.

Tiens, tiens ! Ce type si prompt à malmener les plus faibles que lui se transformait en lavette dès qu'il se sentait menacé ? Intéressant...

Pas assez toutefois pour que Nate prenne le moindre risque.

— Si tu ne t'agenouilles pas tout seul, je te donne un coup de main. Ce sera plus brutal, alors à ta place, j'obéirais sans discuter.

Travis s'exécuta de mauvaise grâce.

Ses genoux avaient à peine touché le sol que Nate referma sur sa nuque une poigne de fer pour le propulser en avant.

Zucker grommela quelques mots inaudibles, certainement une plainte ou des menaces, dont Nate n'avait que faire.

— T'es flic ? lui demanda ensuite Travis.

— Eh non ! Pas de chance, mon gars. Rien ne m'empêche de te tabasser, lui renvoya Nate en resserrant encore la ceinture.

— Aïe ! Arrête, tu me fais mal, mec ! protesta son prisonnier.

Plutôt que de lui répondre, Nate s'empara du portable de Zucker pour envoyer un message à son cousin, afin de l'informer qu'il pouvait venir le récupérer.

— J'ai une question à te poser..., dit-il ensuite à Zucker.

— Parce que tu t'imagines que je vais te répondre, peut-être ? ricana l'autre.

— Fais preuve d'un semblant de courage, pour une fois, et explique-moi pourquoi tu as mis le feu au restaurant de Chelsea.

— Ce n'est pas moi.

Nate souleva les poignets liés de Travis, lui arrachant un cri de douleur.

— Allez, réponds, pourquoi ? répéta Nate.

Zucker leva les yeux vers lui avant de marmonner, un rictus amer aux lèvres :

— Parce qu'elle ne voulait pas de moi.

— Du coup, tu as essayé de la tuer ?

— Je voulais seulement lui faire peur, comme le jour où j'ai jeté une pierre à travers une vitre de sa maison.

Une note d'angoisse sur le visage, il ajouta :

— Je voulais qu'elle me donne une seconde chance.

— Elle aurait pu périr dans l'incendie de son chantier, espèce de crétin, lui rétorqua Nate, stupéfait qu'il ait pu s'imaginer un seul instant que son ex accepte un jour de se trouver dans la même pièce que lui.

— Je n'ai jamais réussi à l'oublier, répondit Zucker d'un ton las. J'étais fou de rage, et je me suis dit que si je ne pouvais pas l'avoir, personne d'autre ne l'aurait. Surtout pas toi.

Son regard s'était terni.

Nate avait déjà vu cette expression chez des hommes qui avaient franchi le point de non-retour et venaient seulement de le comprendre.

— Tu aurais pu faire de ta fille une orpheline. En plus d'être cruel et stupide, c'était criminel.

Intérieurement, Nate se dit que Chelsea serait soulagée d'apprendre que Travis n'avait pas vraiment voulu la tuer. Bien que malade, l'homme avec qui elle avait conçu Skylar n'avait pas souhaité sa mort, ce qui valait mieux que rien.

— Ma fille ? s'exclama Travis, retrouvant un semblant

d'agressivité. Tu parles ! Je n'ai jamais cru que l'enfant que portait Chelsea était le mien.

Nate en resta momentanément sans voix. La voiture de Zach apparut à l'horizon, l'aidant à retrouver l'usage de la parole.

— Ah ouais ? Et pour quelle raison ?

— Ma femme prenait la pilule, et il y avait ce type qui travaillait pour elle et lui tournait autour.

— Tu as dû entendre parler des tests ADN, tout de même, non ? Ils ne sont pas faits pour les chiens ! se récria Nate, de plus en plus surpris, même si cela expliquait en partie que Zucker ait volé sa femme et abandonné l'adorable Skylar.

Voyant arriver la voiture de patrouille, Zucker se releva, le visage crispé par la hargne.

Zach se dirigea tout droit vers lui.

— Admire la nature qui t'environne, Zucker. Parce que tu n'es pas près de la revoir, lança Zach à leur prisonnier. C'est à l'ombre que tu vas passer les années à venir.

Chelsea sentit son cœur bondir dans sa poitrine lorsque Nate apparut. La crainte qu'il lui arrive malheur l'avait mise dans un état proche de la crise de nerfs. Les secours étant arrivés, les brancardiers avaient mis Long à l'abri, à l'intérieur de l'ambulance. L'un d'entre eux avait levé un pouce en l'air pour indiquer à Zach que son adjoint s'en tirerait.

— Maman, regarde, voilà le pompier ! s'exclama Skylar en montrant Nate.

— Oui, ma chérie, lui répondit Chelsea qui luttait pour retenir les larmes de joie qui lui étaient montées aux yeux.

— J'ai faim ! C'est bientôt l'heure de manger ? reprit la fillette.

Chelsea ne put réprimer un sourire. Les enfants avaient décidément l'art de vivre le moment présent. C'était sans doute ce qui les rendait si insouciants. Moins de dix minutes après un incident des plus effrayant, ils passaient à autre chose, surtout quand il y avait un repas à la clé.

Zach appuya Zucker sur le capot de la voiture de Long, le força à écarter les jambes, le fouilla et le menotta.

Nate continua à avancer vers Chelsea qui sentit son cœur s'envoler.

— Maman, le pompier vient nous voir, lança Skylar en applaudissant joyeusement.

Grâce à Nate, elles étaient bien au chaud, toutes les deux, dans la voiture de patrouille. Sans celui que Skylar continuait à appeler « le pompier », Chelsea serait peut-être encore en train d'errer dans le petit bois, avec sa fille. La pensée de ce qui aurait pu se produire ensuite lui donnait la chair de poule. Si son propre devenir lui importait peu, celui de Skylar était primordial.

— Je sais, ma chérie, dit-elle en étouffant un sanglot.

— Je l'aime bien, ce monsieur-là, déclara l'enfant avec toute la solennité dont on est capable à quatre ans.

— Moi aussi, renchérit Chelsea avec douceur.

Car elle devait bien se rendre à l'évidence : après avoir si longtemps craint de ne plus jamais être capable d'aimer un homme, elle s'était éprise de Nate Kent.

Et à présent que cette aventure était terminée, il allait retourner à sa vie, et elle à la sienne.

D'où venait le vide immense qu'elle ressentait déjà ?

Nate alla ouvrir la portière de sa fourgonnette et s'installa derrière le volant, tandis que Skylar escaladait la banquette pour passer à l'arrière. Chelsea se glissa sur le siège du passager, de manière à pouvoir faire la route du retour à côté de Nate.

— Tu es gelé, dit-elle en le voyant se frotter les avant-bras et souffler sur ses mains.

Il se pencha vers elle pour déposer un baiser furtif au coin de ses lèvres.

— Alors, tu es montée dans la voiture de patrouille ? Ça t'a plu ? demanda-t-il à une Skylar radieuse.

— Oui. J'ai même appuyé sur le bouton qui fait tourner la lumière, répondit-elle avec fierté. C'est bien, les voitures de… de patatrouille.

Chelsea écouta distraitement leur échange. Elle ressassait son problème du moment. Les sentiments qu'elle éprouvait pour Nate ne disparaîtraient pas comme par enchantement. Ceux de sa fille non plus, de toute évidence. Elle adorait « le pompier » depuis le départ.

Quelle angoisse !

— Il faudra que tu passes voir mon camion de pompier, ajouta Nate. Il y a encore plus de gyro… de lumières à allumer.

— Oh oui ! s'écria la fillette, ravie.

— Je vous ramène chez vous, toutes les deux ? demanda Nate à Chelsea. On fera remorquer ton pick-up demain après-midi, quand il fera moins mauvais.

— Super, merci.

— Attends, je vais récupérer le siège auto de la petite, annonça Nate.

Et avant que Chelsea ait pu l'en empêcher, il descendit de la fourgonnette.

Si elle ne savait toujours pas ce qu'elle lui dirait exactement, une chose était certaine : elle ne voulait pas qu'il s'éloigne.

Le trajet du retour se fit dans le calme. Zach les suivait pour emmener Travis dans une prison où il resterait longtemps. Chelsea se sentait enfin en sécurité, Skylar jouait avec la poupée que Nate avait sortie du pick-up en même temps que le siège auto. Un silence complice s'était installé entre Nate et Chelsea.

Une fois rentrée, et après s'être assurée que Linda n'avait besoin de rien, Chelsea dîna avec sa fille et Nate.

Quand elle eut bordé Skylar, elle eut le plaisir de trouver Nate dans sa cuisine, occupé à leur servir un café.

Il était toujours aussi craquant.

— Merci d'être resté avec nous, ce soir, lui dit-elle en prenant la tasse qu'il lui tendait.

Comme il ne répondait pas tout de suite, elle pensa qu'il choisissait ses mots avec soin.

Malgré les derniers événements, elle craignait toujours qu'il prenne définitivement congé.

— J'ai eu le temps de discuter un peu avec Travis, dit-il enfin.

— Et ? demanda-t-elle en faisant rouler sa tasse entre ses mains.

— Et il te soupçonne d'avoir eu une aventure avec un de tes employés.

Nate ne semblait pas en croire un mot, ce dont elle lui fut reconnaissante.

— Il a évoqué la question une ou deux fois avant de disparaître, sans que je le prenne vraiment au sérieux, admit-elle.

— En fait, il ne te connaît pas si bien que ça, hein ?

— Non. Surtout s'il a sincèrement cru que je l'avais trompé.

Ces mots avaient à peine franchi le seuil de ses lèvres qu'elle leva les yeux vers Nate pour le dévisager.

— Et toi, comment sais-tu que je ne lui ai pas menti ?

— Chelsea, tu es la personne la plus intègre que j'aie jamais rencontrée. Tu es si honnête qu'en aucun cas je ne peux t'imaginer infidèle.

La ferveur avec laquelle il lui avait dit cela fit chaud au cœur de Chelsea.

— J'ajoute que tu es belle, ce qui est un tout autre sujet.

Chelsea rougit jusqu'aux oreilles.

Nate lui donnait l'impression d'être belle.

— Et comment peux-tu penser tout cela de moi, alors que nous nous connaissons à peine ? demanda-t-elle, bien que consciente d'avoir été percée à jour.

— Parce que je me suis tout de suite senti proche de toi. Je n'avais encore jamais ressenti cela avant de te rencontrer. Je sais que les hommes t'en ont fait voir et qu'entre l'abandon de ton père et celui de ton ex-mari, tu as trop souffert pour accorder ta confiance au premier venu. Cela dit, tu me connais, toi aussi, non ?

— Je commence à savoir qui tu es, admit-elle. Et si on m'avait dit que je pourrais m'éprendre de toi aussi vite et avec une telle force, je ne l'aurais pas cru. Pour tout te dire, j'ai l'impression de te connaître profondément, même si ça me paraît complètement fou.

— J'ai aussi ce sentiment, Chelsea. Malheureusement, tu as beaucoup de soucis, entre ton restaurant à reconstruire, ta fille en bas âge et ta mère en mauvaise santé.

Chelsea se tendit. D'ici un instant, Nate allait lui annoncer que rien n'était possible entre eux.

Il allait partir.

Elle avait du mal à respirer, subitement.

— Alors, poursuivit Nate avant de s'avancer pour s'agenouiller devant elle, même si c'est un peu présomptueux de ma part, je pense que nous ne devrions pas attendre plus longtemps pour nous marier.

— Par... Pardon ? balbutia-t-elle, croyant avoir mal entendu.

— Bien sûr, on pourrait passer par toutes les étapes préalables, seulement je t'aime et je veux t'épouser, former une famille avec toi et Skylar, pour toujours. Personnellement, je ne vois aucune raison d'attendre, mais je comprendrais que tu préfères réfléchir, avant de t'engager. Je suis prêt à tout, ma belle, même à patienter jusqu'à ce que tu me fasses entièrement confiance.

— Je t'aime, moi aussi, Nate, et je n'ai aucune raison valable d'attendre le moment de devenir ta femme.

— Donc, c'est oui ? demanda Nate avec un immense sourire.

— C'est oui.

Il l'embrassa si tendrement qu'elle en eut le vertige.

Lorsqu'il s'écarta finalement d'elle, ce fut pour lui dire :

— Je t'ai attendue toute ma vie, Chelsea. Linda m'est apparue comme une mère dès le début, et j'ai enfin trouvé un foyer, avec toi, ta fille et ta mère.

Un foyer… Chelsea ne pouvait trouver meilleur mot pour décrire ce qu'elle aurait désormais avec Nate Kent.

Un véritable foyer… et le bonheur.

JANE GODMAN

Protection cachée

Traduction française de
FLORENCE BERTRAND

BLACK ROSE

HARLEQUIN

Titre original :
COLTON'S SECRET BODYGUARD

Ce roman a déjà été publié en 2020.

1

Bree Colton avait renoncé à essayer de changer. Certains étaient du matin, d'autres du soir. Pour sa part, elle appartenait à la seconde catégorie. Entre minuit et quatre heures du matin, elle était en pleine forme. En revanche, au réveil, elle avait parfois du mal à se remémorer son propre nom.

Au fil des années, elle avait mis en place des stratégies pour pallier son intolérance au lever du soleil. La première consistait en une injection de caféine. Du café assez fort pour réveiller un mort, sans sucre ni soupçon de lait. Son assistante savait que Bree devait ingurgiter plusieurs tasses d'affilée avant de pouvoir faire face au monde.

Sa seconde tactique résolvait deux problèmes à la fois. Un de ses biens les plus précieux, un enregistreur numérique, l'aidait non seulement à chasser la brume matinale de ses pensées, mais aussi à gérer sa dyslexie.

Chaque soir, au moment de quitter la galerie, elle enregistrait une liste de tâches à effectuer le lendemain. Le matin, après son premier café, elle connectait l'enregistreur à son ordinateur portable de façon à télécharger cette liste dans son agenda vocal. Ensuite, elle n'avait plus qu'à passer à l'action.

Elle but une longue gorgée de café, ouvrit le tiroir supérieur de son bureau et plongea la main à l'intérieur sans regarder. Ses doigts tâtonnèrent en vain à la recherche de l'enregistreur qu'elle rangeait toujours là. Fronçant les sourcils, elle inspecta rapidement le contenu du tiroir, mais ses pires craintes se confirmèrent. L'appareil n'était pas là.

Bree réprima une exclamation de dépit. L'exposition qu'elle préparait l'accaparait entièrement, et elle avait travaillé tard la veille. Il était près de 21 heures lorsqu'elle avait quitté le bureau. Le front barré d'un pli, elle s'efforça de réfléchir. Elle se rappelait avoir dicté sa liste. Mais ensuite ?

Je suis certaine d'avoir mis l'enregistreur dans le tiroir.

Si tel était le cas, où donc était-il passé ? Bree avait verrouillé les portes de la galerie en partant et les avait rouvertes ce matin-là. Personne d'autre n'avait pu entrer. Personne n'avait de raison de le faire. Quand bien même quelqu'un l'avait fait, pourquoi s'emparer de cet appareil et laisser tout le reste ?

La réponse était simple. Cela ne s'était pas produit. Sa mémoire lui jouait des tours, l'incitant à croire que, sous prétexte qu'elle suivait une routine bien précise, elle s'y était conformée la veille. À l'évidence, elle avait rangé l'enregistreur ailleurs. La question était de savoir où.

L'avait-elle mis avec son téléphone portable dans son fourre-tout ? Lâchant un soupir, elle renversa celui-ci sur le bureau, puis se rappela qu'elle avait son portable à la main en sortant de la galerie.

Elle avait téléphoné à sa mère pour la rassurer. Lui dire qu'elle n'avait pas reçu de nouvelles menaces par mail.

Avec un soupir, elle contempla l'image affichée à l'écran. C'était une vue de la vallée, prise de la magnifique maison où elle avait grandi. Le soleil du crépuscule scintillait sur les prés enneigés, dominés par le sommet de Pine Peak.

En temps normal, cette scène idyllique l'apaisait. Ce jour-là, cependant, elle ne fit qu'ajouter à son trouble. C'était un rappel de la fortune des Colton, qui avait justement été au centre des messages de menaces.

> *Vous, les Colton, vous n'êtes bons qu'à exploiter ceux qui sont moins chanceux que vous.*

L'expéditeur avait ajouté que, si elle avait le moindre grain de bon sens, elle ferait ses bagages et retournerait à son existence privilégiée à la ferme de ses parents. Les derniers mails en date incluaient d'épouvantables photos censées illustrer ce qui lui arriverait si elle ignorait ces avertissements.

Pas étonnant qu'elle ait du mal à se concentrer ces temps-ci. Voilà pourquoi elle avait égaré son enregistreur. Ce n'était pas grave en soi, seulement un peu agaçant. Elle se souvenait de ce qu'elle avait prévu ce jour-là. Seulement...

Elle repoussa sa chaise et se dirigea vers le bureau de son assistante, séparé du sien par un petit couloir qui desservait une kitchenette et une salle de bains.

Kasey Spencer s'affairait, entourée de piles de programmes de l'exposition en cours de préparation.

— Tu n'as pas vu mon enregistreur ?

La jeune femme leva les yeux.

— Non, mais je peux t'aider à le chercher.

Bree secoua la tête.

— Ne t'inquiète pas. Je l'ai sans doute monté à l'appartement sans faire attention. J'irai vérifier tout à l'heure.

Elle se tourna vers la porte qui menait à la galerie principale, mais la voix de Kasey s'éleva derrière elle.

— Puisque tu es là...

— Oui ?

— Rylan Bennet a demandé si tu pouvais lui consacrer quelques minutes. Il est dans le bureau des agents.

— Ce type passe plus de temps ici que tous les autres agents réunis, commenta Bree avec un sourire qu'elle savait un peu gêné. Il est vraiment consciencieux.

— Consciencieux ? répéta Kasey en arquant un sourcil. C'est le moins que l'on puisse dire.

Le sens de ses paroles était assez évident, d'autant plus qu'elle les avait accompagnées d'un regard taquin avant de retourner à sa tâche. Bree s'éloigna en souriant, un frisson de plaisir lui parcourant l'échine. L'attraction qu'elle percevait entre Rylan et elle n'était peut-être pas que le fruit de son imagination, après tout ?

Le local réservé aux agents était une pièce étroite et tout en longueur située derrière l'accueil et, la plupart du temps, Rylan s'y trouvait seul. Apparemment, aucun autre représentant d'artiste n'avait choisi de bénéficier de l'hospitalité offerte par Bree Colton, la propriétaire de la galerie. Cela lui convenait très bien, même s'il était conscient des regards curieux que lui lançaient les employés de l'établissement. Il était clair qu'ils se demandaient comment il trouvait à s'occuper du matin au soir.

Cependant, Rylan tenait à être convaincant dans son rôle d'agent. Son but initial avait été d'établir un contact avec Bree. Après tout, elle était la raison de sa présence ici. Et maintenant qu'il avait fait sa connaissance, il fallait qu'il garde sa confiance.

Lui mentir déplaisait à Rylan, mais son ami Blaine Colton avait dit que sa cousine était en danger et qu'il avait besoin d'un homme sûr pour la protéger pendant qu'il était retenu à Washington.

Une semaine plus tôt, lors d'une exposition organisée à la galerie, quelqu'un avait lancé une brique sur la baie vitrée de la façade. Kendall Colton, l'épouse de Decker, un autre cousin de Bree, avait été grièvement blessée. Secouée par cet incident, Bree avait confié à ses parents et à son frère Trey, shérif du comté de Bradford, qu'elle avait reçu plusieurs mails de menaces. Au lieu de réagir, elle les avait ignorés, espérant que le problème disparaîtrait de lui-même.

Au comble de l'inquiétude, Calvin et Audrey avaient tenté de la persuader de rentrer à la ferme familiale, mais elle avait refusé. En désespoir de cause, ils avaient demandé à Blaine de lui procurer un garde du corps, en insistant toutefois sur la nécessité de ne rien dire à Bree. Si elle découvrait qu'on essayait de la protéger contre son gré, elle mettrait fin à cette situation sur-le-champ.

Non sans réticence, Rylan avait accepté. Il venait de vendre la société de conseil en sécurité qu'il avait créée après son départ de l'armée, et possédait les compétences et l'expérience nécessaires pour surveiller Bree. De plus, il vivait à proximité de Roaring Springs. En outre, il avait quelques dettes envers Blaine qui dataient de leur service en Afghanistan…

La seule difficulté mineure avait été de trouver une couverture. Par chance, la mère de Bree lui était venue en aide. D'origine afro-américaine, Audrey Douglas Colton était une femme séduisante, dotée d'une énergie sans bornes et farouchement résolue à protéger sa fille. Lorsque Rylan avait exprimé des doutes quant à sa capacité à se fondre dans un milieu artistique, elle lui avait proposé une solution :

— La prochaine exposition organisée par Bree est intitulée « L'âme ». C'est une célébration de l'art afro-américain. Une de mes amies, professeur à la faculté d'art de l'université du Colorado du Nord, est justement à la recherche d'un agent qui accepte de représenter un collectif d'étudiants.

Rylan s'était montré sceptique, mais Audrey avait insisté.

— Tout le monde y gagne. Ces jeunes artistes vont avoir l'opportunité d'exposer leurs œuvres dans une galerie qui commence à être très connue, avait-elle expliqué, une pointe de fierté dans la voix. Tout ce que je vous demande, c'est d'essayer de les faire connaître à un public plus vaste.

Puisque Rylan projetait de passer le plus clair de son temps à la galerie, la requête d'Audrey semblait raisonnable. Du moins, c'était ce que Rylan avait pensé jusqu'au moment où il avait rencontré Bree… À ce moment-là, le mot « raisonnable » avait cessé d'avoir un sens.

Pour la première fois de sa vie, une femme lui avait coupé le souffle. Il avait vu son portrait sur le site de la galerie en faisant des recherches. Elle y arborait une tenue un peu bohème, une expression légèrement distante. En réalité, elle lui avait fait l'effet d'un rayon de soleil. Son sourire était chaleureux, communicatif et, en dépit de sa tendance à la timidité, elle riait volontiers.

Il avait suffi d'un regard pour que Rylan soit conquis. Chaque fois qu'il la voyait, il tombait un peu plus sous son charme. Bree avait remis en question toutes ses certitudes. Lui qui pensait avoir un bloc de béton autour du cœur se rendait compte que la muraille n'était peut-être pas aussi impénétrable qu'il l'avait cru.

Le problème, c'était que même si Bree partageait ses sentiments – et il soupçonnait que c'était peut-être le cas – il était en train de lui mentir sur son identité.

— Vous avez l'air soucieux.

Arraché à ses réflexions, Rylan leva les yeux. Adossée à l'encadrement de la porte, Bree l'observait, un léger sourire sur les lèvres.

— Je peux vous aider ?

Il éteignit son ordinateur portable et se leva. Mieux valait que Bree ne s'aperçoive pas qu'il était en train d'étudier le plan des lieux, plus précisément les entrées et sorties, afin d'identifier d'éventuels points faibles.

Ce qu'il espérait, c'était amener Bree à lui révéler qu'elle avait reçu des mails menaçants. Si elle le faisait, il pourrait légitimement lui offrir sa protection. De cette façon, peut-être pourrait-il se défaire de l'impression qu'il était un menteur et un goujat.

Il alla droit au but, ce qui n'était pas chose facile quand il n'avait qu'une envie : contempler les profondeurs ambrées des yeux de Bree.

— Votre mère a mentionné l'incident qui s'est produit l'autre jour. La brique lancée sur la baie.

Bree savait qu'il avait fait la connaissance de sa mère. Une des nombreuses œuvres charitables d'Audrey avait pris en charge les frais du collectif représenté par Rylan.

Malgré tout, il saisit un changement dans son expression,

peut-être parce qu'il l'observait avec attention. Une trace d'agacement ou d'irritation qui s'évanouit aussi vite qu'elle était apparue.

— J'aurais dû deviner qu'elle ne pourrait pas résister à l'envie d'en parler.

Elle se tassa un peu.

— Peut-être suis-je injuste. Nous avons tous été choqués par ce qui s'est passé.

— La police a arrêté quelqu'un ?

— Non. Mon frère Trey est le shérif. Une enquête est en cours, mais jusqu'à maintenant il n'a aucune piste.

Un pli s'était formé sur son front.

— Notre famille a eu quelques soucis ces derniers temps.

Blaine avait fait allusion à cela, sans entrer dans les détails. Leur conversation avait été focalisée sur Bree. Rylan savait, bien sûr, que le frère aîné de Blaine, Wyatt, avait été questionné par la police après la découverte du cadavre d'une jeune femme sur son ranch. La presse avait sous-entendu qu'il était coupable et qu'il faisait l'objet d'un traitement préférentiel parce qu'il appartenait à la famille Colton.

En fin de compte, Wyatt avait été mis complètement hors de cause. Cependant, à en juger par les propos de Bree, il ne s'agissait pas d'un incident isolé.

— Vous pensez qu'il pourrait y avoir un lien avec l'attaque perpétrée contre la galerie ?

Elle hésita, et Rylan espéra qu'elle était sur le point de se confier à lui. Et puis elle sourit. Son sourire était un peu trop vif, comme si elle s'efforçait de le convaincre, ou peut-être de se convaincre, que tout allait bien.

— Je suis sûre que non. Et, je vous en prie, ne vous inquiétez pas pour les artistes que vous représentez. J'ai fait remplacer la baie vitrée par du verre renforcé, et le système d'alarme a été amélioré.

Rylan ravala sa frustration et tenta une autre approche.

— J'ai entendu dire que vous travailliez tard tous les soirs.

— Vraiment ?

Cette fois, le sourire de Bree était sincère.

— Qui a pu vous raconter ça ? Sûrement pas ma super assistante, Kasey ?

Il lui rendit son sourire.

— À vrai dire, je l'ai entendue en parler à votre responsable de la sécurité. Il voulait savoir si vous restiez si tard à cause de l'exposition qui se prépare. Je suppose qu'il tient à s'assurer que des mesures appropriées sont en place durant l'exposition.

— David ? Oui, il est très consciencieux, mais il ne travaille pas que pour moi. Il est employé pour assurer la sécurité de plusieurs commerces du centre. Il se charge aussi de l'entretien à la galerie. Il est très occupé.

Rylan avait appris que les anciens entrepôts convertis en centre commercial étaient désormais un lieu à la mode à Roaring Springs. Outre la galerie, on y trouvait des restaurants, des bars et des sociétés high-tech. L'endroit était nommé le Diamond, en raison de l'espace central en forme de losange, qui abritait les terrasses de nombreux cafés et restaurants.

— J'espère que vous prenez soin de vous, lança Rylan sur un ton à la fois léger et un peu taquin. Que vous dormez assez. Que vous mangez des repas corrects.

— Je suis dyslexique, répondit Bree d'un air dégagé, mais en accompagnant ses paroles d'un regard de biais qui apprit à Rylan qu'elle observait sa réaction. Le temps que j'aie déchiffré une recette, les ingrédients sont rassis.

— Vous avez besoin de quelqu'un qui vous fasse la cuisine.

Il ne se rappelait pas avoir été aussi nerveux. Sans doute ne l'avait-il jamais été.

Bree lui adressa un sourire où subsistait une pointe de timidité.

— Eh bien, si vous offrez vos services…

Bree traversa la galerie, s'efforçant d'avoir l'air calme et efficace au lieu de sourire jusqu'aux oreilles comme elle brûlait de le faire. Jamais elle n'avait connu d'homme aussi séduisant que Rylan. À sa vue, elle avait l'estomac noué, elle sentait son cœur s'emballer et le trouble s'installer dans ses pensées.

Leur première rencontre l'avait laissée bouche bée. Grand, bien bâti, les épaules larges et les bras musclés, il avait les cheveux blonds et légèrement bouclés, une barbe bien taillée un soupçon plus foncée. Ses traits étaient réguliers, résolus, et son regard, bleu comme un ciel d'été, semblait s'intensifier quand il la regardait.

Elle était entourée d'hommes au physique impressionnant, mais la force et la masculinité qui émanaient de lui éveillaient en elle une conscience troublante de sa féminité.

Ce n'était pas tout. Il y avait quelque chose d'autre chez lui qu'elle n'aurait su définir au juste. Un air de danger, de mystère… une douleur aussi. Il était une énigme qu'elle ne savait comment résoudre. Ce dont elle était sûre, c'était qu'elle avait envie d'essayer.

Et il allait lui préparer un repas ce soir-là.

Elle refoula la tentation d'esquisser un pas de danse. Car ce n'était pas un simple rendez-vous. Ils le savaient l'un et l'autre. Il viendrait chez elle. Il allait lui confectionner sa spécialité. Et qui savait comment finirait la soirée…

Va-t-il penser que je me conduis ainsi tout le temps ?

Le doute lui fit l'effet d'une gifle, et elle jeta un coup d'œil par-dessus son épaule. Peut-être devait-elle rebrousser chemin, lui parler, lui expliquer qu'elle l'aimait bien mais qu'elle n'était pas très douée en matière de rendez-vous galants ? Elle ravala un gémissement atterré.

Ça recommence.

Non. Elle mit la main sur la poignée de la porte de son bureau, prenant un instant pour se ressaisir. Elle avait joué de malchance par le passé, mais cela ne signifiait pas forcément qu'il en irait de même cette fois-ci. De toute façon, c'était un dîner, rien de plus. Entre deux adultes. Il n'allait pas nécessairement mener à davantage… mais Rylan lui plaisait. Beaucoup. Où était le mal à courir un risque ?

Hochant la tête, elle poussa la porte. Elle avait une foule de choses à faire, à commencer par plusieurs appels. Comme elle s'avançait dans la pièce, son regard s'arrêta sur le bureau. Là, au beau milieu, trônait son enregistreur numérique.

Elle lâcha une exclamation ravie, l'attrapa et se hâta vers le bureau de Kasey.

— Où l'as-tu trouvé ?

— De quoi parles-tu ? demanda Kasey, interrompant sa tâche avec un froncement de sourcils.

— De mon enregistreur.

— Hmm… je ne l'ai pas trouvé. Je n'ai pas bougé d'ici depuis que nous nous sommes parlé.

— Oh !

Bree retourna l'appareil dans sa main et l'examina avec attention. C'était bien le sien.

— Je me demande qui l'a rapporté. Tu n'as entendu personne entrer à côté ?

Kasey secoua la tête.

— Peut-être qu'il a toujours été là, et que tu ne l'avais pas vu ?

Bree savait que ce n'était pas le cas. Certes, elle s'était levée tôt et n'avait pas bu sa dose habituelle de caféine quand elle avait commencé à chercher l'enregistreur. Mais elle avait fouillé le bureau de fond en comble. L'appareil n'était pas là quand elle était allée parler à Rylan. Autrement dit, quelqu'un l'avait déposé là en son absence.

— Tu pourrais demander à David de visionner la caméra de surveillance pour voir si quelqu'un est entré, suggéra Kasey.

Cela en valait-il vraiment la peine ? Bree avait récupéré l'enregistreur, voilà ce qui comptait. D'ailleurs, elle avait trop de travail pour perdre du temps inutilement. Quant à

David Swanson, il était constamment pressé, courant ici et là pour satisfaire les demandes de ses divers employeurs.

Ignorant le soupçon de malaise qui subsistait dans son esprit, Bree haussa les épaules.

— Trop à faire, lâcha-t-elle, avant d'ajouter, d'un son qu'elle espérait dégagé : Et je ne veux pas finir tard ce soir.

2

Bree baissa les yeux sur son assiette vide et poussa un soupir de plaisir. Après lui avoir présenté un repas digne du meilleur restaurant qu'elle connaisse, Rylan lui inspirait un respect nouveau.

— C'était délicieux. Où avez-vous appris à cuisiner ?

— J'ai appris tout seul. Étant célibataire, j'avais le choix entre vivre de plats à emporter ou apprécier ce que je mangeais.

Étant célibataire. Sa remarque intrigua Bree. Pourquoi était-il célibataire ? Et pourquoi semblait-il si certain qu'il allait le rester ?

Au lieu de poser les questions qui la taraudaient, elle inclina son verre dans sa direction.

— C'était charmant de votre part de me préparer un repas. Merci.

Il eut un petit sourire.

— J'ai une confession à vous faire.

Le cœur de Bree se mit à battre un peu plus vite.

— Ah bon ?

Son sourire s'accentua, et devint vite irrésistible.

— J'espérais que vous seriez charmée.

C'était le moment où elle aurait dû lui offrir un sourire séducteur. Peut-être battre des cils ou enrouler une mèche de cheveux autour de ses doigts. Voire promener l'index sur le biceps de Rylan. Le problème, c'était que Bree ne savait pas flirter. Les seules fois où elle avait essayé, elle avait renversé des objets ou était apparue aussi sexy qu'un chiot égaré. Et comme Rylan lui plaisait vraiment beaucoup, elle ne voulait pas l'effrayer en essayant.

— Vous habitez à Roaring Springs ?

Elle réprima aussitôt un gémissement atterré. Fallait-il vraiment qu'elle change le ton de la conversation et lui donne l'impression que c'était un entretien d'embauche ?

Rylan ne parut pas s'en émouvoir. Il se laissa aller contre le dossier de sa chaise et étira ses longues jambes. Il avait bu un verre de vin au début du repas, et puis était passé à l'eau parce qu'il conduisait. Il en but une gorgée avant de répondre.

— Je suis né à Denver, mais je me suis engagé dans l'armée à dix-huit ans. Quand j'en suis sorti, j'ai créé une entreprise et pas mal voyagé. J'avais toujours eu l'intention de m'installer dans le Colorado et...

Il se tut brusquement, et elle se demanda ce qu'il avait été sur le point de dire.

— J'avais un copain dans l'armée qui parlait souvent de Roaring Springs. Après avoir vendu ma société, j'ai trouvé un ranch à l'ouest d'ici.

Elle arqua les sourcils.

— Vous êtes rancher à vos heures perdues ?

— Je suis beaucoup de choses à mes heures perdues, répondit-il en riant.

— C'est ce que je vois, commenta-t-elle en comptant sur ses doigts. Soldat. Chef cuisinier. Rancher. Agent artistique.

Elle n'aurait su dire précisément ce qui avait changé dans son attitude. C'était comme si ses paroles l'avaient rendu méfiant.

— Je suis un novice dans le milieu artistique. Comme vous avez dû vous en rendre compte.

Bree fronça les sourcils, sentant que la conversation le mettait mal à l'aise. Elle aurait aimé l'interroger davantage, mais elle ne le connaissait pas assez bien pour insister.

Cependant, savoir qu'il lui cachait quelque chose la contrariait. Et ce qui la contrariait encore davantage, c'était l'idée qu'elle s'en souciait, alors qu'elle le connaissait depuis moins d'une semaine.

Elle opta pour une nouvelle approche.

— Vous dites que vous vous êtes engagé dans l'armée à dix-huit ans. Vous n'êtes pas revenu voir votre famille de temps en temps ?

Il haussa une épaule.

— Il n'y avait personne à voir. Je suis fils unique. Mon père est mort quand j'avais douze ans et ma mère a été emportée par un cancer juste avant que j'entre dans l'armée.

Bree perçut tout un monde de douleur derrière ces paroles. Elle se pencha par-dessus la table et prit sa main dans la sienne.

— Je suis désolée.

Il répondit d'un léger sourire.

— J'ai trente-quatre ans. J'ai l'habitude d'être seul.

— Venant d'une famille aussi nombreuse que la mienne, je ne peux pas m'imaginer ce que j'éprouverais à votre place.

Rylan parcourut du regard le spacieux et élégant loft où elle vivait.

— Je suppose qu'être une Colton a des avantages.

Ce n'était pas la première fois qu'on laissait entendre à Bree qu'elle était privilégiée. Toutefois, émanant de Rylan, la remarque la blessa plus que de coutume. Comme elle faisait mine de retirer sa main, Rylan referma plus étroitement ses doigts sur les siens et la dévisagea avec attention.

— Bree ? Qu'est-ce que j'ai dit ?

En général, elle évitait ce genre d'explication, mais l'opinion de Rylan comptait à ses yeux.

— Grâce à la ténacité de ma mère, ma dyslexie a été diagnostiquée tôt. J'ai fréquenté une école publique, et non privée. Nos parents voulaient qu'on garde les pieds sur terre, Trey et moi, et nous avons toujours eu notre part de travail à faire à la ferme. J'ai grandi entourée d'amour, mais on m'a appris que le travail, et non l'argent, était la clé du succès.

Elle s'éclaircit la voix.

— Quand j'ai voulu faire carrière dans l'art, je me suis payé mes études moi-même, en faisant une série de petits boulots à côté.

— Je ne voulais pas dire...

— J'ai touché mon héritage le jour de mes vingt-cinq ans. J'en ai vingt-sept à présent.

Elle désigna d'un geste ce qui l'entourait.

— La galerie, ma société, ma réputation, cet appartement, vous pensez que j'ai obtenu tout cela en l'espace de deux ans ?

— Bree, excusez-moi.

Rylan captura sa main libre et la tint aussi entre les siennes.

— J'ai parlé à tort et à travers. Je ne voulais pas vous offenser.

Elle exhala lentement son souffle.

— Non, c'est à moi de m'excuser. Je me suis emportée. Parfois le nom de Colton peut être un fardeau.

Il se pencha et effleura de ses lèvres le dos de la main de Bree, déclenchant de délicieuses vagues de chaleur le long de ses terminaisons nerveuses.

— Racontez-moi ce que vous avez fait.

— Hmm ?

Elle avait été trop focalisée sur ses sensations pour prêter attention aux paroles de Rylan.

— Pour réussir dans l'art ?

— Oh ! mes tableaux ont commencé à se vendre à un bon prix. J'ai utilisé l'argent pour acheter d'autres œuvres et, peu à peu, je me suis fait connaître dans le milieu artistique, en présentant mes propres peintures et celles d'autres artistes afro-américains. Et puis, j'ai ouvert Wise Gal. Les locaux immobiliers étaient très abordables au Diamond, et c'était un lieu idéal.

Rylan sourit. La manière dont il la regardait coupa le souffle de Bree.

— Vous avez très bien réussi.

Sa voix était grave et douce, comme de la crème versée sur du chocolat. Elle se sentit fondre.

Elle se força à se secouer.

— Je vais débarrasser et remplir le lave-vaisselle, annonça-t-elle en se levant à regret. C'est le moins que je puisse faire.

Son sourire s'effaça lorsqu'elle le vit se lever aussi. L'attirance qu'il lui inspirait était si forte qu'elle menaçait d'échapper à son contrôle. Le désir déferlait en elle, lui comprimant les poumons. Et, à en juger par le regard brûlant de Rylan, il était réciproque.

Un instant, leurs yeux se soudèrent. Puis il cilla, et le charme fut rompu.

— Je vais préparer du café, dit-il d'une voix un peu rauque. Vous avez une machine ?

— Suivez-moi.

Bree emporta les assiettes dans la cuisine.

— Justement, je n'avais plus de café, mais j'en ai acheté à l'épicerie à midi. Le paquet neuf est là, ajouta-t-elle, désignant un placard au-dessus du percolateur.

Comme elle remplissait le lave-vaisselle, elle entendit Rylan fouiller dans le placard. Au bout d'une minute ou deux, il le referma.

— Je ne le trouve pas.

Bree se redressa.

— Vous êtes comme mon père ? plaisanta-t-elle. Si ce qu'il cherche n'est pas juste sous son nez, il renonce.

— Hmm.

Il replia l'index, l'invitant à s'approcher.

— Eh bien, montrez-moi où il est, d'accord ?

Bree le rejoignit en gloussant. Puisqu'elle savait exactement où elle avait mis le café, elle soupçonnait que c'était une ruse de la part de Rylan pour l'attirer près de lui. Si oui, elle ne demandait pas mieux que de se prêter au jeu.

Sauf que… où était le café ? Décontenancée, elle tourna la tête et regarda Rylan par-dessus son épaule.

— Il était là, murmura-t-elle, indiquant un espace vide sur l'étagère.

Il mit les mains sur ses épaules et l'encouragea à se tourner vers lui.

— Ce n'est pas grave. Il y a une épicerie ouverte toute la nuit dans Second Street. Je peux…

— Ce n'est pas ça.

Cessant de se mordiller la lèvre, elle avoua ce qui la troublait.

— C'est la deuxième fois aujourd'hui.

Les doigts de Rylan se crispèrent légèrement.

— La deuxième fois que vous égarez votre café ?

Il avait parlé sur le ton de la plaisanterie, mais son regard était intense.

— Non.

En quelques mots, Bree lui relata l'incident survenu avec l'enregistreur.

— Je vois mon cerveau comme un classeur, expliqua-t-elle. À cause de ma dyslexie, les tiroirs ne sont pas étiquetés correctement. Ça signifie que je dois être d'autant plus organisée. Sinon, je mets quelque chose dans un tiroir et il risque d'être perdu pour de bon. Je ne commets pas ce genre d'erreur.

— Vous êtes sous pression en ce moment, observa-t-il.

Elle inclina la tête.

— C'est précisément pour cette raison que j'ai imputé l'incident de l'enregistreur à de l'inattention. Il est possible que je l'aie égaré et que quelqu'un l'ait remis sur mon bureau. Mais ça ?

Elle désigna l'espace vide dans le placard.

— Je sais que j'ai acheté du café, et je sais que je l'ai mis là.

— Quelqu'un d'autre a-t-il la clé de l'appartement ?

— Seulement ma mère, mais pourquoi serait-elle venue sans rien dire dans le seul but de déplacer mon café ?

La question était si ridicule qu'elle dut réprimer un rire,

bien que la situation ne lui paraisse pas du tout amusante. Était-elle en train de perdre l'esprit ?

— Je ne veux pas vous alarmer, mais c'est le genre de pratique typique d'un harceleur.

— Ah bon ?

Bree fronça les sourcils.

— Comment savez-vous ça ?

Un bref silence s'écoula avant qu'il réponde.

— J'ai dû le lire quelque part. Le harceleur déplace, endommage ou dissimule des objets appartenant à sa victime qui ne comprend pas ce qui se passe, et se demande si ces incidents sont le fruit de son imagination. S'est-il produit autre chose récemment qui puisse être lié à cela ?

Elle songea aux mails et vacilla légèrement. Était-il possible qu'il y ait un lien ? Elle avait une confiance instinctive en Rylan, mais elle le connaissait à peine. Voulait-elle vraiment commencer à lui révéler des secrets ?

Parle-moi des mails, Bree.

Une seconde, Rylan crut qu'elle allait s'ouvrir à lui. Puis elle lui décocha son sourire trop éclatant et il sut qu'elle ne le ferait pas. Avait-il gâché sa chance en parlant de harcèlement ? Les paroles avaient jailli de ses lèvres avant qu'il ait eu le temps d'y réfléchir. Il les regrettait maintenant, mais la comparaison était raisonnable. Par le passé, Rylan avait assuré la protection de plusieurs célébrités qui avaient été menacées par des fans obsessifs.

Il connaissait la plupart des tactiques employées par ce genre d'individus et était convaincu que les incidents évoqués par Bree n'étaient que le début d'une campagne d'intimidation. Il était prêt à parier que le paquet de café referait son apparition dans un ou deux jours, à l'endroit précis où elle l'avait laissé. Le responsable serait à proximité, de manière à pouvoir observer son désarroi et à savourer l'impact de ses actions.

Le problème, c'était que l'expérience lui avait appris que le harcèlement se limitait rarement à des gestes mineurs. Le type qui faisait une fixation sur Bree voudrait aller plus loin.

D'après elle, la seule autre personne ayant accès à son appartement était sa mère. Pour sa part, Rylan en doutait. Il ne voulait pas l'effrayer, mais la vision d'une ombre se faufilant dans sa chambre en pleine nuit lui glaçait le sang.

— Vous devriez changer vos serrures.

Bree cilla.

— Vous pensez sérieusement que quelqu'un s'est introduit chez moi ?

— Vous m'avez dit que votre famille avait eu des problèmes ces temps-ci. Et une brique a été lancée contre la baie vitrée la semaine dernière. La disparition de votre enregistreur et de votre café n'a peut-être aucun rapport, mais...

Il se rendit compte qu'il avait toujours les mains posées sur les épaules de Bree et les descendit sur ses bras.

— ... mais il n'y aurait pas de mal à renforcer votre sécurité personnelle.

Elle mordilla brièvement l'ourlet de sa lèvre inférieure et, un instant, Rylan cessa d'être le professionnel endurci qui maîtrisait parfaitement ses émotions pour n'être qu'un homme comme un autre, qui mourait d'envie d'entourer Bree de ses bras et de la protéger de tous les dangers qui pourraient la menacer.

Pouvait-il vraiment éprouver des sentiments aussi forts envers une femme qu'il connaissait à peine ? Il faillit éclater de rire. Le doute n'était pas permis. La première fois qu'il avait vu Bree, il avait été ébranlé par une émotion si tendre et si violente, si intense, qu'il avait aussitôt compris que sa vie avait basculé. Renoncer à elle n'était pas une option, même s'il était terrifié par ce qui lui arrivait.

La vulnérabilité était étrangère à Rylan. Fils d'un homme

alcoolique et brutal et d'une mère maltraitée, il avait passé sa petite enfance à esquiver les coups – aussi bien physiques qu'émotionnels. La mort de son père avait été une délivrance, mais le mal était fait. *Froussard. Bon à rien. Chiffe molle. Pleurnichard.* Il devrait toujours lutter contre les insultes gravées dans son esprit. Et puis, il avait rencontré Bree et, pour la première fois, il avait perdu le contrôle de lui-même.

Était-il prêt à donner à ces sentiments un nom autre que le désir physique ? Après tout, il la connaissait depuis moins d'une semaine. Quant au désir qu'elle lui inspirait... il dépassait de loin tout ce que Rylan avait pu éprouver jusque-là.

Son corps tout entier vibrait en présence de Bree. Il devait lutter de toutes ses forces pour ne pas céder à la tentation. Pour une fois dans sa vie, pourquoi ne pas oublier son devoir et obéir à son instinct, se pencher vers elle, goûter ces lèvres entrouvertes... ?

Au prix d'un effort, il s'obligea à se focaliser sur la conversation.

— Votre frère est le shérif. Ce serait peut-être une bonne idée de lui demander conseil ?

Elle esquissa une moue.

— J'adore Trey, mais je ne veux pas qu'il débarque ici en grand frère protecteur. Surtout alors que je ne suis même pas certaine qu'il y ait un problème.

Rylan passa une main dans ses cheveux. Il comprenait que les parents de Bree soient au comble de l'inquiétude. Il y avait bel et bien un problème, mais elle était résolue à l'ignorer. N'étant pas censé être au courant des mails, il ne pouvait les mentionner pour renforcer ses arguments.

Cependant, il n'en était que plus déterminé à la protéger. Pas pour rendre service à Blaine. Pour Bree.

Elle leva une main hésitante et lui effleura la joue. Le cœur de Rylan se mit à battre plus vite alors qu'elle lui adressait un sourire timide.

— Le repas était délicieux.

Capturant son poignet, il déposa un baiser au creux de sa paume.

— Merci pour cette merveilleuse soirée.

Elle se hissa sur la pointe des pieds pour s'approcher davantage.

— Est-elle terminée ?

Rylan refoula un gémissement. Résister était une véritable torture. Il prit les mains de Bree dans les siennes et l'embrassa au coin des lèvres.

— Il faut que je rentre. J'ai du travail qui m'attend au ranch.

Il répugnait à lui mentir, mais c'était pour la bonne cause.

— Oh !

Elle battit des cils.

— Bien sûr, vous avez des animaux dont vous devez vous occuper.

Sans doute imaginait-elle un ranch traditionnel, des chevaux ou du bétail. Et puisqu'il était fort peu probable qu'elle ait l'occasion de lui rendre visite, Rylan n'avait aucune raison de lui expliquer que la réalité était bien différente. Malgré tout, il ne put réprimer un sourire en songeant à son assortiment de pensionnaires.

Les yeux ambrés de Bree fouillèrent son visage. Apparemment satisfaite de ce qu'elle y lisait – il était assez sûr de ne pas pouvoir dissimuler son regret –, elle hocha la tête.

— Je ne sais pas cuisiner, mais peut-être puis-je vous inviter au restaurant en retour ?

Le sourire de Rylan s'élargit.

— Cela me ferait plaisir. Très.

Elle noua les bras autour de son cou et l'attira vers elle.

— À moi aussi, murmura-t-elle dans un souffle.

Quand elle l'embrassa, sa bouche avait le goût des fraises et du melon qu'ils avaient mangés en dessert. Ses lèvres étaient délicieusement sucrées, tendres et chaudes sur les siennes. Toute pensée consciente déserta Rylan. Il savourait l'odeur du parfum de Bree, le froissement de sa jupe en coton contre son jean, la chaleur de leurs corps enlacés.

Mettre fin à ce baiser fut un supplice, mais il ne devait pas laisser les choses aller plus loin.

— Il faut vraiment que je parte.

Les yeux rêveurs, Bree le raccompagna à la porte.

— N'oublie pas de fermer à clé derrière moi.

— Tu as rencontré ma mère, non ? demanda-t-elle en riant.

Que voulait-elle dire par là ? S'était-il trahi ? Il hocha la tête prudemment.

— Oui.

— Fermer la porte à clé est une de ses obsessions. Ça et manger plein de fibres.

Il sourit.

— Je m'en tiendrai à la porte.

Il attendit qu'elle ait tiré le verrou avant de descendre l'escalier qui menait au parking situé le long du centre. Bree était peut-être désinvolte quant à sa sécurité, mais Rylan savait qu'elle ne risquait rien cette nuit.

Car il serait dans sa voiture, à surveiller l'entrée de son appartement jusqu'à l'aube.

3

L'aube embrasait le sommet de Pine Peak quand Rylan se redressa sur son siège. Des années d'expérience lui avaient appris à se tenir prêt à toute éventualité. En plus de son arme à feu, il gardait dans le coffre de sa voiture une trousse de toilette et une tenue de rechange, ainsi que des bouteilles d'eau et de quoi grignoter.

Cette nuit-là, la température était tombée au-dessous de zéro, et il s'était félicité d'avoir un bonnet en laine et une couverture bien chaude.

Il tourna la tête d'un côté puis de l'autre, s'efforçant de dénouer les muscles de sa nuque. De l'autre côté du pare-brise, il voyait la galerie, et l'appartement de Bree au-dessus. À l'arrière-plan, les montagnes étaient révélées peu à peu par le soleil levant. Les lampadaires de Second Street se déroulaient sur sa droite. À sa gauche, au bout du parking désert, le centre commercial était encore plongé dans la pénombre.

Comme il changeait de position, un léger mouvement attira son attention. En un éclair, il se rua hors du véhicule et courut vers la galerie. En approchant de l'entrée, il entendit un gémissement dans l'escalier qui menait à l'appartement de Bree.

Ravalant un juron, Rylan jaugea la distance qui le séparait de sa voiture. Devait-il retourner chercher son arme, au risque de laisser un intrus monter les marches ? Ou rester désarmé et tenter sa chance ?

Un nouveau gémissement s'éleva, manifestement celui de quelqu'un qui souffrait. Rylan s'avança prudemment et, à mesure que ses yeux s'accoutumaient à la pénombre, distingua une forme étendue sur le sol.

Il sortit son téléphone portable de sa poche et activa la lampe. Le faisceau révéla un homme corpulent, vêtu d'un uniforme de gardien. Aveuglé par la lumière soudaine, celui-ci leva la main pour s'abriter les yeux.

— Ça va ? Vous êtes blessé ? demanda Rylan, cherchant à se remémorer son nom.

Qu'avait dit Bree ? *Swanick ? Swanson*. Oui, c'était ça. *David Swanson*.

— À la tête, grogna David avant de se redresser tant bien que mal. Ce salaud m'a poussé en s'enfuyant.

— Doucement.

Rylan passa un bras sous l'épaule du gardien et le guida jusqu'au mur pour qu'il puisse s'y adosser.

— Je vais appeler le 911.

— Non, protesta l'homme en se palpant l'arrière de la tête. Je ne saigne pas. C'est juste une bosse.

— Vous pourriez quand même avoir un traumatisme crânien, observa Rylan.

— Je sais, répondit David avec un rire hésitant. Si je commence à avoir une migraine, des vertiges ou que ma vision se brouille, j'irai voir le médecin.

— Que s'est-il passé ? Vous étiez de service toute la nuit ?

Si c'était le cas, il n'avait pas été très actif. Rylan ne l'avait pas vu patrouiller la zone.

David secoua la tête et réprima une grimace.

— Je commence à 7 heures. Mon appartement est au-dessus du Yogurt Hut, précisa-t-il en désignant le centre commercial. Quand je pars de chez moi, je patrouille toujours le parking avant d'entrer dans la galerie.

Rylan fronça les sourcils.

— J'étais dans ma voiture, mais je ne vous ai pas vu.

— Et pour cause, répondit le gardien avec une pointe d'amertume. En sortant de mon appartement, j'ai aperçu une silhouette qui se dirigeait vers la galerie.

Rylan tenta de se représenter la scène. David avait-il pu remarquer quelque chose qui lui avait échappé ? C'était possible. Le Yogurt Hut était situé à l'extrémité du Diamond, juste à la périphérie du champ de vision qu'il avait lorsqu'il était assis dans sa voiture. Il avait pris soin d'observer tous les angles à intervalles réguliers, mais, sans son matériel de surveillance, il ne pouvait regarder la totalité de la zone en même temps.

— Qu'est-ce qui a éveillé vos soupçons ? N'aurait-il pas pu s'agir de quelqu'un qui partait travailler, comme vous ?

— Comme je vous l'ai dit, j'ai ma petite routine et je fais le même circuit tous les matins. Il n'y a jamais personne. Quand le type s'est dirigé vers la galerie, j'ai été encore plus surpris parce que Bree n'ouvre pas avant huit heures et demie. Et puis, j'ai été choqué de voir qu'il se dirigeait vers l'escalier. Le seul endroit où mène cet escalier, c'est l'appartement de Bree. Pourquoi quelqu'un irait-il fouiner là-haut avant le lever du soleil ?

— Vous avez vu son visage ?

— Non. Il portait une capuche et sa figure était invisible. Quand je lui ai demandé ce qu'il faisait là, il m'a poussé. Je suis tombé en arrière et je me suis cogné la tête. Il en a profité pour filer.

— Bree m'a dit que le système de sécurité avait été renforcé après l'incident de la semaine dernière. Il y a des caméras de surveillance ?

— Pas ici. Elles sont concentrées sur la façade de la galerie. Il n'y aura d'images nulle part.

David se redressa davantage et décocha à Rylan un regard curieux.

— Et vous, que faites-vous ici de si bonne heure ?

Rylan réfléchit à toute allure. Il ne pouvait pas être certain que personne ne l'avait remarqué durant sa surveillance nocturne. Autant dire la vérité, même s'il inventait une raison.

— J'ai eu un problème mécanique, dit-il avec une moue. Il a fallu que je passe la nuit dans ma voiture.

— Ce n'est pas de chance.

Vacillant légèrement, David se remit debout. Rylan le prit par le coude pour le soutenir le temps qu'il recouvre l'équilibre.

— Vous n'avez pas pu trouver de dépanneur ?

— Entrons dans la galerie, suggéra Rylan, éludant la question. Je vous préparerai un café et nous appellerons la police.

David sortit ses clés.

— Ce n'est pas la peine, protesta-t-il. Il n'y a rien à dire.

— Si. Ce type montait à l'appartement de Bree.

Une fois à l'intérieur, Rylan s'accouda au bureau d'accueil pendant que le gardien désactivait l'alarme.

— Il faut signaler l'incident, reprit-il. Que se passerait-il s'il revenait et arrivait à destination cette fois ?

Son sang se glaça alors qu'il y pensait, mais son cerveau analysait froidement la situation. Si Bree était la cible supposée, l'heure choisie par l'inconnu était étrange. Pourquoi ne pas essayer de s'introduire dans l'appartement en pleine nuit plutôt qu'au petit matin ?

Ils se rendirent dans la kitchenette réservée à l'usage du personnel. Tout en faisant du café, Rylan observa David. Ce dernier était de taille moyenne, mais d'une carrure impressionnante.

— Vous faites de la boxe ou des arts martiaux ?

David sourit.

— Un peu des deux. Encore que je n'aie guère le temps à présent.

À son tour, il jaugea Rylan d'un coup d'œil.

— Et vous ?

— J'ai fait un peu de boxe à l'armée. Maintenant, je ne me bats plus qu'avec un âne.

Son interlocuteur lui lança un regard surpris. Rylan secoua la tête.

— C'est une longue histoire. Enfin, nous savons au moins une chose à propos de votre agresseur.

David marqua une pause.

— Laquelle ?

— S'il vous a renversé, c'est qu'il doit être costaud.

Le gardien haussa les épaules.

— Il m'a pris par surprise. Je serais incapable de le décrire.

Frustré par l'absence d'informations, Rylan désigna son téléphone.

— Vous voulez que ce soit moi qui appelle la police ?

— S'il vous plaît. Je suis encore un peu secoué.

Alors qu'il commençait à relater les détails de l'incident à un opérateur, Rylan se rendit compte qu'il était précisément en train de faire ce que Bree voulait éviter. Il en savait assez à son sujet pour avoir conscience de l'importance qu'elle accordait à sa vie privée. Il devinait d'avance sa réaction : rien ne prouvait que l'agresseur de David ait eu l'intention de lui faire du mal. Rylan avait-il laissé son instinct protecteur l'emporter sur son bon sens ? Absolument. Concernant Bree, il opterait toujours pour la prudence.

Restait à espérer qu'elle voie les choses du même œil que lui.

Ce matin-là, Bree se surprit à être plus éveillée que d'ordinaire. Elle se sentait en forme, s'activait au lieu de musarder. Elle avait hâte de sortir de l'appartement et d'être à la galerie. Pourquoi ?

La réponse était facile.

Parce que Rylan serait là-bas.

Elle se demandait parfois si une vilaine fée ne lui avait pas jeté un mauvais sort alors qu'elle était encore au berceau. Quelques mois après le début de sa première relation sérieuse avec un homme, elle avait compris que celui qui lui professait un amour éternel s'intéressait en réalité à la fortune des Colton. Ça aurait pu être de la malchance. Cependant, quand la situation s'était reproduite, elle s'était mise à douter de son jugement, et avait fini par renoncer à sortir avec des hommes.

Cela ne l'avait pas perturbée outre mesure. Dans l'immédiat, elle était entièrement focalisée sur sa carrière. Peut-être en irait-il autrement à l'avenir, si son horloge biologique se réveillait. Du moins, c'était ce qu'elle avait pensé.

Jusqu'à maintenant.

Elle avait pris l'initiative du baiser extraordinaire de la veille, mais Rylan était parti quand même. Elle aurait pu se réveiller abattue, avec l'impression d'avoir été rejetée. Au lieu de quoi elle se sentait étrangement optimiste. Elle soupçonnait depuis le début que l'attraction était réciproque, et maintenant elle en avait la preuve.

Après son départ, elle s'était laissée aller à analyser la conduite de Rylan, tout en revivant la délicieuse sensation de ses lèvres sur les siennes. En choisissant de partir plutôt que de pousser les choses plus loin, voulait-il lui signaler qu'elle était plus qu'une aventure d'un soir à ses yeux ? Cette pensée avait déclenché en elle un frisson de plaisir.

Elle l'espérait. Il comptait déjà tellement pour elle. Là, elle l'avait admis. C'était effrayant, mais vrai.

Avant de sortir, elle étudia son reflet dans la glace. Elle aimait ses boucles, mais celles-ci étaient parfois rebelles. Et il était impératif qu'elles restent en place pendant que Bree travaillait. En quelques gestes rapides, elle eut tôt fait de confectionner une tresse bien serrée.

Quand elle avait acheté son appartement, elle avait fait aménager un grand dressing. Son père lui avait demandé en riant combien de temps il lui faudrait avant de manquer de place. En inspectant les rails pleins à craquer, elle songea qu'il avait eu raison. Bientôt elle n'aurait d'autre choix que de se séparer de quelques-unes de ses précieuses tenues vintage. Mais comment décider entre ses robes de cocktail des années 1950 et ses vestes de rockeuse en cuir ?

Elle enfila un collant noir, une robe à fleurs et des bottes marron, puis compléta l'ensemble par unc longue veste en tricot à motifs géométriques et un foulard qu'elle noua autour de son cou. Une noix de crème hydratante, une touche de brillant à lèvres et un soupçon de parfum, et elle quitta l'appartement tel un éclair de couleur.

Deux minutes plus tard, elle portait un regard méfiant sur l'homme assis derrière son bureau.

— Je suis toujours ravie de te voir, Trey, mais je sais que tu es un homme occupé ; par conséquent, je suppose que tu n'es pas ici juste pour le plaisir.

Son frère sourit.

— La plupart des gens commencent par dire bonjour. Comment ça va, petite sœur ? Tu as encore du mal à décider ce que tu détestes le plus… les matins ou les anchois ?

— Tout dépend de l'heure de la journée.

Bree se laissa tomber dans le fauteuil en face de lui.

— Sérieusement, que fais-tu ici ?

Trey redevint grave.

— On nous a signalé un individu au comportement suspect à proximité de la galerie juste avant 7 heures. Un gardien de sécurité…

Il jeta un coup d'œil à ses notes.

— Un certain Swanson a été attaqué.

Bree se redressa, atterrée.

— David ? Il va bien ?

— Oui. Il a eu peur, mais il n'a pas été gravement blessé. Il a déjà repris le travail.

Son frère se pencha par-dessus le bureau.

— Ce qui me préoccupe, c'est que Swanson pensait que l'intrus avait l'intention de monter à ton appartement.

Un frisson glacé parcourut l'échine de Bree. Elle l'ignora, fronçant les sourcils.

— David *pensait* que c'était son intention ? C'est tout ? Une blessure sans gravité et un homme soupçonné d'avoir voulu monter chez moi ? C'était le problème le plus urgent sur ta liste ce matin, Trey ?

Il eut la bonne grâce de paraître contrit.

— Je voulais vérifier que tu allais bien. Le type qui a signalé l'incident…

Elle leva une main pour l'interrompre.

— Je croyais que c'était David ?

— Non. L'opérateur a parlé à un certain Rylan Bennet.

Bree se massa l'arête du nez. Il était tôt. Elle avait besoin d'un café et la présence de Trey l'avait prise au dépourvu. C'était sans doute pour cela qu'elle ne comprenait rien. Pourquoi Rylan serait-il arrivé d'aussi bonne heure ?

— Tu le connais ? demanda Trey, qui l'observait avec attention.

Rien ne lui échappait.

— C'est un agent artistique qui s'occupe du collectif d'artistes qui participent à ma prochaine exposition. Maman me l'a présenté.

L'approbation d'Audrey Colton suffit à rassurer Trey, qui se laissa aller contre le dossier du fauteuil.

— Puisque je suis là, rends-moi service. Jusqu'à maintenant, je n'ai aucune piste concernant la brique ou les mails menaçants que tu as reçus. S'est-il passé quoi que ce soit depuis qui t'ait mise mal à l'aise ?

Bree songea brièvement à la disparition de son enregistreur et du paquet de café, mais choisit de garder cela pour elle. Si Trey découvrait qu'on la harcelait, elle serait ramenée droit à son enfance. Il redeviendrait le grand frère protecteur et elle serait de nouveau dans son ombre. Elle l'adorait, mais elle ne voulait pas lui donner le contrôle de sa vie. Pas à moins d'y être forcée.

Une petite voix s'éleva dans son esprit. *Si ces étranges incidents étaient liés à celui de la vitre fracassée et de l'agression perpétrée contre David, ne valait-il pas mieux se confier au shérif ?* Une seconde voix s'éleva, noyant la première. *Et s'il n'y avait aucun rapport ?*

— Bree ?

La voix de son frère la ramena brusquement au présent.

— Tu as quelque chose à me dire ?

— Non.

Elle le fixa.

— Mais j'ai une question à te poser.

Il arqua les sourcils.

— Je t'écoute.

— Pourquoi suis-je du mauvais côté de mon bureau ?

Trey se leva en riant. Quand il lui tendit les bras, Bree se laissa étreindre avec un sourire.

— S'il y avait un problème, tu me le dirais ? demanda-t-il en la lâchant.

— Je te le dirais si tu pouvais m'aider.

Il fronça les sourcils.

— Ce n'est pas pareil.

Elle lui tapota la joue avec affection.

— Tu n'auras rien de plus. Maintenant, file. J'ai du pain sur la planche.

— Moi aussi, malheureusement.

À regret, il se tourna vers la porte.

— On déjeune ensemble la semaine prochaine ?

— Si tu offres, c'est d'accord.

Bree attendit qu'il ait refermé la porte avant de s'asseoir. Presque aussitôt, le jingle de son téléphone s'éleva. Un coup d'œil sur l'écran lui apprit que Rylan l'appelait.

Elle ne prit pas la peine de le saluer.

— Il faut que je te parle.

— Tu aimes les chiens ?

— Comment ? demanda-t-elle, déconcertée.

— Les chiens, tu sais. Quatre pattes. Une queue. Ils font un bruit qu'on appelle un aboiement. Tu les aimes ?

— Oui, mais…

— Bien. Retrouve-moi sur le parking.

Elle s'apprêta à protester, mais il avait déjà coupé la communication. Que se passait-il donc ? Avec l'impression d'avoir pénétré dans un univers parallèle, Bree sortit de son bureau et traversa la galerie.

Tout ça, et elle n'avait même pas encore bu son premier café.

En sortant, elle fut immédiatement frappée, d'un côté, par la fraîcheur de la brise et, de l'autre, par le magnétisme de Rylan. Vêtu d'un jean, de bottes et d'un blouson en cuir usagé, il était adossé au capot de sa voiture. Quand il la vit, le sourire qui éclaira son regard fit fondre Bree.

Elle ne le lui rendit pas. Elle ne voulait pas être charmée. Depuis la dernière fois qu'elle l'avait vu, il s'était mêlé à l'incident concernant David, et il venait de lui donner un ordre. Ni l'un ni l'autre de ces faits ne lui plaisait.

Elle s'avança vers lui, un léger pli sur le front.

— Qu'est-ce que tu veux, Rylan ? J'ai beaucoup à faire aujourd'hui.

Le bleu de ses yeux s'assombrit, comme un ciel d'été soudain traversé de nuages.

— Qu'est-ce qui se passe ?

— Mon frère m'a dit que tu avais signalé l'agression de David.

Elle lui abandonna ses mains, sans toutefois les presser en retour.

— Pourquoi étais-tu à la galerie avant l'ouverture ce matin ?

Il hésita quelques secondes.

— J'ai dormi dans ma voiture. J'ai dit à David que j'avais eu des ennuis mécaniques, mais ce n'était pas la vraie raison.

Bree eut une brusque sensation de vertige.

— Quelle était la vraie raison ?

— Je voulais être sûr que tu étais en sécurité.

Quand sa famille se montrait trop protectrice, Bree se hérissait et protestait. C'était une réaction à l'époque où, lorsqu'elle était enfant, ses parents avaient à tout prix voulu la protéger des conséquences de sa dyslexie. Toutefois, au lieu de provoquer son irritation, l'aveu de Rylan lui procura une sensation de chaleur et de réconfort.

Elle se laissa aller contre lui et reposa le front contre son torse.

Au bout d'une minute ou deux, il baissa la tête pour rencontrer son regard.

— On est réconciliés ?

Elle acquiesça.

— Mais tu n'étais pas obligé de faire ça.

Le coup d'œil qu'il lui lança fut si intense qu'elle eut l'impression de recevoir une décharge électrique.

— Si, crois-moi.

Comment pouvait-elle s'expliquer ? *Non, Rylan, tu n'y étais pas obligé. Parce que tu avais un endroit où passer la nuit. Chez moi. Dans mon lit...*

Sans doute valait-il mieux changer de sujet.

— Pourquoi étais-tu si pressé de me faire venir jusqu'ici ?

— Je voulais te présenter quelqu'un.

Le cœur de Bree fit un bond dans sa poitrine. *Quelqu'un ?* Rylan se dirigeait déjà vers le côté passager du véhicule. Il revint presque tout de suite, tenant à la main une laisse reliée à... une serpillière.

— Qu'est-ce que c'est ? demanda-t-elle, interdite.

Rylan éclata de rire.

— Voici Papadum. C'est un komondor, un chien de troupeau hongrois.

— Je n'arrive pas à distinguer la tête de la queue, s'esclaffa-t-elle.

Rylan souleva quelques mèches de poils, révélant les yeux de l'animal.

— Hmm. Elles ont des fonctions distinctes. Mieux vaut ne pas les confondre.

Bree caressa la tête de Papadum en riant. Le chien agita la queue.

— Pourquoi Papadum ? Tu étais en manque de cuisine indienne quand tu l'as baptisé ?

— Il était abandonné. Le propriétaire d'un restaurant indien l'a trouvé dans une poubelle un soir.

— Comme c'est triste !

Bree se pencha pour étreindre Papadum, lequel se mit à lui lécher la joue.

— Tu vois, tu as appris à faire la différence entre l'avant et l'arrière, plaisanta Rylan. Tant mieux, sinon la scène aurait pu horriblement mal tourner.

— Rylan ! se récria Bree, suffoquant de rire. Ton chien est adorable, mais que fait-il ici ?

— Ah !

Il lui lança un regard en biais.

— J'ai pensé que tu aimerais peut-être l'emprunter.

4

Bree le dévisageait comme s'il était devenu fou.

— Tu as pensé que j'aimerais *emprunter* ton chien ?

— Écoute-moi.

À en juger par l'expression de Bree, la partie n'était pas gagnée. Elle avait beau paraître perplexe, il discernait un éclair plus menaçant dans les profondeurs dorées de ses yeux.

— Papadum a peut-être l'air d'être une erreur de la nature, mais c'est un chien de garde génial. Il est calme et il a un instinct protecteur extraordinaire. Il défendrait sa famille au péril de sa vie.

— En dehors du fait que je n'ai pas besoin de protection, je vis en appartement et je travaille tard.

Bree regarda le chien assis entre eux, ses longs poils flottant au gré de la brise.

— Papadum est un gros chien. Il a sûrement besoin de beaucoup d'exercice.

— C'est là que j'interviens. Je l'amène à la galerie chaque matin et je le promène régulièrement.

Elle le considérait toujours avec méfiance.

— Et tu me rendrais un grand service, ajouta-t-il.

— Comment ça ?

Le ton de Bree n'était guère encourageant.

— J'ai recueilli plusieurs chiens abandonnés. J'en ai un

qui vient d'arriver et qui s'intègre mal. Ça ferait du bien à Papadum d'avoir un peu de paix.

C'était un mensonge pieux. Papadum était l'animal le plus détendu qu'on puisse imaginer. Il était tout sauf un problème, mais Bree n'en savait rien.

— Et toi, tu auras l'avantage de sortir avec le chien le plus cool de la ville.

L'intéressé choisit cet instant pour agiter une patte en direction de Bree.

— Tu vois ? Il pense que c'est une bonne idée.

— Pourquoi ai-je l'impression de me faire manipuler ? Par vous deux ?

Elle leva les yeux au ciel.

— Je veux bien faire un essai. Pendant deux jours. Si ça ne marche pas, Papadum rentre chez toi.

Rylan réprima l'envie de brandir le poing en l'air en signe de victoire. Papadum protègerait Bree bien mieux que n'importe quel système d'alarme, si sophistiqué fût-il.

— Marché conclu.

— Qu'est-ce qu'il mange ?

— C'est un autre sujet, répondit Rylan en lui tendant la laisse. Nous pourrons en parler plus tard, quand tu auras décidé où tu m'emmènes dîner.

Avant qu'elle ait eu le temps de réagir, une voiture se gara à côté de celle de Rylan.

— Il est évident que je ne vais pas travailler aujourd'hui, marmonna Bree.

Malgré tout, son sourire était sincère lorsqu'elle s'avança pour saluer la femme qui descendait du véhicule.

— Bonjour, maman. Je ne m'attendais pas à te voir ce matin.

Âgée d'une soixantaine d'années, Audrey Douglas Colton avait des cheveux courts striés de fils argentés, et des yeux superbes, marron et dorés. À l'évidence, Bree avait hérité de sa beauté.

— J'avais une demi-heure à tuer avant mon service au

foyer municipal, expliqua-t-elle en embrassant sa fille. Oh ! je n'ai jamais rien vu de pareil. Qu'est-ce que c'est ?

— Un chien. Il s'appelle Papadum. Il va me tenir compagnie pendant quelque temps.

Un bref instant, le regard d'Audrey croisa celui de Rylan. Il devina la question qu'il lui posait. *C'est votre idée ?* Il répondit par un imperceptible hochement de tête et vit ses traits se détendre. La protection de sa fille passait avant tout à ses yeux.

Bree glissa un bras sous celui de sa mère et l'entraîna vers la galerie.

— Tu me croiras si tu veux, mais je n'ai pas encore bu de café.

Audrey parut choquée.

— Tu es malade ?

— Non, répondit Bree avec un rire. Trop occupée, c'est tout.

Rylan leur tint la porte.

— Je vous laisse, mesdames.

— Oh ! venez avec nous, suggéra Audrey en mettant une main sur son bras. Je meurs d'envie de savoir où en sont mes protégés.

Légèrement mal à l'aise, Rylan les suivit, espérant qu'elle se souviendrait qu'il jouait un rôle. Il aimait beaucoup Audrey, mais il n'était pas assez bon acteur pour répondre en détail à des questions sur l'art afro-américain.

Bree fit un crochet par le bureau de son assistante pour lui demander d'apporter des cafés. Des exclamations enthousiastes fusèrent, suggérant que Papadum avait fait une nouvelle conquête.

Une fois dans son bureau, Bree détacha l'animal, qui se mit aussitôt à inspecter la pièce tandis qu'ils s'asseyaient.

— Comment va papa ?

— Oh ! tu sais, il pense à la ferme, comme d'habitude. Le reste de la famille Colton se réjouit qu'il fasse froid parce que la saison de ski va être prolongée, et ton père s'inquiète pour ses bêtes.

— Pour être juste, c'est son travail, observa Bree.

Audrey esquissa un sourire espiègle.

— Je sais. Mais quand je veux lui faire admirer le paysage féerique de la neige devant la maison, il gâche un peu l'effet en disant : « Je me demande si je devrais déplacer les veaux et les mettre dans la grange sud. »

À cet instant, Kasey entra, apportant le café, du sucre, de la crème et une assiette de cookies sur un plateau. Rylan se leva pour l'aider, et elle lui sourit avec reconnaissance. Quand il reprit son siège, Bree et Audrey fixaient le plateau avec stupeur.

— Ce ne sont pas les tasses que mamie t'a offertes ?

— Si.

Le malaise qui perçait dans la voix de Bree troubla Rylan.

— Je ne savais pas que tu t'en servais.

— Je ne m'en sers pas. Jamais.

Bree se tourna vers Kasey.

— Où les as-tu prises ?

— Elles étaient dans la cuisine. J'ai pensé que tu les avais achetées pour faire plus gai, répondit Kasey, visiblement perplexe. Quelque chose ne va pas ?

Bree lui sourit, mais il était évident pour Rylan qu'elle se forçait.

— Ce n'est pas grave. Merci.

Quand Kasey fut partie, Audrey adressa à sa fille un regard interrogateur.

— À ton avis ?

Juste avant de répondre, Bree lança un regard suppliant à Rylan. Pour toute réponse, il pressa discrètement son genou contre le sien sous le bureau. Les épaules de Bree se détendirent un peu.

— Je sais ce qui a dû se passer, dit-elle. J'ai trié mes tableaux pour l'exposition, et en même temps j'ai nettoyé l'étagère où j'avais rangé le service de mamie. Ma grand-mère maternelle, expliqua-t-elle à Rylan. C'était une artiste.

Quand j'étais enfant, elle a peint ces tasses pour moi. Elles sont trop précieuses pour qu'on s'en serve.

— Elles sont superbes, acquiesça Rylan, admirant les motifs d'animaux de couleur vive qui ornaient le service.

— Le carton a dû être mélangé à ceux qui contenaient mes peintures, reprit Bree avec un haussement d'épaules. C'est le genre d'erreur qu'on fait quand on est occupé.

Audrey dévisagea sa fille un instant.

— Tu n'as rien de mieux ?

— Que veux-tu dire ? rétorqua Bree, l'air innocent.

Pinçant les lèvres, Audrey secoua la tête, puis jeta un coup d'œil vers l'horloge et attrapa son sac.

— Heureusement pour toi, il faut que je parte, sinon je serai en retard.

Elle se leva et embrassa Bree sur la joue.

— Retravaille ton histoire avant qu'on se revoie, ma chérie. Elle a plus de trous qu'un morceau de gruyère.

Sa mère partie, Bree lâcha un petit soupir.

— Je déteste lui mentir.

— Ne t'inquiète pas, répondit Rylan. Elle n'a pas cru un mot de ce que tu disais.

Bree rit malgré elle.

— Je m'étais presque convaincue que c'était moi qui avais déplacé le café et l'enregistreur. Mais là…

Elle effleura une des tasses.

— Il n'y a pas d'erreur possible.

— Quelqu'un t'envoie un message, déclara Rylan sur un ton sombre, et il n'est pas plaisant.

Quand elle leva les yeux vers lui, il lut la peur dans son regard.

— Il est temps que tu me dises tout, Bree.

Elle hocha la tête.

— Pas ici. Tu aimes la cuisine thaï ?

Il lui prit la main et la porta à ses lèvres.

— Tu viens de trouver mon point faible.

Elle se tourna vers Papadum. Le chien s'était endormi à ses pieds et ressemblait à un tapis.

— Le restaurant accepte les chiens. Je vais réserver pour 7 heures, d'accord ?

— Parfait.

Rylan se leva.

— Si tu as besoin de moi, tu sais où je suis.

À la porte, il pivota pour la regarder. Elle cherchait déjà quelque chose dans son bureau, mais son front était barré d'un pli. Il réprima l'envie d'aller jusqu'à elle et de la prendre dans ses bras. De lui avouer qu'il était là pour la protéger.

Cependant, dès que Bree saurait qu'il l'avait trompée, c'en serait fini de leur relation. Et cela effrayait Rylan plus encore que le mystérieux individu qui la menaçait. Il pouvait affronter le danger, mais que ferait-il si Bree ne voulait plus rien avoir à faire avec lui ?

J'aurais dû casser ces jolies tasses et me servir des fragments pour entailler ton joli visage.

La voix que Bree avait choisie pour son logiciel de transformation de texte était féminine et gaie. La plupart du temps, elle la trouvait apaisante. En revanche, chaque fois qu'elle convertissait un des mails de menaces en message vocal, la douceur de la voix semblait rendre les paroles plus effrayantes encore.

Elle agrippa le rebord du bureau des deux mains. Elle suffoquait, comme si on avait pressé un oreiller sur sa bouche et son nez. C'était tout juste si elle parvenait à respirer. Tout juste. Mais elle devait se faire violence pour réfléchir.

Elle ne pouvait plus ignorer ce qui se passait. Cette fois, il y avait un lien direct entre les mails et la personne qui déplaçait ses possessions.

Rylan. Son instinct lui hurlait d'aller à lui. Le soulagement déferla en elle alors qu'elle songeait à sa présence calme, rassurante. Elle était à demi levée quand l'alarme de son téléphone bourdonna.

Rendez-vous de 14 heures.

Cette voix-là était différente. Artificielle. Une voix de robot.

Elle avait réglé le rappel dix minutes avant son rendez-vous avec Lucas Brewer, le technicien lumière qu'elle employait pour ses expositions.

Réprimant une exclamation irritée, elle se dirigea vers l'accueil. Papadum, qui avait ronflé comme un train de marchandises pendant le plus clair de la journée, décida de l'accompagner.

— Je suppose que tu as soif, mon grand ?

Bree fit une halte dans la cuisine et remplit un bol d'eau. Pendant que le chien se désaltérait bruyamment, elle se rendit dans la salle de bains, où un coup d'œil dans la glace confirma ses pires craintes. Elle avait l'air à la fois exténuée et fébrile. Elle s'aspergea le visage, appliqua un peu de baume sur ses lèvres et un soupçon de parfum, et se sentit mieux. Hochant la tête, elle ressortit et se figea.

— Oh ! mon Dieu ! s'écria-t-elle, horrifiée. Qu'est-ce qui t'est arrivé ?

De longues traînées de mousse pendaient aux babines de Papadum. Il émit un petit son plaintif.

Sans perdre une seconde, Bree téléphona à Rylan.

— Papadum a de l'écume à la bouche !

— J'arrive.

Bree se rua dans le bureau de Kasey.

— Préviens Lucas que je serai en retard, veux-tu ? Voici le dossier que j'ai préparé pour l'éclairage. Je le rejoins dès que possible.

Elle retourna auprès de l'animal secoué de hoquets, et le caressa jusqu'à ce que Rylan arrive à son tour.

— Je ne sais pas ce qui s'est passé, dit-elle, perplexe. Je lui ai donné de l'eau et je l'ai laissé seul dans la cuisine pendant quelques minutes. Quand je suis revenu, il était comme ça.

Rylan s'agenouilla et, à la grande surprise de Bree, huma l'haleine du chien.

— Dis-moi, tu as du savon parfumé au citron dans la cuisine ?

— Oh ! oui.

Il obligea l'animal à desserrer la mâchoire et lui secoua doucement la tête. Une savonnette tomba sur le tapis.

— Voilà. J'ai oublié de t'avertir. Papadum mange tout ce qu'il trouve. Savon, chaussettes, pièces de monnaie, cailloux… Son record jusqu'ici a été mon chargeur de téléphone. En général, la nature fait son travail, mais pour le chargeur il a dû subir une intervention pour qu'on puisse le retirer.

— Tu m'as prêté un chien défectueux ? grogna Bree.

Le visage de Rylan était tout près du sien, ses yeux bleus pétillants d'humour.

— Désolé.

— Il y a autre chose que je devrais savoir ? demanda-t-elle en s'approchant encore.

— Quand tu lui demanderas s'il a déjà mangé, il est possible qu'il ne te donne pas une réponse tout à fait honnête.

Les bras de Rylan se refermèrent autour d'elle et ses lèvres recouvrirent les siennes. Le baiser était exactement ce dont Bree avait besoin. Elle se sentait en sécurité, entourée de chaleur et de protection. Avec un murmure de satisfaction, elle se pressa contre lui. Leur étreinte fut de courte durée. Papadum abattit une patte sur l'épaule de Rylan, qui faillit s'étaler de tout son long sur le sol.

— Je crois qu'il essaie de me dire qu'il veut encore de l'eau, lâcha-t-il en souriant. Quoi que je n'aie guère de compassion pour lui.

Papadum frotta affectueusement son museau sur le bras de Rylan, laissant un sillon de mousse parfumée au citron.

Bree éclata de rire.

— Occupe-toi de ton chien. Je suis en retard pour un rendez-vous.

Rylan se releva et aida Bree à faire de même. Son regard s'attarda sur elle.

— Il est arrivé quelque chose ? Hormis le fait que mon chien a englouti ton savon ?

— Je te raconterai tout ce soir.

Sa présence lui avait redonné des forces. Il lui encadra le visage des mains et déposa un baiser sur son front.

— Entendu.

L'instant d'après, il poussait Papadum vers la porte.

Elle prit une inspiration.

— Rylan ?

Il se retourna, et elle faillit perdre son courage.

— Tu n'es pas obligé de dormir dans ta voiture ce soir.

L'expression de son visage devint si brûlante qu'elle faillit se précipiter dans ses bras de nouveau. Au prix d'un effort suprême, elle parvint à maîtriser le tremblement de ses membres et se dirigea vers la galerie.

— Tout le monde va croire que c'est moi qui t'ai entraîné à faire ça, gronda Rylan, tout en s'affairant à sécher la fourrure de Papadum. Tu aurais pu trouver un moyen plus intelligent pour attirer son attention, non ?

Le chien leva une patte velue vers lui.

— Lui serrer la main ? Oui, ça aurait pu marcher aussi, mais j'ai du mal à voir en quoi mon intervention aurait été requise. Tu aurais pu te mettre à éternuer non-stop comme la fois où tu as avalé une mouche.

Quand Papadum eut repris son apparence habituelle, Rylan décida de le ramener à Bree. Le chien était censé la garder, après tout.

La galerie était vaste. Pour avoir étudié un plan du bâtiment, Rylan savait que la surface au sol avoisinait les mille mètres carrés. Avec ses plafonds immenses et ses murs peints en blanc, l'ancien entrepôt offrait un cadre idéal à l'exposition de tableaux et de sculptures de grande taille comme d'œuvres plus petites. Bree avait fait de l'espace un lieu lumineux, ouvert et gai, où la diversité était célébrée.

Ses propres peintures étaient magnifiques. Beaucoup étaient des portraits de femmes afro-américaines, saisies sur le vif et caractérisées par des formes anguleuses, audacieuses, des couleurs vibrantes. Des petites filles jouant ensemble, des femmes en train de papoter, des réunions de famille – toutes ces scènes étaient traitées avec un mélange d'empathie et d'humour personnel, et signées d'un B tout simple.

Rylan la trouva dans une zone qui avait été complètement vidée en vue de l'exposition à venir. Tout à sa conversation avec un homme brun qui avait environ le même âge qu'elle, Bree ne le vit pas approcher. Ils étaient debout l'un près de l'autre, têtes penchées sur une grande feuille de papier. La position de l'homme éveilla la méfiance de Rylan. Il se tenait juste un peu trop près de Bree, il était un peu trop attentif.

Rylan s'efforça de dominer son malaise. Sans doute se laissait-il influencer par les sentiments qu'il éprouvait envers elle. À cet instant, Papadum reconnut Bree et lâcha un aboiement ravi, interrompant la conversation et offrant par la même occasion à Rylan la possibilité de réviser son impression. Au contraire, ses soupçons ne firent que se renforcer.

Par-dessus la tête de Bree, l'homme lui décocha un regard si lourd d'hostilité et de jalousie que c'en était presque comique. Presque. Avec tout ce qui s'était passé, l'instinct protecteur de Rylan était en état d'alerte maximum.

— Coucou, Papadum.

Bree, qui avait manifestement appris à reconnaître les différentes parties de l'anatomie de l'animal, se mit à le caresser entre les oreilles. Celui-ci, dont c'était la caresse favorite, se laissa aussitôt tomber à ses pieds en extase.

Elle éclata de rire.

— On dirait qu'il s'est remis de ses émotions.

— Je ne crois pas qu'il ait de séquelles. Mais peut-être qu'il vaudrait mieux cacher le savon.

— C'est un chien ?

Papadum éveillait fréquemment ce genre de réaction, mais, venant d'un homme qui se tenait beaucoup trop près de Bree, Rylan la trouva agaçante au possible.

— Papadum est mon nouveau chien de garde, expliqua Bree. Oh ! pardon, j'avais oublié que vous ne vous connaissez pas. Rylan Bennet… Lucas Brewer. Lucas s'occupe des éclairages pour toutes mes expositions. Rylan représente un collectif de jeunes artistes qui vont exposer leurs œuvres durant « L'âme ».

Lucas tenta de se contenter d'un bref signe de tête, mais Rylan sourit et lui tendit la main.

— Enchanté.

L'autre homme fut contraint de lui serrer la main en retour et de lui rendre son regard. Saisit-il l'avertissement que lui lançait Rylan ? En tout cas, il se hâta de se dégager et de détourner les yeux. Une chose était sûre, Rylan savait que Lucas ne l'oublierait pas… et telle avait précisément été son intention.

— Je vous laisse, reprit-il, s'adressant à Bree.

Elle sourit, n'ayant apparemment rien perçu de l'échange entre les deux hommes.

— Papadum et moi te rejoindrons tout à l'heure.

Rylan s'éloigna, certain de sentir le regard perçant de Lucas fixé sur un point entre ses omoplates. Il était évident que ce type avait le béguin pour Bree. De là à affirmer que c'était lui qui la harcelait, il y avait un grand pas à franchir. Et une telle conclusion en aurait peut-être dit plus long sur les insécurités de Rylan que sur la personnalité de Lucas Brewer. Cela dit, il allait déployer toutes les ressources à sa disposition pour se renseigner au sujet de ce dernier.

De retour dans son bureau, il consulta son téléphone portable. Il avait une employée à plein temps, mais une application personnalisée lui permettait aussi de garder l'œil sur le ranch en son absence.

Pour la première fois, il se demanda ce que penserait Bree de sa collection d'animaux. Car son ranch était en réalité un sanctuaire.

Depuis la mare au canard jusqu'à l'écurie, les caméras de surveillance lui renvoyèrent des images paisibles. Comme le nombre de ses pensionnaires avait augmenté, il s'était promis de passer le moins de temps possible à l'extérieur. C'était avant sa rencontre avec Bree. Elle avait tout changé.

Il suffisait de la regarder avec Papadum pour se rendre compte qu'elle aimait les animaux... même ceux qui sortaient de l'ordinaire. Un léger sourire effleura les lèvres de Rylan alors qu'il tentait de l'imaginer parmi son zoo. Mais à quoi bon ? Imaginer l'avenir était une perte de temps.

En ce qui concernait Bree, Rylan avait gâché ses chances avant même d'entamer la partie.

5

Bree avait commandé son plat favori, mais ce fut à peine si elle goûta les délicieuses langoustines accompagnées de légumes pimentés, et parfumées de feuilles de basilic. Il y avait deux raisons à cette indifférence. La première était la présence de Rylan. La seconde, le sujet de conversation.

L'expression de Rylan était devenue de plus en plus sombre à mesure qu'il lisait les mails qu'elle avait reçus.

— Je n'avais aucune idée de ce qui se passait.

Ses paroles étonnèrent Bree.

— Comment aurais-tu pu le savoir ? Je viens de t'en parler.

Il but une longue gorgée de bière.

— Ce que j'ai voulu dire, c'est que je ne me serais pas douté que tu étais confrontée à ce genre de choses.

Il la dévisagea avec attention.

— Tu dis que ton frère est au courant,

Bree changea de position sur sa chaise.

— Je ne lui ai pas parlé des derniers. Ceux qui contiennent les photos et les menaces de violence.

Elle piqua une langoustine, puis reposa la fourchette sur son assiette.

— Ni des insultes à caractère racial.

— Tu dois lui en parler, Bree. Il faut qu'il sache que ce type va de plus en plus loin et qu'il déplace tes affaires.

La mâchoire de Rylan se crispa.

— La situation est dangereuse. Il est entré dans ton appartement. Je ne comprends pas que tu sois si réticente à affronter le problème.

Bree parcourut du regard le restaurant animé, au décor moderne et sophistiqué. La plupart des tables étaient occupées, et l'atmosphère en ce début de soirée était détendue.

Est-il ici ? M'espionne-t-il ?

Au temps pour l'ambiance détendue. Les yeux de Bree s'attardèrent brièvement sur les clients masculins, s'efforçant de jauger si l'un d'eux pouvait être responsable.

C'est exactement ce qu'il veut.

Elle s'obligea à focaliser son attention sur les paroles de Rylan.

— Tout revient à ce que je te disais hier soir. Ma famille est fantastique. Mes parents et mon frère m'aiment et veillent sur moi. Parfois, ils en oublient que je suis une adulte.

Rylan sourit.

— Tu veux dire qu'ils sont un peu trop protecteurs ?

— Un peu ? s'exclama Bree. S'ils pouvaient m'envelopper dans du coton jusqu'à la fin de mes jours, ça leur irait très bien.

Elle soupira.

— Et ils ne sont pas les seuls. C'est vrai aussi pour mes oncles, tantes et cousins. Tous me voient encore comme la petite fille qui avait besoin de soutien. S'ils pensent que j'ai des ennuis, ma vie ne m'appartiendra plus.

Rylan se pencha et prit sa main dans la sienne.

— Bree, tu es une des personnes les plus fortes que je connaisse. Je ne vois pas pourquoi avertir la police signifierait que ta famille va intervenir et s'immiscer dans ta vie.

— C'est parce que tu ne connais pas les Colton. La force combinée de ma famille est terrifiante.

— J'ai passé plusieurs années dans l'armée, déclara Rylan.

Bree cilla.

— Ça s'appelle sauter du coq à l'âne, non ?

— Laisse-moi terminer. J'ai fini par comprendre que, si

j'y restais, je rentrerais dans un cercueil. Je suis parti juste avant que mon unité soit anéantie lors d'une embuscade.

— Oh ! mon Dieu.

Elle lui pressa les doigts avec émotion.

— Je suis désolée. Ça a dû être affreux.

Il baissa les yeux sur leurs doigts entremêlés, mais elle eut le temps de saisir la douleur dans son regard. À l'évidence, ce sujet lui était pénible.

— Oui, admit-il, une lueur de reconnaissance dans le regard, mais ce que je voulais dire, c'est que l'expérience et les compétences que j'ai acquises dans l'armée sont toujours là. Ta famille n'a pas besoin de te protéger, Bree. Pas tant que je serai là.

Ses yeux se soudèrent aux siens.

— C'est-à-dire aussi longtemps que tu auras besoin de moi.

Les gens, le bruit et la lumière s'évanouirent comme par enchantement. Une douce chaleur se répandit dans le corps de Bree. Quand elle regarda Rylan, elle eut l'impression d'être au cœur d'un brasier et pourtant totalement en sécurité. Sa poitrine se comprima au point qu'elle pouvait à peine respirer. En même temps, elle avait envie de danser, de courir, de chanter, de sauter en l'air...

La voix de Rylan la ramena au présent.

— Ce n'est pas le type avec qui tu avais rendez-vous cet après-midi ?

Bree suivit la direction de son regard. En effet, Lucas Brewer était assis à une table non loin d'eux, et semblait plongé dans une conversation avec son frère cadet, Joe.

— C'est bizarre, murmura-t-elle. Quand je lui ai dit que je venais ici avec toi ce soir, il n'a pas dit qu'il serait là aussi.

Elle haussa les épaules.

— Peut-être que c'est moi qui lui en ai donné l'idée.

— Je suis sûr que c'est ça.

Le visage de Rylan était indéchiffrable. Malgré tout, Bree

y décela une intensité soudaine, qui se dissipa dès qu'il se retourna vers elle.

— Tu veux un café ?

Elle acquiesça.

— Oui, mais pas ici. J'ai acheté un paquet neuf aujourd'hui.

Il tendit la main vers la laisse de Papadum.

— Eh bien, qu'est-ce qu'on attend ?

Quand Bree eut verrouillé la porte de l'appartement, Rylan se baissa pour détacher le chien. Comme il se redressait, Bree tendit une main vers lui… et le temps ralentit. Il n'aurait su dire lequel des deux en prit l'initiative - peut-être les deux à la fois -, mais leurs lèvres se rencontrèrent, et ses bonnes résolutions fondirent comme neige au soleil.

Il ne fallait pas…

Cette pensée n'était qu'un écho lointain, noyé sous la passion qui déferlait en lui. Les doigts de Bree suivaient les muscles de son dos, sa langue caressait la sienne. S'il ne mettait pas fin à ce baiser très vite, il était perdu…

Haletant, il se détacha d'elle et recula d'un pas. Bree le dévisagea avec stupeur. Le silence entre eux s'étira, devint gêné, puis gênant.

Venir ici avait été une mauvaise idée. Mais il n'avait pas le choix. Comment était-il censé la protéger à distance ? Il devait garder le contrôle de lui-même, voilà tout. C'était la seule solution. Il devait oublier combien il la désirait, maîtriser ses émotions et rester professionnel.

— Hmm… tu voulais un café ? demanda-t-il en désignant la cuisine.

Bree s'approcha de lui, captura ses bras et les mit autour d'elle. Rylan réprima un gémissement de désespoir.

— C'était ce que je voulais. Mais il y a autre chose - dont j'ai plus envie.

Son regard se voila légèrement.

— À moins que… ?

La situation pouvait-elle empirer ? Avant de rencontrer Bree, Rylan n'avait jamais cru à l'existence de la femme de ses rêves. Et voilà qu'elle était dans ses bras et que sa lèvre tremblait un peu parce qu'elle pensait qu'il allait la rejeter. Il savait combien elle était fragile. Comment pouvait-il la faire souffrir ?

— Bree, tu dois savoir combien j'ai envie de toi.

Il resserra son étreinte autour d'elle.

— Je me demande seulement si c'est une bonne idée de... tu sais. Nous travaillons ensemble et...

Elle lâcha un rire.

— C'est ça qui t'embête ? Nous ne sommes pas employés par la même compagnie ! Et puis... je ne dirai rien si tu ne dis rien, souffla-t-elle contre ses lèvres.

Ce plan qui consistait à garder le contrôle de lui-même... ne marchait pas tout à fait comme prévu. Bree lâcha un petit cri de plaisir lorsqu'il la souleva dans ses bras et l'entraîna vers la chambre.

Il referma la porte juste avant que Papadum se faufile à l'intérieur. Quand il déposa Bree sur le sol, le sourire qui illuminait son regard lui coupa le souffle. Le désir le submergea, sauvage et brûlant, accompagné d'une bouffée de tendresse qui le stupéfia.

En dépit du brasier qui le consumait, il tenait à savourer la perfection de cet instant. Jamais il ne s'était senti aussi heureux.

Bree lui adressa un regard interrogateur, mais il lui répondit d'un sourire avant de se pencher pour capturer ses lèvres dans un baiser passionné, son propre désir reflété dans le long frisson qui la parcourut. Quand ils se détachèrent l'un de l'autre, ils étaient hors d'haleine tous les deux.

Au prix d'un effort, Rylan parvint à articuler :

— Tu es sûre que c'est ce que tu veux ?

— Je t'ai pratiquement supplié de me faire l'amour,

murmura-t-elle en glissant la main sous le sweat-shirt qu'il portait.

— J'ai besoin de te l'entendre dire.

— Oui, c'est ce que je veux.

Elle lui sourit.

— C'est toi que je veux.

Le cœur battant à tout rompre, il l'attira contre lui, moulant son corps au sien.

Les doigts de Bree descendirent plus bas, suivant la bande de duvet sombre jusqu'à son nombril et la ceinture de son jean. Du bout des doigts, elle attisa le feu qui l'habitait. En un éclair, leurs vêtements furent jetés de côté. Rylan souleva Bree et la déposa sur le lit.

Avant de la rejoindre, il attrapa son portefeuille dans la poche de son jean et le plaça sur la table de chevet.

— Tu m'as manqué, murmura-t-elle en nouant les bras autour de son cou.

Pour toute réponse, il l'embrassa dans le creux de l'omoplate et fit glisser les bretelles de son soutien-gorge le long de ses épaules.

— Maintenant, gémit-elle.

Agrippant l'élastique du caleçon de Rylan, elle le fit descendre sur ses hanches tandis qu'il se soulevait pour l'aider. Quand il fut nu, elle déposa une traînée de baisers sur son ventre jusqu'à son membre dressé. Avec un regard brûlant de ses yeux fauves, elle se pencha et lui donna un coup de langue léger comme une plume.

Rylan s'arqua en arrière.

— Bree...

Elle sourit, puis continua à le lécher, promenant la langue sur sa chair sensible jusqu'à ce qu'il soit prêt à hurler de plaisir. Au moment où il pensait ne pouvoir tenir plus longtemps, elle le captura dans sa bouche et, les lèvres pressées autour de lui, entama un lent mouvement de va-et-vient. Tel un homme luttant contre la noyade, Rylan happa de longues goulées d'air.

Il se redressa et lui entoura le visage de ses mains.

— Stop, murmura-t-il en réaction à sa mine déçue. Je ne veux pas que tout soit fini avant d'avoir commencé.

Bree se mit à genoux et dégrafa son soutien-gorge. Rylan se pencha pour taquiner un mamelon sombre. Les yeux clos, elle se mordilla la lèvre inférieure, puis changea de position pour retirer sa culotte en dentelle blanche. Fasciné, Rylan contempla les courbes rondes de ses fesses, puis glissa un doigt en elle.

Bree gémit et contracta ses muscles autour de lui en guise d'encouragement, décuplant son désir.

— S'il te plaît, Rylan...

C'était le signal qu'il attendait. Il renversa Bree sur le dos, tendit la main et attrapa un préservatif. Puis, tout en l'embrassant, il la pénétra lentement.

Quand il fut tout entier en elle, il ouvrit les yeux. Elle était si belle qu'il en eut la gorge nouée. Le lien profond qu'il sentait entre eux faillit avoir raison de lui. Son érection palpitait dans la chair soyeuse de Bree.

— Ça va ?

— C'est bon, souffla-t-elle.

Il se retira légèrement, puis s'enfonça de nouveau en elle.

— Oui. Encore, supplia-t-elle en s'arquant à sa rencontre.

Rylan s'exécuta. Les yeux soudés aux siens, il se retira de nouveau, raidissant ses hanches cette fois avant de la pénétrer de nouveau d'un mouvement rapide et puissant. Bree poussa un cri et enfonça les ongles dans la chair de ses épaules.

Haletants, ils se mirent à aller et venir ensemble. Bree noua les jambes autour de la taille de Rylan, épousant son rythme. Quand elle s'arqua sous lui, il s'immobilisa, le regard plongé dans celui de Bree alors que le plaisir les emportait.

Enfin, il se laissa aller, prenant appui sur ses coudes tandis qu'elle l'entourait de ses bras.

— C'était mieux que de dormir dans ta voiture, non ?

— C'était mieux que *tout*, dit-il avec un petit rire rauque.

Il roula sur le côté.

— Mais j'ai une ou deux choses à faire avant de dormir.

— Ah bon ?

— D'abord, il faut que je me débarrasse du préservatif, et ensuite que j'appelle chez moi.

Bree arqua un sourcil.

— C'est là que tu vas me dire que tu es marié et père de trois enfants ?

Elle avait parlé sur un ton léger, mais il décela un soupçon d'insécurité dans sa voix.

— Non. En revanche, j'ai une collection d'animaux assez... unique. Il faut que je téléphone à Dinah, qui s'occupe du ranch en mon absence, pour m'assurer que tout va bien.

— Rylan...

Bree porta une main à son cœur.

— Serais-tu... un homme au cœur tendre ?

— Oui, admit-il en l'embrassant sur le front. Mais surtout ne le répète à personne.

Bree regardait Rylan dormir, fascinée. Pour sa part, elle avait le sommeil léger. Elle se tournait et se retournait constamment, était réveillée au moindre bruit. Lui, en revanche, reposait sur le ventre et respirait profondément, l'air si paisible qu'elle l'enviait. Elle se demanda de quoi il rêvait.

Elle était parfaitement réveillée, et ses pensées allaient et venaient, partagées entre l'exposition, le harceleur et l'homme séduisant étendu à côté d'elle. Se focaliser sur Rylan lui apportait un sentiment de sécurité. Sa présence était comme une couverture chaude et confortable autour d'elle. Avec lui à ses côtés, ce serait facile de chasser de son esprit les mails menaçants et l'individu qui s'était introduit dans son appartement.

Cependant, malgré les souvenirs délicieux des moments

qu'elle avait passés dans les bras de Rylan, ses craintes demeuraient sous-jacentes. Elle devait réfléchir sérieusement à sa situation. La personne qui lui avait envoyé ces mails voulait lui nuire. Même si les menaces n'étaient jamais mises à exécution, le fait demeurait que quelqu'un la haïssait au point de prendre plaisir à l'effrayer.

La question était de savoir qui.

Ce qu'elle redoutait par-dessus tout, hormis le risque immédiat pour sa sécurité personnelle, c'était l'impact éventuel de cette affaire sur tout ce qu'elle avait essayé d'accomplir. S'extraire de la sphère d'influence des Colton n'avait pas été facile pour Bree. Sa carrière, sa galerie, ces succès lui appartenaient. Contrairement à ce que prétendait le harceleur dans ses mails, le nom de sa famille n'avait joué aucun rôle là-dedans.

Quelles que soient les motivations de cet individu, Bree ne pouvait pas le laisser gagner. Il s'agissait de sa galerie, de son foyer, de sa vie. Avoir Rylan à ses côtés la rassurait, mais elle avait besoin de davantage. Elle voulait une solution. L'arrestation de la personne qui la tourmentait.

Si elle avait avoué à Rylan que sa famille avait connu des problèmes ces temps-ci, elle n'était pas entrée dans les détails. Son cousin Wyatt avait brièvement été suspecté lorsqu'un cadavre avait été découvert sur ses terres. Une autre cousine, Sloane, avait été victime d'une tentative de meurtre. Comme si cela ne suffisait pas, l'épouse de Decker, Kendall – celle-là même qui avait été blessée par la brique –, avait fait l'objet d'une tentative d'enlèvement peu avant leur mariage.

Bree avait beau passer et repasser tous ces faits en revue dans son esprit, elle ne voyait pas quel lien ils pouvaient avoir avec elle. Sa famille traversait une période de malchance, voilà tout.

Ce qui était sûr, c'était que le ton des mails avait évolué au fil du temps. Au début, les messages se focalisaient sur son appartenance à la dynastie des Colton, et l'accusaient de profiter de sa fortune pour nuire aux gens ordinaires. Récemment, ils avaient pris une tournure plus personnelle. Il était question d'elle, de son apparence, de la couleur de sa peau, et surtout de ce que l'expéditeur voulait lui faire.

Elle frissonna et se blottit contre Rylan, tirant plus étroitement les draps autour d'eux. D'après le contenu des messages, il était évident que cet homme l'avait vue. Peut-être le connaissait-elle. Cette pensée la taraudait. Comment pouvait-elle avoir blessé quelqu'un au point d'éveiller en lui une telle soif de vengeance ?

Elle y songeait toujours quand Rylan se tourna vers elle.

— Tu n'arrives pas à dormir ?

— Comment fais-tu ça ? Passer du sommeil au réveil en un éclair ?

— C'est le fruit d'années d'entraînement.

Il la dévisagea avec attention.

— Qu'est-ce qui te tracasse ?

— Là, maintenant ? demanda-t-elle en se rapprochant de lui. Rien du tout.

6

Il était dix heures du soir et, en dépit de la température glaciale, le Diamond était bondé. De délicieuses odeurs de cuisine flottaient dans l'air et les promeneurs flânaient aux accents des diverses musiques jaillissant des bars.

Bien emmitouflés, Bree et Rylan savouraient l'ambiance. Ils marchaient main dans la main parmi la foule, s'arrêtaient ici et là pour se balancer au gré d'une mélodie favorite ou goûter un plat dans un stand, trop focalisés l'un sur l'autre pour se soucier de grand-chose.

— Qui aurait cru qu'un chien de troupeau hongrois serait si frileux ? plaisanta Bree, faisant allusion à la réticence qu'avait manifestée Papadum à les accompagner.

Quand il avait compris qu'ils allaient sortir, il s'était tant bien que mal faufilé sous le lit de Bree. La scène avait viré à la farce lorsqu'ils avaient tenté de l'extraire de son refuge. En fin de compte, ils avaient renoncé et l'avaient laissé dans l'appartement.

— Au moins, j'ai les deux mains libres, répondit Rylan en la prenant par la taille pour l'attirer plus près.

Des réverbères de style ancien, en fer forgé, étaient installés autour du périmètre du Diamond, reliés par des guirlandes électriques d'ampoules multicolores. Ils s'étaient arrêtés dans le rond de lumière projeté par l'une d'elles et, au moment où Rylan se penchait pour embrasser Bree, des reflets dorés illuminèrent ses cheveux et sa joue. Bree ferma les yeux et s'agrippa à lui. C'était fou, l'effet que cet homme avait sur elle...

Ils étaient amants depuis deux jours, et chaque minute avait été magique. Le seul problème, c'était que la réalité ne cessait de faire irruption dans leur idylle. Elle aurait voulu passer chaque instant avec Rylan, mais elle avait une galerie à gérer et une exposition à organiser.

Au moment où les lèvres de Rylan se posèrent sur les siennes, le claquement sec d'une détonation les fit sursauter. Une fraction de seconde plus tard, l'ampoule au-dessus de leur tête explosa, libérant une pluie d'éclats de verre.

Bree eut à peine le temps de lâcher une exclamation que Rylan s'élançait. Il lui saisit le bras et l'obligea à se baisser puis l'entraîna dans une course en zigzag. Quand ils s'engouffrèrent dans le bar le plus proche, Bree supposa qu'ils allaient se réfugier sur une des banquettes ; au lieu de quoi, il continua à avancer, traversa la salle puis la cuisine et ressortit par une issue de secours à l'arrière.

— Rylan, que... ?

Ils étaient dans le parking. Rylan glissa la main dans sa veste et tira un pistolet d'un holster qu'il portait à l'épaule. Tenant toujours Bree d'une main, il se faufila d'une voiture à l'autre, son regard bleu jaugeant constamment les environs.

Enfin, il lâcha la main de Bree, plongea la sienne dans la poche de son jean et sortit ses clés de voiture. Rylan ouvrit la portière passager, puis fit signe à Bree de monter. Après un dernier coup d'œil sur les alentours, il la rejoignit et démarra.

En s'engageant dans Second Street, il se tourna vers elle.

— Tu es blessée ?

Elle porta une main à son front et sentit un mince filet de sang.

— Ce n'est rien.

Elle se tut et fixa le paysage qui défilait derrière la vitre alors qu'ils sortaient du centre de Roaring Springs. Au bout d'un moment, n'y tenant plus, elle pivota vers Rylan, observa son corps musclé, les contours résolus de son profil. Elle se remémora la rapidité de sa réaction. Dès que le coup de feu avait retenti, il était passé à l'action. Comme un vrai professionnel.

— Tu n'es pas agent artistique.

— Non. Jusqu'à récemment, j'étais consultant en sécurité. Je gérais ma propre agence.

Bree déglutit avec difficulté. Elle aurait dû être contente qu'il n'essaie pas de lui mentir, non ? Pourquoi avait-elle l'impression que tout son univers venait de s'écrouler ? Le bonheur qu'elle avait éprouvé dans ses bras quelques minutes plus tôt n'avait été qu'une illusion. Il s'était brisé en mille morceaux comme l'ampoule jaune au-dessus d'eux.

— Je suppose que ce sont mes parents qui t'ont engagé, se força-t-elle à dire, la bouche sèche. Si tu n'exerces plus, comment t'ont-ils trouvé ?

— J'étais dans l'armée avec Blaine.

Bree avait toujours été lente à se mettre en colère. Sa mère avait coutume de dire qu'elle était d'un calme olympien. Son paysage émotionnel était tranquille, tout en collines ondoyantes plutôt qu'en pics escarpés. Cependant, les paroles de Rylan déclenchèrent en elle une rage telle qu'elle n'en avait jamais connue.

— Tu m'as écoutée. Tu m'as laissée te raconter ce que j'éprouvais quand ma famille prend le contrôle de ma vie... et durant tout ce temps...

Elle serra les poings.

— Ramène-moi chez moi, Rylan.

— Nous allons à mon ranch...

— Ramène-moi. Tout de suite.

Elle avait beau essayer de parler normalement, sa voix frémissait de colère, de déception et de chagrin.

Rylan jeta un bref coup d'œil dans sa direction, puis vérifia qu'aucun véhicule n'arrivait de la direction opposée et fit demi-tour sur la route. Ils regagnèrent la ville en silence.

Une fois dans le parking du Diamond, Rylan se tourna vers elle.

— Je respecte ce que tu dois éprouver en ce moment, mais je ne peux pas te laisser prendre des risques avec ta sécurité personnelle. On a tiré juste au-dessus de nous ce soir. Comme nous avons quitté la scène très vite, je ne peux pas savoir ce qui s'est passé ensuite. S'il s'agissait d'un incident isolé et ou si d'autres coups de feu ont été tirés.

À travers le brouillard de ses émotions, Bree eut soudain peur pour lui. Et si le tireur avait eu l'intention d'abattre l'un d'eux ou eux deux ? Et s'il guettait leur retour ?

— Tu sais te servir d'un pistolet ?

La question de Rylan la ramena brutalement au présent.

— J'ai grandi dans une ferme. Mon père a insisté pour m'apprendre.

— Bien.

Il lui tendit son arme.

— Prends ça. Monte dans ton appartement. N'ouvre à personne sauf à moi ou à la police.

Le chaos régnait dans les sentiments de Bree. Rylan l'avait trompée. Elle voulait se cramponner à sa colère, s'en entourer comme d'une couverture contre la douleur. Pourtant, la peur qui la submergeait à la pensée que ces moments étaient peut-être les derniers qu'ils passaient ensemble prenait le pas sur tout le reste.

— Je ne veux pas...

Quoi ? Je ne veux pas te perdre ?

Après ce qu'il avait fait, ses pensées n'avaient aucun sens.

Rylan se pencha et ouvrit sa portière.

— Vas-y. Nous pourrons parler plus tard.

Elle descendit de la voiture et se hâta vers son appartement, où Papadum l'accueillit avec enthousiasme. Alors seulement, elle songea aux dernières paroles de Rylan.

Il avait détruit sa confiance. Que pouvaient-ils avoir à se dire désormais ?

En temps normal, dans une situation imprévisible, où tant de facteurs inconnus pouvaient jouer un rôle, Rylan aurait été totalement concentré sur ce qui l'entourait. Au lieu de quoi, il ne songeait qu'au vide douloureux qui lui comprimait l'estomac.

Ces journées avec Bree lui avaient donné un aperçu de la vie qu'il désirait et qu'il avait toujours cru hors d'atteinte pour lui. Une femme qu'il pouvait aimer. Quelqu'un qui partageait ses espoirs et ses rêves, cheminait à ses côtés, affrontait les hauts et les bas la main dans la sienne. Il avait entrevu toute leur existence. Les jours ensoleillés, les nuits au coin du feu. Les enfants. Il s'était vu vieillir auprès d'elle.

Il avait tout gâché. Sacrifié leur avenir avant qu'ils aient eu une chance de le bâtir ensemble. Et savoir qu'il était responsable de cette débâcle le faisait d'autant plus souffrir.

J'aurais dû tout lui dire.

Mais comment aurait-il pu ? Il s'était engagé à tenir son identité secrète. Et Rylan était un homme de parole.

C'était à de tels moments qu'il entendait la voix empâtée et narquoise de son père. *Nullard. Faible. Bon à rien.* Tout était vrai. Maintenant plus que jamais. Malgré lui, il avait succombé à l'attirance que lui inspirait Bree. Il avait été conquis par elle, si émerveillé par la magie de ce qu'il ressentait qu'il avait été incapable de garder ses distances. Il était l'incarnation même de la faiblesse.

Quand il pénétra dans la cour pavée du Diamond, tout semblait normal. L'atmosphère était animée, mais détendue, et rien ne suggérait la présence d'un trouble-fête. C'était comme si Bree et lui avaient été les seuls à être affectés par le coup de feu.

Sans cesser de regarder autour de lui, Rylan gagna l'endroit où ils s'étaient tenus un moment plus tôt. De minuscules fragments de verre crissèrent sous ses pas. Il ne vit aucune trace de la balle. Sans doute s'était-elle fichée dans le mur en briques. Quoi qu'il en soit, il n'avait pu se méprendre sur la nature du bruit. Il était mieux placé que quiconque pour l'identifier.

Il se retourna et fit face au complexe, son cerveau enregistrant tous les détails. L'endroit était bondé. Si le tireur avait été dans la cour intérieure, quelqu'un l'aurait vu.

Il parcourut les bâtiments des yeux. Les entrepôts restaurés avaient été divisés en locaux commerciaux au rez-de-chaussée, au-dessus desquels on avait aménagé des logements. Rylan se souvint que l'appartement de David Swanson se trouvait au-dessus du Yogurt Hut.

Le coup de feu avait dû être tiré d'un de ces logements.

Rylan étudia les fenêtres une à une, mais il était impossible de savoir où le tireur s'était placé. Ce serait à la police de le déterminer. Il avait la ferme intention de signaler l'affaire au shérif, même si cela ne plairait guère à Bree.

Le bar le plus proche s'appelait On the Rocks. Un vigile était posté à l'entrée.

— Qu'est-ce qui s'est passé ici ? demanda Rylan en désignant l'espace noir laissé au milieu de la guirlande par l'ampoule cassée.

L'homme le regarda, perplexe.

— J'imagine qu'une ampoule a grillé.

— Non, ce n'est pas ce que je veux dire. Il y a une vingtaine de minutes, j'étais sous cette guirlande avec ma... mon amie, et l'ampoule a explosé. Vous n'avez rien vu ?

Le vigile haussa les épaules.

— Si vous espérez être dédommagé, il faut vous adresser au conseil municipal. Je suis ici depuis quatre bonnes heures et je n'ai rien remarqué d'inhabituel.

Rylan le remercia et se détourna. Il était frustrant que l'homme n'ait rien vu, mais la conversation avait confirmé ses soupçons : le coup de feu n'avait pas été tiré au hasard. Bree et lui avaient été la cible.

Il regarda de nouveau les bâtiments, jaugeant la distance. Le tireur était compétent et assez sûr de lui pour savoir qu'il atteindrait l'ampoule, et qu'il ne risquait pas de blesser un tiers.

Autrement dit, son but avait été de leur faire peur. Il aurait pu les tuer ou les blesser s'il l'avait voulu. Au lieu de quoi, il s'était borné à leur donner un avertissement.

Malgré tout, ce dernier incident représentait une escalade. Le harceleur avait-il réagi à la présence de Rylan ? Si oui, il ne s'en tiendrait pas là.

Ce qui donnait à Rylan une bonne raison de ne pas laisser Bree seule. Il appréhendait la confrontation à venir, mais au moins pouvait-il lui dire la vérité dorénavant. Et l'avertir qu'il ne comptait pas la quitter d'une semelle tant que le coupable ne serait pas derrière les barreaux.

Bree retira son bonnet et sentit à travers ses gants les éclats de verre enfouis dans la laine. Peut-être devrait-elle se cramponner au pistolet plus qu'à Papadum. Pourtant, la proximité du chien la rassurait davantage... et d'ailleurs l'arme était à portée de main.

Ce qui ne l'empêcha pas de tressaillir quand la sonnette de la porte d'entrée bourdonna.

Elle pressa la touche de la caméra de surveillance reliée à son système d'alarme. Le visage de Rylan emplit l'écran.

— Bree ?

Elle hésita. Le moment était probablement mal choisi pour lui ordonner de sortir de sa vie. À cet instant précis... *elle avait besoin de lui.*

— Bree ?

Elle pressa la touche pour le laisser entrer et ouvrit la porte. Elle avait les épaules rigides, l'estomac noué, son cerveau grésillait de pensées sans suite. Elle avait le choix : accueillir

Rylan par un silence glacial ou l'abreuver de récriminations. Avant de le voir, elle ne savait pas comment elle réagirait.

Dommage qu'il soit si séduisant. Quand il s'avança vers elle, le cœur de Bree fit un bond dans sa poitrine qui n'avait rien à voir avec de la colère. Elle n'avait qu'une envie, c'était de se jeter dans ses bras.

— Tu m'as menti, dit-elle, incapable de garder le silence.

— Si tu savais combien je le regrette...

— Comment t'imaginais-tu que tout allait se terminer, Rylan ? Tu croyais que je n'apprendrais jamais que tu avais été engagé par mes parents pour me protéger ?

Elle avait élevé la voix, et se força à reprendre le contrôle d'elle-même.

— Ou est-ce que ça n'avait aucune importance pour toi ? Parce que je n'étais qu'une aventure sans lendemain...

Rylan la saisit par les épaules.

— Ne dis pas ça. Je t'en prie, ne pense jamais ça.

D'un mouvement brusque, Bree se dégagea et s'engouffra dans l'appartement. Elle entendit Rylan refermer la porte et tourner le verrou. Il était juste derrière elle, mais elle ne se retourna pas.

— Les choses n'étaient pas censées se passer ainsi.

La douceur de sa voix faillit avoir raison de la détermination de Bree.

— J'ai promis à Blaine de veiller sur toi, reprit-il. Une dernière mission, pour lui rendre service. C'était tout. Jusqu'au moment où je t'ai vue.

— Je ne veux pas t'écouter.

Elle pivota vers lui.

— Toi et moi... quoi qu'il y ait eu entre nous, c'est fini. Rien ne peut justifier ce que tu as fait. Maintenant, avant de partir, dis-moi ce que tu as découvert à propos de ce coup de feu.

Il désigna les canapés du séjour.

— Je peux m'asseoir ?

Elle acquiesça à regret. Lorsqu'il fut assis, elle se plaça

aussi loin de lui que possible. Papadum regarda de l'un à l'autre. Sa loyauté partagée, il opta pour un coin sur le tapis à mi-chemin entre eux deux.

Le chien va vraiment me manquer.

Quelle pensée absurde !

— D'après ce que j'ai pu établir, un seul coup de feu a été tiré, sur l'ampoule qui se trouvait juste au-dessus de nous. J'ai parlé au vigile du bar le plus proche. Il n'a rien remarqué.

Le regard de Rylan resta rivé sur elle.

— Il semblerait que nous ayons été les seules cibles.

— L'ampoule n'a pas pu éclater toute seule ?

Il secoua la tête.

— Nous savons tous les deux qu'il y a eu un coup de feu.

— J'espérais...

— Il ne s'agit plus d'espérer, Bree.

L'expression de Rylan était grave.

— Il ne va pas s'arrêter là.

— Merci pour ton avis de professionnel. N'oublie pas d'ajouter ça à la facture que tu vas présenter à mes parents.

Un éclair de douleur traversa les yeux de Rylan, et il serra les poings sur ses cuisses, marquant une pause avant de répondre.

— Je ne me fais pas payer pour mes services. Blaine est un ami.

— C'est très noble de ta part. Suis-je censée me montrer reconnaissante que tu sois sorti de ta retraite pour me témoigner ta charité ?

Elle s'était dit qu'elle n'allait pas parler de cela. Elle *n'aurait pas dû* en parler. Mais son amour-propre blessé n'avait pu se taire. Elle voulait piquer Rylan, le blesser à son tour. Lui causer une fraction de la peine qu'il lui avait faite.

— Et les artistes que tu représentes ?

Rylan baissait les yeux, et les paroles coléreuses de Bree s'adressaient au sommet de sa tête.

— Ne méritent-ils pas de savoir que tu es un escroc ?

Il plongea la main dans sa poche et en sortit son téléphone portable.

— Le jour où j'ai accepté cette mission, j'ai dit à ta mère que je prendrais ma couverture au sérieux. Je lui ai promis de faire de mon mieux pour promouvoir ces jeunes artistes.

Il fit défiler des pages sur son écran et le tourna vers elle.

— J'ai fait en sorte que chacun ait un site Internet, rédige un blog, et que leur travail soit visible sur les réseaux sociaux. Nous avons participé à des événements caritatifs, et certains membres du groupe ont dirigé des ateliers de peinture dans des collèges. Nous sommes en train de publier un e-book sur l'art afro-américain...

Il reprit son souffle.

— Je suis venu chaque jour à la galerie pour veiller sur toi, mais j'ai aussi tenu mes engagements envers eux.

Bree éprouva un pincement de remords qu'elle se hâta de refouler. Elle n'avait rien à se reprocher. Elle n'avait menti à personne.

— Je me félicite qu'il y ait un côté positif dans cette histoire.

Était-elle parvenue à masquer son amertume ? Elle n'en fut pas certaine.

— Je vais chercher les affaires de Papadum.

— Ne te donne pas cette peine.

Les yeux bleus de Rylan se soudèrent aux siens.

— Il ne va nulle part... et moi non plus.

Bree cilla.

— Je te demande pardon ?

— Tu es en danger. J'ai promis à Blaine et à tes parents de te protéger.

Il se cala contre le dossier.

— Ma tâche sera beaucoup plus facile maintenant que tu es au courant.

Un instant, elle faillit éclater de rire. La tentation s'évanouit très vite. Pour qui se prenait-il ? Assis là sur *son* canapé, un sourire satisfait sur les lèvres, à lui dire comment les choses allaient se passer...

— Sors d'ici, parvint-elle à articuler, en dépit de la bouffée de colère qui montait en elle.

— Non.

Il se mit à délacer ses chaussures.

Bree se demanda lequel des deux avait perdu l'esprit. Elle se dirigea vers la porte à grands pas.

— Si tu es encore là dans deux minutes, j'appelle la police.

— Vas-y, rétorqua Rylan en souriant. Je comptais attendre demain matin avant de contacter ton frère, mais je suis sûr qu'il viendra dès qu'il apprendra ce qui s'est passé.

Elle prit une brève inspiration. *Trey ? Ce soir ?* En plus de tout le reste ? Elle n'était pas sûre de pouvoir affronter cela.

Elle opta pour une autre approche.

— Je ne veux pas de toi ici.

C'était la vérité. Elle en était sûre. Elle brûlait de chagrin et d'humiliation chaque fois qu'elle le regardait, chaque fois qu'elle pensait à eux ensemble en sachant que leur intimité avait reposé sur un mensonge.

Cela dit, elle s'était habituée au confort de sa présence. Sans lui, elle ne se sentirait pas en sécurité. Mais de là à lui permettre de rester...

— Dans l'immédiat, il faut que je fasse passer ta sécurité avant tes désirs.

Les paroles que Rylan avait prononcées n'étaient pas celles d'un amant. L'homme qui avait parlé était un inconnu. Un garde du corps professionnel, dépourvu d'émotions. Et peut-être était-ce précisément ce dont elle avait besoin.

Elle se redressa.

— Je ne peux pas te pardonner.

Il baissa la tête.

— Jusqu'à ce que ce type soit arrêté, ou que tu me dises que tu as changé d'avis, nos relations seront strictement professionnelles.

Elle le dévisagea un instant, ne sachant si elle voulait prolonger la querelle ou si elle était soulagée de ne pas avoir à passer la nuit avec un pistolet sous son oreiller.

— Tu sais où est la chambre d'amis.

Sur ce, elle tourna les talons et le laissa seul.

7

— Je n'arrive pas à croire que papa et maman aient engagé un garde du corps sans me consulter.

Trey Colton semblait partagé entre la stupeur et la colère. Rylan avait conduit Bree au poste de police après le petit déjeuner. Le trajet s'était déroulé dans un silence glacial. Maintenant, ils étaient assis dans le bureau de Trey, Bree aussi loin de Rylan qu'elle pouvait l'être.

— Ils ne m'ont pas consultée, *moi*, rappela-t-elle à son frère. Ce qui aurait été un tantinet plus important, non ?

Rylan gardait le silence, observant l'interaction entre frère et sœur. Physiquement, ils se ressemblaient. Trey avait le teint et les yeux ambrés de Bree. Sous son chapeau de cow-boy, ses cheveux étaient coupés court, mais ils étaient de la même couleur que ceux de sa sœur.

Par ailleurs, Rylan les sentait proches l'un de l'autre, malgré leur évidente tendance à se chamailler. Et cela lui rappelait tout ce qu'il n'avait pas. Une famille. L'affection. La tendresse.

Tout ce qui serait toujours hors d'atteinte pour lui.

Bon à rien.

— Si, admit Trey. Je suppose que ça te concernait davantage.

Quand il souriait, il ressemblait encore plus à Bree.

Il redevint grave. Rylan songea à ce qu'il avait entendu dire de Trey Colton. Le shérif avait la réputation d'être intègre et efficace.

— Parlez-moi de ce coup de feu.

En quelques mots, Rylan lui relata ce qu'il savait.

— C'est à Bree de vous dire le reste.

Occupé à prendre des notes, Trey leva les yeux.

— Comment ça, le reste ?

— J'ai reçu de nouveaux mails. Plus menaçants.

Elle leva la main.

— Je sais ce que tu vas dire. J'aurais dû t'en parler plus tôt.

— C'est sûr.

Il fronça les sourcils.

— Il me faudra des copies. Autre chose ?

— Il y a eu quelques incidents.

Bree jeta un coup d'œil en direction de Rylan. Il n'aurait su dire si elle lui en voulait de l'avoir obligée à tout raconter ou si elle l'incluait comme co-conspirateur pour son silence.

— Quelqu'un a déplacé certains objets…

Trey demeura silencieux pendant qu'elle poursuivait, puis considéra ses notes avant de relever les yeux.

— J'imagine que tu n'accepterais pas de t'installer à la ferme en attendant que ce type soit arrêté ? lui demanda-t-il sans grand espoir.

— Non.

Le shérif se tourna vers Rylan.

— Dans ce cas, je suppose que nos parents ont eu raison après tout.

— Je veillerai sur elle.

Bree émit un son qui ressemblait au miaulement d'un chaton en colère.

— Euh… je vous rappelle que je suis encore là.

Trey passa une main sur son menton.

— Bree, si j'avais les ressources suffisantes pour assurer ta protection vingt-quatre heures sur vingt-quatre, je le ferais. Comme je n'ai pas assez d'agents à ma disposition, je suis heureux que Rylan s'en charge à la place.

— Je ne demande pas de traitement préférentiel sous

prétexte que je suis ta sœur, protesta Bree. Et sûrement pas parce que je suis une Colton.

Trey échangea un rapide coup d'œil avec Rylan. C'était un appel au secours qui, en d'autres circonstances, l'aurait fait sourire. Cependant, à cet instant, il était trop focalisé sur la sécurité de Bree pour savourer ce moment de partage masculin avec son frère.

— Pendant une seconde, essaie de ne pas faire ta tête de mule. Si cette histoire de harcèlement ne te paraît pas assez sérieuse pour t'en inquiéter, réfléchis au tableau d'ensemble. Et si ces incidents étaient liés aux autres problèmes que traverse notre famille ?

Bree se raidit, visiblement piquée par le ton réprobateur de Trey. Rylan avait beau la connaître depuis peu de temps, il savait que son frère s'y prenait mal. Bree était silencieuse et réservée, mais elle avait le sentiment d'avoir trop longtemps été dominée par sa famille. Maintenant qu'elle s'était libérée de la tutelle des siens, elle était résolue à préserver son indépendance.

— Quels problèmes, au juste ? intervint-il. Pour protéger Bree efficacement, il faut que je sois au courant de tout ce qui pourrait affecter sa sécurité.

— Notre famille a de nombreux intérêts commerciaux. Il est inévitable que des conflits surgissent de temps à autre. Ces derniers mois ont été difficiles, et la plupart des incidents n'ont aucun rapport entre eux.

Il marqua une pause.

— Ce que je vais vous dire est confidentiel. La femme qui a été assassinée sur le ranch de Wyatt n'est peut-être pas la seule victime.

— *Quoi ?* se récria Bree, son irritation oubliée. Je ne le savais pas.

— Ce n'est pas dans le domaine public, expliqua Trey. Je me suis récusé de l'enquête parce que Wyatt est mon cousin mais je suis informé de ce qui se passe. Le corps retrouvé est celui d'une call-girl appelée Bianca Rouge. Peu après, une certaine Ruth Thomas est arrivée en ville. Elle cherchait sa fille, April, qui avait quitté Denver pour venir travailler à Roaring Springs. Elle était le portrait craché de Bianca.

Rylan fronça les sourcils.

— Et tu penses qu'elle aurait été tuée parce qu'elle lui ressemblait ?

Trey lui décocha un regard impatient.

— Ce n'est pas aussi invraisemblable qu'on pourrait le croire. La dernière fois qu'April a parlé à sa mère, elle lui a dit qu'elle avait un entretien au Lodge. Le personnel a confirmé que c'était le cas, mais elle ne s'est jamais présentée. Je ne veux pas paraître alarmiste, mais il se peut que l'assassin soit résolu à nuire à notre famille.

— Tu veux dire qu'un tueur en série vise des jeunes femmes et, à travers elles, cherche à impliquer les Colton ? demanda Bree d'une voix sourde.

— C'est une hypothèse.

Trey lui pressa la main.

— Pour le moment, nous n'avons rien découvert qui établisse un lien concret entre Bianca et April. Et rien ne suggère que ton harceleur soit mêlé à tout cela. Voilà pourquoi je ne peux justifier d'assigner un agent à ta protection.

— Mais nous ne pouvons pas négliger la possibilité d'un lien entre les deux affaires.

Comme Rylan appuyait les paroles de son frère, Bree se tourna vers lui. La blessure qu'il lut dans son regard le bouleversa.

— Bien. J'accepte avoir besoin d'un garde du corps.

Rylan devina ce qui allait suivre.

— Mais je ne veux pas que ce soit toi.

La froideur de sa voix fit à Rylan l'effet d'un coup de couteau. Elle s'adressait à lui comme s'il était un inconnu alors que, pendant quelques nuits, ils avaient été aussi proches l'un de l'autre que deux personnes peuvent l'être. *C'est ce que je mérite.*

Il savait qu'il était responsable, mais il n'en souffrait pas moins.

— Je ne suis pas sûr que changer de garde du corps maintenant soit une bonne idée, Bree, déclara Trey, qui semblait n'avoir rien remarqué. D'autant moins que Rylan a été recommandé par Blaine.

— Nous pouvons demander à Blaine de proposer quelqu'un d'autre, s'entêta-t-elle.

— Il ne le fera pas, intervint Rylan, aussi calmement qu'il en était capable.

— Comment peux-tu en être aussi sûr ?

Elle le dévisageait, ses yeux sombres et durs. Lui sourirait-elle de nouveau un jour ? Il n'osait l'espérer.

— Parce que je suis le meilleur.

Ce n'était pas de l'arrogance ni de la vantardise. C'était la vérité.

Trey hocha la tête.

— Je n'en doute pas.

— Ça te suffit ? lança Bree, agacée. Il t'affirme qu'il est le meilleur et tu le crois sur parole ?

— Réfléchis, rétorqua son frère. Nos parents ont demandé conseil à Blaine. Te sachant concernée, il n'aurait pas recommandé Rylan à moins d'être sûr qu'il était le meilleur choix possible.

Le téléphone de Bree bourdonna, lui coupant la parole. Elle parcourut rapidement le message. Quand elle releva les yeux, un mélange de perplexité et de désespoir altérait ses traits.

— C'est Kasey. Elle est en train de déballer les tableaux pour l'exposition. Certains ont été vandalisés.

Le nœud dans la poitrine de Bree était tantôt brûlant tantôt glacé. Par moments, en dépit de la température agréable qui régnait dans la galerie, c'était comme si la bise qui soufflait de la montagne lui transperçait les os.

Kasey était à genoux, les tableaux endommagés étalés autour d'elle. Des larmes roulaient sur ses joues.

— Qui a pu faire une chose pareille ? demanda-t-elle, le visage défait. Et pourquoi seulement tes peintures, Bree ? Elles ont toutes été saccagées.

Bree était incapable de répondre. Elle aurait voulu pouvoir parler, ou pleurer, mais rien ne venait. Aucun son ne sortait de sa gorge. Elle ne pouvait que regarder ses précieux tableaux – les œuvres qu'elle avait créées avec tant de soin – et hurler intérieurement.

Quelqu'un avait pris un couteau et lacéré chaque toile jusqu'à ce qu'elle soit en lambeaux. Ce qui bouleversait Bree, ce n'était pas tant les heures de travail qu'elle avait consacrées à chacune de ces peintures, ni même l'absurde gâchis, mais la haine et la rage qui avaient motivé cette agression. Le geste visait son travail, et seulement le sien. L'attaque était personnelle.

Elle sentait le regard de Rylan sur elle. La veille, elle se serait réfugiée dans ses bras. Et bien qu'elle n'eût jamais voulu l'admettre, sa présence était rassurante. Il était calme et concentré. Alors qu'elle avait la sensation que son univers s'écroulait, elle avait besoin de la stabilité et de la force de Rylan pour ne pas céder à la panique.

Trey avait raison. Blaine avait choisi Rylan parce qu'il était le meilleur. À partir de maintenant, elle garderait ses distances avec lui, mais elle lui ferait toute confiance pour s'acquitter de sa mission.

— Qui avait accès à ces tableaux ? demanda Rylan.

— Hmm...

Kasey se releva et se tamponna les yeux à l'aide d'un mouchoir en papier.

— Ils étaient rangés dans des cartons au sous-sol. La pièce n'est pas fermée à clé, mais elle n'est pas aisément accessible au public.

— Si je comprends bien, quiconque entre dans la galerie

pourrait a priori pénétrer dans la salle où se trouvaient ces toiles ?

— Je suppose que oui. Mais il aurait tout de même fallu que l'individu en question sache ce qu'il cherchait. Et la galerie est fréquentée. Si quelqu'un est entré durant les heures d'ouverture, il a pris un risque. Un membre du personnel aurait pu descendre au sous-sol à tout moment.

Rylan hocha la tête.

— Qui en particulier a des raisons de se rendre dans cette salle ?

— La plupart d'entre nous y allons à un moment ou à un autre, intervint Bree, soulagée de constater que sa voix était normale. Chaque fois qu'un tableau est vendu et décroché, nous devons le remplacer par une pièce rangée au sous-sol. Par ailleurs, la boutique et le café gardent leurs stocks là. Et puis, bien sûr, nous y entreposons souvent des œuvres comme celles-ci… destinées à l'exposition suivante.

Sa main tremblait légèrement en indiquant les peintures détruites.

— David descend régulièrement aussi, ajouta Kasey. Il est surtout responsable de la sécurité, mais il se charge parfois des travaux d'entretien. Ses outils et son échelle sont là. Oh ! et quand une exposition est en cours de préparation, Lucas Brewer y met son matériel.

Rylan se redressa.

— Les cartons sont clairement étiquetés ?

— Oui.

Bree se tourna vers Kasey.

— Peux-tu en apporter un, s'il te plaît ?

Comme la jeune femme se dirigeait vers un coin de la pièce, Rylan s'adressa à Bree à voix basse.

— Question stupide sans doute, mais ça va ?

Elle ne voulait pas qu'il se montre attentionné. Il était plus facile de penser à lui comme à un homme qui avait abusé de sa confiance dans le but de coucher avec elle. Si elle essayait de dépasser ce jugement, d'analyser ses mobiles, elle se perdrait dans un monde d'hypothèses.

Elle releva le menton.

— Je ne vais pas m'effondrer. Mais… c'étaient mes tableaux.

— Je vais découvrir qui a fait ça, Bree.

Le regard de Rylan captura le sien et le soutint. Une détermination mêlée de colère brillait dans ses yeux. En dépit de tout ce qui s'était passé entre eux, elle le crut.

Kasey revint, un carton dans les bras.

— Voici l'étiquette que nous utilisons pour les expositions, expliqua-t-elle, la désignant à Rylan. Elle est d'une couleur différente du reste du stock et indique la date et le titre de l'exposition ainsi que le nom de l'artiste.

Rylan acquiesça.

— Par conséquent, quelqu'un qui était à la recherche des œuvres de Bree n'aurait eu aucun mal à les trouver.

Le visage de Kasey se décomposa et elle se remit à pleurer. Bree passa un bras autour de ses épaules.

— Personne n'aurait pu prévoir qu'une chose pareille arriverait, Kasey.

— Bien sûr que non, renchérit Rylan. D'ailleurs, celui qui a fait ça devait avoir une idée du fonctionnement de la galerie.

Kasey ravala un sanglot.

— Pourquoi dites-vous ça ?

— Vous avez dit vous-même que la galerie était fréquentée. Le coupable savait forcément où les cartons étaient entreposés et comment ils étaient étiquetés. C'est donc quelqu'un qui connaît votre sous-sol.

Les yeux de Rylan croisèrent ceux de Bree, qui devina ses pensées. La destruction des toiles n'était pas le geste d'un opportuniste. Le coupable lui avait envoyé des mails de menaces et avait pris plaisir à l'effrayer en pénétrant dans son appartement pour déplacer des objets. La veille au soir, il avait tiré un coup de feu sur une ampoule juste au-dessus d'elle.

Rylan l'avait avertie qu'il ne s'arrêterait pas là. Seulement, jamais elle n'avait envisagé un tel scénario.

— L'exposition débute dans deux jours. Peut-elle être maintenue ? demanda Rylan.

Bree redressa les épaules.

— Il le faut.

Kasey lâcha une exclamation consternée.

— Sans tes œuvres ?

— Je ne laisserai pas tomber les autres artistes.

Elle prit son assistante par le bras.

— Nous avons du pain sur la planche. Mettons-nous au travail.

Parvenue à la porte, elle se retourna vers Rylan.

— Que vas-tu faire ?

— Parler à ton frère, répondit-il, la mine sombre, et me renseigner sur les gens qui ont accès au sous-sol.

Furieux d'apprendre ce qui était arrivé aux tableaux de sa sœur, Trey promit d'ouvrir une enquête et d'envoyer un adjoint sur place. Rylan mit fin à la communication, soulagé d'avoir une marge de manœuvre plus large que la sienne. Il avait certes vendu son agence, mais il avait encore des amis dans le secteur. Certains n'hésiteraient pas à lui rendre service, même si cela exigeait de sortir du cadre légal.

Après avoir passé quelques coups de fil, il sentit sa tension se dissiper un peu. Si quiconque associé à la galerie avait des secrets, ses amis les découvriraient. Il en était sûr. En attendant, il songea aux informations que Bree et Kasey lui avaient données. Il ne pouvait critiquer le système en vigueur à la galerie : jusqu'à maintenant, il n'y avait eu aucune raison de se montrer plus vigilant. Cependant, le fait était que toute une liste de gens avaient accès au sous-sol.

— Si on allait au café ? lança-t-il, parlant à ses pieds. C'est un point de départ qui en vaut un autre, non ?

Papadum, qui faisait son imitation habituelle d'un tapis, grogna et se leva, précédant Rylan vers la porte.

— Je sais ce que tu penses, reprit ce dernier. Ce serait facile de se focaliser sur Lucas Brewer, mais n'allons pas trop vite en besogne. Avant d'en savoir plus, on va le traiter comme un autre, d'accord ?

Le chien lâcha un jappement sans conviction.

— Oui, je sais. On ne l'aime pas, mais essayons quand même.

Le café était situé à l'arrière de la salle principale de la galerie. C'était un espace lumineux, qui donnait sur une cour où on avait installé des tables supplémentaires et un coin-jeux pour les enfants. Les murs étaient agrémentés de tableaux dont le prix était discrètement indiqué par une étiquette. Divers articles décoratifs étaient exposés avec goût sur des étagères, invitant les clients à flâner à leur gré.

La pièce était à moitié pleine, et quelques personnes faisaient la queue au comptoir. Une employée pointa aussitôt le doigt vers Papadum.

— Les chiens ne sont pas admis à l'intérieur. Vous pouvez vous installer dans la cour.

— Pourrais-je avoir un panini à la dinde fumée et un expresso ? demanda Rylan en retour.

— Je vous les apporte.

Dehors, Papadum fut accueilli telle une star par un groupe de petites filles. Délaissant balançoire et toboggan, elles se précipitèrent vers lui.

— C'est un vrai chien ?

Par chance, Papadum adorait les enfants. Il haleta joyeusement tandis que Rylan soulevait ses mèches pour révéler son visage.

— Il sait donner la patte ?

— Je peux m'asseoir sur son dos ?

— Il aime la glace ?

Rylan répondit de bon cœur aux questions dont on le

bombardait jusqu'à ce que sa commande arrive, et que les parents des fans de Papadum les rappellent. L'employée déposa le plateau sur la table. Papadum, encore enivré par l'adulation des petites filles, lui tendit sa patte.

— C'est signe qu'il vous aime bien.

La femme, qui portait un badge au nom de Judith, se mit à rire.

— Je vis ici depuis très longtemps, mais je n'ai jamais vu de chien comme lui.

Rylan sortit son portefeuille pour la régler, prenant son temps pour compter les pièces.

— Vous avez dû voir pas mal de changements dans la ville.

— C'est le moins que l'on puisse dire, acquiesça-t-elle. Ce quartier était très différent autrefois.

— La galerie était un entrepôt, c'est ça ?

— Oui, comme la plupart des bâtiments par ici. Il y avait une fonderie et un moulin à proximité, qui avaient besoin d'endroits où stocker leur production. La fonderie a été la première à fermer ses portes, mais le quartier est resté industriel. Cet entrepôt-ci a longtemps abrité une entreprise de construction.

— Vous semblez très bien informée sur le sujet.

Elle eut l'air gênée.

— À vrai dire, c'est mon dada. L'histoire locale me passionne.

— C'est fascinant, déclara Rylan, sincère. Que s'est-il passé ensuite ?

Judith haussa les épaules.

— La récession est arrivée. Les entreprises ont fermé une à une. Les bâtiments ont commencé à se délabrer et il a été question de les démolir. Un groupe a été formé dans l'intention de les sauver de la démolition et de préserver leur caractère. Certains étaient très émus, ils disaient que c'était comme si leur avenir leur avait été arraché, mais ils n'ont pas pu rassembler assez d'argent. En fin de compte, c'est un promoteur qui a racheté et rénové tout le quartier, et puis il a revendu les locaux à de nouveaux entrepreneurs.

— Ces changements ont-ils suscité du mécontentement ?

— Pas que je sache. Les réactions ont été plutôt positives au contraire. Quand le promoteur a acquis les bâtiments, ils étaient en piteux état. Le Diamond a insufflé une énergie nouvelle à toute cette partie de la ville.

Après avoir remercié Rylan pour le pourboire, Judith rentra à l'intérieur tandis qu'il réfléchissait à ce qu'elle lui avait appris. Quoique intéressant, son récit ne l'aidait guère. Une friche industrielle avait été réhabilitée, et personne ne semblait s'en plaindre.

Rylan promena un regard autour de lui. Le café employait trois personnes dont Judith, toutes des femmes. Deux servaient au comptoir, la troisième tenait la caisse. Aucune n'avait l'air suspecte.

Cela dit, là était le problème. Les harceleurs ne portaient pas une étiquette sur le front.

Il termina son café.

— Et maintenant ? lança-t-il à Papadum, qui répondit par un reniflement. La boutique d'artisanat ? Bonne idée. Je vais peut-être t'acheter un béret. Tu auras l'air d'un artiste. Et les gens sauront où est ta tête.

8

La journée tant attendue était arrivée. L'inauguration de la nouvelle exposition devait avoir lieu le soir même, et Bree s'affairait avec Kasey afin d'apporter la dernière touche aux arrangements. L'air vibrait d'excitation et, bien que ses propres toiles ne soient pas exposées, elle savait que cette exposition serait une des meilleures que la galerie avait organisées.

Midi approchait quand elle entendit des éclats de voix à l'accueil. Fronçant les sourcils, elle se dirigea vers l'origine du bruit.

— J'exige de voir la propriétaire !

Un homme gesticulait et brandissait une brochure sous le nez de David, lequel tentait en vain de le raisonner.

Avant que Bree ait pu intervenir, Rylan sortit du bureau réservé aux agents, flanqué de Papadum, et lui fit signe de rester où elle était. Elle obéit, demeurant légèrement en retrait tout en gardant une vue dégagée de la scène.

— Pourquoi voulez-vous la voir ?

— Je veux lui parler de ce torchon !

D'un geste furieux, l'homme jeta la brochure sur le bureau. Bree reconnut le programme que Kasey avait récemment envoyé à tous les abonnés de la lettre d'information, celui qui contenait les détails de l'exposition.

Voyant que le visiteur furibond tentait de contourner David, Rylan s'avança. Sa carrure athlétique et l'autorité qui émanait de lui produisirent plus d'effet que l'uniforme de David. L'inconnu prit une brève inspiration et recula d'un pas.

— Pour l'instant, votre ton et votre langage corporel ne vous mèneront nulle part et certainement pas à Mme Colton.

Rylan avait parlé à mi-voix, mais il était clair qu'il ne plaisantait pas.

— Maintenant, calmez-vous et expliquez-moi de quoi il s'agit.

Pendant quelques secondes, l'homme hésita, visiblement partagé entre l'envie de lui décocher un coup de poing dans la figure et celle de décamper. Après avoir serré et desserré les poings plusieurs fois le long de son corps, il désigna le programme qu'il avait jeté.

— Ce... ce livret obscène était dans ma boîte aux lettres. J'ai deux filles qui vont régulièrement chercher le courrier. Elles auraient pu l'ouvrir.

Obscène ? Bree écoutait, stupéfaite. La galerie se voulait accueillante envers les familles. On y donnait des cours de peinture aux enfants, et les œuvres exposées étaient rigoureusement inspectées de manière à n'offenser aucune sensibilité. Ce programme ne contenait rien qui puisse donner matière à controverse.

— Pouvez-vous me montrer à quoi vous faites allusion ? demanda Rylan.

Son attitude professionnelle avait apaisé le visiteur. Plus calme à présent, il tendit la main vers la brochure. Bree le vit feuilleter les pages, l'ouvrir et en tirer un flyer inséré au milieu qu'il tendit à Rylan. Bree comprit que des photos en couleurs étaient imprimées au recto et au verso, mais ne pouvait distinguer les détails de là où elle était.

Rylan étudia les clichés en silence.

— Cette feuille se trouvait dans le programme que vous avez reçu ?

— C'est ce que je viens de vous dire, non ?

— Je voulais juste vérifier.

Il paraissait totalement maître de lui-même. Pourtant, Bree devina qu'il réfléchissait à toute allure.

— Ce dont je suis certain, c'est que ce document – il tapota la feuille en question – n'a pas été envoyé par la galerie.

— Il était glissé dans le programme, insista le visiteur. Dans l'enveloppe. Le tampon de la galerie était au dos.

— Ayant vu ces images, je comprends votre colère et je sais que Mme Colton partagera mon sentiment.

Rylan remit le papier entre les pages.

— Laissez-moi régler...

— Pas question, riposta l'homme, un rictus mauvais sur les lèvres. Je sais ce que vous essayez de faire. Vous allez prendre ce programme et je n'entendrai plus jamais parler de vous.

— Pas du tout.

Rylan se pencha par-dessus le bureau et attrapa un stylo.

— Donnez-moi votre nom et votre numéro de téléphone, et je vous rappellerai dès que j'aurai parlé à Mme Colton. Je sais qu'elle voudra s'excuser pour la contrariété que cet incident vous a causée. Peut-être la galerie pourrait-elle vous offrir une visite au Château ? Ou une journée de ski pour vos enfants ?

Quelques minutes plus tard, Rylan serrait la main du visiteur et le raccompagnait à la porte. Il revint vers Bree, les sourcils froncés.

— Que se passe-t-il ?

— Pas ici.

Il continua à marcher et elle régla son allure sur ses longues foulées, Papadum trottant à côté d'eux. Quand ils atteignirent le bureau de Bree, il s'effaça pour la laisser entrer la première.

— Ce n'est pas une bonne nouvelle.

— Je l'avais deviné. Puis-je voir ce qu'il y a dans le programme ?

Il eut une légère moue.

— Ce n'est pas plaisant.

Elle le toisa froidement.

— Je t'en prie, Rylan. Ne me traite pas comme si j'étais une enfant. Je suis une adulte.

— Excuse-moi.

Il lui remit la brochure. En dépit de sa réplique, Bree l'ouvrit d'un geste incertain. Il avait raison. La feuille insérée était de la même taille et de la même forme que les pages du programme. Le logo de la galerie figurait en haut. En revanche, les photos ne ressemblaient en rien à celles que Bree exposait. C'étaient des clichés pornographiques de la pire sorte, représentant une série d'actes répugnants.

Atterrée, elle leva les yeux vers Rylan.

— Comment... ?

— Comment ce torchon s'est-il retrouvé dans le programme ? C'est justement la question que j'allais te poser.

On toqua à la porte. Kasey entra, le visage gris cendre.

— Bree, je ne sais pas ce qui se passe, mais mon téléphone sonne sans arrêt.

— Peut-être y a-t-il un rapport avec ceci ? souffla Bree en lui montrant la feuille.

Kasey étouffa un cri consterné.

— J'ai reçu des appels de sponsors qui voulaient nous retirer leur soutien, de clients qui annulaient des commandes... Le maire lui-même m'a téléphoné.

Elle regarda Bree, les yeux pleins de larmes.

— Je te jure que ces... photos n'étaient pas dans les programmes quand ils sont revenus de l'imprimerie. Je les ai vérifiés moi-même.

— Vous les avez vérifiés de nouveau avant de les expédier ? s'enquit Rylan.

— Non. Je ne voyais aucune raison de le faire.

Le regard de Kasey alla de Bree à Rylan.

— Pourquoi quelqu'un a-t-il fait ça ? Comment ?

— Vous oubliez la question principale, observa Rylan. Qui a fait ça ?

Au bout de trois heures de travail ininterrompu, Bree, Kasey et les deux réceptionnistes étaient parvenues à contacter presque tous les abonnés de la lettre d'information. Par chance, il était apparu que le feuillet obscène n'avait pas été inséré dans tous les programmes. Et la plupart des gens s'étaient calmés lorsqu'on leur avait expliqué la situation.

Ensuite, Bree avait téléphoné au maire et réussi à l'apaiser. Le journal et la station de radio de Roaring Springs avaient eu vent de l'incident et demandé des réactions. L'un et l'autre avaient diffusé un bref communiqué rédigé par Bree. Jusque-là, les efforts accomplis semblaient avoir limité les dégâts.

Rylan avait téléphoné à Trey pour lui relater l'affaire.

— Quelqu'un est entré dans le bureau de Kasey et a mis ces feuilles dans les programmes, expliqua-t-il. Il a fallu du temps et de l'organisation.

— Et de l'audace, ajouta le shérif. Le responsable aurait pu être surpris à tout moment.

— Sauf s'il a agi durant la nuit, ou du moins quand la galerie était fermée.

Rylan avait longuement réfléchi à la question.

— Si c'est le cas, il a neutralisé le système d'alarme. David a cru que l'individu qui l'a agressé l'autre jour montait à l'appartement de Bree, mais en réalité le type sortait peut-être de la galerie.

— C'est une possibilité, admit Trey. Mais quel est le mobile ? Forcer Bree à mettre la clé sous la porte ?

— À mon sens, l'attaque est personnelle aussi. Bree est visée, ça ne fait aucun doute.

Rylan était submergé de frustration. Comment était-il censé endurer cette situation ? Il voulait veiller sur Bree, et pourtant il était contraint de garder ses distances avec elle. Il pouvait n'être que son garde du corps, mais il aspirait à davantage. Il brûlait de la serrer dans ses bras, de partager ses soucis, de la protéger du monde entier. Et par sa propre faute, il ne pouvait pas. Il lui avait menti, il avait détruit la confiance qu'elle avait en lui. Et le pire, c'était qu'il avait pressenti que cela arriverait, mais qu'il n'avait rien fait pour l'empêcher.

— Je serai là ce soir, déclara Trey. J'espère seulement que Bree aura prévu de la bière en plus du champagne.

La communication terminée, Rylan partit en quête de David. Il le trouva qui examinait le boîtier de contrôle du système d'alarme, situé dans la cuisine du personnel.

— Quelqu'un a dû neutraliser le système pour s'introduire dans le bureau de Kasey, admit-il, mais je ne vois pas comment.

Rylan observa le boîtier. Il connaissait bien les systèmes de sécurité et en avait même conçu plusieurs. Celui-ci était un des plus coûteux sur le marché, et disposait de tous les programmes qu'il aurait recommandés. Le problème, c'était qu'il y avait toujours quelqu'un capable de contourner la technologie, si sophistiquée soit-elle.

David cherchait des signes suggérant qu'on avait éteint l'alarme. Cependant, si le coupable avait réussi à faire cela, il savait sans doute aussi comment couvrir ses traces.

— Et les caméras de surveillance ?

— Je peux les visionner, mais ça va prendre un certain temps, répondit David.

— Les hommes du shérif vont s'en charger. Veillez seulement à ce que tous les enregistrements soient conservés.

Après avoir quitté David, Rylan se dirigea vers le bureau de Bree. La porte était entrouverte, et il marqua une pause avant d'entrer. Elle était assise devant son ordinateur, le menton reposant sur une main, le regard perdu dans le vide et Papadum allongé à ses pieds. Rylan resta immobile quelques secondes à la contempler.

— Il n'est pas l'heure de te préparer ?

Bree tourna la tête, cillant lentement comme si ses paroles l'avaient arrachée à une transe. Une bouffée de tendresse déferla en lui.

— Oh ! murmura-t-elle en regardant son téléphone. Je ne me rendais pas compte qu'il était si tard.

Elle paraissait si abattue qu'il dut se faire violence pour ne pas traverser la pièce et l'entourer de ses bras.

— Tu as travaillé dur pour cette exposition, Bree.

— Et il a réussi à me la gâcher.

Sa lèvre inférieure tremblait.

— Seulement si tu le laisses faire.

Il claqua dans les doigts pour appeler Papadum, qui se leva tranquillement et alla vers lui.

— Ne le laisse pas faire.

Bree demeura immobile un instant, puis hocha la tête.

— Tu as raison. Je vais me changer.

Kasey achevait de disposer les bouteilles de champagne et les plateaux de canapés. Les artistes attendaient, seuls ou en groupes, l'air nerveux, fier ou les deux à la fois. David était posté à l'entrée, vêtu de son uniforme, l'œil sur sa montre.

Rylan, plus élégant dans son costume que n'importe quel homme avait le droit de l'être, traversa la galerie, flanqué de Papadum. À son approche, Bree lissa les plis de sa robe de cocktail couleur café.

— Ça va ? demanda-t-il, arquant un sourcil.

Elle hocha la tête, soulagée qu'il soit là. Comment parvenait-il à la rassurer par sa seule présence ? Et surtout, pourquoi se laissait-elle convaincre ?

— Allons-y.

Ensemble, ils se dirigèrent vers l'entrée. Sur le signal de Bree, David déverrouilla les portes et recula comme s'il s'attendait à ce qu'une foule s'engouffre à l'intérieur. Rien ne se produisit.

— Il n'y a personne, murmura Rylan, déconcerté.

— C'est normal, affirma Bree, tentant de se persuader elle-même. En général, les gens arrivent un peu après l'heure indiquée sur l'invitation.

Les portes s'ouvrirent.

— À part ma mère...

Audrey, très élégante dans une robe en satin couleur crème, lui souriait avec fierté. Bree lâcha une exclamation de plaisir à la vue de son père.

— Papa !

Calvin Colton était le deuxième fils du fondateur de l'empire des Colton, Earl, désormais âgé de quatre-vingt-quatorze ans. Plus mince, plus petit et plus taciturne que ses deux frères, il s'était engagé auprès d'Audrey dans nombre de causes nobles.

— Tu pensais que je n'allais pas venir ? la taquina-t-il en l'embrassant sur les deux joues. Laisse-moi te regarder un peu.

En dépit de son sourire, Bree percevait l'inquiétude sur ses traits.

— J'aimerais que tu reviennes à la maison, ma chérie. Que tu nous laisses te protéger.

Audrey intervint.

— Calvin, je te présente Rylan. Tu sais ? L'agent artistique.

Bree leva les yeux au ciel.

— Tu peux cesser de jouer la comédie, maman. Il m'a dit toute la vérité. Et Trey est au courant aussi à présent.

— Eh bien, tant mieux.

Sa mère glissa un bras sous le sien et l'autre sous le bras de Rylan.

— Savoir que Rylan sera constamment à tes côtés me rassure. Je peux arrêter de me faire du souci.

Bree lança un regard en biais à l'intéressé. Réprimait-il un sourire amusé ? Quand il lui rendit son regard, on aurait dit l'innocence incarnée.

— Tu crois vraiment qu'il va venir ici ce soir ? murmura Bree alors que ses parents s'éloignaient.

L'idée que le harceleur puisse faire partie des invités la perturbait plus qu'elle ne voulait l'admettre.

— N'a-t-il pas déjà marqué un point avec l'affaire des programmes ?

— Je ne serais pas surpris qu'il soit là, répondit Rylan. Quel plaisir tirerait-il de ses actions s'il ne pouvait pas voir l'effet produit ?

— Quel plaisir ? répéta Bree, parcourue par un frisson.

L'expression de Rylan s'adoucit.

— Pardon. Le mot était mal choisi. Mais l'expérience m'a appris que les harceleurs cherchent à s'approcher de leurs victimes le plus souvent possible.

— Est-ce un harceleur ? demanda-t-elle, les sourcils froncés. Il veut m'inciter à partir. Je croyais que le harcèlement était plutôt une attirance qui virait à l'obsession.

— Il n'y a pas de comportement typique, expliqua Rylan. Pas plus qu'il n'y a de victime typique. Quelle que soit la raison qui l'a poussé à entamer cette campagne d'intimidation, il ne fait aucun doute qu'elle a pris un tour plus personnel.

Leur conversation fut interrompue par de nouveaux arrivants. Bree alla les saluer, s'efforçant de refouler la pensée que le coupable puisse être parmi eux. La galerie s'emplissait peu à peu et pourtant elle ne pouvait se défaire de l'impression d'être observée. Malgré tout ce qu'elle avait pu dire, elle était heureuse de savoir Rylan près d'elle.

Ils bavardèrent ensemble avec le groupe de jeunes artistes qu'il représentait. Bree fut rassurée par leur évidente gratitude envers lui pour le travail qu'il avait accompli.

— J'ai une proposition à vous faire, déclara-t-elle, s'adressant à eux. Je suis actuellement en pourparlers avec le conseil municipal pour créer plusieurs œuvres dans le style de Banksy en ville. Si certains d'entre vous sont intéressés...

Ses paroles furent noyées par les exclamations enthousiastes du groupe.

— Parfait, dit-elle en riant. Je laisse Rylan s'en occuper.

Au bout d'une heure ou deux, il fut évident que l'inauguration était un succès. Collectionneurs, critiques d'art, étudiants et journalistes côtoyaient les artistes et les amis et parents de Bree. Elle avait fait appel à une chorale de musique africaine et à un groupe de percussion pour animer la soirée. Leur contribution se révéla si populaire que certains invités se mirent à danser avec eux.

— Tu penses qu'il est là ? demanda Trey en tendant une bière à Rylan.

Occupé à observer Lucas Brewer, qui inspectait les projecteurs au pied d'une sculpture, Rylan reporta son attention sur lui.

— Pas toi ?

Étant grands l'un et l'autre, ils pouvaient facilement parcourir la foule des yeux.

— Si on avait une idée de qui il est, ça nous aiderait, marmonna Trey.

— L'adresse mail n'a rien donné ?

— Tu sais comment c'est. Si on envoie un mail de chez soi, la police peut remonter la trace assez facilement. En revanche, si on utilise un téléphone acheté en espèces et qu'on se connecte à un réseau wi-fi public pour créer une nouvelle adresse mail, c'est une autre histoire. Bon, je vais circuler un peu. Et toi ?

— Je reste avec Bree.

— Parfait.

Celle-ci se tourna vers lui.

— Il faut que je remercie tout le monde d'être venu. Les profits de la soirée vont être versés à une association caritative et le montant réuni sera posté sur le site Internet de la galerie dès demain matin.

Rylan hésita, évaluant manifestement les risques. La chorale et les percussionnistes étaient installés au fond de la galerie, mais une scène plus petite était disponible près de l'entrée du café. Bree y avait fait placer un micro en prévision de son discours.

Il hocha la tête.

— Très bien. Je resterai à côté de toi.

— Il ne tenterait rien en public, si ? demanda-t-elle, soudain inquiète.

— Je ne crois pas.

Il mit une main sur son bras, déclenchant de petits chocs électriques le long de ses terminaisons nerveuses. Puis il baissa les yeux et se hâta de le retirer.

— Pardon.

Bree savait qu'il avait eu l'intention de la réconforter. En revanche, elle ne savait pas comment ils allaient parvenir à recadrer leur relation. Bien qu'ils ne soient plus un couple, leur besoin de se toucher était instinctif, aussi simple et aussi naturel que de respirer. Et elle doutait que le temps y change grand-chose.

Elle soupira. Ce n'était pas le moment de s'adonner à une analyse en profondeur de ses sentiments envers Rylan. Elle échangea quelques mots avec Kasey, qui partit demander à la chorale de faire une pause pendant que les invités se rassemblaient autour de l'estrade.

Bree remonta sa longue jupe, agrippa le pied du micro et prit place sous le faisceau de l'unique projecteur. Elle avait prononcé plusieurs discours depuis qu'elle avait créé la galerie et, bien qu'elle soit réservée de nature, cet exercice ne l'effrayait plus.

Souriant à ses parents qui la regardaient avec fierté, elle commença.

— Chers amis, je voudrais tout d'abord remercier les artistes qui ont contribué à cette célébration éclatante des talents de la communauté afro-américaine. Ça a été un plaisir et un honneur de collaborer…

Alors qu'elle parlait, elle sentit quelque chose tomber sur sa tête. Peut-être un insecte ou un petit fragment de plâtre, ou encore une goutte d'eau. Elle secoua la tête et poursuivit, citant les gens qui l'avaient aidée à faire de l'exposition un succès.

Quand l'incident se répéta – cette fois, elle le sentit très nettement –, elle changea de position. Cependant, elle ne pouvait s'éloigner du faisceau de lumière, sinon les invités au fond de la salle ne la verraient plus.

— ... et bien sûr, ma fantastique assistante, Kasey Spencer, sans qui je ne...

Cette fois, ce furent trois gouttes en rapide succession, dont l'une lui dégoulina dans le cou. Bree leva la main pour essuyer le liquide tout en regardant le plafond pour localiser la source de ce désagrément. À cet instant, ce fut comme si la scène continuait au ralenti.

Elle vit une des plaques du plafond bouger, puis disparaître. Un liquide sombre et épais se déversa telle une rivière dans l'espace créé, accompagné d'une odeur forte et écœurante. Il recouvrit sa tête et ses épaules, dégoulina sur ses bras et forma une flaque à ses pieds. Elle devait ressembler à une créature sortie d'un film d'horreur.

Figée sur place, Bree était incapable de bouger et même de respirer. Elle eut vaguement conscience des visages choqués des invités, de sa mère qui ouvrait la bouche, prête à hurler, de Trey qui se ruait vers elle.

Rylan l'atteignit le premier. Ce fut seulement quand il l'entoura de sa veste et retira sa chemise pour essuyer la substance poisseuse qui lui collait au visage qu'elle se mit à trembler de tous ses membres. Elle se blottit contre lui en titubant, le cœur battant à un rythme nouveau, affolé.

— N'aie pas peur, souffla-t-il. Ce n'est que du chocolat.

Il la souleva dans ses bras et l'emporta.

9

Que du chocolat.

Rylan serrait les poings chaque fois qu'il y pensait. Il revoyait le flot de liquide noir couler droit sur le visage de Bree. Avant que l'odeur sucrée n'atteigne ses narines, il avait craint que ce ne soit pire. Que Bree n'ait été aspergée de sang.

Il secoua la tête, refoulant la fureur qui menaçait de le consumer. Il devait rester calme, affronter son adversaire de manière rationnelle. Bree avait besoin de ses compétences et de son expérience. Ses émotions devraient rester enfouies en lui.

Ce n'était pas du sang, mais quelle différence, au fond ? Son exposition, le fruit de mois entiers de travail acharné, avait été gâchée. D'abord, ses tableaux avaient été saccagés. Et maintenant...

Personne ne se souviendrait des œuvres, de l'argent réuni pour les œuvres caritatives, de la chorale, de l'ambiance festive ni des invités prestigieux. Ne resterait que l'image de Bree debout sur cette scène, humiliée, dégoulinante de chocolat. Naturellement, les journalistes présents allaient s'empresser de rapporter l'incident. Et puisqu'elle était une Colton, certains se réjouiraient de son malheur.

Ses pensées rageuses furent interrompues par le bourdonnement de la sonnette. Le visage de Trey apparut à l'écran. Rylan appuya sur le bouton pour le laisser entrer.

— Où est-elle ?

— Sous la douche.

Rylan consulta sa montre.

— Depuis une heure.

— Tu es sûr qu'elle va bien ?

— Elle me répond chaque fois que je toque à la porte, c'est-à-dire toutes les cinq minutes. Au début, elle me demandait de la laisser tranquille. Ses réponses sont de moins en moins polies.

— Désolé, répondit Trey en passant une main sur son visage. Je sais que tu n'es pas un amateur, loin de là. Comment as-tu persuadé nos parents de s'en aller ?

— Bree a affirmé qu'elle allait bien et promis de leur téléphoner plus tard. Ils ne voulaient pas partir, mais ils savaient que je serais là.

Rylan précéda Trey dans la cuisine et désigna la machine à café.

— Tu en veux ? Qu'as-tu trouvé à la galerie ?

— David Swanson m'a aidé à faire évacuer les lieux. La plupart des invités avaient hâte de partir. Ils étaient sous le choc. Quant aux journalistes…

Trey pinça les lèvres.

— … disons qu'il a fallu se montrer plus persuasif avec certains.

— Je suppose que tu ne peux pas empêcher l'affaire de s'ébruiter ?

Trey réprima un rire amer.

— Autant espérer une canicule en plein hiver.

Rylan lui tendit une tasse de café.

— Et le chocolat ? Comment le type s'y est-il pris ?

— Un simple système télécommandé. Le chocolat était dans une bassine, disposée de manière à basculer au moment où la plaque du plafond s'ouvrirait, expliqua Trey. On a récupéré la télécommande dans une poubelle de l'entrée.

— Pas d'empreintes ?

— Je l'ai envoyée au labo, mais je ne suis guère optimiste.

Un son les fit se retourner. Bree était là, vêtue d'un pantalon de jogging gris et d'un pull bleu, une serviette enroulée autour de la tête. Elle paraissait menue, fragile et si adorable que Rylan en eut le cœur serré.

— Salut, lança-t-il, sur un ton qu'il voulait dégagé, mais qui ne trompa personne. Tu veux un café ? Ou grignoter quelque chose ?

— Je vais prendre un verre d'eau.

Elle se dirigea vers le réfrigérateur, marquant une pause pour caresser Papadum qui lui léchait la main.

Le chien et moi. Aussi mordus l'un que l'autre.

En quelques mots, Trey lui expliqua ce qu'ils avaient découvert concernant le chocolat. Bree s'immobilisa, sa bouteille d'eau à mi-chemin de sa bouche.

— Il a dû falloir un certain temps pour mettre tout cela en place, non ?

Trey haussa les épaules.

— Pour ce qui est de l'électronique, oui, mais ça n'a pas forcément été fait à la galerie. L'installation proprement dite n'a nécessité que quelques minutes.

— D'accord, mais il a quand même fallu qu'il monte à l'échelle, objecta Rylan. Et qu'il apporte la bassine de chocolat. Tout ça a forcément été fait pendant que la galerie était fermée.

— C'est vrai. Pourtant, aucune effraction n'a été constatée, murmura Trey, pensif. Le coupable a dû saboter le système d'alarme.

Il se dirigea vers la porte.

— Je vais parler à David avant de rentrer à la maison.

Trey parti, Rylan observa Bree qui grattait machinalement l'étiquette de sa bouteille d'eau. Une fois de plus, il dut se faire violence pour ne pas la prendre dans ses bras.

Elle leva vers lui des yeux remplis de larmes.

— Il est en train de gagner, n'est-ce pas ?

— Tant que je suis en vie, il ne te fera pas de mal, Bree.

— J'ai eu beau me frictionner pendant une éternité, je sens encore le chocolat.

Elle étouffa un sanglot. Au même moment, son téléphone portable émit un petit bruit.

Elle le tira de sa poche.

— C'est un mail.

D'un doigt qui tremblait légèrement, elle surligna le texte et activa le haut-parleur. Une voix sereine s'éleva.

C'est sucré, le chocolat. Ton sang aussi est sucré ? Je suppose qu'il n'y a qu'une seule manière de le savoir.

Bree s'était attendue à ne pas dormir, et ne s'était pas trompée. Chaque fois qu'elle fermait les yeux, l'épouvantable incident passait en boucle dans sa tête.

Elle s'était battue pour surmonter la timidité qui avait marqué son enfance, mais celle-ci rôdait toujours à l'arrière-plan. La peur d'être mise à l'écart, montrée du doigt...

Ce soir-là, son pire cauchemar était devenu réalité. Elle avait encore du mal à croire à ce qui s'était passé, devant tous les gens qui comptaient dans le domaine qu'elle s'était choisi. C'était comme si le harceleur avait trouvé le meilleur moyen de l'humilier. Elle s'était lavée, mais le traumatisme demeurait. Personne n'oublierait jamais l'incident. Sans doute ferait-elle encore l'objet de plaisanteries lorsqu'elle serait à la maison de retraite.

À supposer qu'il me laisse en vie jusque-là.

Renonçant à dormir, elle s'assit dans le lit, ramenant les genoux sous son menton.

Non. Elle n'allait pas céder à ce genre de pensées. Ce type était un lâche, il la tourmentait de loin. Elle survivrait à cette épreuve. La question était de savoir si sa galerie aussi.

Sa magnifique galerie, la prunelle de ses yeux, le symbole de son indépendance... Son ennemi la visait à travers son travail, essayait de la chasser. Elle ne devait pas le laisser gagner. Mais comment faire face à un adversaire invisible ?

Ses pensées se tournèrent vers Rylan. Jamais elle ne s'était sentie si déchirée. Il l'avait trahie. Elle lui avait ouvert son cœur, et il lui avait menti.

Quand elle avait découvert la vérité, elle n'avait eu qu'une envie : s'éloigner de lui. Comme s'il pouvait emporter la douleur qu'il lui avait causée.

Le sort en avait décidé autrement.

Elle était menacée, et Rylan était le meilleur garde du corps qu'elle puisse avoir. Elle n'avait d'autre choix que d'accepter sa protection. Ce qui signifiait qu'ils étaient constamment ensemble. Et l'attirance qu'ils éprouvaient l'un pour l'autre était plus forte que jamais.

Désirer Rylan, tout en se refusant à le désirer… c'était un calvaire. En plus de tout le reste, la situation entre eux la rendait folle.

En même temps, elle était contente qu'il soit là. Il n'y avait personne qu'elle eût préféré avoir à ses côtés pour affronter ce cauchemar. Non seulement Rylan savait comment lutter contre celui qui la harcelait, mais il comprenait aussi à quel point sa vie risquait d'être affectée à long terme par cette affaire.

Elle s'était suffisamment confiée à lui pour qu'il sache combien ça avait été difficile pour elle de se libérer des chaînes de la famille Colton. Elle avait beau adorer sa famille, elle chérissait son indépendance. Rylan était le seul à comprendre cela. Il ne la jugeait pas, pas plus qu'il ne cherchait à la faire changer d'avis. Il comprenait, voilà tout, sans qu'elle ait besoin de lui fournir d'explications.

Peut-être son empathie était-elle liée à la tristesse qu'elle sentait enfouie en lui. Durant la brève période où ils avaient été amants, ils avaient été trop absorbés par le plaisir d'être ensemble pour se pencher sur des questions plus profondes. Elle avait supposé que cela viendrait plus tard.

Bree lâcha un soupir. *Je pensais que nous aurions le temps d'apprendre à nous connaître. Je ne savais pas alors qu'il jouait la comédie.*

Un reniflement derrière la porte l'arracha à ses réflexions. Il n'y avait que deux autres occupants dans l'appartement, et elle doutait que Rylan tente d'attirer son attention de manière aussi inhabituelle. Un grattement suivi d'une plainte confirma sa conclusion.

Elle se leva et alla ouvrir la porte.

— Qu'y a-t-il, Papadum ? Tu ne peux pas dormir, toi non plus ?

Le chien lui donna un petit coup de museau dans la cuisse, puis fila vers la patère où sa laisse était accrochée.

Bree le suivit.

— Ah ! je vois. Tu veux sortir ?

Elle jeta un coup d'œil vers la chambre d'amis par-dessus son épaule. Papadum était un chien intelligent. Il savait lequel des deux avait le sommeil le plus léger. Au-dehors, l'aube commençait à embraser le ciel.

Elle n'hésita qu'un instant. Rylan n'aurait pas voulu qu'elle sorte seule, mais que pouvait-il lui arriver si elle était accompagnée de Papadum ? Le malheureux avait visiblement besoin de sortir, et à quoi bon réveiller Rylan alors qu'elle serait revenue dans moins de cinq minutes ?

Elle enfila son manteau et ses bottes en peau de mouton, puis fourra des sacs biodégradables dans sa poche tandis que Papadum trépignait d'excitation – ou d'impatience.

Quelques instants plus tard, elle descendait Second Street, savourant le silence. C'était un moment de la journée qu'elle voyait rarement, et le spectacle était magnifique. Des traînées roses, orange et violettes traversaient le ciel au-dessus des formes sombres des montagnes. Lever de soleil au Colorado. Elle eut l'envie soudaine d'attraper ses pinceaux.

Quand Papadum eut terminé, Bree le laissa vagabonder quelques minutes. Il courut dans l'herbe, la truffe au ras du sol, à la poursuite d'odeurs mystérieuses. Enfin, comme elle commençait à avoir les pieds et les mains engourdis par le froid, elle le persuada, non sans mal, de prendre le chemin du retour.

Elle remonta la rue en direction du Diamond, songeant à la galerie. Comment allait-elle aborder la journée qui débutait ? Elle ne pouvait pas faire comme s'il ne s'était rien passé la veille, mais allait-elle parler ouvertement du harcèlement dont elle était l'objet ? Etait-ce la meilleure manière d'affronter la situation ? Rylan était sans doute le mieux placé pour répondre à cette question.

Un bruit à proximité fit battre son cœur plus vite, et elle en fut agacée. Voilà ce que cet homme lui avait fait. Les menaces l'avaient rendue nerveuse.

Pourtant... quelqu'un s'approchait. Une fraction de seconde trop tard, elle fit volte-face au moment où Papadum se mettait à gronder. L'homme était à quelques centimètres d'elle, le visage dissimulé par une cagoule. Il l'empoigna par le bras, lui plaquant une main sur la bouche en même temps. Alors que Bree tentait de se débattre, Papadum bondit et se jeta de tout son poids sur l'agresseur.

Pris par surprise, celui-ci chancela. Saisissant sa chance, Bree pivota et lui décocha un violent coup de pied dans la cheville. Il lâcha un juron et recula d'un pas, desserrant son étreinte. Aussitôt, Bree se mit à hurler à pleins poumons.

Des cris et des pas précipités s'élevèrent non loin. L'homme jeta Bree à terre et détala. Quelques secondes plus tard, deux hommes en uniforme de livreur se précipitaient vers elle et l'aidaient à se relever.

— Nous avons tout vu. Vous êtes blessée ?

Elle secoua la tête et prit une profonde inspiration.

— Non. Merci d'être venus à mon aide.

Ses doigts tremblants agrippèrent le téléphone dans sa poche. Il n'y avait qu'une seule voix qu'elle avait besoin d'entendre. À cet instant, peu importaient ses raisons.

— Rylan ?

— Les gens vont penser que je prends la fuite, murmura-t-elle, visiblement peu convaincue par sa suggestion.

— Et alors ? Tout ce qui compte, c'est que tu sois en sécurité.

Le sang de Rylan se glaçait lorsqu'il pensait à ce qui venait de lui arriver. L'agresseur était probablement celui qui la harcelait. Il ne pouvait s'agir d'une simple coïncidence.

D'après ce qu'elle lui avait raconté, elle n'avait dû son salut qu'à l'intervention de Papadum et une bonne dose de chance. Le harceleur avait franchi une étape et Rylan se refusait à prendre plus de risques.

La solution qu'il avait proposée à Bree était idéale. Le problème, c'était qu'elle était têtue comme une mule.

— Je ne sais même pas où est ton ranch.

Ils étaient assis à la table de la cuisine, et elle sirotait son troisième café.

— Tu veux que je te le montre sur une carte ?

Elle soupira et repoussa les boucles qui lui tombaient sur le front. Rylan perdit momentanément le fil de ses pensées. La plupart du temps, Bree rassemblait impitoyablement ses cheveux en une tresse sévère, mais il préférait les voir flotter librement sur ses épaules. Il adorait y enfouir les doigts. Cependant, comme il était peu probable qu'il en ait de nouveau la possibilité un jour, il jugea préférable de se concentrer sur la question la plus pressante.

— Ce que je veux dire, c'est que, si je vais me réfugier chez toi, j'aurai l'impression qu'il a gagné.

Il était temps de la mettre devant les faits.

— Si tu restes ici et qu'il t'agresse de nouveau, il aura gagné. Tout sera terminé.

Elle frissonna et il se radoucit.

— Pourquoi ne m'as-tu pas réveillé ?

Elle leva un regard troublé vers lui.

— Papadum avait besoin de sortir. Tu dormais. Ça ne paraissait pas très important.

— Bree, tant que ce type n'aura pas été arrêté, tout sera important.

— Et si je vais chez toi, qu'est-ce que ça va changer ?

— Pour commencer, seuls tes parents et Trey sauront où tu es. J'ai acheté la propriété récemment et peu de gens dans la région savent qui je suis et quels sont mes liens avec toi. De plus, le ranch est au milieu de nulle part.

Il sourit.

— Et j'ai un système d'alarme ultra-sophistiqué.

Elle le surprit en lui rendant son sourire.

— Je n'en attendais pas moins de toi.

— As-tu des affaires urgentes à régler à la galerie ?

Il la vit froncer les sourcils et lut dans ses pensées.

— Cela ne veut pas dire que tu le laisses te chasser, Bree. Il s'agit simplement de te mettre à l'abri le temps que mes contacts aient complété leurs investigations. Dis à Kasey que tu prends quelques jours pour te focaliser sur ta peinture. Elle peut toujours t'appeler ou t'envoyer un mail si elle a besoin de quoi que ce soit.

— Quelques jours pour peindre...

Son expression changea, devint rêveuse.

— Waouh.

— C'est tentant, non ?

Bree acquiesça.

— Je viens de me rendre compte que je n'ai pas fait ça depuis que j'ai ouvert la galerie. Mais ce n'est pas si facile...

— Bree, c'est facile si tu veux que ça le soit.

Il comprit qu'elle hésitait.

— Cela dit, ce ne sont pas des vacances que je te propose. J'essaie de te sauver la vie.

Elle reposa sa tasse.

— Je pourrai revenir si nécessaire ?

— Bien sûr. Je ne te quitterai pas d'une semelle.

Il désigna Papadum qui terminait son petit déjeuner.

— Et le gros costaud non plus.

Bree parut embarrassée.

— Une dernière question. Combien de chambres y a-t-il chez toi ?

— Quatre, répondit-il, chagriné qu'elle ait éprouvé le besoin de lui poser la question. Tu auras le choix. Dinah, qui m'aide à prendre soin des animaux, occupe son propre chalet en bordure de la propriété.

Elle se leva.

— Je vais préparer un sac.

Rylan la regarda sortir de la pièce, soulagé. Il vérifia brièvement sa boîte mail, mais il n'avait reçu aucun nouveau message de ses collègues détectives. Ce n'était guère étonnant. Le genre de recherches qu'il leur avait confiées exigeait du temps, et le lien du harceleur avec Bree ne serait peut-être pas immédiatement apparent.

Ses pensées retournèrent à Lucas Brewer. Il était évident qu'il était attiré par Bree. S'il lui avait fait des avances ou qu'ils étaient sortis ensemble et qu'elle l'avait éconduit, cela lui donnait un motif de vengeance. Pourquoi ne pas interroger Bree à son sujet ? Ce n'était pas si facile. Il y avait certaines questions auxquelles il ne voulait pas connaître la réponse. Bree et Lucas ? C'était une image qu'il ne voulait pas avoir dans la tête.

Papadum s'approcha et se pencha contre sa jambe.

— C'est de la compassion masculine ou tu as encore faim ?

Le chien poussa un profond soupir.

— Je sais. C'est moi qui ai tout gâché. Je n'ai plus qu'à vivre avec.

Papadum posa les pattes sur les genoux de Rylan et le regarda à travers sa frange.

— Tu me trouves idiot ? Tu as peut-être raison, mais, au moins, ce n'est pas moi qui ai les oreilles pleines de miettes.

10

À environ une demi-heure de Roaring Springs, Rylan quitta la voie express pour emprunter une succession de routes de plus en plus sinueuses tandis que Bree admirait la beauté du paysage. Ils avaient laissé Pine Peak, sa station de ski, ses touristes et les terres des Colton derrière eux, et elle ne connaissait pas bien cette région.

Autour d'eux, c'était déjà le printemps. Le vert vif des trembles se détachait sur l'arrière-fond plus sombre des forêts de pins. Elle aperçut des lacs iridescents, des cascades exubérantes, et des fleurs sauvages qui commençaient à percer à travers les dernières plaques de neige. Les vues étaient moins spectaculaires à cette altitude, mais magnifiques tout de même.

Rylan se focalisait sur la conduite et Bree se surprenait parfois à contempler son profil séduisant. Leur intimité lui manquait. Elle regrettait de ne plus pouvoir le toucher, de ne plus l'entendre la taquiner. De ne plus s'endormir au creux de ses bras.

Comme s'il avait lu dans ses pensées, il se tourna vers elle.

— Tu as parlé à tes parents ?

— Oui. Ils sont contents que j'aie pris des mesures pour me protéger. Cela dit, ils m'ont rappelé qu'un gala est prévu au Château demain soir, au profit d'une des causes favorites de ma mère, le Centre interculturel de Second Street. La famille Colton sera là au grand complet.

— Par conséquent, il faut que tu y assistes ?

— Disons qu'on s'attend à ce que je sois là.

Elle ne savait pas comment s'expliquer. Il ne s'agissait pas seulement d'une soirée chic, mais de soutenir la communauté de Roaring Springs.

— On peut y aller.

Il reporta son regard sur la route, un sourire au coin des lèvres.

— J'ai un smoking.

Bree se retourna vers la vitre, imaginant la scène. La petite Bree au bras d'un homme séduisant. Elle voyait d'ici s'arquer quelques sourcils bien dessinés. Et dans une semaine ou deux, quand les cousins Colton et leurs amis de la bonne société découvriraient que Rylan avait été engagé pour la protéger…

Ce serait une humiliation de plus, voilà tout.

— On va s'amuser.

Le ton morne de sa voix trahissait son peu d'enthousiasme. Étendu sur la banquette arrière, Papadum lâcha un petit grognement d'assentiment, mais Bree se tourna vers lui.

— Désolé, les chiens ne sont pas acceptés, mais tu ne vas pas manquer grand-chose.

Ils continuèrent à rouler en silence pendant quelques minutes, puis Rylan s'engagea sur un chemin de terre. Au bout d'une centaine de mètres, ils arrivèrent devant un portail indiquant Moutain View Ranch. Le portail s'ouvrit, et Rylan pénétra dans la propriété.

— Signal électronique, dit-il, désignant un petit disque sur le pare-brise.

Bree regarda le portail se refermer derrière eux.

— Et si quelqu'un escaladait la clôture ?

— Le système d'alarme se déclencherait. J'ai installé des caméras de surveillance sur tout le périmètre.

Il se tourna vers elle en souriant.

— À quoi cela servirait-il de mettre un point un système ultra-perfectionné si je ne m'en servais pas chez moi ?

Bree se tut un instant, fascinée par le panorama. Ils se trouvaient dans une sorte de vaste cuvette entourée de montagnes.

— Cet endroit est bien nommé.

Rylan ralentit et désigna le paysage d'un geste.

— Je crois que je ne me lasserai jamais de la vue. Le ranch couvre environ quatre cents hectares. Une grande partie est complètement sauvage. Par là, il y a un ancien ranch laissé à l'abandon. J'aimerais bien l'acheter, mais...

Il haussa les épaules.

— Je ne peux pas.

Quoi qu'intriguée par sa remarque, Bree n'eut pas le temps de lui demander des précisions. Ils s'approchaient d'une crête qui dominait une petite rivière. Une maison avait été construite là, tout en bois, entourée d'une galerie ouverte. Derrière, le terrain grimpait lentement, un patchwork de nuances de vert et de marron qui se détachait sur le ciel bleu.

Une écurie se dressait à proximité, flanquée d'un enclos et de plusieurs dépendances.

Rylan se gara et coupa le moteur.

— Nous sommes arrivés.

— C'est...

Bree s'interrompit, cherchant en vain un mot approprié.

— ... incroyable.

Elle sentit qu'il se détendait légèrement.

— C'est mon avis aussi.

Comme ils descendaient de voiture, une cacophonie s'éleva. Jappements, aboiements, couinements, se mêlaient à un autre bruit que Bree n'identifia pas tout d'abord.

— J'aurais dû te prévenir...

Avant que Rylan ait pu s'expliquer davantage, une meute de chiens se rua vers eux. Bree eut le temps d'en compter six, tous différents. Ils se jetèrent sur Rylan comme s'ils étaient poursuivis par des démons et qu'il était leur seule chance de salut.

— Descendez, espèces de cinglés, ordonna-t-il en riant. Nous avons une invitée.

C'était une erreur. Les chiens se précipitèrent sur Bree et tentèrent de la couvrir de baisers. Elle les caressa en riant, s'efforçant tant bien que mal de ne pas perdre l'équilibre.

— Pardon, s'excusa Rylan en venant à son secours.

Un chien sous chaque bras, il repoussa les autres.

— Tu ne vas peut-être pas me croire, mais ils se calmeront une fois qu'ils seront habitués à toi. Ils sont excités parce qu'ils ne m'ont pas vu depuis quelques jours.

Un aboiement sourd s'éleva derrière eux. Resté dans la voiture, Papadum grattait la vitre, impatient d'être libéré. Dès qu'il fut relâché, les autres chiens reportèrent leur attention sur lui et lui firent la fête.

Bree les suivit des yeux tandis qu'ils s'éloignaient.

— Tu m'avais dit que ta collection d'animaux était unique, mais un de ces chiens n'est pas un chien.

— C'est Merry. Nous avons d'autres moutons ici, mais pour une raison ou pour une autre elle préfère la compagnie des chiens. Elle dort même avec eux.

Rylan ouvrit le coffre et prit son sac.

— Je t'avais dit que cette maison est une sorte de refuge pour animaux ?

— Non, mais je m'en doutais un peu.

Il sourit.

— Je vais te faire visiter, et ensuite je te présenterai aux autres pensionnaires.

L'intérieur de la maison était aussi simple et aussi beau que l'extérieur. Le bois clair, la pierre naturelle et les murs aux couleurs sobres s'alliaient avec harmonie aux tons chauds des canapés et des rideaux. L'œil d'artiste de Bree apprécia la cheminée, la table en bois brut de la cuisine, les plaids multicolores et les vues splendides de chaque fenêtre. Ne manquaient peut-être que quelques tableaux de paysages pour égayer les murs... Elle pourrait toujours en faire la suggestion dans un jour ou deux.

— C'est superbe, Rylan.

Il parut soulagé qu'elle approuve ses choix.

— Je vais te montrer les chambres.

— Donne-moi celle que tu voudras, ça m'est égal, dit-elle. Mais j'avoue que cette vue de la rivière est extraordinaire.

— Dans ce cas, c'est celle-ci que tu auras.

Rylan fit quelques pas dans le couloir et poussa une porte. Leur entrée fut accueillie par un geignement outragé.

— Oh ! s'écria Bree en recula d'un pas. Je ne voulais déranger personne.

— C'est Cindy-du-service-publicité.

Pelotonnée sur un gros coussin à même le plancher, une chatte noire et blanche la jaugeait du regard.

— Pardon ?

— Un jour que j'étais chez le vétérinaire, une femme a amené cette chatte, qui appartenait à une de ses collègues. Sa propriétaire avait eu une attaque cérébrale et ne pouvait plus s'en occuper. La chatte était maigre comme un clou et terrifiée, et la femme voulait la faire euthanasier. La propriétaire s'appelait Cindy... et elle travaillait au service publicité.

— Je vois, acquiesça Bree, entrant dans le jeu. Et son diminutif, c'est Cindy ?

— Non.

Rylan demeura impassible, mais une lueur amusée pétillait dans son regard.

— Je l'appelle Pub.

Bree le dévisagea, pensive.

— Ça t'arrive de refuser un animal ?

Il parut choqué.

— Pourquoi est-ce que je ferais ça alors que je peux l'aider ?

Bree ajusta intérieurement sa perception de Rylan, mais

au fond sa compassion envers les animaux ne l'étonnait guère. Elle avait toujours soupçonné que sa façade sévère de garde du corps dissimulait un côté plus tendre. Un grand cœur. Elle n'était pas sûre qu'il se rende compte à quel point il était exceptionnel.

Elle entra. La chambre était grande et lumineuse, dotée d'un énorme lit en bois avec armoire assortie, et d'une salle de bains attenante.

— C'est parfait. Si Pub n'y voit pas d'inconvénient ?

Comme Rylan se baissait pour soulever la chatte, celle-ci miaula et changea de position. Un autre bruit s'éleva.

— Oh ! elle a des chatons ?

— Non, soupira Rylan. Des canetons.

Il souleva légèrement l'animal, révélant cinq minuscules canetons jaunes. Pub lui lança un regard offensé, puis s'étira et sortit majestueusement de la pièce. Les canetons la suivirent à la queue-leu-leu.

Bree s'assit sur le lit et éclata de rire.

— Leur mère les a abandonnés alors qu'ils n'avaient que quelques jours. Dinah a essayé de les élever, mais ils se sont pris d'affection pour Pub et ils ont décidé qu'elle serait leur nouvelle maman. Ça n'a pas l'air de la contrarier.

Il indiqua du pouce la direction que les animaux avaient prise.

— En fait, je crois que ça lui plaît.

— Tu ne m'avais pas dit que j'allais atterrir sur le plateau d'un film de Walt Disney, plaisanta-t-elle. Qu'as-tu d'autre à me montrer ? Des poneys qui dansent ?

Il sourit.

— Rien d'aussi excitant, j'en ai peur. Le mieux que j'aie à t'offrir est un âne au tempérament coléreux.

— Laisse-moi deviner. Il s'appelle Peter-du-service-administratif ?

— Bien sûr que non. Ce serait ridicule.

Il marqua une pause, faisant durer le suspense.

— En fait, c'est une fille. Elle s'appelle Anne. Elle est boiteuse.

— Anne l'ânesse ? De mieux en mieux.

— Attends d'avoir fait sa connaissance. Elle a un caractère de cochon et une oreille déformée qui ressemble à un cric.

Il tendit une main vers elle. Instinctivement, Bree y glissa la sienne.

— Prête pour le reste de la visite ?

— Pourquoi pas ?

Il était difficile d'expliquer l'effet que sa venue au ranch avait produit sur elle. Dès l'instant où ils avaient franchi le portail, elle avait eu le cœur plus léger. Comme si elle n'avait plus à se cacher derrière un masque de femme efficace et maîtresse d'elle-même. Ici, au Mountain View Ranch, elle pouvait être honnête. Et l'honnêteté signifiait admettre qu'elle avait peur. Elle avait besoin de cet endroit magnifique, paisible, sûr, et de cet assortiment de créatures pittoresques pour la faire émerger des ténèbres qui l'entouraient.

Son regard se porta sur l'homme à côté d'elle. Être honnête signifiait-il aussi admettre qu'elle avait besoin de lui autrement qu'en tant que garde du corps ? Elle baissa les yeux sur leurs mains réunies. Avec douceur, elle détacha ses doigts des siens, et lut la tension sur les traits de Rylan.

N'allons pas trop vite en besogne. Il faudrait plus que de la gentillesse envers les animaux pour combler le fossé qui s'était creusé entre eux.

Rylan connaissait Dinah Murphy depuis plusieurs années. Son ex-mari avait travaillé pour l'agence de sécurité qu'il avait fondée. Lorsqu'ils s'étaient séparés, Dinah avait eu du mal à joindre les deux bouts, si bien que Rylan lui avait offert un poste administratif. Il était vite devenu évident qu'ils aimaient tous les deux les animaux. Quand il avait acheté le ranch, il lui avait offert un logement et l'emploi de ses rêves.

Le chalet de Dinah était isolé, près de la limite de propriété de Rylan et non loin du ranch abandonné, mais ils la trouvèrent occupée à nettoyer le chenil. Petite et ronde, elle avait un visage constellé de taches de rousseur, un grand sourire et un cœur plus grand encore.

— Bonjour.

Elle tendit la main à Bree, avant de se raviser aussitôt, indiquant la brosse qu'elle tenait.

— Hmm...

Bree se mit à rire.

— Je comprends. Je peux vous aider ?

— Non, merci. J'ai presque fini. Une autre fois, peut-être ?

— Tout s'est bien passé en mon absence ? demanda Rylan.

— Oh ! tu sais, ça a été le chaos, comme d'habitude, répondit-elle en souriant à Bree. Je ne changerais ça pour rien au monde.

— Et Boo ?

Elle secoua la tête.

— Pas terrible.

— Qui est Boo ?

— Un jars.

— Il est malade ?

— Non, il est en deuil.

Bree regarda Rylan d'un air sceptique.

— C'est vrai, je t'assure. Les oies s'accouplent pour la vie, mais la partenaire de Boo, Lucy – ce sont des oies sauvages, c'est Dinah qui les a baptisées –, a été écrasée par une voiture il y a quelques semaines. Boo a été anéanti. Quand le reste du troupeau est reparti, Boo est resté à l'endroit même où Lucy est morte.

— Le pauvre ! Vous l'avez recueilli ?

— Oui. Mais ça n'a pas été facile, admit Rylan. En fait, on a eu un mal de chien. On ne pouvait pas le laisser au bord de la route... mais il ne voulait pas venir avec nous.

— J'ai encore des bleus, confirma Dinah en se frottant la cuisse. Il n'était pas content.

— Le problème, c'est qu'il ne s'est pas remis de la disparition de Lucy. Il ne mange pas et il passe le plus clair de son temps tout seul dans un coin. On a peur qu'il ne finisse par mourir de chagrin.

Des larmes brillaient dans les yeux ambrés de Bree.

— Je peux le voir ?

— Bien sûr. J'avais prévu d'y aller.

Rylan se retourna vers Dinah.

— Tu as besoin d'un coup de main pour quoi que ce soit ?

— Non, je te remercie. À plus tard !

Elle marqua une pause avant de retourner à sa tâche.

— Contente d'avoir fait votre connaissance, Bree.

Ils se dirigèrent vers la rivière. Une légère brise soufflait, mais le soleil brillait et le ciel était immaculé. Cependant, le temps était imprévisible au mois d'avril, et il n'était pas exclu qu'il se mette à neiger plus tard dans la journée.

— J'ai téléphoné à Kasey. Elle dit que tout va bien à la galerie.

— On dirait que tu ne sais pas si tu dois être contente ou déçue.

Elle sourit.

— Ce serait agréable de penser que je suis indispensable à la société que j'ai créée.

— Considère ça comme un compliment. Tu as mis en place des systèmes efficaces et chacun sait ce qu'il a à faire. Tu peux partir quelques jours sans que ce soit une catastrophe.

Ils cheminèrent en silence pendant quelques minutes.

— Ça te paraît bizarre ?

— C'est sans doute à cause des circonstances. Ce n'est pas comme si c'étaient des vacances.

Ils atteignirent la rive, et Rylan tendit la main à Bree pour l'aider à descendre la pente. Boo était une oie du Canada, un gros volatile au cou et à la tête noirs. Replié sur lui-même à côté d'un rocher en saillie, il demeura immobile, indifférent à leur approche.

— Je peux le toucher ?

— Il te laissera lui caresser la tête.

Elle s'agenouilla sur le sol caillouteux, caressant silencieusement le long cou de l'oiseau.

— Imagine ce que tu éprouverais, murmura Bree d'une voix altérée par l'émotion, si ton avenir t'était brusquement arraché.

Ses paroles éveillèrent un écho dans l'esprit de Rylan. Où avait-il entendu quelqu'un tenir des propos similaires récemment ? Ah ! oui, au café. C'était Judith, la serveuse, quand elle avait parlé d'un groupe qui s'était constitué pour préserver les bâtiments qui étaient devenus le Diamond.

— Boo devrait avoir une amie, reprit Bree.

Sa compréhension envers l'animal endeuillé serra le cœur de Rylan. Il connaissait la solitude. Il savait combien elle pouvait vous ronger. Éveiller en vous le besoin douloureux d'une étreinte, ou d'une écoute.

— Tu as raison. Même s'il ne tombe pas amoureux, il a besoin de compagnie.

Il s'agenouilla à côté de Bree.

— Je vais téléphoner au refuge local pour demander s'ils ont une oie femelle à nous envoyer.

— Je crois aussi que la rivière est trop isolée pour lui en ce moment. Il est faible et déprimé, murmura-t-elle en déposant un baiser sur la tête de l'oiseau. Si on l'installait plus près de la maison, dans une piscine pour enfants, ce serait plus intéressant pour lui.

— Bonne idée. On dirait que tu vas être un atout pour le ranch.

Elle lui jeta un coup d'œil par-dessus son épaule.

— Ne va pas t'y habituer. Je n'ai pas l'intention de rester.

11

Bree avait téléphoné à Trey et lui avait donné des instructions précises pour qu'il puisse trouver la robe qu'elle désirait porter au gala de charité. Quand elle avait mis fin à la communication, Rylan avait arqué un sourcil taquin vers elle.

— Tu es sûre qu'il n'a pas besoin d'une carte détaillée ?

Elle avait paru légèrement embarrassée.

— Non, ça devrait aller. Mais c'est vrai que j'ai beaucoup de robes dans mon dressing.

Trey avait tenu parole et déposé la tenue un peu plus tôt, ne restant que le temps de leur annoncer – sur un ton frustré – que l'enquête piétinait.

Quand Bree apparut dans le salon, habillée pour la soirée, Rylan prit une brève inspiration.

— Ces instructions que tu as données à Trey…

Les doigts de Bree se crispèrent sur le tissu alors qu'elle lui rendait son regard.

— Oui ?

— … elles en valaient la peine. Totalement.

La robe rose foncé rehaussait l'éclat de sa peau dorée. Le col était haut devant, et le dos échancré. Le corsage ajusté s'évasait à partir de la taille en un long jupon ample. Un chignon et des boucles d'oreilles en diamant complétaient l'ensemble.

Rylan était fasciné. Plus encore que d'habitude.

— Tu n'es pas mal toi-même, répondit-elle en désignant son smoking.

Les doigts de Rylan se crispèrent sur les revers de sa veste.

— C'est un *must* dans la garde-robe d'un garde du corps.

Bree se pencha pour prendre son sac et son étole.

— Tu as travaillé pour beaucoup de célébrités ?

— Oui, mais c'est confidentiel, rétorqua-t-il avec un clin d'œil, avant de lui citer quelques noms.

— Vraiment ?

Bree le bombarda de questions alors qu'ils se dirigeaient vers la voiture.

— Waouh ! Il est aussi beau qu'il en a l'air à l'écran ? Et elle ? Le bruit court qu'elle peut être capricieuse. C'est vrai ?

Il passa le trajet à répondre à ses questions et à lui relater diverses anecdotes.

— Tout ça est top secret, d'accord ?

— Bien sûr.

Elle était à demi tournée vers lui, et de délicieuses bouffées de parfum fleuri flottaient jusqu'à lui.

— D'ailleurs, je ne suis pas sûre de croire un mot de ce que tu racontes.

Rylan porta une main à son cœur.

— Tu me blesses, Bree.

Il se mit à rire.

— D'autant plus qu'une bonne partie est vraie.

— Comme l'histoire de l'actrice qui t'a obligé à faire la cuisine les yeux fermés parce qu'elle trouvait qu'elle avait mauvaise mine ce jour-là ?

— C'était peut-être une légère exagération, admit-il.

Il détourna un instant son regard de la route pour saisir le sourire de Bree.

— Elle m'a demandé de porter des lunettes de soleil.

Bree éclata de rire.

— Admets-le ! On ne peut pas te faire confiance pour dire la vérité.

Dès que ces paroles eurent franchi ses lèvres, tout changea. L'atmosphère détendue, amicale, qu'ils avaient savourée l'instant précédent s'était évanouie, remplacée par une tension aussi palpable qu'un mur dressé entre eux. En serait-il ainsi dorénavant ? Vu ce qui s'était passé, il était difficile d'imaginer le contraire.

Rylan contourna le centre de Roaring Springs et s'engagea sur la route isolée qui menait au Château. Il n'y était jamais allé, mais il en avait entendu parler. Autrefois connu sous le nom de Gilford Springs Hotel, l'endroit avait été rénové et transformé en un établissement de renommée internationale. Présenté par la famille Colton comme « un petit coin de France », c'était un sanctuaire pour les célébrités soucieuses d'échapper aux paparazzi.

Malgré tout, il eut le souffle coupé à la vue de la splendide villa qui apparut au bout de la longue allée. Dans un décor de conte de fées, l'hôtel offrait un luxe et un confort dignes des plus prestigieux châteaux français.

Dès que le véhicule se fut arrêté, deux voituriers se présentèrent. L'un ouvrit la portière pour Bree tandis que l'autre se chargeait des clés de Rylan.

Rylan offrit son bras à Bree. Une vague de soulagement l'envahit quand elle l'accepta. Si elle pouvait encore supporter de le toucher... mais non. C'était de la folie de s'autoriser à espérer.

Comme ils montaient les marches, les portes s'ouvrirent devant eux. Le majordome s'inclina devant Bree.

— Quel plaisir de vous voir, mademoiselle Colton ! Vos parents sont déjà arrivés.

À l'intérieur, le bâtiment était aussi splendide qu'au-dehors. Ce n'étaient que colonnes en marbre, murs lambrissés, parquets en marqueterie et plafonds richement ornés. Une fontaine se dressait au centre du vestibule, flanquée de part et d'autre d'un majestueux escalier incurvé. Un feu accueillant avait été allumé dans la vaste cheminée.

Dans l'escalier, une jeune femme rousse braqua son téléphone sur Bree. Aussitôt, Rylan s'interposa.

— Pas de photos.

— Que se passe-t-il ? demanda la jeune femme en embrassant Bree. Tu es tellement belle qu'il faut que je partage ta photo sur Instagram.

— Je te présente ma cousine Skye, dit Bree à Rylan. Elle est directrice du marketing pour l'empire Colton.

Skye tendit la main à Rylan.

— Et vous êtes ?

— Rylan Bennet.

Elle le dévisagea, visiblement curieuse d'en savoir davantage.

— S'il te plaît, Skye, intervint Bree, ce serait trop long à t'expliquer, mais ne partage pas de photos de moi sur les réseaux sociaux, d'accord ?

Le visage de sa cousine devint grave.

— Bien sûr, ne t'inquiète pas.

Elle jeta un nouveau coup d'œil à Rylan avant de reporter son regard sur Bree.

— Si je peux faire quoi que ce soit…

Bree mit une main sur son bras.

— Je vais bien. Je t'assure. Mais merci.

Skye ne parut guère convaincue. Cependant, un groupe de nouveaux arrivants capta son attention. Après avoir suggéré que Bree et elle déjeunent ensemble très bientôt, elle s'éloigna.

Bree reprit la main de Rylan et l'entraîna dans l'immense salle de bal, décorée en tons crème et or, et dotée de douze portes-fenêtres arrondies de chaque côté. Six énormes lustres pendaient au plafond, tandis que des corbeilles de fleurs fraîches, toutes bleues, mauves ou blanches, étaient disposées à des intervalles réguliers le long des murs. L'ensemble était d'une élégance discrète et de bon goût.

Rylan promena un regard sur la salle et constata sans surprise que toutes les personnalités en vue de Roaring

Springs étaient déjà présentes. Il aperçut également Skye… vêtue d'une robe différente.

— Hé. On ne vient pas de… ?

Bree se mit à rire.

— C'est la jumelle de Skye, ma cousine Phoebe.

En dépit de leur apparence identique, Rylan comprit vite que les deux sœurs avaient une personnalité très différente. Si Skye était bavarde et exubérante, Phoebe était au contraire pensive et réservée.

— Tout est parfait, déclara Bree après s'être acquittée des présentations.

Phoebe jeta un coup d'œil autour d'eux.

— Tu crois ? C'est si difficile de se souvenir de tous les détails.

— Phoebe est directrice générale ici, au Château, expliqua Bree à Rylan. C'est le bras droit de ma tante Mara.

— Je ne suis pas sûre que maman serait d'accord avec toi après le fiasco que nous avons eu tout à l'heure avec les serviettes. Oh ! que se passe-t-il là-bas ? J'avais pourtant dit au personnel de circuler dans le sens des aiguilles d'une montre pour servir le champagne !

Elle esquissa un sourire d'excuse.

— Désolée, mais il faut que j'aille régler cela…

— Comment allons-nous survivre ? s'inquiéta Rylan pince-sans-rire alors qu'ils la regardaient s'éloigner.

— Arrête ! murmura Bree, réprimant un sourire. Phoebe est la personne la plus consciencieuse que je connaisse. Les événements de ce genre sont importants à ses yeux.

Ils restèrent un peu en retrait pendant quelques instants. Un quatuor jouait sur la scène à l'autre bout de la salle, et des notes mélancoliques leur parvenaient par-dessus le brouhaha des conversations. Un serveur s'arrêta à leur hauteur, portant un plateau de flûtes de champagne.

Bree en prit une, mais Rylan secoua la tête.

— Un verre d'eau, s'il vous plaît.

— Je suis désolée, dit Bree lorsque l'homme partit lui en chercher un. La plupart des invités vont passer la nuit au Château ; par conséquent, ils n'ont pas à s'inquiéter pour conduire.

— Il ne s'agit pas seulement de conduire. Je travaille, souviens-toi ?

— Oh !

Elle se mordit la lèvre inférieure.

— Oui, bien sûr.

Il fronça les sourcils. Elle paraissait contrariée, et il avait du mal à comprendre pourquoi. Il avait été engagé pour la protéger. S'il pouvait remonter le temps, prendrait-il une autre décision ? Son regard s'attarda sur le profil de Bree. S'il avait refusé, il ne l'aurait jamais rencontrée. Il ne pouvait souhaiter une chose pareille. Même si son cœur avait encaissé un coup dont il ne se remettrait peut-être jamais, Bree avait apporté une perspective nouvelle à sa vie.

D'ailleurs, elle n'est pas à blâmer. Ce n'est pas elle qui a tout gâché… c'est moi.

— Bonsoir, vous deux !

Le père de Bree s'avançait vers eux.

— Que faites-vous à l'écart ? Venez vous joindre à nous.

Audrey les accueillit avec un sourire ravi, avant de reprendre le fil de sa conversation avec le directeur d'une association caritative qu'elle soutenait. Le quart d'heure suivant se déroula dans un flou de présentations, durant lequel Rylan s'efforça de se remémorer les membres de la famille Colton. Il savait déjà qu'il ne ferait pas la connaissance d'Earl, le grand-père de Bree. Âgé de quatre-vingt-quatorze ans, ce dernier n'était pas en très bonne santé, et souffrait de troubles de la mémoire. Il passait désormais le plus clair de son temps chez lui, entouré d'un personnel dévoué qui veillait à son bien-être.

Ils bavardèrent quelques instants avec Russ, le fils aîné d'Earl, qui lui avait succédé à la tête de l'empire Colton. Il était grand et encore bien bâti en dépit d'un début d'embonpoint. Mince, élégante et impeccablement coiffée, son épouse Mara était directrice des opérations au Château. Rylan, qui avait l'habitude d'étudier les gens, décela une tension entre eux.

Lorsqu'ils s'éloignèrent, il fit part de son impression à Bree.

— Je n'ai rien remarqué, avoua-t-elle. Ils n'ont jamais été très affectueux l'un envers l'autre. Ils sont comme ça, c'est tout.

Rylan avait souvent le sentiment que les familles étaient un mystère pour lui, peut-être parce que sa propre enfance avait été malheureuse. Il lui suffisait de regarder Russ et Mara pour percevoir leur mésentente. Pourtant, il n'avait qu'à tourner la tête pour voir un exemple d'un couple uni. Les parents de Bree, têtes penchées l'un vers l'autre, riaient ensemble d'une plaisanterie qu'ils étaient les seuls à partager. Audrey avait une main sur le bras de Calvin, qui remettait tendrement en place une mèche rebelle sur sa joue.

À la mort de sa mère, Rylan avait été confronté à un choix. Le traumatisme de ses jeunes années aurait aisément pu le conduire à une existence instable et dysfonctionnelle. Par chance, il s'était engagé dans l'armée et y avait trouvé le sentiment d'appartenance qui lui avait manqué jusque-là.

Malgré tout, il avait toujours pensé qu'il n'était pas fait pour fonder une famille.

Jusqu'à ces derniers jours.

— Il faut que je parle à Kendall, déclara Bree en terminant son verre de champagne. C'est la femme de mon cousin Decker, celle qui a été blessée quand on a lancé une brique contre la baie vitrée de la galerie.

La salle de bal s'était remplie pendant qu'ils bavardaient avec divers membres de la famille Colton. Dans des circonstances normales, ça aurait été un scénario cauchemardesque pour Rylan en tant que garde du corps. Il y avait trop de facteurs inconnus. Cependant, il avait discrètement jaugé les hommes en complet sombre postés près des fenêtres. Les membres du service de sécurité des Colton semblaient être des professionnels expérimentés. Cela ne signifiait pas qu'il pouvait se détendre, mais il était rassurant de savoir qu'il n'était pas tout seul.

Il leur fallut un bon moment pour trouver Decker et Kendall parmi la foule, mais Bree finit par y parvenir. Kendall portait toujours un pansement sur l'œil. Toutefois, le médecin lui avait assuré que sa vision ne serait pas affectée.

Un buffet fut servi peu après, et suivi de discours. Remy Colton, le directeur des relations publiques au Château, plaisanta au sujet du froid inhabituel pour la saison et porta un toast au succès de la station de ski. Un instant plus tard, comme il quittait l'estrade, Rylan l'entendit échanger quelques mots à mi-voix avec Mara, mais sur un ton plus pessimiste. Il redoutait que le festival de cinéma annuel ne soit pas aussi bien fréquenté que d'habitude.

C'était un bref aperçu d'un grain de sable dans les rouages bien huilés de la machine Colton. Rylan devina que les propos de Remy étaient liés aux difficultés que la famille connaissait. Avec un événement aussi prestigieux que le festival à l'horizon, toute publicité négative était une source d'inquiétude.

Une fois de plus, il s'interrogea. L'individu qui harcelait Bree était-il aussi celui qui s'en était pris aux membres de sa famille ?

À propos de Bree...

Il se pencha vers elle.

— Qu'est-ce qui te tracasse ?

Elle redressa le menton.

— Pourquoi me poses-tu cette question ?

— Parce que je vois que tu as l'air triste.

— Oh ! ça. Rien de tel qu'un harceleur pour gâcher l'ambiance.

Rylan secoua la tête.

— Quelque chose a changé depuis notre arrivée.

Elle haussa les épaules.

— Wyatt et Bailey vont avoir un bébé. Decker et Kendall viennent de se marier. Je devrais être contente. Je le suis...

Avant qu'elle ait pu terminer, l'orchestre entama un air connu tiré d'une comédie musicale.

— Danse avec moi, Bree.

— Je croyais que tu étais en service ? protesta-t-elle en se laissant guider vers la piste.

Il l'enlaça, et posa la joue contre ses cheveux.

— C'est le meilleur travail que j'aie jamais eu.

— Je sais ce que tu es en train de faire, murmura-t-elle avant de nouer les bras autour de son cou. Tu vois que je suis malheureuse et tu essaies de me remonter le moral.

Il fronça les sourcils.

— Tu es triste parce que tes cousins sont heureux ?

Elle acquiesça contre son torse.

— Je ne comprends pas.

Comme elle levait la tête vers lui, il dut se faire violence pour ne pas l'embrasser là, sur la piste, devant toute sa famille réunie.

Un seul problème. Elle me déteste.

— Je suppose que non.

Un doute s'immisça dans l'esprit de Rylan.

— Tu es ivre, Bree ?

Elle lui adressa un sourire rêveur.

— Peut-être.

— Combien de flûtes de champagne as-tu bues ?

Maintenant qu'il y songeait, elle avait vidé plusieurs verres.

— Beaucoup.

Elle porta un doigt à ses lèvres.

— Ne le dis à personne, souffla-t-elle en s'affaissant contre lui.

— OK. Peut-être qu'on devrait partir ?

— Bonne idée. Ramène-moi à la maison, Rylan, glousса-t-elle. Rien que toi et moi et ta ménagerie !

Rylan fit signe à Phoebe qui se trouvait non loin d'eux.

— Il faut que je ramène Bree.

La jeune femme jeta un coup d'œil expérimenté à sa cousine.

— Je vois. Pas de souci. Je dirai à ma tante Audrey que Bree avait un peu mal à la tête.

— Merci.

Glissant un bras autour de la taille de Bree, il la guida vers la porte.

— Au revoir, Phoebe, lança Bree par-dessus son épaule. Bisous !

Quand ils sortirent sur le perron, l'air était mordant. Quelques flocons de neige atterrirent sur les cheveux de Bree. Devant eux, les lumières dorées de la télécabine qui faisait la navette entre le Château et la Loge pour transporter les invités se détachaient telles des étoiles sur le sommet blanc de Pine Peak.

— On n'était pas en train de danser ? demanda Bree en vacillant légèrement.

Le voiturier amena le véhicule de Rylan. Il avait déjà monté le chauffage au maximum. Après lui avoir remis un pourboire, Rylan sortit du coffre la couverture qu'il gardait là et la déposa sur Bree.

Au bout de quelques kilomètres, Bree était endormie. Rylan la regarda en souriant. Si elle pouvait se voir à présent, elle serait horrifiée, songea-t-il. La bouche ouverte et les cheveux défaits, elle ronflait comme une locomotive à vapeur.

Jamais il n'avait rien vu d'aussi beau.

Bree se réveilla avec la sensation qu'un roc s'abattait encore et encore sur son crâne. Avec un gémissement, elle roula sur le dos. C'était une erreur. La pièce tournoya autour d'elle et son estomac se rebella. Prudemment, elle se remit sur le côté et tâtonna à la recherche de son téléphone portable.

Elle le reposa presque aussitôt sur la table de nuit, certaine qu'il était en panne. Il ne pouvait pas être presque midi.

Malgré son aversion pour les matins, elle ne dormait jamais aussi tard.

Restant aussi immobile que possible, elle tenta de reconstituer les événements de la veille au soir, mais des pièces manquaient obstinément au puzzle.

Pourquoi, par exemple, n'avait-elle aucun souvenir du trajet de retour ?

Elle s'assit lentement et tendit la main vers le verre d'eau qui avait été laissé à côté du lit. Si le mal à la tête et la nausée n'avaient pas suffi à expliquer la situation, sa langue râpeuse et sa bouche sèche complétaient le tableau. Bree n'avait pas pour habitude de boire à l'excès, mais elle savait reconnaître les symptômes d'une gueule de bois.

Pourquoi donc avait-elle bu autant de champagne ? Elle connaissait la réponse à cette question et n'était pas fière d'elle. Tout en félicitant ses cousins qui avaient trouvé le bonheur, elle avait éprouvé une profonde tristesse. Quelques jours plus tôt, elle baignait dans la même euphorie. Certes, elle venait tout juste de rencontrer Rylan. S'était-elle vraiment imaginé avoir trouvé l'homme de ses rêves ?

Elle poussa un soupir. Tout l'avait incitée à le croire. Il avait été parfait…

Résolue à ne pas s'apitoyer sur son sort, elle s'obligea à refouler ces pensées. Voir ses cousins heureux lui avait rappelé ce qu'elle avait perdu. Ce qui était absurde, car comment pouvait-on perdre une illusion ? Peu importait. Elle avait noyé son chagrin dans le champagne.

Quelle bonne idée.

Et maintenant, elle en payait le prix. Son regard tomba sur la robe qu'elle avait portée au gala. Elle avait été mise sur un cintre et accrochée à la porte du dressing. Ses chaussures étaient placées dessous. Elle enfouit la main dans ses cheveux et constata que les épingles avaient été retirées.

Un doute la saisit et elle souleva la couette, atterrée. Oui, elle ne portait que sa culotte en dentelle blanche. Rien d'autre.

Je mets toujours une chemise de nuit.

Alors qu'elle réfléchissait aux implications de sa découverte, on toqua à la porte.

— Entre.

Du moins, c'était ce qu'elle avait eu l'intention de dire. Ce qui sortit de sa bouche ressemblait davantage à un croassement indistinct.

Vêtu d'un short en jean, Rylan paraissait trop en forme pour être réel. Son torse hâlé et musclé attira tel un aimant les yeux de Bree. Au prix d'un effort, elle détourna enfin les yeux et les dirigea sur son visage.

— Quelle heure est-il ?

Elle avait l'impression d'avoir la gorge pleine de sable.

— Je ne sais pas au juste. Je suis debout depuis sept heures du matin, disons qu'il doit être aux alentours de midi.

Bree lâcha un cri stupéfait. Le cognement dans sa tête redoubla de violence et elle porta les mains à ses tempes en gémissant.

— Ce n'est pas la forme, hein ?

Le ton de Rylan était compatissant, mais son sourire, lui, était plutôt espiègle.

— Je crois que le mieux serait que tu me laisses mourir ici. Dis à mes parents que je les aime.

Le rire qui s'éleva parut vaguement démoniaque à Bree.

— J'ai le remède qu'il te faut. Attends.

Pendant qu'il était parti, elle fouilla sa mémoire pour se rappeler le moment où elle s'était déshabillée la veille au soir. En vain.

Rylan réapparut, un verre contenant un liquide verdâtre à la main.

— Qu'est-ce que c'est que ça ? Un truc qu'Anne l'ânesse a avalé et recraché ? demanda Bree, soupçonneuse.

— Un de mes copains à l'armée ne jurait que par ce truc. Je t'assure que ça marche.

Il lui tendit le verre.

— C'est du jus d'aloe mélangé à du gingembre, du lait de chardon, de la menthe poivrée et de l'écorce de saule. Cela dit, je te conseille de le boire d'un trait.

— Qui ne risque rien n'a rien.

Luttant contre un haut-le-cœur, Bree ingurgita la mixture. Au bout de quelques minutes, elle se sentit mieux, comme si les plantes avaient épuré son corps.

— Alors ? demanda Rylan avec un sourire.

Elle inclina la tête d'un côté, puis de l'autre.

— Suspends l'organisation des obsèques pour le moment.

— Le déjeuner sera servi sur la terrasse dans vingt minutes.

Bree était sur le point d'affirmer qu'elle ne pourrait plus jamais rien manger quand son estomac se mit à gronder.

— Hmm. Rylan...

La main sur la poignée de la porte, il pivota vers elle. Bree désigna sa robe.

— C'est toi qui... ?

— Oui. Tu n'arrivais pas à baisser la fermeture.

— Oh !

Elle se mordit la lèvre.

— Est-ce qu'on a... ?

Le visage de Rylan se durcit, toute trace d'humour désertant ses traits.

— Tu étais ivre, Bree. Presque inconsciente.

Il secoua la tête.

— Ton opinion de moi doit être encore plus mauvaise que je ne le pensais.

Bree le regarda sortir, débordant de virilité et d'indignation masculine. Rylan s'était occupé d'elle alors qu'elle était ivre, l'avait déshabillée, couchée, lui avait apporté un verre d'eau puis avait regagné sa propre chambre... C'était vraiment quelqu'un de bien. Peut-être ne s'était-elle pas trompée sur lui, après tout.

Elle entrait dans la salle de bains quand une pensée soudaine lui vint. Rylan avait pris soin d'elle comme il prenait soin de ses animaux. Il recueillait les créatures abandonnées, les laissés-pour-compte.

Avait-elle tout simplement été ajoutée à sa ménagerie ?

12

Bree s'abrita les yeux en sortant sur la terrasse.

— Tu peux baisser la lumière du soleil ?

— Tu as tes lunettes sur la tête, lui fit-il remarquer.

— Oh !

Elle les chaussa et se laissa tomber sur la chaise en face de lui. À l'évidence, elle ne s'était pas encore remise des excès de la veille. Il lui tendit un verre d'eau et une assiette de salade composée au poulet.

— Pas de nouveaux messages ?

— Rien, répondit-elle en sirotant son eau. Je suppose qu'il serait déraisonnable d'espérer qu'il ait renoncé ?

— Malheureusement, oui. J'imagine qu'il consacre toute son énergie à essayer de découvrir où tu es.

Rylan savait d'expérience que les harceleurs changeaient parfois de méthode, mais ne renonçaient pas.

— Et tes contacts ? Ont-ils appris quoi que ce soit ?

Il poussa un soupir. À sa grande déception, aucun de ses anciens collègues n'avait mis au jour d'indices suspects concernant les individus qui avaient accès à la galerie.

— Pas encore. Ils continuent à chercher.

Ils mangèrent en silence pendant quelques minutes.

— Tu as des soupçons sur son identité ? demanda enfin Bree.

C'était le moment ou jamais de poser la question qui le taraudait.

— Non, mais je voulais t'interroger au sujet de Lucas Brewer. S'est-il jamais intéressé à toi ? D'un point de vue romantique, je veux dire.

Bree se laissa aller en arrière sur sa chaise et retira ses lunettes pour observer Pub qui emmenait sa portée de canetons en promenade sur l'herbe. Il était clair que la question l'avait prise au dépourvu.

— Lucas ? Non, je ne... enfin, il m'a invitée à boire un café une fois ou deux, mais juste de manière amicale. Tu ne peux pas croire que c'est lui ?

— Je n'exclus personne, répondit-il, se forçant à parler sur un ton neutre. Tu as accepté son invitation ?

— Pour le café ? Non.

Elle reporta son regard sur lui, cherchant visiblement à trouver les bons mots.

— J'ai eu deux relations et les deux fois il est apparu que ces hommes s'intéressaient plus à mon nom de famille qu'à moi en tant que personne. Ça m'a rendue plus prudente.

Rylan réprima l'envie de fermer les yeux pour ne plus voir son visage bouleversé. Il devinait combien il lui était douloureux d'évoquer ces déconvenues, et surtout avec lui. Car elle avait baissé sa garde avec lui. Elle s'était jetée dans ses bras, s'était donnée librement et dans la joie. Elle avait eu confiance en lui. Et elle avait eu tort.

— Je ne pensais pas que Lucas veuille sortir avec moi, mais je ne voulais pas prendre le risque de l'encourager.

— Tu ne peux pas passer ta vie à te méfier.

Rylan ne voulait pas se faire l'avocat de Lucas Brewer, loin de là. Simplement, il ne pouvait imaginer que Bree, si belle, si vibrante, se sente obligée de jauger chaque situation, qu'elle ait peur de prendre des risques.

Et sa conduite avait encore aggravé les choses.

Lui ne s'était pas intéressé à sa fortune ni à son statut

social. En revanche, en lui mentant, il avait détruit sa fragile estime d'elle-même. Bree garda le silence, mais son regard calme suggérait qu'elle avait lu dans ses pensées. Ce regard, et la question qu'elle lui avait posée dans la chambre, ramena Rylan aux pires moments de son enfance.

Bon à rien. Nullité.

Il tenta de se focaliser sur Lucas Brewer. La réponse de Bree ne prouvait pas nécessairement qu'il soit innocent. Rylan n'avait aucun moyen de connaître la nature de ses sentiments pour Bree. Quoi qu'il en soit, le comportement de Brewer en sa présence suggérait un intérêt qui allait au-delà de l'amitié. En refusant son invitation, Bree avait-elle éveillé sa fureur ?

Cette explication ne satisfaisait guère Rylan, en partie parce qu'il ne voyait pas de lien avec le premier message que Bree avait reçu.

Vous, les Colton vous n'êtes bons qu'à exploiter ceux qui sont moins chanceux que vous.

— Tu sais monter à cheval ? demanda-t-il soudain.

Devant la surprise manifeste de Bree, il poursuivit :

— Bien sûr que oui. Tu as été élevée dans un ranch. Ce que j'aurais dû te demander, c'est si tu te sens capable de faire une promenade cet après-midi ?

Elle lui adressa une grimace.

— Ne t'en fais pas pour ça. Même avec une gueule de bois, je parie que je peux te laisser sur place.

— Tu me lances un défi, mon chou ?

Le mot tendre avait jailli tout seul, et Rylan attendit que l'orage éclate. Au lieu de quoi il saisit dans les yeux de Bree une lueur qui ressemblait à un signe de plaisir.

Elle se leva.

— Avant tout, je veux aller voir Boo. Il a commencé à manger un peu et il a l'air plus animé maintenant que Golly est là.

Un sourire radieux s'était dessiné sur ses lèvres alors

qu'elle évoquait le jars. Grâce à elle, il semblait avoir repris goût à la vie.

Comme lui, Rylan, quand il l'avait rencontrée.

Cette pensée le frappa. Il la regarda s'éloigner, le cœur serré. Un jour proche, il la regarderait partir pour de bon. Et, contrairement à Boo, personne ne pourrait l'aider à surmonter son chagrin.

— Mon père dit toujours que c'est seulement à cheval qu'on est en communion avec la terre, déclara Bree.

Il y avait des mois qu'elle n'était pas montée, et cela lui faisait un bien fou.

Ils cheminaient depuis une heure le long d'une piste bordée de pins qui offrait des vues magnifiques sur la propriété de Rylan. Plus rude et plus sauvage que celui où Bree avait grandi, le paysage possédait une beauté propre. De temps à autre, ils apercevaient un écureuil, un chevreuil, et même un élan.

En redescendant, ils passèrent à proximité d'un ranch abandonné. Bree se remémora brusquement les paroles qui l'avaient intriguée le jour de son arrivée.

— Que ferais-tu de ces terres si tu pouvais les acheter ?

Rylan ralentit sa monture.

— La vente de ma société m'a rapporté pas mal d'argent. Assez pour ne pas avoir à m'inquiéter pour l'avenir. J'envisageais d'acheter quelques chevaux, de voyager un peu, et même d'écrire un manuel sur la sécurité. Tout a changé quand j'ai recueilli Papadum.

Il pivota sur sa selle pour lui faire face.

— Dès que j'ai commencé à recueillir des animaux, j'ai su ce que j'allais faire de cet endroit. J'ai contacté Dinah, je lui ai demandé si elle voulait travailler pour moi et tout est parti de là.

Bree l'écoutait avec attention, observant son expression. Il ne lui avait guère parlé de lui-même. Tout ce qu'elle savait, c'était que son père était mort très tôt et que sa mère avait été emportée par un cancer juste avant qu'il entre dans l'armée. Il n'avait jamais vraiment fait allusion à son enfance. Les anecdotes et les souvenirs qui avaient tant d'importance dans la vie de Bree ne semblaient pas figurer dans la conscience de Rylan. À moins qu'il ne les ait délibérément supprimés ?

— Je voudrais faire davantage, expliqua-t-il en désignant la maison en ruines. Si je pouvais acquérir ces terres, ça ferait une grande différence. J'ouvrirais un sanctuaire pour animaux maltraités, j'emploierais des vétérinaires, je ferais construire un centre de thérapie...

Il s'interrompit, souleva son chapeau et se gratta la tête.

— Pardon, j'ai tendance à m'emballer quand j'en parle.

— Cela me paraît merveilleux.

L'enthousiasme de Rylan lorsqu'il évoquait sa vision était communicatif. Bree se surprenait à être profondément touchée.

— Pourquoi ne peux-tu l'acheter ?

— Quand j'ai contacté le propriétaire, il m'en a demandé un prix au moins trois fois plus élevé qu'il ne vaut.

Les épaules de Rylan se tassèrent un peu alors qu'il faisait faire demi-tour à sa monture.

— J'ai de l'argent, mais pas assez pour le jeter par les fenêtres. J'ai tenté de négocier, il m'a répondu... Je ne peux pas te répéter ce qu'il m'a répondu.

Comme ils repartaient, Bree lança un coup d'œil par-dessus son épaule aux terres que Rylan convoitait. Il avait été si éloquent qu'elle visualisait presque le sanctuaire qu'il avait évoqué.

Quel conseil sa mère lui donnerait-elle ? Bree sourit. Audrey ne perdrait pas de temps à parler : elle se jetterait tête baissée dans l'action.

— La première fois que tu as amené Papadum à la galerie, murmura-t-elle, tu m'as dit qu'un nouveau venu semait le trouble parmi tes ouailles. Où est-il ?

— Jekyll a passé quelques jours à la clinique vétérinaire, expliqua Rylan. Il doit rentrer d'un jour à l'autre.

— Jekyll ? Comme dans…

— … Dr Jekyll et Mr. Hyde, confirma Rylan avec un rire. Oui, mais ne te fais pas d'illusions. On ne voit guère le côté gentil de sa personnalité.

Arrivés au chenil, ils mirent pied à terre. Dinah se trouvait à l'intérieur, agenouillée près d'une panière qui contenait un tout petit chien noir et marron, aux oreilles interminables. Une collerette autour du cou, il faisait pitié.

— C'est de lui que tu parlais ? demanda Bree, incrédule.

Comment une créature aussi petite pouvait-elle causer le chaos dans la meute soudée et sûre d'elle de Rylan ?

— Ne te laisse pas tromper par son air de victime, avertit ce dernier. Ce petit numéro est une peste.

Jekyll posa sur Bree des yeux accablés et poussa un profond soupir.

— Comment s'est-il blessé ?

— Nous avons recueilli deux porcs-épics avant de les transférer à un centre spécialisé. Jekyll a eu un différend avec un d'entre eux.

— Je peux le caresser ? demanda Bree à Dinah.

— Oh ! oui. Il adore les gens. Ce sont les autres animaux qu'il déteste, surtout les chiens.

— Il a le syndrome du petit chien, intervint Rylan. Sa vie serait beaucoup plus facile s'il pouvait s'entendre avec ses congénères.

— Pauvre chou, murmura Bree en chatouillant les oreilles de Jekyll.

Flairant sa compassion, l'animal s'approcha et posa le menton sur son genou.

— Je ne vais pas plaindre un chien qui s'imagine gagner contre un porc-épic en s'asseyant dessus, lâcha Rylan. Il a fallu une heure à l'infirmière vétérinaire pour retirer les piquants qu'il avait dans l'arrière-train.

Dinah se leva.

— Il est l'heure d'aller nourrir tout le monde.

Bree aida Dinah à remplir des gamelles de croquettes, puis l'accompagna au-dehors. Derrière les chenils, Rylan avait créé un espace jeux comprenant tunnel, rampes et obstacles pour stimuler et divertir ses pensionnaires.

À la vue des deux femmes, la plupart des chiens – et Merry le mouton – se ruèrent vers elles. À la grande surprise de Bree, il suffit de quelques paroles de Dinah pour qu'ils forment une file ordonnée en entrant dans le bâtiment.

Presque aussitôt, cependant, elle perçut un brusque changement dans l'atmosphère. Certains animaux humèrent l'air et parurent réticents à avancer davantage. Une fois à l'intérieur, la raison de leur comportement devint évidente. Chacun jeta un coup d'œil à Jekyll, puis contourna prudemment sa panière.

Bree secoua la tête.

— Eh bien, il est clair qu'ils ne l'aiment pas.

— Il ne leur facilite pas la tâche, soupira Rylan en se baissant pour caresser le petit blessé. C'est un vrai tyran.

— Si on l'emmenait à la maison le temps qu'il se rétablisse ?

— Il a les fesses irritées, lui fit-il remarquer. Il n'est pas à l'article de la mort.

— Je sais. Mais ça fera des vacances aux autres. On pourrait peut-être lui apprendre les bonnes manières en le réintégrant peu à peu parmi eux.

Il regarda le chien.

— Je pensais que j'étais sentimental avec les animaux...

Elle sourit.

— Tu viens de rencontrer ton égale.

— Merci de l'avertissement.

Il souleva la panière qui contenait le chien.

— Mais je le savais déjà.

Assis sur la terrasse, Rylan s'efforçait en vain de se concentrer sur des tâches administratives : son regard ne cessait d'être attiré vers Bree, occupée à dorloter Jekyll. Ce dernier semblait beaucoup plus guilleret maintenant qu'il était traité comme un coq en pâte.

La sonnerie du téléphone de Rylan les fit tressaillir tous les trois.

— C'est l'appli que j'utilise pour le système de sécurité, expliqua-t-il, avant de jeter un coup d'œil à son écran. Salut, Trey.

Rylan composa le code d'ouverture du portail. Quelques instants plus tard, la voiture du shérif apparut.

Le frère de Bree descendit et vint les rejoindre.

— Tu as des animaux qui sortent de l'ordinaire, c'est sûr, commenta-t-il en désignant Jekyll.

Bree couvrit les oreilles du chien.

— Ne sois pas méchant. Comment vont papa et maman ?

— Bien. Ils te disent bonjour.

— Tu veux du café ? Ou une boisson fraîche ?

— Un soda, s'il te plaît, répondit Trey en retirant son stetson. Je ne reste pas longtemps. Il faut que je rentre à la maison dormir un peu.

Rylan disparut à l'intérieur, et revint presque aussitôt avec des boissons.

— L'enquête progresse ? demanda Bree.

— Pas vraiment, avoua son frère sur un ton où perçait la frustration. Nous n'avons aucune piste concernant le type qui t'a harcelée. La seule chose que j'ai apprise – par un informateur qui me parlait d'une autre affaire –, c'est que le bruit court que d'autres événements organisés par les Colton pourraient faire l'objet d'un sabotage. En particulier à la Loge et au Château.

— Par l'homme qui a lancé la brique dans la vitrine de la galerie ?

— Ma source n'avait pas cette information. Mais ce serait vraisemblable, non ?

Le regard de Rylan alla de lui à Bree.

— Le clan Colton n'est pas populaire auprès de tout le monde. Il n'est pas impossible que vous ayez plusieurs ennemis.

Bree semblait songeuse.

— Je ne vois pas très bien le lien avec les menaces personnelles que j'ai reçues. Les premiers messages critiquaient les Colton dans leur ensemble, c'est vrai, mais le ton a changé depuis.

— Il pourrait quand même s'agir d'une seule et unique personne. Tu es une Colton, Bree. Le type a peut-être été d'abord motivé par le ressentiment et puis devenir obsessionnel.

— C'est vrai.

Trey vida son verre.

— Mais je pense que nous devrions garder l'esprit ouvert. Nous pourrions avoir affaire à un harceleur qui fait une fixation sur Bree et à un autre type qui a un grief contre la famille.

Il s'éclaircit la voix.

— À propos, je suis passé à la galerie ce matin pour interroger quelques personnes. David m'a dit qu'il avait besoin de te parler. Il a mis au point un système pour améliorer la sécurité dans la réserve, notamment pour ce qui est de l'accès aux œuvres. Il aimerait te consulter.

— Tu ne lui as pas révélé où elle est, si ? demanda Rylan, inquiet.

— Si, bien sûr. J'ai affiché une note sur la porte de la galerie avec un plan indiquant ton ranch, rétorqua Trey, sarcastique. Allons, Rylan, bien sûr que je n'ai rien dit à personne. Tu n'es pas le seul à te soucier du bien-être de ma sœur. Cela dit, David Swanson n'est pas un suspect, si ? Il a été agressé en tentant d'empêcher le harceleur de monter chez Bree.

— Je sais, mais moins de gens sont au courant, mieux ça vaut. N'importe qui peut se trahir.

Trey acquiesça.

— Au fait, vous avez fait sensation au gala.

Bree changea de position sur son siège, l'air gêné.

— Que veux-tu dire ?

— J'ai reçu plusieurs appels et messages de membres de la famille qui voulaient en savoir davantage sur le nouveau petit ami de Bree.

— J'espère que tu leur as suggéré de se mêler de leurs affaires, rétorqua-t-elle en croisant les bras.

Avant que Trey eût pu répondre, le téléphone portable de Bree se mit à vibrer. Elle lança un coup d'œil en direction de Rylan, qui lut dans ses pensées.

Était-ce lui ?

Elle parcourut rapidement l'écran du regard.

— C'est un mail, murmura-t-elle, avant d'appuyer sur la touche du synthétiseur vocal.

> *Ta peau ressemble à de la soie. Si délicate. Si fragile. Une lame pourrait la transpercer si aisément. Sois prudente. Même l'argent des Colton ne pourra pas te protéger éternellement.*

— Il a raison, murmura Bree en s'entourant de ses bras, s'efforçant de maîtriser ses tremblements. Je ne peux pas rester cachée indéfiniment.

Elle avait réussi à rester maîtresse d'elle-même tant que Trey était là, et avait gardé le silence pendant que son frère et Rylan disséquaient furieusement le message en quête d'indices. À présent, Trey était parti, et elle était sur le point de craquer. Des pensées sans suite se bousculaient dans son esprit, elle avait du mal à respirer, et des points noirs dansaient devant ses yeux. Son cœur cognait follement, tel un animal traqué.

Prise de vertige, elle vacilla. En un éclair, Rylan fut là pour la soutenir, ses bras solides se refermant autour d'elle.

— Je suis là. Je te tiens.

Il la souleva et l'emmena à l'intérieur. Lorsqu'il l'eut déposée sur le canapé, il s'agenouilla à côté d'elle. Jekyll se coucha sur le tapis, ses yeux inquiets fixés sur Bree.

— Tu veux un verre d'eau ?

Elle secoua la tête, s'agrippant à sa main.

— Reste avec moi. S'il te plaît.

Rylan s'assit à son tour et l'attira vers lui.

— C'est mieux ?

La chaleur de son corps était exactement ce dont elle avait besoin.

— Oui... beaucoup mieux.

Elle ferma les yeux. Au bout d'un instant, il se mit à lui caresser tendrement les cheveux.

— Je voudrais qu'on puisse rester là. Loin de tout le reste.

Elle ne se souciait plus de ce qui s'était passé entre eux. Tant pis si elle s'exposait à souffrir de nouveau. Seul comptait ce moment, et le réconfort qu'il lui apportait.

— Ma mère disait que, le jour où on cesse d'espérer, c'est comme si on était mort, murmura Rylan doucement.

— C'est la première fois que tu parles de ta mère.

Il se figea un bref instant avant de recommencer à la caresser.

— C'était quelqu'un de bien, mais elle n'a pas eu de chance dans la vie.

— Elle n'a pas été heureuse avec ton père ?

Bree ouvrit les yeux. La mâchoire de Rylan s'était crispée.

— Pardon, se hâta-t-elle de dire. Si tu ne veux pas en parler...

— J'ai passé toute ma vie à ne pas en parler, soupira-t-il. Peut-être que le moment est venu de le faire.

Il inclina la tête vers elle.

— Mon père était alcoolique. Ma mère a toujours refusé d'employer ce mot-là. Elle disait qu'il aimait boire, ou qu'il avait un problème avec l'alcool. Elle m'a raconté qu'il avait grandi dans la misère, et qu'il était tyrannisé à l'école parce qu'il était mal habillé. Mon grand-père maltraitait sa femme et ses enfants. Je suppose que c'est à cause de ça que mon père était violent.

— Il te battait ? demanda Bree, le cœur serré.

— Quand il n'avait pas bu, c'était l'homme le plus doux qu'on puisse imaginer. En revanche, une fois ivre, c'était une brute. Ma mère essayait de me protéger, mais il prenait plaisir à me tourmenter. Si j'esquivais les coups, il me traitait de froussard, de nullité, de chiffe molle… Il essayait constamment de m'humilier.

Les larmes aux yeux, Bree l'écouta tandis qu'il lui faisait le récit de son enfance meurtrie. Elle pensa à son propre père. À sa présence rassurante, à sa patience, au confort de son affection. À toutes les choses qu'elle avait eues et que Rylan n'avait jamais connues. Elle voyait plus clair maintenant. Toute sa vie durant, Rylan avait cherché à se prouver que son père avait tort, à montrer qu'il était plus fort, plus dur, plus compétent que ceux qui l'entouraient. En réalité, un être doux et sensible se cachait derrière la façade qu'il présentait au monde. L'homme dont elle était tombée amoureuse.

— Quand j'avais douze ans, il est mort d'une crise cardiaque dans son sommeil. Ensuite, ma mère a jonglé avec une multitude de petits boulots pour garder un toit au-dessus de nos têtes. Et puis, elle est tombée malade. Je me suis occupé d'elle de mon mieux, mais elle est morte quand j'avais dix-huit ans et… enfin, tu sais le reste.

Bree pivota, noua les bras autour sa taille, et enfouit le visage contre son torse. Ils restèrent longtemps sans parler.

Enfin, elle releva la tête, les joues ruisselantes de larmes.

— Bree ? Qu'y a-t-il ? murmura Rylan en les essuyant du bout des doigts.

— Je suis tellement désolée pour tout ce que tu as traversé.

— C'est du passé, affirma-t-il d'une voix sourde.

— Tu en es sûr ?

Elle se redressa, sans toutefois s'éloigner de lui.

— Tu y penses quelquefois ?

Il demeura silencieux si longtemps qu'elle crut qu'il n'allait pas répondre. Lorsqu'il le fit, sa voix était sourde.

— J'essaie de ne pas y penser, mais les souvenirs s'imposent à moi de temps à autre. Dès que mon père se mettait en colère, ma mère m'envoyait dans ma chambre. Je savais qu'il allait frapper un de nous deux, et qu'elle voulait me protéger. Parfois, je l'entendais crier et je...

Il hésita.

— Je faisais pipi dans ma culotte. J'étais courageux, hein ?

— Tu n'étais qu'un enfant !

— Un jour – je devais avoir huit ans à peu près –, j'ai décidé que j'en avais assez. Quand j'ai entendu mon père frapper ma mère, je suis sorti de ma chambre, j'ai crié sur lui et j'ai essayé de la défendre. Il m'a jeté à l'autre bout de la pièce. J'ai perdu connaissance.

Il lâcha un rire incertain.

— Je me souviens encore de ce coup de poing.

Il l'attira près de lui de nouveau, s'accrochant à elle comme s'il ne voulait jamais la lâcher. Au bout de quelques minutes, Jekyll sauta sur le canapé et se fraya gauchement un espace entre eux deux pour s'asseoir sur les genoux de Bree. Puis il poussa un gros soupir et nicha la tête sous sa main.

Rylan se mit à rire.

— Je crois que le message est assez clair.

— Oui. N'allons surtout pas nous imaginer que nos problèmes d'êtres humains passent avant les siens.

Séparée de Rylan, Bree eut soudain inexplicablement froid. Leur étreinte n'avait pourtant visé qu'à se réconforter l'un l'autre. Elle avait beau être toujours follement attirée par lui, il n'était plus question d'une relation romantique entre eux. Du moins, c'était ce qu'elle se disait. Mais dans des moments comme celui-là, quand il était tout près d'elle, un sourire dans les yeux, elle avait du mal à le croire.

Il commençait à être tard, et un regard sur l'obscurité au-dehors réveilla la panique qu'elle avait éprouvée plus tôt. Un frisson la traversa. *Il* était là, quelque part, et il pensait à elle.

— Ça va aller ? demanda Rylan, qui avait suivi la direction

de son regard. Papadum peut coucher dans ta chambre, si tu veux.

Il regarda Jekyll étendu sur le dos en travers des genoux de Bree.

— Cela dit, je crois que ce ne serait pas très bien vu.

— Je ne veux pas être seule.

Bree planta ses yeux dans les siens.

— Je ne suis pas prête à recommencer comme avant, mais…

— Je ne cesserai jamais de te désirer, Bree, murmura Rylan avec un sourire à la fois triste et tendre. Mais je peux dormir dans ta chambre et garder mes distances.

Son sourire s'accentua.

— Je crois.

D'accord, mais moi, en suis-je capable ? Un instant, les mots hésitèrent au bord de ses lèvres. Elle se demanda s'il pouvait lire dans ses pensées.

C'était la peur, forcément. Elle semait le trouble dans son esprit.

Bree opta pour la réponse qui lui semblait la plus sûre.

— Merci.

13

— Heu… que veux-tu qu'on fasse ?

Bree était adorable dans son pyjama bleu clair, ses cheveux défaits épars sur ses épaules.

Rylan réprima un gémissement. Quelle question ! Si elle lui donnait le choix, il commencerait par l'embrasser jusqu'à ce qu'elle ait le vertige…

Concentre-toi.

— Il y a un lit pliant dans une des chambres d'amis. Je pourrais l'installer ici.

Elle sourit.

— Le lit est grand et nous sommes des adultes. Je resterai de mon côté si tu restes du tien.

Il lui tendit la main.

— Marché conclu.

Comme ce simple contact suffisait à allumer un brasier en lui, il n'avait pas grand espoir de fermer l'œil. Un hurlement pathétique s'éleva, lui confirmant qu'il avait raison d'être pessimiste.

— Qu'est-ce que… ?

Rylan se gratta la tête.

— Il était tout seul hier soir et ça s'est bien passé.

— Il sait que nous sommes ensemble. Il doit se sentir exclu, murmura Bree, tandis qu'une nouvelle plainte résonnait à travers la maison.

— Exclu ? grogna Rylan. Il exagère !

Il saisit le regard de Bree.

— Tu veux que j'aille essayer de le calmer ?

— S'il te plaît.

Le sourire éclatant qu'elle adressa à Rylan le réconforta un peu. Dix minutes plus tard, Jekyll et sa panière avaient été transportés dans la chambre de Bree. Jekyll aboya de plaisir à la vue de celle-ci et, en dépit de ses courtes pattes et de la collerette qui gênait ses mouvements, il s'empressa de grimper à côté d'elle.

— Non, mon chou.

Bree le remit dans sa panière, mais le chien persista. Au bout de la cinquième fois, Rylan fronça les sourcils.

— Je peux le ramener au chenil.

Le ton de sa voix dut être convaincant car Jekyll, après lui avoir lancé un regard plein de rancune, se résigna à se coucher dans son propre lit.

— Pas trop tôt.

Rylan, qui dormait normalement dans le plus simple appareil, avait décidé de porter un caleçon et un T-shirt. Il se glissa sous la couette de son côté et éteignit sa lampe de chevet.

— Bonne nuit, Bree.

Avant qu'elle ait eu le temps de répondre, un grondement de tonnerre emplit la chambre. Jekyll ronflait.

Rylan lâcha un gémissement.

— Pas étonnant que les autres chiens ne puissent pas le supporter.

Bree éclata de rire.

— Ce ranch est un refuge pour tous les animaux, rappelle-toi ? Même ceux qui sont difficiles à vivre.

— Celui-ci bat tous les records.

Le ronflement devint un peu moins sonore, et Rylan sentit Bree changer de position pour lui faire face.

— Rylan ?

— Hmm ?

— Est-ce que tu me considères comme une créature à sauver, moi aussi ?

Il étouffa un rire.

— Tu plaisantes ?

Pouvait-elle sérieusement s'imaginer une chose pareille ?

— Non, pas du tout. J'ai passé toute ma vie à me sentir exclue. J'ai besoin de savoir que je ne suis pas une œuvre charitable à tes yeux.

Rylan songea à ce qu'elle lui avait relaté de son enfance. Elle avait grandi au sein d'une famille où chacun excellait dans son domaine, et avait lutté pour réussir en dépit de son handicap. Cela avait affecté sa vision d'elle-même, et la manière dont elle pensait que les autres la voyaient.

— Bree, tu es la personne la plus forte, la plus courageuse et la plus belle que je connaisse. Je peux t'assurer que tu n'as rien d'une œuvre charitable.

Il avait du mal à croire qu'il adressait ces paroles à une femme dont le moindre regard pouvait faire bondir son cœur dans sa poitrine.

— Oh !

Il devina qu'elle souriait.

— Merci.

— Pour cette réponse, ou parce que je n'ai pas étranglé Jekyll ?

— Pour les deux, gloussa-t-elle. Rien ne t'obligeait à faire tout cela… Je t'en suis reconnaissante.

La gorge de Rylan se noua brusquement.

— Dommage que j'aie gâché l'essentiel.

Elle se détourna.

— Oui.

Il resta étendu sur le dos, les mains derrière sa tête, rongé par le regret. Malgré tout, il avait cru percevoir un changement dans l'attitude de Bree envers lui ces derniers jours. S'était-elle vraiment radoucie, ou était-ce un effet des circonstances ?

Elle était en danger, et il était son garde du corps. Autrement dit, tous les ingrédients étaient réunis pour une romance, même sans l'attirance qui existait entre eux. Et avant que Bree découvre qu'il avait menti sur son identité, ils avaient été unis par une passion si ardente que l'air semblait grésiller autour d'eux. Cette passion ne s'était pas éteinte. Il doutait qu'elle s'éteigne un jour.

Rylan tourna la tête vers Bree. Il ne pouvait pas la voir dans le noir, mais il avait une sensation aiguë de sa présence. Pour la première fois, il envisageait ce qui lui avait toujours paru impossible. Bree était-elle prête à surmonter le fait qu'il l'avait trompée ? Quelques jours plus tôt, il aurait affirmé qu'il ne voulait rien de plus qu'obtenir son pardon. Maintenant, il savait que ce n'était pas vrai.

C'était elle qu'il voulait.

Il l'aimait. À vrai dire, il l'avait aimée dès l'instant où il l'avait vue. Ça avait été un *coup de foudre*. Qui aurait cru que cela existait vraiment ? Surtout pour un homme comme lui, dont les choix de vie étaient une déclaration. Soldat, garde du corps, expert en sécurité. Un homme qui maintenait les autres à bout de bras. Qui n'avait pas de sentiments.

Bree avait transpercé son armure et découvert la part de lui qu'il essayait de garder cachée.

Là était le problème. Si elle lui pardonnait, il serait débordant de reconnaissance. Si elle voulait renouer avec lui… eh bien, ce serait une tout autre question. Car à présent, Rylan voulait davantage.

Le beurre, et l'argent du beurre.

Il faillit éclater de rire. Pourquoi s'autorisait-il à avoir ce genre de pensées ? Même à supposer qu'il ait vu juste et que Bree, par miracle, soit prête à lui accorder son pardon. De là à ce qu'ils retournent à leur précédente relation, il y avait un pas. De là à envisager une relation à long terme, le pas était encore plus grand.

Ne mets pas la charrue avant les bœufs, Bennet.

Pourquoi Bree, qui avait l'embarras du choix en matière d'hommes, jetterait-elle son dévolu sur celui qui s'était déjà révélé indigne d'elle ?

La réponse était simple.

Elle ne le ferait pas.

Quand Bree ouvrit les yeux, il faisait jour. C'était le *matin*. Le moment de la journée qu'elle aimait le moins.

À mesure qu'elle se réveillait vraiment, elle prit conscience d'une sensation désagréable. Quelque chose de dur s'enfonçait dans son dos. Quelque chose qui ressemblait à la collerette portée par un chien souffrant.

Elle se retourna lentement, et découvrit que Rylan et Jekyll dormaient toujours. L'un d'eux était étiré de tout son long en travers du matelas, tandis que l'autre était dans une position précaire tout au bord du lit.

Réprimant un sourire, elle remit le chien dans sa panière, puis se glissa de nouveau sous la couette chaude. Rylan émit un murmure satisfait dans son sommeil, et roula sur lui-même.

Si elle avait une vue pareille tous les matins, elle commencerait peut-être à mieux les apprécier.

Bree étudia les angles et les contours de son visage, regrettant de ne pouvoir le caresser. Par moments, Rylan pouvait paraître sévère, mais, à l'instar de son regard grave, c'était une expression qu'il avait travaillée. Quand il était détendu, comme à cet instant, la perfection de ses traits sautait aux yeux.

Elle se redressa et tendit la main vers le tiroir de sa table de chevet, où elle avait rangé ses crayons et son carnet de croquis.

Très vite, elle fut absorbée par son dessin, suivant le flot de sa créativité depuis le premier trait jusqu'à l'achèvement du portrait. Rien n'égalait tout à fait le bonheur que lui procurait l'art. C'était comme un tour de magie. Les détails, les fioritures, les accents... tout lui appartenait. Personne d'autre ne capturerait la scène de la même manière.

Le portrait était influencé par ce qu'elle savait de Rylan. Du *vrai* Rylan. Elle n'avait pas dessiné l'homme que le monde voyait, mais celui qui sauvait des animaux blessés ou maltraités. Celui qui avait offert ses services gratuitement pour protéger une inconnue parce qu'elle était la cousine d'un ami. Celui qui partageait son lit parce qu'elle avait peur de rester seule.

Quand elle eut terminé, elle porta sur son croquis un regard critique. Il n'était pas parfait. Rylan avait le visage pressé contre l'oreiller, de sorte que la perspective était légèrement tronquée. Mais il lui plaisait. C'était lui. Le Rylan qu'elle connaissait.

En remettant le carnet dans le tiroir, elle vit un texto s'afficher sur l'écran de son portable. Elle hésita. Si elle le convertissait en message vocal, elle risquait de réveiller Rylan.

Elle se leva sans bruit, enfila un pull et des chaussettes chaudes, puis sortit de la chambre, Jekyll encore ensommeillé sur ses talons.

Une fois dans la cuisine, elle activa le synthétiseur.

> *Tu peux m'appeler ? Rien d'urgent. Pas vraiment. Juste un petit problème. Pas de quoi s'inquiéter.*

Bree jeta un coup d'œil à sa montre. Presque sept heures et demie. Elle savait que Kasey partait vers huit heures du matin pour la galerie.

La jeune femme répondit presque immédiatement.

— Salut, chef. Comment vas-tu ? Je m'inquiétais pour toi après ce qui s'est passé le soir de l'inauguration.

— Je vais bien, assura Bree en mettant la cafetière en route. Ça semblait juste un bon moment pour prendre quelques jours de vacances et peindre un peu. Tout va bien à la galerie ?

— Oui. En revanche, je t'ai appelée parce qu'il y a eu un problème hier avec une fuite d'eau venant de ton appartement.

L'eau coulait dans le couloir entre nos bureaux. David est monté chez toi et a découvert un tuyau qui fuyait sous l'évier de ta cuisine...

— David est monté à mon appartement ? répéta Bree, d'une voix que la surprise rendait perçante. Comment est-il entré ?

— Il a utilisé les clés que tu m'as données, répondit Kasey sur un ton inquiet. J'espère avoir bien fait ?

Bien sûr. Comment avait-elle pu oublier le jeu de clés qu'elle avait confié à Kasey quelques mois plus tôt ?

Ce jour-là, elle devait sortir avec Audrey, mais attendait une livraison de meubles. Le lendemain, quand Kasey avait voulu lui rendre les clés, Bree lui avait suggéré de les garder en lieu sûr dans son bureau en cas de besoin.

Qu'était un lieu sûr ?

— Enfin, David a arrêté la fuite temporairement, mais il pense que le tuyau devrait être remplacé par un plombier. Je voulais avoir ton accord avant d'en appeler un.

— Oh ! oui. Bien sûr.

— Le souci, c'est qu'une partie du plafond du couloir s'est effondrée, poursuivit Kasey. Je peux faire venir quelqu'un pour le réparer, mais je vais avoir besoin de ta signature pour autoriser les travaux.

Lorsque Bree avait fondé la galerie, elle avait suivi les conseils de son oncle Russ concernant les systèmes administratifs à mette en place. Il avait insisté sur la nécessité d'un contrôle strict des opérations financières, même dans une petite société. Kasey pouvait passer des commandes, mais celles-ci devaient être autorisées par Bree. C'était une séparation simple et claire de leurs responsabilités.

— J'ai demandé à David si cela pouvait attendre quelques jours, mais il pense qu'une autre partie du plafond risque de s'effondrer si les réparations ne sont pas effectuées tout de suite, ajouta Kasey. Il a même suggéré de fermer temporairement la galerie. J'ai répondu que toi et moi étions les seules à emprunter ce couloir et que, puisque tu n'es pas là en ce moment, j'étais prête à assumer le risque.

Bree poussa un soupir.

— Il s'inquiète pour ta sécurité. Ce ne serait pas très drôle d'être assommée par un morceau de plafond.

— David exagère, déclara Kasey sur un ton dédaigneux. Cela dit, il y a autre chose. Lucas Brewer a perdu le chèque que je lui ai remis après l'inauguration. Je ne sais pas combien de fois je lui ai dit de passer au règlement électronique, mais il persiste à vouloir tout faire en espèces ou par chèque. Bref, il m'a demandé si je pouvais lui donner un nouveau chèque aussi rapidement que possible. J'ai annulé le premier, mais...

— ... tu as besoin de ma signature.

Bree se servit un café et contempla le paysage. Elle était tombée amoureuse de la vue, et ce lieu était un sanctuaire pour elle, mais la galerie était son rêve. Elle l'avait créée à partir de rien et en avait fait un succès. Et voilà que la seule pensée d'y retourner lui pesait ! Encore un exemple des dégâts que son harceleur avait causés, songea-t-elle, attristée.

— Je suis désolée de te déranger pendant tes vacances, soupira Kasey.

— Ce n'est pas ta faute. Je vais voir si je peux faire un saut à la galerie cet après-midi.

La communication terminée, Bree fit sortir Jekyll qui trépignait d'impatience et s'installa sur la première marche de la terrasse pour siroter son café. Quelques instants plus tard, Rylan vint la rejoindre.

— Que se passe-t-il ? demanda-t-il, arquant un sourcil. Je croyais que tu n'étais pas du matin.

— J'ai eu un message de Kasey.

En quelques mots, elle lui résuma sa conversation avec son assistante.

— Si je comprends bien, Kasey a les clés de ton appartement depuis le début ?

— Oui, mais tu ne peux pas sérieusement penser que...

Elle secoua la tête.

— Pas Kasey.

— Pourquoi pas ? répliqua-t-il, songeur. Elle travaille sur place, par conséquent elle n'a pas besoin de neutraliser le système d'alarme. Elle avait accès aux brochures puisque celles-ci étaient justement dans son bureau. Elle savait où trouver tes tableaux au sous-sol. Et elle a pu rester tard un soir pour mettre en place la bassine de chocolat.

— Je sais que, techniquement, ça pourrait être elle, mais je ne peux pas croire qu'elle ferait ça.

Bree ramassa Jekyll et le serra contre elle.

— J'ai toujours eu le sentiment que l'auteur des mails était un homme. Je sais que rien ne le prouve... je le sens, c'est tout.

— Peut-être est-ce justement l'impression qu'on cherche à te donner, lui fit remarquer Rylan.

— Tes contacts n'ont rien découvert de louche concernant Kasey.

— Ils n'ont rien découvert sur qui que ce soit. Pas encore.

Il étira ses longues jambes devant lui.

— Cela ne veut pas dire qu'il n'y ait rien à découvrir. Quelqu'un a une raison de te harceler, Bree. Vu de l'extérieur, le motif peut paraître trivial. Par exemple, ça pourrait être quelqu'un à qui tu as omis de laisser un pourboire, ou que tu n'as pas salué en le croisant dans la rue. Mais pour le harceleur, c'est devenu une obsession.

Elle frissonna.

— C'est encore plus effrayant.

— Un tuyau qui fuit. Une partie du plafond qui s'effondre. Le chèque perdu par Lucas. On dirait que la malchance s'acharne sur la galerie.

— C'est exactement ça, affirma-t-elle en contemplant son profil. N'est-ce pas ?

Il se tourna vers elle, ses yeux bleus comme le ciel.

— Autant de raisons qui t'obligent à retourner là-bas.

Bree hocha la tête.

— Je n'ai guère le choix. J'ai une société à gérer.

— Dans ce cas, allons-y.

Sa voix était résolue.

— J'ai promis de te protéger, Bree. Je parlais sérieusement.

Rylan se gara sur le parking du Diamond. Il ne s'était écoulé que quelques jours depuis la dernière fois qu'ils s'étaient trouvés là, et son ranch était à moins d'une heure de route, mais il semblait appartenir à une autre vie.

Il jeta un coup d'œil en direction de Bree. Éprouvait-elle la même impression que lui ? Pourquoi serait-ce le cas ? Ce territoire était le sien. Elle l'avait averti de ne pas s'habituer à sa présence au ranch. Sa place était ici, au cœur de cette communauté d'artistes et d'excentriques.

Elle fixait la façade de la galerie, une concentration intense sur ses traits.

— Si tous ces incidents font partie d'un plan pour m'attirer ici, il doit être quelque part dans les environs. À me guetter.

— Je suis là.

Il se pencha et captura sa main.

— Pour toi.

— Merci. J'avais besoin d'entendre ça, murmura-t-elle, lui pressant les doigts en retour.

Ils firent descendre Papadum, qui avait repris son rôle de chien de garde, et entrèrent dans la galerie. Bree s'arrêta échanger quelques mots avec le personnel de service à l'accueil. Tout paraissait normal dans la salle d'exposition principale. L'endroit était animé. Plusieurs visiteurs flânaient entre les œuvres, un groupe d'écoliers suivait un cours de dessin près de la boutique.

Bree précéda Rylan dans le bureau de Kasey. Celle-ci était en train de déjeuner, mais posa son sandwich en les voyant. À en juger par son sourire, elle était sincèrement contente de voir Bree.

— Tu as bonne mine. Tes vacances t'ont déjà fait du bien, commenta-t-elle. Tu as eu le temps de peindre ?

— Pas beaucoup, avoua Bree en coulant un regard vers Rylan.

Il n'y avait pas songé jusqu'alors, mais il se rendit compte soudain qu'elle avait passé le plus clair de son temps avec lui, à s'occuper des animaux. L'avait-il détournée de son art ? Il repoussa cette pensée. Bree avait un caractère bien affirmé. Si elle avait préféré se consacrer à la peinture, elle aurait sorti sa palette et ses pinceaux.

— Si on allait voir les dégâts ?

Ils gagnèrent le couloir. Des taches d'humidité s'étendaient sur le mur, et une grosse plaque de plâtre était tombée du plafond. Le sol avait été balayé depuis, mais on voyait les marques laissées par l'impact sur le carrelage sous le trou béant. Un ruban avait été placé en travers du passage, ainsi qu'un panneau avertissant du danger.

— David a fait preuve de prudence, comme d'habitude, observa Kasey.

— Il n'a pas tort, commenta Rylan. Le plafond est dans un état dangereux.

— En effet, confirma David, qui s'approchait.

Il les salua d'un signe de tête.

— J'ai expliqué à Kasey qu'il fallait réparer les dégâts au plus vite. J'aurais pu m'en charger, mais mieux vaut faire appel à un professionnel.

— De toute façon, tu es déjà assez occupé comme ça, déclara Bree. Tu as colmaté la fuite chez moi, d'après ce que m'a dit Kasey. Merci pour tout.

— Ça fait partie de mon travail, marmonna-t-il, l'air gêné. J'espère que ça ne t'ennuie pas que je sois entré chez toi ?

— Oh ! non, pas du tout. Si tu ne l'avais pas fait, les choses auraient été encore pires.

Bree se tourna vers Kasey.

— On va s'occuper des papiers ?

Rylan raccompagna les deux femmes pendant que David retournait vaquer à ses tâches. Bree et Kasey commencèrent à discuter affaires. Désormais certain que Bree ne courait aucun danger de la part de son assistante, Rylan éprouvait le besoin d'avoir une nouvelle conversation avec Judith, la serveuse du café.

Bree dut sentir qu'il avait l'esprit ailleurs, car elle leva les yeux.

— Quelque chose ne va pas ?

— Non, tout va bien.

Il adorait les minuscules rides qui se dessinaient au coin de ses yeux quand elle souriait.

— Tu ne convaincs personne, Rylan.

— Je pourrais me rendre utile et aller chercher du café, proposa-t-il. Seulement...

Il hésita, réticent à laisser Bree seule.

— Ne t'inquiète pas, dit-elle, comme si elle avait lu dans ses pensées. Papadum est là.

Kasey les observait. À en juger par son expression, elle était persuadée que c'était lui qui faisait une fixation sur Bree. C'était vrai, d'ailleurs. La différence entre le harceleur et lui, c'était qu'il rêvait d'avoir une relation normale avec elle, et non de la faire souffrir.

— Cinq minutes, dit-il en se dirigeant vers la porte. Si tu as besoin de moi, téléphone. Ou hurle. Déclenche le système d'alarme. Fais le nécessaire.

Comme il s'éloignait, il entendit la voix perplexe de Kasey derrière lui.

— Il est toujours aussi protecteur ?

Le café était calme. Seuls quelques clients attendaient au comptoir. Judith était occupée à débarrasser des tables. Son visage s'éclaira à la vue de Rylan.

— Oh ! c'est vous ! Où est votre drôle de chien ?

— Je l'ai laissé à l'intérieur. Je n'ai pas beaucoup de temps, mais je voudrais vous poser quelques questions au sujet de l'histoire de Roaring Springs. Ça ne vous ennuie pas ?

Elle jeta un coup d'œil à sa montre.

— Non, pas du tout. Justement, c'est l'heure de ma pause.

Ils sortirent dans la cour et s'installèrent à une table.

— Vous m'avez dit l'autre jour qu'un groupe avait été formé pour préserver la fonction originale des bâtiments. Vous souvenez-vous du nom de la personne qui s'en occupait ?

Elle secoua la tête.

— Il n'a pas eu grand succès. Comme je vous l'ai dit, les entrepôts étaient en très mauvais état. Il fallait soit les démolir, soit créer une nouvelle dynamique économique, ce qui s'est produit avec le projet actuel.

Bien que déçu, Rylan n'était guère surpris par sa réponse.

— Sur le site que vous animez en ligne, y a-t-il des photos anciennes de ce quartier ?

— Oui. Toute une section leur est consacrée.

Rylan sortit son téléphone portable.

— Quelle est l'adresse Internet ?

Elle la lui dicta. Rylan cliqua sur la galerie de photos, mais retint un gémissement accablé. Il y en avait des centaines, classées en sections. Certaines montraient le quartier à son apogée, d'autres documentaient son déclin, tandis que les plus récentes illustraient les derniers changements.

Conscient du temps qui passait, il baissa les yeux sur sa montre.

— Il n'y en a pas de ce bâtiment-ci ?

Judith tendit la main vers son téléphone.

— Je ne crois pas qu'il y en ait beaucoup, sans doute parce qu'il est situé à la limite du quartier.

Elle fit défiler les clichés rapidement.

— Il y a celle-ci.

Rylan la parcourut des yeux. Le bâtiment était indéniablement celui qui abritait la galerie. Sa forme était reconnaissable entre mille. Une partie du toit s'était écroulée, et la végétation semblait avoir repris ses droits. Malheureusement, l'image ne contenait pas l'information qu'il cherchait. Sauf qu'à vrai dire il n'était pas certain de ce qu'il cherchait.

— Il y en a d'autres ? demanda-t-il, s'efforçant de dissimuler son impatience.

Judith continua.

— Ah ! celle-ci est meilleure. On voit la façade. À l'époque, c'était une entreprise de maçonnerie.

Rylan prit le téléphone. L'image était nette, mais le photographe n'avait capturé que la moitié de l'enseigne placée au-dessus de la porte. Les lettres qu'il voyait suffirent à faire s'accélérer les battements de son cœur. La clé de l'affaire était-elle là ? Avait-il trouvé le lien avec le harceleur de Bree ?

Il se tourna vers Judith.

— Comment s'appelait cette société ?

— Voyons. C'était une entreprise respectée dans la région. Comment s'appelait-elle donc ?

Elle plissa les yeux vers l'image que Rylan avait agrandie, se focalisant sur les lettres visibles.

— S-W-A-N. Oh ! je me souviens ! C'était la société Swanson.

Elle lâcha un petit cri choqué alors que Rylan lui arrachait l'appareil des mains. Déjà debout, il fit défiler les numéros de sa liste de contacts.

— Trey ? J'ai besoin de toi à la galerie. Tout de suite.

14

— Tu crois que Rylan est allé récolter les grains de café lui-même ? plaisanta Kasey.

— Avec un peu de chance, il est en retard parce qu'il a aussi acheté du gâteau, répondit Bree en riant.

Elle redevint grave.

— À propos, où ranges-tu les clés de mon appartement ?

Kasey la dévisagea longuement.

— Écoute, Bree, je sais que quelque chose ne va pas. Tous ces incidents ne sont pas le fruit du hasard. Tu es libre de ne pas te confier à moi si tu ne veux pas, mais je ne ferais jamais quoi que ce soit qui puisse te nuire.

Elle désigna un tiroir fermé de son bureau.

— Tes clés sont là. Je suis la seule personne qui y ait accès. Personne n'a pu les prendre.

Bree lâcha un soupir.

— Je suis désolée. Je te raconterai tout quand ce sera terminé, je te le promets.

L'information fournie par Kasey ne la rassurait pas autant que celle-ci l'avait visiblement espéré. Au contraire, elle ne faisait qu'ajouter au mystère. Comment le harceleur avait-il su où elles se trouvaient, et comment se les était-il procurées ? À moins qu'il n'ait trouvé une autre solution pour s'introduire chez elle ?

La porte s'ouvrit, non pas sur Rylan apportant le café tant attendu, mais sur David. Il marqua une pause avant d'entrer.

— Je vous dérange ?

Bree secoua la tête.

— Je crois que nous avons fini, n'est-ce pas ?

Kasey redressa les feuilles étalées devant elle.

— Oui. Tout est réglé.

— Quelque chose ne va pas ? demanda Bree à David.

— Je voulais te parler des taches d'humidité dans le couloir. J'ai vu des pots de peinture dans la réserve qui semblent de la même couleur que le mur. Je peux facilement repeindre.

— C'est gentil, mais je sais à quel point tu es occupé...

David balaya son objection d'un geste.

— Je n'en ai pas pour longtemps, mais il faut que tu descendes au sous-sol avec moi. Juste pour vérifier que c'est bien le coloris en question.

Il baissa les yeux sur sa montre.

— On pourrait y aller tout de suite.

Bree hésita.

— J'attends que Rylan revienne.

Le gardien lui adressa un regard surpris.

— C'est juste en bas.

C'était vrai, et elle pouvait envoyer un texto à Rylan pour lui dire où la trouver. Cependant, elle anticipait déjà sa réponse. Il dirait que, tant que le harceleur serait en liberté, elle ne devait se fier à personne. Sa prudence était justifiée, bien sûr. Mais David... Le gentil géant l'avait aidée un nombre incalculable de fois par le passé. Il avait porté ses sacs, déplacé sa voiture, fait des courses pour elle... Il avait toujours été si gentil. Il n'aurait jamais fait de mal à une mouche, sans parler d'envoyer un mail de menaces.

Malgré tout, la mise en garde de Rylan restait gravée dans son esprit.

D'ailleurs, où était-il passé ?

Bree se tourna vers Kasey.

— Si tu venais avec nous ? suggéra-t-elle, accompagnant ses paroles d'un regard appuyé pour faire comprendre à son assistante que la question était importante. Tu as l'œil pour ce genre de choses.

David eut un petit ricanement moqueur.

— Je croyais que tu étais une artiste, Bree ?

— Justement, rétorqua-t-elle sur un ton dégagé. J'ai trop tendance à me focaliser sur les petits détails. Kasey a une meilleure vision d'ensemble.

Si Kasey fut surprise d'apprendre qu'elle était devenue une experte en décoration d'intérieur, elle n'en laissa rien paraître. Bree réveilla Papadum qui s'était assoupi, et le petit groupe pénétra dans la galerie.

Elle jeta un coup d'œil au café en passant, mais ne vit aucun signe de Rylan. Pourtant, l'endroit semblait désert. Pour la première fois, un doute la saisit. Rylan était totalement focalisé sur sa sécurité. S'il n'était pas revenu au bureau de Kasey, il devait avoir une bonne raison...

Quand ils s'arrêtèrent devant la porte du sous-sol, Bree remarqua aussitôt la serrure électronique.

— C'est nouveau ?

— Après ce qui est arrivé à tes tableaux, j'ai pensé que ce serait utile, expliqua David. J'en ai parlé au shérif, qui m'a dit que c'était une bonne idée.

Bree se souvint qu'il voulait proposer quelques changements au système de sécurité. Il disposait d'un petit budget d'entretien dans lequel il pouvait puiser pour procéder à des travaux mineurs.

— En effet, opina Kasey. Mais je n'ai pas le code.

— Personne ne l'a pour le moment, répondit David en pianotant sur le clavier. Je viens tout juste de finir de l'installer. Je compte communiquer le code tout à l'heure aux membres du personnel qui en ont besoin.

Il tendit la main à l'intérieur pour appuyer sur l'interrupteur, puis s'effaça pour laisser entrer Bree et Kasey d'abord.

Comme Papadum avait hésité à la vue des marches, Kasey passa la première tandis que Bree tenait le chien par son collier. Elle songeait à Rylan et commençait à regretter d'être venue. Elle aurait dû dire à David de repeindre tout le couloir en blanc.

Le claquement soudain de la porte la fit tressaillir. Pourquoi David les avait-il enfermés là ? Il n'y avait aucune raison, sauf si...

Il était déjà au pied de l'escalier, un pistolet à la main.

— Que... ?

Kasey n'eut pas le temps de terminer. David lui décocha un violent coup de crosse sur le menton. Le sang jaillit de la bouche de la jeune femme, qui vacilla et bascula en arrière. Sa tête heurta la première marche et elle resta inerte sur le sol, le corps à un angle bizarre.

Lâchant un cri, Bree s'agenouilla à côté d'elle. Kasey respirait, mais la blessure semblait sérieuse et Bree redoutait qu'elle ne s'étouffe. Elle lui redressa la tête et l'inclina légèrement vers l'arrière pour dégager les voies respiratoires.

— Je ne sais pas ce qui se passe ici, David...

C'était faux, bien sûr. Mais peut-être pouvait-elle encore sauver la situation en jouant les innocentes. Quel autre choix avait-elle ?

— Mais Kasey a besoin de soins, ajouta-t-elle, luttant pour dissimuler sa panique. Tout de suite.

— C'est toi qui as eu l'idée de lui demander de venir, répliqua-t-il. Pour une fois dans ton existence privilégiée de Colton, assume tes responsabilités.

La haine qu'elle entendit dans sa voix secoua Bree. Elle attira aussi l'attention de Papadum. Celui-ci lâcha un long grondement et se rapprocha d'elle. Aussitôt, David leva son arme.

— Non !

Tremblant de tous ses membres, elle entoura le chien de ses bras.

— Il faudra me tuer d'abord.

Puisqu'il envisageait probablement de l'abattre de toute façon, elle n'était pas sûre que sa menace pèse très lourd. À cet instant, peu lui importait. Il était hors de question qu'elle le laisse tuer un animal sans défense.

— Très touchant.

David la toisait avec un mépris tel qu'elle eut du mal à reconnaître ses traits.

— Tiens-le tranquille et je l'épargnerai. Je n'ai pas vraiment envie de faire feu ici et d'ameuter tout le monde. À moins que Rylan ne découvre où nous sommes et qu'il ne décide de jouer au héros. Rien ne me ferait plus plaisir que de lui mettre une balle entre les deux yeux.

— Je ne comprends pas. Tu as été attaqué par l'homme qui m'a envoyé des menaces.

— Tu es idiote à ce point ? Il n'y a jamais eu d'agresseur. Le type qui est censé m'avoir attaqué n'a jamais existé ! Tu n'es pas la seule à avoir de l'imagination.

Il lâcha un rire qui ressemblait à un aboiement.

— Je voulais m'assurer que je ne serais pas considéré comme suspect. Je n'étais pas sûr que Rylan tombe dans le panneau, mais tout a marché comme sur des roulettes.

Saisie d'un frisson, Bree se cramponna plus étroitement à Papadum. David avait dit qu'il n'allait pas tirer, mais qu'avait-il l'intention de faire ? Elle n'était pas certaine d'avoir envie de le savoir.

— Qu'ai-je fait pour que tu me détestes à ce point, David ?

— Je ne te déteste pas.

Il se baissa et s'accroupit contre le mur.

— Voilà le problème.

— Je ne comprends pas, répéta-t-elle.

Il eut un nouveau rire bref et dur.

— Tu m'as tout pris. Mon nom, mon avenir, ma profession, ma dignité...

Ses accusations n'avaient aucun sens pour Bree. Elle n'était pas une voleuse. Comment avait-il pu se persuader qu'elle l'avait dépossédé ?

— Je ne vois pas de quoi tu parles.

— De tout ça !

C'était presque un hurlement. Il embrassa la pièce d'un geste.

— Ce bâtiment a abrité trois générations de ma famille. Swanson était la meilleure entreprise de construction de Roaring Springs. Et puis il y a eu la récession, les dettes se sont accumulées et j'ai dû licencier mes employés. La fermeture de la compagnie, la vente de l'entrepôt... tout ça était censé être temporaire. Je rassemblais l'argent pour racheter le bâtiment, mais tu m'as devancé. Une galerie d'art ! Tu imagines ce que ça m'a fait ?

— Je suis désolée. Je ne savais pas.

— Tu es une Colton. Tu te moques des gens ordinaires, accusa-t-il. Vous autres ne savez que nous piétiner quand nous sommes à terre.

C'était injuste, mais à quoi bon protester ? Le conseil municipal était sur le point de voter la démolition pure et simple des entrepôts quand le promoteur était intervenu. Son offre était apparue comme une solution de dernière minute. Bree, à l'instar des autres occupants, avait acheté ses locaux à un prix avantageux. Mais c'était en partie parce qu'ils avaient donné un souffle à cette partie dévastée de la ville.

De plus, lorsqu'elle avait manifesté son intérêt pour l'entrepôt, elle avait été la seule acheteuse potentielle. Autrement dit, quoi qu'il affirme, David n'avait pas l'argent nécessaire pour acheter les locaux. Elle le soupçonnait de faire allusion à des rêves plutôt qu'à la réalité.

Ce qui l'inquiétait le plus, c'était la haine avec laquelle il parlait de sa famille. Les paroles de Trey lui revinrent à l'esprit. Selon des rumeurs, quelqu'un préparait une attaque contre le Château ou la Loge. David était-il impliqué là aussi ?

— Je ne sais pas pourquoi tu as une si mauvaise opinion de ma famille...

— Et moi, je sais de quoi je parle, coupa-t-il. De toute façon, votre heure est venue. On va se débarrasser de vous. Au départ, le plan était de commencer par toi et la galerie. De te faire peur. De te forcer à partir.

Bree réfléchissait à toute allure. Où voulait-il en venir ?

Le visage de David était déformé par le désespoir.

— Mais toi... tu as tout gâché. Tu t'es mise dans ma tête.

Il pressa les mains sur ses tempes.

— Je ne pouvais plus m'empêcher de penser à toi. De te désirer.

De te désirer. La manière dont il avait prononcé ces mots, d'une voix assourdie, donnait un sens nouveau à la situation. Un conflit faisait rage en lui. Il désirait une femme qu'il aurait dû haïr. Une Colton. Pas étonnant que ses mails aient été pleins de violence. Dans la tête de David, lui faire du mal était préférable à l'aimer.

Elle tenta de réprimer le frisson qui la parcourait. Rylan avait vu juste quand il avait évoqué le comportement classique d'un harceleur. Le plan original de David avait évolué à mesure qu'il développait une obsession envers elle. Ce qui le rendait d'autant plus dangereux...

— Une Colton, marmonna-t-il. Je dois être complètement fou.

Les yeux baissés sur le sol, il semblait s'adresser à lui-même ou répéter des choses qu'on lui avait dites.

— Il faut que je retourne au plan d'origine. L'enjeu est trop important pour que je renonce.

Il releva la tête et planta son regard sur Bree.

— Il faut que j'en finisse.

Dès sa communication avec Trey terminée, Rylan se mit à courir. Le shérif serait là dans quelques minutes. Si David était encore dans la galerie, ils le trouveraient sans difficulté.

Enfin, il tenait l'indice qui lui avait fait défaut jusqu'alors. Voilà pourquoi ses contacts n'avaient rien déniché sur David. Ce dernier n'avait rien à cacher. Ni casier judiciaire, ni passé violent, aucun incident suggérant un comportement obsessionnel envers les femmes. Son seul lien avec Bree, c'était qu'elle avait acheté un bâtiment qui appartenait à sa famille depuis des générations. Ça avait suffi à éveiller en lui une soif de vengeance qui s'était muée en fixation.

Voyant que David n'était pas à l'accueil, Rylan se hâta vers le bureau de Kasey. L'essentiel à présent était de garder Bree en sécurité le temps que Trey mette David derrière les barreaux.

— Je n'ai pas de café, mais...

Il s'interrompit sur le seuil. La pièce était déserte.

Bien. Il pouvait y avoir tout un tas d'explications possibles à l'absence des deux femmes et du chien. Aucune raison de céder à la panique. Pourtant, il avait beau essayer de rester calme, son imagination s'emballait, sa concentration se troublait.

Je l'ai laissée.

L'angoisse le saisit, lui comprimant la poitrine. Son cœur battait trop vite, trop fort.

— Rylan ?

La voix de Trey l'éloigna du précipice. Tel un homme à moitié noyé qui refait surface, il avala une énorme goulée d'air et pivota.

— Elle était ici, avec Kasey.

— Tu crois qu'il les a enlevées ?

— Tout est possible, répondit Rylan, s'efforçant de réfléchir. Papadum. Bien sûr.

Il se dirigea vers la galerie. Trey lui emboîta le pas, perplexe.

— De quoi parles-tu ?

— Mon chien. Tu l'as vu. Il est très reconnaissable. Quelqu'un l'a forcément remarqué.

Dans la salle principale, Rylan avisa aussitôt le groupe d'écoliers qui se préparait à partir.

— Les enfants, vous n'auriez pas vu un chien qui ressemble à une serpillière géante ?

Les rires fusèrent, aussitôt suivis de réponses enthousiastes. Une petite fille qui se tenait tout près de lui sautait d'un pied sur l'autre, essayant d'attirer son attention.

— Où est-il allé ?

— Il était avec deux dames et un monsieur en uniforme, dit-elle en pointant le doigt vers l'accès au sous-sol. Ils sont passés par là.

— Merci, mon chou, lança Rylan avant d'entraîner Trey vers la porte en question. Cette serrure n'était pas là la dernière fois que je suis venu. Pourquoi David se serait-il enfermé à l'intérieur avec Bree et Kasey ?

Trey fit un pas en arrière, jaugeant la situation.

— Le bois a l'air solide, mais à nous deux on pourrait l'enfoncer.

Rylan secoua la tête.

— Non. Il nous entendrait et ça lui donnerait le temps de les tuer toutes les deux.

L'expérience lui soufflait d'être prudent. Ils ne savaient pas au juste à quelle situation ils avaient affaire. Ils n'étaient même pas absolument sûrs que David soit au sous-sol avec les deux femmes, ni qu'il les détienne contre leur volonté.

Il repoussa l'idée de téléphoner à Bree. Si elle était prisonnière, il ne voulait pas courir le risque d'aggraver la situation.

— Il n'y a pas d'autre accès ? demanda Trey.

— Je ne sais pas. J'ai un plan du bâtiment sur mon ordinateur. Reste ici pendant que je vais vérifier.

— OK, répondit Trey, le visage grave. Mais j'appelle des renforts et, si j'entends le moindre bruit qui suggère que ma sœur est en danger, j'enfonce la porte.

— Ça va sans dire.

Rylan se rua vers son bureau. À travers la baie vitrée, il

vit les écoliers remonter dans leur bus et l'idée lui vint qu'il serait sans doute plus prudent de faire évacuer les lieux.

Il s'arrêta à l'accueil.

— Faites sortir tout le monde. Dites que c'est pour des travaux imprévus.

La réceptionniste cilla mais, sans doute impressionnée par le ton de sa voix, hocha la tête et se mit aussitôt à donner des instructions. De son côté, Rylan avait déjà branché son ordinateur et étudiait le plan du sous-sol. À l'extérieur du bâtiment, au niveau de la rue, il repéra une trappe accompagnée d'une note explicative : *Ancien toboggan de déchargement*.

Sa décision prise, il quitta le bureau et s'empressa de téléphoner à Trey pour l'informer de sa découverte.

— Ça ne me plaît pas que tu entres là-dedans tout seul, protesta ce dernier quand Rylan lui eut fait part de son intention.

— Ne t'inquiète pas. Fais-moi confiance.

Il sortit une pince coupante du coffre de sa voiture.

— Tiens-toi juste prêt à enfoncer la porte.

— Mes adjoints seront là dans une minute avec le matériel nécessaire.

La trappe était plus grande que Rylan ne l'avait escompté, et au même niveau que le trottoir. Il pinça les lèvres et se baissa pour confirmer sa première impression. Il n'avait pas besoin de la pince coupante. Elle n'était pas verrouillée.

Bien que surpris, il ne perdit pas de temps à s'interroger, mais se contenta de dissimuler l'outil sous un buisson. Les battants s'ouvrirent sans difficulté, comme si les charnières avaient été huilées récemment. Rylan les rabattit sur le trottoir et se mit à genoux pour scruter l'intérieur.

Le toboggan était long et raide, et il n'en distinguait pas l'extrémité. Un système de poulie était installé à côté, sans doute pour sortir des objets lourds du sous-sol. Il se pencha davantage et dressa l'oreille. Aucun bruit ne lui parvint.

Il prit place sur le toboggan, cala ses pieds et ses mains sur les côtés, puis se mit à descendre, contractant ses muscles pour ne pas aller trop vite.

Tout son corps était raidi par la tension, son pouls cognait à ses tempes. La sueur perlait sur son front plissé. Il savait pourquoi. En tant que soldat, il avait été confronté à d'innombrables situations de combat et, depuis qu'il avait quitté l'armée, il avait souvent fait face au danger. Mais là, c'était différent.

La vie de Bree était en jeu.

Après ce qui lui parut durer une éternité, Rylan aperçut une faible lumière au-dessous de lui. Peu après, ses pieds glissèrent du toboggan et touchèrent le sol. Il tira son pistolet du holster qu'il portait à l'épaule.

Il faisait assez clair pour qu'il puisse voir autour de lui. Il se trouvait dans une vaste pièce aux murs occupés par des rayonnages pleins de cartons. Sans doute était-ce un des lieux où on entreposait les œuvres destinées à être exposées. Il n'y avait pas de porte, rien qu'une ouverture étroite qui menait à une autre partie du sous-sol. La lumière venait de là. Un bruit diffus de voix aussi.

Sur la pointe des pieds, Rylan s'approcha de l'ouverture. Son cœur bondit dans sa poitrine au son de la voix de Bree.

— Si c'est moi le problème, que vas-tu faire de moi ?

— Te tuer, évidemment.

Le calme avec lequel David avait prononcé ces mots glaça Rylan. Il réprima l'impulsion de se ruer en avant et de l'affronter. De là où il était, il n'avait aucun moyen de jauger la situation. David avait peut-être un couteau sous la gorge de Bree, ou un pistolet sur sa tempe. Pareil pour Kasey. Un geste irréfléchi pourrait avoir des conséquences irrémédiables.

— Mais je vais m'amuser un peu avec toi d'abord.

Bouillonnant de rage, Rylan baissa la tête et inspira à fond. Perdre le contrôle de lui-même ne résoudrait rien.

— Je préférerais que tu tires tout de suite.

Bree. Pour autant qu'il admire son courage, Rylan aurait

voulu la mettre en garde contre le risque d'énerver son adversaire.

Toutefois, sa réponse lui avait fourni une information importante : David avait une arme à feu.

— Ce n'est pas toi qui décides. Viens ici.

Rylan retint son souffle. Si David touchait à Bree, il n'aurait plus le choix. Il faudrait qu'il intervienne.

— Je ne peux pas laisser Kasey. Elle a besoin d'un médecin.

— Tu n'as rien compris, hein ? Je vais te tuer. Ça m'est égal qu'elle meure aussi !

David avait élevé la voix. Rylan hasarda un coup d'œil dans l'autre partie du sous-sol et fut atterré. Kasey, apparemment sans connaissance, gisait au pied de l'escalier. Bree était agenouillée à côté d'elle, les bras autour de Papadum. David était accroupi contre le mur non loin d'elle, ses mains invisibles, mais Rylan était prêt à parier qu'il tenait un pistolet dans l'une d'elles.

Pourrait-il prendre David par surprise avant que celui-ci abatte Bree ?

Il n'aurait qu'une seule chance.

Il fit un pas en avant, adoptant la posture caractéristique du soldat : genoux fléchis, bras tendus, pointant son arme droit devant lui.

— Allonge-toi par terre, Bree.

Bien qu'il se fût adressé à Bree, Rylan avait gardé les yeux rivés sur David qui le fixait, les lèvres retroussées, le regard lançant des éclairs. Bree obéit aussitôt, tirant Papadum avec elle dans l'espace sous l'escalier. David fit mine de se lever.

— Pas un geste.

Cependant, David avait levé son arme. Une détonation déchira l'air, suivie d'un bruit de verre cassé. Le sous-sol fut plongé dans l'obscurité.

Rylan sentit quelque chose le frôler et lâcha un juron. Au même moment, il entendit le bélier qui enfonçait la porte intérieure. Quelques secondes plus tard, la silhouette de Trey apparut en haut des marches.

— Attention ! cria Rylan. Le suspect est armé et une femme est blessée au pied de l'escalier.

Quelqu'un tendit une torche à Trey, qui fit un pas en avant.

— Ici le shérif Colton. Posez votre arme et avancez.

Rien ne se produisit. Comme Trey commençait à descendre, un de ses adjoints le remplaça en haut des marches et braqua un projecteur sur le sous-sol.

David était invisible.

15

Tout en conduisant, Rylan observait Bree à la dérobée. Immobile, les yeux fermés, elle aurait pu être endormie, mais il en doutait. Il soupçonnait qu'elle revivait les terribles événements. Qu'elle les repassait en boucle dans sa tête, en essayant de comprendre.

Comme ils atteignaient le ranch, elle se tourna vers lui, les sourcils froncés.

— Où est Papadum ?

— Trey l'a fait ramener ici pendant que nous étions à l'hôpital.

Il se gara devant la maison. Elle descendit lentement, comme quelqu'un qui essaie d'avancer à contre-courant dans l'eau. Rylan prit sa main et, après avoir regardé ses doigts autour des siens d'un air absent, elle les pressa en retour. Ensemble, ils franchirent le seuil et gagnèrent la cuisine.

— Il faut que tu manges quelque chose, déclara Rylan en ouvrant le réfrigérateur.

Bree se laissa tomber sur une chaise.

— Je n'ai pas très faim. Où est Jekyll ?

— Je ne savais pas à quelle heure nous serions de retour. J'ai demandé à Dinah de le garder ce soir.

Après une brève inspection du placard, il se retourna vers elle.

— Que dirais-tu d'un sandwich au thon ?

— Ça pourrait me tenter, avoua-t-elle. Mais il faut que j'appelle mes parents.

Rylan hocha la tête.

— Oui. Cela dit, tu n'es pas obligée de tout leur raconter. Sauf si tu veux. Dans l'immédiat, tout ce qu'ils ont besoin de savoir, c'est que tu es saine et sauve et que Trey est sur la piste de ton agresseur. Pour le reste, c'est à toi de voir.

Les épaules de Bree se détendirent légèrement.

— Je vais juste...

Laissant sa phrase en suspens, elle désigna le salon adjacent. Il hocha la tête et, une minute plus tard, il entendit sa voix. Quand elle revint, il avait confectionné les sandwichs et fait du café. Elle paraissait lasse, mais moins tendue.

— Comment ça s'est passé ?

— Ils étaient inquiets, bien sûr, mais mon appel les a rassurés. J'ai décidé de leur dire que Kasey avait été blessée, au cas où ce serait mentionné dans la presse.

Elle mordit dans le sandwich.

— C'est vraiment bon. Je ne me rendais pas compte que j'avais aussi faim.

— Et toi ? demanda Rylan. Comment te sens-tu ?

Elle mangea en silence pendant quelques minutes.

— Je ne sais pas au juste, admit-elle. C'est comme si j'étais... engourdie.

— Encore sous le choc, peut-être ?

— Peut-être.

Ses yeux se tournèrent vers la fenêtre.

— L'idée qu'il est encore en liberté...

Elle repoussa le sandwich à demi terminé.

— Excuse-moi. Je ne peux pas le finir. Je commence à me rendre compte que, sans toi, je serais morte à l'heure qu'il est.

— Je ne laisserai personne te faire du mal, Bree. Je te l'ai dit.

— C'est vrai, murmura-t-elle avec un sourire contraint. C'est ton travail.

— Si tu crois vraiment que c'est la raison, tu ne me connais pas.

Une lueur d'émotion traversa son regard avant qu'elle baisse de nouveau les yeux sur son assiette.

— Merci.

Le remerciait-elle d'être venu à son secours ? Ou d'avoir dit qu'il n'avait pas agi par devoir ?

— Je ne veux pas de ta gratitude.

Elle se tassa sur sa chaise.

— Je devrais être encore furieuse contre toi après ce que tu m'as fait, murmura-t-elle, mais je voudrais que tu me serres contre toi...

Rylan contourna la table, s'agenouilla à côté d'elle et lui entoura la taille de ses bras. Bree se pencha et pressa la joue sur sa tête.

— Je...

Sa voix s'étrangla, et elle marqua une pause avant de faire une seconde tentative.

— Tu ne peux pas savoir à quel point j'avais besoin de ça.

Il eut un léger rire.

— Si. Crois-moi. J'y pensais aussi.

Elle lui encadra le visage de ses mains.

— Passe la nuit avec moi, Rylan.

— À une condition.

Bree arqua un sourcil amusé, mais il secoua la tête.

— Pas ce genre de condition. On va dormir. C'est tout.

— Tu es fou ?

— Peut-être bien.

Elle ouvrit la bouche pour protester, mais il mit un doigt sur ses lèvres.

— Écoute-moi. Tu as dit toi-même que tu devrais encore être furieuse contre moi. Je t'ai déçue, et tu serais dans ton droit si tu ne voulais plus jamais me faire confiance. Aujourd'hui, tu as traversé une épreuve terrible. Tu ne peux pas savoir combien je veux t'entendre me demander de te faire l'amour. Si cela arrive de nouveau un jour, je veux que ce soit parce que tu me veux, moi. Pas parce que tu as besoin de réconfort.

— Tu as bouleversé mon univers et abusé de ma confiance. Et maintenant, tu me prouves que tu es quelqu'un de remarquable après tout.

Elle secoua la tête.

— Je ne sais plus où j'en suis, Rylan.

Il lui tendit les mains, l'invitant à se lever.

— Tu n'as pas besoin d'y penser maintenant. Ce soir, l'important, c'est que tu passes une bonne nuit de sommeil.

Elle redevint grave.

— Je dormirai bien si tu es là.

La dernière fois qu'ils avaient partagé un lit, Bree avait eu conscience de la barrière invisible entre eux. Elle avait été convaincue alors qu'il serait impossible de réparer les dégâts causés à leur relation. À présent, c'était différent. Elle était trop fatiguée pour analyser le changement qui s'était produit et ne savait pas non plus s'il allait perdurer. Mais s'il signifiait qu'elle pouvait dormir dans les bras de Rylan, elle n'allait pas se poser de questions. Pas après la journée qu'elle avait eue.

Les yeux mi-clos, étendue sur le lit, elle observait Rylan qui se préparait à la rejoindre. Elle savourait ces instants. Cette intimité. Elle voulait poser la tête sur son torse et écouter les battements réguliers de son cœur. Partager la chaleur de son corps. Se blottir contre lui le matin. Sentir que rien ne pouvait lui arriver tant qu'il la serrait dans ses bras.

Comme s'il lisait dans ses pensées, Rylan se glissa sous la couette et l'attira à lui. Ses lèvres effleurèrent le front de Bree.

— Bonne nuit.

Ses paupières se fermèrent.

Elle se réveilla en sursaut. L'autre côté du lit était vide et le soleil inondait la chambre. À l'évidence, c'était le matin. Mais… un bruit épouvantable lui transperçait les oreilles. Un gémissement suraigu, accompagné de grattements frénétiques à la base de la porte.

Elle sourit. *Jekyll*.

La porte s'ouvrit.

— Je lui ai dit de ne pas te déranger, expliqua Rylan, chargé d'un plateau. Il n'a rien voulu entendre.

Comme Jekyll tentait en vain de grimper sur le lit, Bree se pencha et le souleva d'une seule main. Il se jeta sur elle, visiblement désireux de lui manifester son affection après la torture de la séparation.

— Le petit déjeuner au lit, soupira-t-elle en souriant à Rylan. Je pourrais m'habituer à ça.

Il désigna Jekyll, qui s'était enroulé autour de ses chevilles.

— Tu n'auras peut-être pas le choix. Il ne veut pas que tu repartes.

Les mots flottèrent entre eux un instant, rappelant à Bree tout ce qu'il restait de non-dit entre eux. Rylan s'assit sur le lit tandis qu'elle sirotait son café.

— Tu as des nouvelles de Trey ?

— Il a appelé pour dire que David n'a pas encore été retrouvé. En revanche, ils ont découvert tout un arsenal dans son appartement, ce qui est plus qu'inquiétant. Par chance, ils ont aussi mis la main sur son ordinateur portable. Les techniciens devraient pouvoir en tirer pas mal d'informations.

Songeuse, Bree grignota un coin de sa tartine grillée.

— Pourquoi avait-il besoin de toutes ces armes s'il voulait simplement m'inciter à partir ?

— Bonne question. On dirait qu'il avait en tête un plan plus vaste. À propos, que comptes-tu faire pour la galerie ?

— Ma mère a proposé de s'en occuper pendant quelques jours en attendant mon retour.

Bree se redressa.

— Tu la connais. Elle se débrouillera parfaitement sans moi. Ce qui m'inquiète, c'est qu'un autre membre de la famille Colton me remplace. Pourrait-on s'en prendre à elle aussi ?

Rylan demeura un instant silencieux.

— Jusqu'à présent, David a agi seul. Maintenant qu'il est recherché par la police, je le vois mal tenter quoi que ce soit contre ta mère, surtout si Trey fait surveiller la galerie.

— Si on applique ce raisonnement, peut-être que je pourrais rentrer chez moi ?

— Pas question, rétorqua Rylan sans hésiter. Nous ne savons pas où est David, mais nous savons qu'il est obsédé par toi, Bree. Cela ne va pas changer juste parce qu'il est recherché. Tu restes ici, où je peux te protéger.

La nature obstinée de Bree fut vaguement tentée de se rebeller, mais Rylan avait raison. Le souvenir des moments qu'elle avait passés au sous-sol suffisait à l'en convaincre. L'expression sur le visage de David quand il avait parlé de ce qu'il voulait lui faire avant de la tuer…

Elle était en sécurité au ranch. Avec Rylan.

— Je voudrais téléphoner à la mère de Kasey, annonça-t-elle. Je veux prendre de ses nouvelles et demander si elle a besoin de quoi que ce soit.

— Je te laisse. Qu'as-tu envie de faire aujourd'hui ?

Elle le considéra, pensive.

— Le pain grillé m'a ouvert l'appétit. Si on commençait par manger des crêpes au petit déjeuner ?

Il sourit.

— Pas de problème. Madame a d'autres désirs ?

À vrai dire, oui. Rylan. Peut-être à cause du danger auquel elle avait été confrontée. Peut-être parce qu'elle se rappelait leurs étreintes passées. À cet instant, elle mourait d'envie d'agripper son T-shirt et de l'attirer plus près…

Stop. Elle serait sans doute bien avisée de prendre une douche froide ce matin. Consciente du regard curieux que Rylan portait sur elle, Bree s'éclaircit la gorge.

— Après les crêpes ? Je veux aller voir tout le monde. Anne l'ânesse, Boo, Pub...

Elle redevint grave.

— Quand j'étais enfermée dans ce sous-sol, j'ai pensé à tous ceux que je voulais revoir. À ma famille...

Elle prit une brève inspiration.

— À toi et à ta ménagerie.

Rylan se figea. Il la regarda, ses yeux plus bleus que jamais. Au bout d'un moment, ses lèvres s'entrouvrirent et il esquissa un geste vers elle. Comme elle lui souriait, son expression changea. Ce fut comme si une lumière s'était éteinte.

— Tu veux des crêpes, c'est ça ? murmura-t-il.

Déconcertée, Bree le suivit des yeux tandis qu'il quittait la pièce.

Rylan poussa son corps au maximum de l'endurance physique. Ses exercices quotidiens étaient aussi exigeants que ceux d'un athlète professionnel, et il s'y contraignait sans exception. Jusqu'alors, il avait fait preuve d'une rigueur similaire dans le contrôle de ses émotions.

À la mort de sa mère, il avait pris la décision consciente de ne pas éprouver de sentiments. En gardant la maîtrise totale de son cœur, il s'était construit une façade qui démentait les accusations de son père.

Bon à rien. Froussard. Chiffe molle. Jamais il n'avait laissé quiconque l'approcher suffisamment pour découvrir si c'était la vérité.

Ses relations avec les femmes s'étaient bornées à des aventures sans lendemain. Les règles en étaient fixées dès le début, et les deux partenaires se séparaient avec de bons souvenirs et sans regret.

Et puis il avait rencontré Bree.

À ce moment-là, Rylan avait découvert à ses dépens que son cœur n'était ni aussi froid ni aussi docile qu'il l'avait supposé. Il avait beau réprimer ses sentiments, ils couvaient sous la surface, tel un volcan prêt à entrer en éruption.

Cependant, il n'avait pas le droit de les révéler à Bree alors qu'elle était traumatisée, vulnérable. Compte tenu de l'attraction sexuelle qui existait entre eux, et du lien émotionnel qu'ils avaient créé, il était naturel qu'elle se tourne vers lui en de pareils moments. À ses yeux, il était son protecteur. Un instinct primitif l'incitait à vouloir se réfugier dans ses bras.

Quel genre d'homme aurait profité de cette situation ? Un homme qui s'était déjà révélé indigne de confiance ? *Un moins-que-rien ?*

Malgré le tumulte de ses pensées, Rylan avait au moins une certitude. Pour la première fois de sa vie, il avait peur. Car s'il avouait à Bree qu'il l'aimait, de deux choses l'une : soit elle lui disait gentiment qu'elle ne partageait pas ses sentiments, ce qui était le scénario le plus probable, soit, aux prises avec sa propre anxiété, elle se trompait sur son propre cœur. Et s'il voulait plus que tout au monde entendre Bree lui déclarer qu'elle l'aimait, il ne voulait pas qu'elle le fasse parce qu'elle avait besoin de réconfort.

Elle ne me connaît pas.

Comme le reste du monde, elle ne voyait que son apparence d'homme fort, protecteur. Si elle savait ce qui se cachait au-dessous...

Bree entra dans la cuisine, coupant court à ses réflexions. On aurait eu du mal à croire qu'elle avait traversé une épreuve épouvantable la veille. Elle portait un jean arborant de petites fleurs en broderie, un grand chandail de pêcheur et des bottes de moto. Ses cheveux détachés étaient retenus par un bandeau à fleurs. Le teint éclatant, les yeux brillants, elle était superbe.

Il s'obligea à se concentrer.

— Hmm. Les crêpes de madame sont servies. Il y a aussi des fruits et même du jus d'orange fraîchement pressé.

— Le paradis.

Bree s'installa et se servit.

— Kasey était dans la salle d'opération quand j'ai parlé à sa mère, mais apparemment elle a repris conscience et elle va bien. Mme Spencer doit m'envoyer un texto plus tard pour me dire comment l'intervention s'est passée.

— Très bien.

— C'est à cause de moi qu'elle était au sous-sol, murmura Bree. Quand David m'a demandé d'aller regarder la peinture avec lui, je ne le soupçonnais pas vraiment, mais je me rappelais que tu m'avais conseillé de ne me fier à personne. Par conséquent, j'ai insisté pour que Kasey vienne avec nous.

— Tu ne pouvais pas prévoir ce qui allait arriver, lui fit remarquer Rylan. À ce moment-là, personne ne le considérait comme suspect.

Elle hocha la tête et mangea quelques bouchées de crêpe.

— À ton avis, que va-t-il faire à présent ?

— C'est difficile à dire, avoua Rylan. Il doit savoir que Trey a mis en œuvre tous les moyens dont il dispose pour le retrouver. Rester dans les environs de Roaring Springs ne serait pas très futé de sa part.

— Par conséquent, tu penses qu'il va quitter la ville ?

— S'il a le moindre grain de bon sens, et qu'il est rationnel, c'est ce qu'il fera.

Rylan planta son regard dans le sien.

— Cela dit, il a prouvé qu'il avait un comportement obsessionnel. Je ne suis pas sûr qu'on puisse compter sur lui pour obéir à la raison.

Il se cala sur sa chaise.

— Quand nous aurons rendu visite aux pensionnaires, que dirais-tu d'un spa ?

Elle arqua les sourcils.

— Je pensais que j'étais censée rester au ranch ? Ne te

méprends pas, le spa du Château est un de mes endroits préférés, mais il faut retourner à Roaring Springs.

Rylan sourit.

— Qui te dit que les Colton sont les seuls à avoir une source chaude sur leur propriété ?

16

Ils suivirent la rivière pendant une vingtaine de minutes pour atteindre la source. Au pied d'une falaise escarpée, un demi-cercle de rochers créait une piscine naturelle juste en marge du cours d'eau.

Bree regarda les sommets enneigés autour d'eux.

— Tu es sûr que l'eau est assez chaude à cette saison ? demanda-t-elle, méfiante.

— Aussi chaude que dans une baignoire, assura Rylan. Tu n'as qu'à essayer.

Quand elle avait fait ses bagages en prévision de son séjour au ranch, il ne lui était pas venu à l'idée qu'elle puisse avoir besoin d'un maillot de bain. La seule option possible était de se baigner en sous-vêtements. Elle s'assit sur un rocher, retira ses bottes et ses chaussettes, puis fit passer le pull par-dessus sa tête. Enfin, elle se mit debout et fit glisser son jean le long de ses jambes.

En caleçon et débardeur, elle s'avança avec précaution sur les galets pour entrer dans l'eau. Rylan avait raison. La température était parfaite.

— Oh ! fantastique.

Elle se tourna juste à temps pour voir Rylan se diriger vers elle, vêtu d'un simple caleçon, et songea à part elle que sa remarque s'appliquait tout aussi bien à son physique.

Le bassin était juste assez large pour y flotter, mais surtout un grand rocher plat permettait de s'asseoir ou même de s'étendre sur le dos, les jambes dans l'eau, et de se laisser masser par le courant.

Bree s'allongea, ferma les yeux et se détendit. Rylan s'installa face à elle, les pieds calés contre ses hanches.

— Parfait, murmura-t-elle avec un soupir.

Il n'avait pas besoin de savoir qu'elle ne faisait pas allusion à l'eau.

Les pieds de Bree étaient proches de l'intérieur des cuisses de Rylan. De temps à autre, poussés par le courant, ses orteils l'effleuraient. Les yeux mi-clos, elle observait sa réaction. Au bout d'un moment, Rylan sourit et mit la main dans l'eau pour capturer son pied. Lentement, il promena le pouce sur toute la longueur, décochant de petites flèches de plaisir qui parcoururent le corps de Bree.

Il dut s'apercevoir de sa réaction, car il s'immobilisa.

— Tu veux que j'arrête ?

N'étant pas sûre de maîtriser sa voix, Bree se contenta de secouer la tête. Rylan continua à lui masser la plante du pied en petits mouvements circulaires, à la fois sensuels et réconfortants. Bercée par les sons de la nature, savourant les bulles chaudes et douces, et les caresses de Rylan, elle flottait entre l'excitation et l'extase.

À son tour, elle caressa le pied de Rylan, prenant plaisir à l'instant sans l'analyser. Elle s'était trop interrogée dernièrement. Le moment était venu d'obéir à ses impulsions.

Elle se redressa, plongea son regard dans les yeux bleus de Rylan, et sourit.

— Je peux t'embrasser ?

— Bree...

Un mélange de prudence et de désir se lisait sur son visage.

— Tu voulais être sûr que c'était toi que je voulais. Laisse-moi te le prouver.

Elle se pencha en avant, et posa ses lèvres sur les siennes. Petit à petit, elle sentit que Rylan se détendait. Il enfouit les mains dans ses cheveux, puis descendit sur ses épaules. Encouragée par sa réaction, elle promena lentement les ongles le long de son dos, et fut récompensée par le frisson qui le traversa. Comme elle accentuait son baiser, Rylan émit un gémissement et capitula.

L'instant d'après, il lui caressait les seins et titillait ses mamelons durcis à travers le tissu. Avec un murmure d'approbation, Bree changea de position pour se mettre à califourchon sur lui.

— OK. Tu m'as convaincu. Peut-être que ce serait le bon moment pour aller chercher un préservatif ?

Bree leva les yeux vers le ciel bleu du Colorado, traversé par des nuages cotonneux, vers les montagnes encore couronnées de neige, puis pressa un baiser sur les lèvres de Rylan.

— Ça me paraît une excellente idée.

De retour au ranch, Rylan venait de commencer à préparer le dîner quand Trey arriva.

— Dis-moi que vous l'avez arrêté.

Le shérif secoua la tête.

— Où est Bree ?

— Sous la douche.

Rylan s'abstint de préciser qu'il l'y avait rejointe pendant quelques instants et se focalisa sur les oignons qu'il émincait.

— Tu restes dîner ?

— Avec plaisir.

Bree arriva peu après.

— La mère de Kasey m'a envoyé un message. Tout s'est bien passé… oh ! salut, Trey, lança-t-elle, la déception perçant dans sa voix.

— Moi aussi, je suis content de te voir, rétorqua-t-il.

Elle éclata de rire et l'embrassa sur la joue.

— C'est juste que… je sais que tu es venu pour parler de l'enquête.

— C'est vrai. À propos, tu sais qu'il y a une chauve-souris derrière toi ?

Jekyll s'était dissimulé derrière les chevilles de Bree et risquait des coups d'œil méfiants au visiteur. Elle le ramassa et caressa ses longues oreilles.

— Ne fais pas attention à ce que dit le vilain shérif. Les électeurs de Bradford County seraient indignés d'apprendre que cet homme a dessiné une moustache sur le visage de ma poupée préférée.

Trey leva les yeux au ciel.

— À t'entendre, on dirait que c'est arrivé la semaine dernière.

— Vous deux, vous allez continuer à vous chamailler pendant qu'on mange ? intervint Rylan.

Il déposa un plat de ravioles aux épinards et à la ricotta sur la table, ainsi qu'un accompagnement de pain grillé à l'ail.

— Bon appétit !

Trey mangea quelques bouchées de pâtes, puis leva les yeux.

— Qu'avez-vous fait aujourd'hui ?

Le regard que Bree lança à Rylan déclencha un feu d'artifice à la base de son échine.

— Oh ! on s'est reposés, marmonna-t-il.

Bree réprima un sourire et baissa la tête. Concentré sur son assiette, Trey parut ne s'apercevoir de rien.

— Reposés, hein ? Moi, pendant ce temps-là, je travaillais d'arrache-pied. Nous avons réussi à accéder aux boîtes mail de David. Il en a deux.

— Laisse-moi deviner. Une normale, comme tout le monde. Et une seconde, dont il se servait pour contacter Bree.

— Exact. Nous n'avons rien trouvé de suspect dans sa boîte normale. Il se servait de l'autre uniquement pour Bree et une autre personne, dont le nom de code est Loupsolitaire. Nos techniciens ont pu récupérer tous les messages que David et ce type ont échangés. Il est clair que ce Loupsolitaire dirigeait les opérations.

— Vous n’avez aucune idée de son identité ? demanda Bree sans grand espoir.

— Non. Les messages confirmaient nos hypothèses. On ne sait pas comment le contact a été établi entre eux, mais Loupsolitaire a exploité le ressentiment de David envers toi. Ils ont mis au point une succession d’attaques sur la galerie pour te forcer à quitter le Diamond. Ensuite, ils avaient prévu de s’en prendre à la famille Colton au Château et à la Loge.

— Et les armes ? Que comptaient-ils en faire ?

— Apparemment, ils avaient envisagé une fusillade de masse dans l’un ou l’autre endroit.

Bree porta une main à sa bouche.

— Je n’arrive pas à y croire.

— C’est pourtant vrai, rétorqua Trey, le visage sombre. Dans ses mails, David explique qu’il a surpris une conversation entre Kasey et toi à propos d’un trousseau de clés. Il a compris qu’elle les rangeait dans un tiroir fermé à clé, mais il avait un passepartout. Il a fait faire une copie de tes clés et s’est vanté de pouvoir entrer chez toi n’importe quand. C’est comme ça qu’il a saboté le tuyau sous ton évier pour causer une fuite. Il savait que tu devrais quitter ta cachette pour autoriser les réparations nécessaires.

Bree se mordit la lèvre inférieure, mais garda le silence. Certes, elle savait que le harceleur s’était introduit chez elle plusieurs fois. Mais apprendre qu’il possédait son propre trousseau de clés… voilà qui était plus troublant.

— Ce qui est intéressant dans les mails, reprit Trey en passant une main sur son menton, c’est qu’il y a eu un conflit entre les deux hommes récemment. Quand Loupsolitaire a découvert que David avait changé son approche envers toi, Bree.

Rylan fronça les sourcils.

— Comment l’a-t-il su si David ne lui en a pas parlé ?

Trey haussa les épaules.

— Aucune idée. En tout cas, il a compris que leurs projets

risquaient d'être affectés par la fixation de David. Dans les derniers échanges, il essaie de lui faire la leçon. David répond par des excuses et promet de se rattraper. C'est à peu près là qu'ils en étaient quand il a attiré Kasey et Bree au sous-sol.

— Il y a quelque chose qui m'échappe, intervint Bree. Admettons que Loupsolitaire se soit servi du ressentiment de David. Mais qu'est-ce que David avait à gagner dans cette affaire ? Comment un homme qui a toujours respecté la loi a-t-il pu être persuadé de se mêler à un plan pareil ?

— On a pu lui faire des promesses, suggéra Rylan. Si ce Loupsolitaire est quelqu'un qui a de l'influence, il a peut-être laissé entendre à David qu'il l'aiderait à remettre son entreprise sur pied.

— Que va-t-il se passer maintenant ? demanda Bree d'une voix lasse.

— Nous allons poursuivre les recherches, répondit Trey sans hésiter. David est la clé de tout cela. Il est le seul qui puisse révéler l'identité de son complice.

Pour Bree, la vie était souvent comparable à l'art. C'était ainsi qu'elle voyait les relations humaines. Nombre d'entre elles n'étaient que des esquisses. D'autres représentaient un tableau plus complet, parfois mystérieux. Et puis, il y avait les chefs-d'œuvre, transmis de génération en génération, dont la beauté et la complexité paraissaient évidentes à tous ceux qui les voyaient.

Ses parents… leur relation était l'illustration même de l'amour véritable. Un tableau simple, hors du temps, créé par un maître. Celle de son oncle Russ et de sa tante Mara ? Une peinture abstraite, déconcertante. Le genre d'œuvre qui suscitait des réactions diamétralement opposées chez ceux qui la regardaient.

Elle se demanda ce que l'avenir leur réservait, à Rylan et à elle. Avaient-ils un avenir, d'ailleurs, au-delà des événements actuels ?

Bree savait qu'il l'aimait. Tout le lui disait : son langage corporel, les regards qu'ils échangeaient, l'honnêteté de leurs étreintes quand rien ne les séparait.

Mais lui, le savait-il ? Se l'était-il admis ? Si oui, Bree devinait que l'étape suivante – le lui avouer – serait la plus difficile. Et elle comprenait pourquoi. *Il disait n'importe quoi pour m'humilier.* C'étaient les mots qu'il avait utilisés à propos de son père. L'homme qui aurait dû le chérir et le protéger l'avait soumis à un calvaire.

Bree souffrait pour l'enfant qu'il avait été, et pour l'adulte qu'il était désormais. Parce que son père avait échoué. Malgré les efforts que faisait Rylan pour se cacher derrière sa façade dure et froide, c'était un être plein de douceur et de sensibilité. C'était cet homme-là qu'elle aimait.

Le problème, c'était que son père avait réussi à le convaincre qu'il ne valait rien. Et Rylan avait passé toute sa vie à essayer de prouver sa valeur à un parent indigne. Mais les dégâts étaient trop profonds. Rylan ne parvenait pas à croire en lui-même.

Quant à leur relation, elle était encore plus compliquée. Bree savait qu'il était rongé par le remords d'avoir menti. De son côté, elle regrettait que les choses se soient déroulées ainsi, néanmoins elle comprenait qu'il avait été contraint d'agir comme il l'avait fait, et elle était prête à lui donner une autre chance. Rylan, lui, ne pouvait se pardonner aussi aisément.

Où cela nous laisse-t-il, Rylan ?

Incapable de trouver le sommeil, Bree ne put s'empêcher de penser aux révélations de Trey concernant les mails de David. Ils avaient eu beau se creuser les méninges, ils ne voyaient pas qui ce Loupsolitaire pouvait être. Certes, les Colton avaient leur part d'ennemis dans le monde des affaires, mais une menace de cette ampleur devait être motivée par une profonde amertume.

Bree avait-elle été la première visée parce qu'elle était une cible facile ? Possible. Chacun savait qu'elle occupait une place à part dans la famille Colton. Elle était la petite cousine que tous voulaient protéger. En dépit de tous ses efforts pour lutter contre cela, c'était ainsi.

Alors qu'ils discutaient, Rylan avait émis une hypothèse qui l'avait prise par surprise. Et s'il n'y avait pas de complice ? Si David était le Loupsolitaire – l'indice était dans le choix du pseudonyme, après tout – et que les mails soient une tactique visant à préparer sa défense avant même qu'il ait commis ses crimes ? Facile de blâmer l'individu nébuleux en coulisses.

C'est lui qui m'a poussé à les tuer. Une sorte de variation sur le thème des *voix dans ma tête.* David pouvait-il être retors à ce point ? Bree aurait cru que non, mais il l'avait trompée depuis le début. Il était même possible qu'il souffre d'une maladie mentale. Dans ce cas, il ne savait peut-être pas qu'il avait créé un alter ego dans la personne du Loupsolitaire. Tant qu'il n'aurait pas été arrêté, le doute subsisterait.

Une chose était sûre, cependant. Que son complice fût ou non une invention pure et simple, la famille Colton demeurait en danger. Voilà pourquoi Trey était retourné à son bureau après le dîner : il voulait savoir si l'enquête avait progressé.

Bree jeta un coup d'œil sur son téléphone. Quatre heures du matin. Elle devrait suivre l'exemple de Rylan et dormir.

Elle se blottit étroitement contre lui et ferma les yeux.

Sa vie s'était compliquée, certes, mais il y avait des compensations.

17

Quelques heures plus tard, Rylan se pencha sur Bree, écartant ses cheveux pour lui parler à l'oreille.

— Si tu venais courir avec moi ?

— Je dors, marmonna-t-elle.

— Ça te plaira, tu verras.

— Hmmm.

Elle se déroba sous la couette, s'éloignant de lui. Rylan lâcha un rire et se dirigea vers la porte. Jekyll, qui avait enfin été persuadé de dormir dans la cuisine, lui lança un regard songeur avant de se laisser retomber dans sa panière.

— Ces deux-là sont faits pour s'entendre, murmura Rylan en secouant la tête.

Il prenait plaisir à ses sorties matinales à cette saison. Le parfum des fleurs qui commençaient à tapisser la vallée flottait jusqu'à ses narines, les oiseaux saluaient le lever du soleil, la brise printanière apportait une fraîcheur dans l'air. Les sommets étaient encore saupoudrés des dernières touches de l'hiver, nimbés d'or par les rayons du soleil.

Il s'arrêta au chenil et ouvrit la porte. Quelques-uns des chiens choisirent de l'accompagner, d'autres restèrent au creux de leur lit.

Quand il courait, Rylan s'efforçait de tout oublier, de se focaliser sur le paysage et sur ses animaux. La seule différence ce jour-là, c'était que Bree l'attendrait lorsqu'il rentrerait à la maison. Comme dans ses rêves.

Il courait depuis quelques instants quand son téléphone portable se mit à vibrer. Il le tira de sa poche sans ralentir l'allure. C'était Trey.

J'arrive.

Rylan fit demi-tour, s'efforçant de ne pas se demander pourquoi le frère de Bree avait besoin de les voir de si bonne heure, et si tôt après leur dernière conversation. S'il n'était pas prêt à en discuter au téléphone, ce devait être important.

Bree était exactement dans la même position qu'au moment où il était parti.

— Réveille-toi, mon chou.

— Non, grogna-t-elle en se mettant un oreiller sur la tête.

— Trey arrive.

En un éclair, elle se jeta dans l'action, sautant à bas du lit pour se ruer sous la douche. De son côté, Rylan partit se préparer dans sa propre chambre. Quand Trey arriva, ils étaient assis sur la terrasse, en train de prendre le petit déjeuner.

— Tu as l'air d'un homme qui n'a pas dormi, observa Rylan à sa vue.

— J'ai grappillé quelques heures, répondit Trey en tirant une chaise. Après avoir appris que David Swanson avait été arrêté au Canada hier après-midi.

Rylan se redressa.

— Tu avais déjà demandé un mandat d'arrêt international ?

Trey secoua la tête.

— Les choses ne vont pas aussi vite. Nous avons gelé ses comptes en banque, mais nous ne savons pas s'il avait des espèces cachées quelque part. Ou des comptes dont nous ignorons l'existence. Il est même possible que Loupsolitaire le finance en douce. Quoi qu'il en soit, j'ai reçu un appel de la police de Winnipeg m'informant qu'il avait été interpellé.

— Je ne te suis pas, avoua Rylan, perplexe.

— Il a été intercepté par un policier pour conduite dangereuse, expliqua Trey avant de boire une lampée de café. Il a tenté de fuir, mais on l'a rattrapé et il a avoué être recherché ici, dans le Colorado. Il a même donné mon nom.

— C'est juste mon impression, ou on dirait le comportement d'un homme qui cherchait à être arrêté ? demanda Rylan. Si David essayait d'échapper aux forces de l'ordre, pourquoi se faire remarquer dès la frontière franchie ? À moins que ce ne soit un effet du stress ?

— C'est ce que j'ai pensé, opina Trey. Peut-être que son amitié avec Loupsolitaire battait de l'aile et qu'il voulait prendre ses distances. Il est possible qu'il se soit imaginé que la police canadienne serait plus clémente. En tout cas, les papiers d'identité qu'on m'a faxés ont l'air authentiques. Je vais à Winnipeg l'interroger.

— Qu'est-ce que ça signifie pour moi ? murmura Bree.

— Que tu peux rentrer chez toi et reprendre ton travail, répondit Trey en souriant. Ça change tout. David étant sous les verrous au Canada, il n'y a plus aucune raison que tu restes ici.

Pour Rylan, ce fut comme si un nuage noir avait englouti le soleil.

Réfléchis. Trouve le moyen de la faire rester.

— Et Loupsolitaire ?

— Tu as dit toi-même que ce type n'était peut-être qu'une invention. Même s'il existe, il s'est toujours contenté d'être dans l'ombre et de laisser David faire le sale boulot. De toute façon, il ne fait pas une fixation sur Bree.

Trey termina son café et baissa les yeux sur sa montre.

— Si tu veux, tu peux rentrer en ville avec moi tout de suite.

Elle leva les yeux vers Rylan, qui lut sur son visage tout ce qu'il voulait savoir. Il n'avait qu'un mot à dire, et elle resterait. Mais comment pourrait-il, alors qu'il ne savait pas quelles paroles prononcer ? Avec Trey qui était là, visiblement impatient de s'en aller, comment pourrait-il commencer à expliquer qu'il n'était pas l'homme qu'elle croyait connaître ?

Le silence s'étira entre eux, et la lueur d'espoir qui brillait dans les yeux de Bree s'éteignit. À cet instant, Rylan découvrit qu'il pouvait se haïr encore plus qu'il ne se haïssait déjà.

— Eh bien, je suppose que ta tâche de garde du corps est terminée.

Elle tenta de sourire, mais ses lèvres tremblaient trop.

— Puis-je te demander une faveur ? J'aimerais garder Jekyll...

— C'est toi qui me fais une faveur, répondit-il très vite, la gorge nouée.

Il se leva.

— Excusez-moi. Il faut que j'aille voir les animaux.

S'éloigner d'elle fut un calvaire. Voilà pourquoi il avait été résolu à ne pas tomber amoureux. Ce n'était pas l'amour qui faisait mal : c'était la séparation. Quand on donnait son cœur à quelqu'un d'autre, on courait le risque de ne jamais le récupérer. Sans elle, le monde avait déjà perdu ses couleurs. Ce n'était plus qu'un lieu sombre et ténébreux.

— Oh !

Il se retourna. L'éclair d'espoir dans le regard de Bree lui transperça la poitrine.

— Avant que j'oublie... j'ai reçu un appel de Blaine. Il sera de retour à Roaring Springs dans quelques jours.

— Tu veux en parler ?

La compassion qui perçait dans la voix de son frère faillit faire éclater Bree en sanglots.

— Il n'y a rien à dire.

Serrant Jekyll dans ses bras, elle détourna la tête et fixa le paysage familier qui défilait derrière la vitre.

L'absence de Rylan lui faisait déjà l'effet d'une blessure physique. Elle avait hâte d'être seule pour se reposer les mêmes questions en boucle. Chercher la solution qu'elle n'avait pas trouvée. Qu'aurait-elle pu faire différemment ? Comment aurait-elle pu provoquer une réaction de sa part ? Seulement alors pourrait-elle essayer d'accepter qu'il n'avait pas de place dans sa vie désormais.

Comment avait-elle pu s'éprendre de lui aussi vite ? Elle qui n'était jamais tombée amoureuse avant avait donné son cœur et son âme à Rylan. D'ordinaire réservée, elle s'était complètement ouverte à lui, au point de lui laisser voir jusqu'au tréfonds d'elle-même. Sans doute à cause du profond sentiment de chaleur et de sécurité qu'elle éprouvait quand il était à côté d'elle.

— Pour ce que ça vaut, je crois qu'il t'aime, murmura Trey.

Bree le regarda, touchée. Son frère aîné avait remarqué ce qui se passait dans sa vie. Plus étonnant encore, il était prêt à en parler.

Elle prit une brève inspiration.

— Le problème n'est pas là.

— Ça me paraît être un point de départ important.

Elle essuya une larme qui roulait sur sa joue.

— Depuis quand es-tu un puits de sagesse ?

— Hé, c'est ma limite en ce qui concerne les conseils sentimentaux, rétorqua-t-il en se garant sur le parking du Diamond. Maman est à la galerie. Tu veux y aller directement, ou tu préfères que je monte tes affaires chez toi ?

— Je ne me sens pas prête à voir maman ou à me mettre au travail tout de suite, avoua-t-elle, se surprenant elle-même.

Qui aurait cru qu'elle prononcerait ces paroles un jour ?

— Je vais installer Jekyll et je descendrai peut-être à la galerie plus tard.

Quand Trey eut déposé ses bagages, Bree eut un peu de mal à le persuader qu'elle serait très bien toute seule.

— Je t'appellerai si j'ai besoin de toi, assura-t-elle. Mais David Swanson est en prison au Canada, et maman est en bas.

— Tu peux toujours téléphoner à Rylan en cas de besoin, suggéra-t-il.

— Cesse de jouer les entremetteurs.

Trey parti, elle se retourna et parcourut son appartement du regard. Rien n'avait changé, mais il lui paraissait différent. Elle ne s'y sentait plus chez elle. Pas à cause de David. Ses pensées étaient focalisées sur le ranch de Rylan. Au prix d'un effort, elle les refoula.

— C'est ici qu'on habite à présent, annonça-t-elle à Jekyll. Qu'en dis-tu ?

Le chien, qui venait de remarquer le tapis à longs poils qui occupait le centre de la pièce, ignora sa question. Il s'approcha prudemment de l'étrange objet et en renifla un coin. Enhardi par son manque de réaction, il poussa un grognement, puis détala et se cacha sous la table.

— Le tapis ne va pas te faire de mal ! s'écria Bree en riant, avant de se diriger vers la cuisine.

Jekyll se trouva confronté à un terrible dilemme. S'il voulait l'accompagner, il devrait traverser le tapis qu'il venait de menacer. Il tenta de hurler à la mort, mais Bree se contenta de claquer dans ses doigts et de lui montrer un biscuit. Rassemblant tout son courage, il fonça dans la cuisine. Bree le souleva dans ses bras et lui caressa les oreilles.

— La logique canine, hein ? Il faudra m'expliquer comment ça marche.

Elle lui donna des croquettes et un bol d'eau, puis étudia avec morosité les sacs que Trey avait déposés dans l'entrée. C'était comme si une éternité s'était écoulée depuis qu'elle avait fait ses bagages pour s'en aller. Alors, encore profondément blessée par la trahison de Rylan, elle était partie à regret. Si elle pouvait remonter le temps, que changerait-elle ?

— Je trouverais le moyen de lui prouver que son père avait tort, dit-elle à Jekyll.

Le chien inclina la tête, comme s'il essayait de comprendre.

— Il est tellement meilleur qu'il ne le pense. Il a un cœur gros comme ça, ajouta-t-elle en réprimant un sanglot. Et je lui ferais comprendre combien je l'aime pour cela.

Elle se laissa glisser sur le carrelage, serrant le petit chien contre elle alors que les larmes jaillissaient dans ses yeux.

Longtemps après, quand elle n'eut plus de larmes à verser, elle se releva et se rendit dans la salle de bains. La vue de son reflet dans la glace lui arracha une grimace. Elle s'aspergea le visage d'eau froide, se brossa les dents, se recoiffa, et se sentit un peu mieux.

De retour dans le salon, elle attrapa la laisse de Jekyll, qui avait recommencé à fixer le tapis d'un œil torve.

— Viens. Je vais te présenter à ta mamie Audrey.

Tout en soignant ses animaux, Rylan s'accablait mentalement d'insultes. Sensibles à sa mauvaise humeur, les chiens se divisaient en deux groupes : certains gardaient leurs distances, les autres s'agitaient autour de lui. Seul Papadum semblait le comprendre. Il se pressa contre les jambes de Rylan, l'obligeant à s'immobiliser.

Rylan s'assit sur un tonneau et lui caressa la tête.

— Elle va te manquer à toi aussi, hein, mon grand ?

Bree avait aimé ses animaux autant que lui. Tous souffriraient de son départ.

En dépit des efforts qu'il faisait pour maîtriser ses émotions, Rylan était rongé par le regret. Il songea à son état d'esprit ce matin-là, quand il était parti courir. À présent, les couleurs du paysage lui paraissaient ternes, le chant des oiseaux trop perçant. Comme si un nuage noir déversait sa tristesse sur le monde.

— Tu penses que je suis idiot, j'imagine.

Papadum donna un petit coup de tête dans sa main.

— D'accord, c'est vrai. Mais comment aurais-je pu lui dire que je l'aime ? Essaie de voir les choses de son point de vue. Quand je l'ai rencontrée, je jouais un rôle. Elle m'a pardonné.

Il eut un rire sans joie.

— Je ne le méritais pas, mais elle m'a donné une seconde

chance. Comment pourrais-je expliquer à la femme la plus merveilleuse au monde que je continue à jouer un rôle ?

Papadum émit un grognement et posa une de ses grosses pattes sur le genou de Rylan.

— C'est toute la différence entre nous, soupira Rylan. Toi, tu lui lécherais le visage, et puis tu irais manger son savon.

Quand arriva le soir, le silence dans la maison lui parut insupportable. Comment avait-il pu penser qu'il aimait ce calme ? Même Jekyll lui manquait. Il erra sans but d'une pièce à l'autre, en se disant qu'il n'entrerait pas dans la chambre de Bree. Qui cherchait-il à tromper ? C'était précisément là qu'il voulait aller depuis le début.

Toutes ses affaires avaient disparu, mais un reste de parfum floral flottait dans l'air. Rylan ferma la porte et s'y adossa, inspirant profondément. Douce torture. Un instant, il fut pris de panique. Que ferait-il lorsque l'odeur du parfum se serait dissipée ?

Son regard fut attiré vers le lit. Bree avait remis la couette en place, mais il y avait quelque chose sur l'oreiller. Si elle avait oublié un objet, il devrait la contacter…

Il repoussa brutalement la bouffée d'espoir qui montait déjà en lui. Si elle avait oublié quelque chose, il le remettrait à Trey.

En s'approchant, il vit que c'était un croquis. Un sourire se dessina sur ses lèvres lorsqu'il se reconnut. Il ne savait pas du tout quand elle l'avait fait, et il n'était guère flatteur, mais elle avait parfaitement saisi l'expression de son visage endormi. Ses traits étaient empreints d'une douceur qui leur faisait défaut quand il était réveillé. Il paraissait plus jeune, plus insouciant… plus sensible.

Il comprit soudain que c'était ainsi que Bree le voyait. Qu'il ne l'avait jamais trompée. Elle avait vu l'homme qui se dissimulait derrière la façade. Le portrait révélait la vérité. En quelques traits de crayon, elle lui avait montré son cœur.

À la place du B qui lui servait de signature d'ordinaire,

elle avait écrit : « Affectueusement, Bree », en grosses lettres enfantines. Il savait qu'elle avait du mal à écrire, et ce geste tout simple le toucha presque autant que le croquis lui-même.

En un éclair, il traversa la maison, attrapa sa veste et ses clés, expédiant un texto à Dinah tout en courant. Le trajet jusqu'à Roaring Springs lui parut deux fois plus long que d'habitude. Dans sa tête, il préparait la conversation qu'il allait avoir avec Bree. Il commencerait par dire : « Je suis idiot... »

Quand il atteignit le Diamond, la galerie était déjà fermée. La nuit tombait, le centre s'animait. Comme Rylan s'élançait dans l'escalier qui menait à l'appartement de Bree, il l'entrevit qui se dirigeait vers la rangée de restaurants et de bars. Elle portait une longue veste orange, Jekyll dans les bras.

Elle était trop loin pour qu'il puisse l'appeler, si bien qu'il se contenta de la suivre. Par chance, la couleur de sa veste la rendait bien visible parmi la foule. Au moment où il s'approchait d'elle, quelqu'un d'autre le devança et l'aborda. Lucas Brewer.

Réprimant un juron, Rylan resta en retrait pendant que Bree et l'homme échangeaient quelques mots. De là où il était, il ne pouvait saisir leur conversation, mais, quand l'homme désigna un des bars, Rylan ne put s'empêcher de serrer les poings. Cependant, Bree secoua la tête, pointant du doigt le Sushi Stop, et il se détendit.

Comme elle prenait congé de Lucas, le téléphone de Rylan vibra dans sa poche. C'était Trey.

Celui-ci ne perdit pas de temps en politesses.

— Ce n'est pas lui.

Rylan se couvrit l'oreille, se concentrant pour entendre malgré le brouhaha environnant.

— Comment ?

— Je ne suis pas allé à Winnipeg. Juste avant de partir, j'ai reçu un appel me disant que le type arrêté n'était pas David Swanson. Apparemment, il a payé quelqu'un pour traverser la frontière avec son passeport et se faire arrêter...

— Il faut que j'y aille.

Rylan se mit à courir. Son cœur manqua un battement alors qu'il se rapprochait de Bree. Là, entre ses omoplates, il apercevait le petit point rouge d'une cible, clairement visible sur sa veste. Il savait ce que cela signifiait. Quelqu'un avait Bree dans sa ligne de mire. Ce cercle rouge désignait l'endroit où la balle allait frapper. Maintenant, il remontait vers la base de sa nuque...

Il n'eut pas le temps de crier un avertissement. Il combla la distance qui les séparait, saisit Bree par-derrière et la poussa à terre. Le couinement de Jekyll et son cri de stupeur se confondirent avec le claquement de la détonation. L'épaule de Rylan s'engourdit brusquement, avant d'être traversée par une douleur aussi cuisante que si on l'avait marqué au fer rouge. Une vague de chaleur déferla dans son bras. Il s'écroula.

Quand il parvint à tourner la tête, et qu'il vit le sang, il fut submergé par l'envie de pleurer.

Il risquait de mourir d'un instant à l'autre, et il n'avait toujours pas dit à Bree qu'il l'aimait.

18

Bree atterrit sur les genoux, se tortillant pour ne pas écraser Jekyll. Elle tourna la tête juste à temps pour voir Rylan debout derrière elle, les traits déformés par la douleur.

— Non ! hurla-t-elle alors qu'il s'effondrait.

Nul besoin d'être un génie pour comprendre ce qui s'était passé. Rylan avait risqué sa vie pour la sauver.

Elle rampa tant bien que mal jusqu'à lui en dépit de la panique qui régnait autour d'eux. Les gens hurlaient, affolés, couraient dans tous les sens en cherchant à se mettre à l'abri.

Rylan avait perdu connaissance. Pire, une large flaque rouge foncé s'étendait sous lui.

— Au secours ! Aidez-moi ! Il est en train de perdre tout son sang...

Un homme se fraya un chemin à travers la foule pour s'agenouiller à côté d'eux. Elle reconnut le vigile d'un bar tout proche.

— Donnez-moi votre foulard, ordonna-t-il, je vais faire pression sur la plaie.

Bree se hâta d'obéir, et il le plia pour en faire une compresse qu'il appuya fermement sur l'épaule de Rylan.

— Quelqu'un a appelé une ambulance ?

Une demi-douzaine de voix confirmèrent que oui.

— Le shérif et ses adjoints sont déjà là, lança une femme.

Ils sont entrés dans un appartement au-dessus du Yogurt Hut juste avant le coup de feu.

Bree avait l'esprit comme paralysé. Les mots qu'elle entendait n'avaient aucun sens. Son frère était censé être à Winnipeg. Comment aurait-il deviné qu'il y avait quelqu'un dans l'appartement de David ?

Peu importait. Rylan était sa priorité. Son visage était gris cendre, c'était tout juste s'il semblait respirer. Elle lui agrippa la main avec force, tenant toujours Jekyll tremblant dans son bras libre.

— Tiens bon, Rylan. Tiens bon pour moi.

Elle ravala un sanglot.

— Pour nous deux.

Son geste était la confirmation irréfutable de son amour. Il avait été prêt à mourir à sa place... c'était le plus grand sacrifice imaginable.

Il faut que je le lui dise. Elle pressa la main de Rylan contre sa joue, essayant de refouler le sentiment que tout son univers basculait sous ses yeux impuissants.

— Bree !

À travers un rideau de larmes, elle vit Trey fendre la foule pour s'approcher d'elle.

— Éloignez tout ce monde ! ordonna-t-il à ses adjoints avant de s'agenouiller à côté du vigile. Comment va-t-il ?

— Il respire, mais le pouls est faible. Il a perdu beaucoup de sang.

Trey mit une main sur l'épaule de Bree.

— L'ambulance arrive.

Elle enfouit le visage contre sa poitrine.

— Rylan m'a écartée pour prendre la balle à ma place.

Les doigts de Trey se crispèrent sur son bras.

— David n'est pas allé au Canada. La police de Winnipeg m'a téléphoné au moment où j'allais partir. Il nous a manipulés. Et il n'avait que quelques minutes d'avance sur nous. Il n'ira pas loin cette fois.

Une sirène s'éleva au loin.

— Il faut que j'aille avec Rylan, mais je ne peux pas emmener Jekyll, dit-elle en lui tendant l'animal. Sois gentil avec lui, il a eu peur.

Trey parut légèrement déconcerté, comme si ses grandes mains ne savaient que faire d'une créature aussi menue. Il tapota gauchement l'épaule de Bree.

— Rylan est solide. Il va s'en sortir.

En arrivant à l'hôpital, Bree eut un sentiment de *déjà-vu*. Rylan fut aussitôt emmené en salle d'opération tandis qu'une infirmière lui indiquait la salle d'attente.

— Je suis désolée. La nuit risque d'être longue.

Elle fut longue, en effet. Dans la salle d'attente, Bree était tantôt fébrile, tantôt immobile, comme engourdie. Toutes les heures, elle demandait des nouvelles de Rylan, et obtenait toujours la même réponse.

— L'intervention n'est pas terminée. Le médecin viendra vous parler dès qu'il en saura davantage.

Un bref message de Trey lui apprit que les forces de police de Bradford County s'étaient jointes à celles de Roaring Springs pour rechercher David Swanson. Jusqu'à présent, ce dernier demeurait introuvable.

— Ne va nulle part sans m'avertir, avait-il ajouté.

N'ayant aucune intention de quitter l'hôpital avant Rylan, elle n'avait pas pris la peine de répondre.

Elle était la seule occupante de la salle d'attente. Une pile de revues était posée sur une petite table, mais lire n'était pas une option pour elle. Après avoir jeté un coup d'œil aux photos, elle n'eut plus que le choix d'écouter un livre audio ou de la musique à l'aide de ses écouteurs. Aucune de ces possibilités ne convenait à son état d'esprit.

Une fenêtre intérieure lui permettait de voir le couloir. Même en pleine nuit, il y avait des allées et venues, et son regard était attiré par le défilé constant de membres du personnel soignant. Vêtus d'uniformes de couleur différente selon leur rôle, ils portaient pour la plupart un masque, si bien qu'il était impossible d'étudier leur visage. Bree se concentra sur leurs chaussures. Légères, confortables, à semelle silencieuse. Elle compilait une liste de caractéristiques dans sa tête, quand elle remarqua une anomalie. Un des infirmiers, qui était passé plusieurs fois, portait une paire de baskets montantes.

— Mademoiselle Colton ? M. Bennet devrait être transféré au service de soins intensifs d'ici une demi-heure environ. L'opération était complexe, mais tout s'est bien passé. Il est hors de danger.

— Oh !

Étourdie de soulagement, Bree s'affaissa sur sa chaise. L'infirmière, qui portait un badge au nom de Shirley, s'accroupit à côté d'elle.

— Respirez à fond. C'est bien. Lentement.

Son regard s'arrêta sur le jean déchiré et taché de sang que Bree portait encore.

— Je ne m'étais pas rendu compte que vous étiez blessée.

— Ce n'est rien, affirma Bree, en baissant les yeux sur ses genoux écorchés. Je suis tombée quand Rylan m'a poussée pour me mettre hors de danger.

— Venez avec moi. Je ne peux rien pour votre jean, mais il vaut mieux nettoyer ces plaies.

Bree la suivit docilement dans le couloir jusqu'à une salle déserte, contenant six lits séparés par des rideaux. Shirley pointa le doigt vers le premier box.

— Retirez votre jean et allongez-vous.

Comme elle farfouillait dans le tiroir d'un chariot médical, son bipeur émit un signal. L'infirmière leva les yeux au ciel.

— Désolée, on m'appelle. Je reviens tout de suite.

Bree s'étendit sur le lit et contempla le plafond. Attendre lui importait peu.

Rylan était tiré d'affaire.

Quelques secondes plus tard, la porte s'ouvrit de nouveau. Bree s'apprêtait à observer que l'interruption avait été de courte durée quand les mots moururent sur ses lèvres. Le rideau du box était tiré, et de là où elle se trouvait elle ne voyait que les pieds de la personne qui venait d'entrer.

Elle avait remarqué que Shirley portait des mocassins bleu pâle assortis à son uniforme. Les chaussures du nouveau venu étaient différentes, mais reconnaissables. C'étaient les baskets montantes qu'elle avait vues plusieurs fois au cours de la nuit.

Ses pensées trébuchèrent momentanément avant que le tableau prenne forme dans son esprit. Aucun membre du personnel soignant n'aurait porté ce genre de chaussures ordinaires, peu confortables pour qui devait passer des heures debout. De surcroît, elles étaient sales.

Et si elle les avait vues plusieurs fois, c'était parce qu'elles appartenaient à quelqu'un qui avait arpenté le couloir, en guettant le moment où elle sortirait de la salle d'attente.

En un éclair, elle se glissa à bas du lit. Sans même avoir conscience de ce qu'elle envisageait, elle attrapa une seringue dans le tiroir du chariot et déchira sans bruit l'emballage du bout des dents.

Comme elle se faufilait dans le box suivant, elle songea à son téléphone portable, resté dans la poche de son jean. Tant pis. De toute façon, elle n'aurait pas pu appeler Trey à l'insu de l'homme qui se trouvait dans la salle. Et envoyer un texto était impossible. Dans le meilleur des cas, l'opération aurait exigé trop de temps.

Réfléchissant à toute allure, elle passa furtivement d'un box à l'autre, soulevant les rideaux et escaladant les lits rapidement et sans bruit. Comme pour un concours d'obstacles mortel.

David pouvait-il les avoir suivis jusqu'ici dans l'espoir de terminer ce qu'il avait commencé ? Ou allait-elle tomber nez à nez avec son mystérieux complice ?

Elle n'eut pas à patienter longtemps.

— Sors de ta cachette, Bree. Tu sais que je vais abattre l'infirmière dès qu'elle reviendra.

La voix de David s'approchait.

— Tu es une Colton. Je suppose que son sort t'importe peu, mais prends tes responsabilités pour une fois. Ne sois pas responsable de son meurtre en plus de celui de Rylan.

Bree avait atteint le dernier box. Acculée, elle jugea que David se trouvait à hauteur du compartiment précédent. Elle retint son souffle, attendit de l'avoir entendu bouger avant de repasser sous le rideau.

Elle n'aurait droit qu'à une seule tentative. Il était armé d'un pistolet. Elle avait une seringue. Les chances n'étaient pas vraiment égales.

Comme il écartait le rideau du dernier box, Bree se jeta sur son dos et, lui crochetant le cou de son bras libre, dirigea la seringue vers son visage.

Lâchant un grognement, il tenta de se dégager, mais elle s'accrocha à lui, pareille à un chaton qui s'en prend à un ours enragé.

Une seule chance.

Furieux, David se tortilla pour lui arracher la seringue. C'était maintenant ou jamais. Bree prit une brève inspiration, lui planta la seringue dans l'œil droit et appuya sur le bouton-poussoir.

Il hurla et tomba à genoux, laissant tomber le pistolet. Bree l'éloigna d'un coup de pied puis, secouée de tremblements, gagna la porte en chancelant. Dans le couloir, ses genoux se dérobèrent.

Shirley la rattrapa au moment où elle s'effondrait.

Rylan ne savait pas où il était. Il ne savait qu'une seule chose : chaque partie de son corps le faisait souffrir. Son épaule droite plus encore que toutes les autres. Il avait l'impression d'être cloué au lit par une pique en métal. Peut-être était-ce le cas, car il ne pouvait absolument pas bouger le côté droit.

Il était trop exténué pour faire davantage qu'entrouvrir les yeux quelques secondes de suite, mais au bout d'un moment il devina qu'il devait être à l'hôpital. La pièce était plongée dans une semi-pénombre, mais il entendait les bips réguliers de divers moniteurs.

Enfin, il parvint à tourner la tête vers la gauche. Ce fut un calvaire, mais ses efforts en valurent la peine. La personne assise sur la chaise s'était endormie, et sa tête penchée en avant était toute proche de la main de Rylan. Il ne voyait pas son visage, mais il aurait reconnu cette chevelure entre mille. Il adorait ces boucles.

Levant la main avec difficulté, il enroula les doigts dans les cheveux de Bree. Un sourire se dessina sur ses lèvres et il referma les yeux.

Lorsqu'il les rouvrit, il faisait jour et Bree n'était plus là. Il fronça les sourcils. Avait-il rêvé ? Que s'était-il passé après le coup de feu ? David avait-il été arrêté ou s'était-il enfui ?

— Bonjour.

Une voix de femme, inconnue et sonore, résonna à ses oreilles. Il grimaça et tourna prudemment la tête vers la droite malgré la nausée qui menaçait. Une infirmière pianotait sur un clavier électronique.

— Vous voulez un verre d'eau ?

Elle lui apporta une bouteille en plastique munie d'une paille et l'aida à boire. Bien que maudissant son impuissance, il avala le liquide avec reconnaissance.

— Combien de temps ? murmura-t-il, se sentant aussi faible qu'un chaton.

— Depuis combien de temps êtes-vous ici ? C'est le deuxième jour, expliqua-t-elle en retournant à sa tâche. Le médecin va venir vous voir tout à l'heure.

L'infirmière partie, Rylan s'efforça d'assimiler ses paroles. Deux jours ? Comment était-ce possible ? Et que s'était-il passé pendant qu'il gisait là ? Il avait besoin de son téléphone portable, mais ses affaires étaient invisibles. Frustré, il chercha en vain un bouton d'appel. Le moindre mouvement l'épuisait. Ses yeux se refermèrent.

Quand il les rouvrit, Bree était assise au bord du lit, un casque sur les oreilles et son téléphone portable à la main.

— Je voudrais que tu sois réelle, croassa-t-il.

Elle tressaillit, et le téléphone tomba sur ses genoux. Les larmes aux yeux, elle retira ses écouteurs, prit la main de Rylan et la pressa contre sa joue.

— Oh ! Rylan...

— Ne sois pas un rêve.

Elle émit un rire où perçait l'émotion.

— Promis.

Il cilla. Elle était toujours là.

— Embrasse-moi.

— Je ne veux pas te faire mal, souffla-t-elle, souriant à travers ses larmes.

— Il faut que je me lève ?

Rylan avait espéré grogner, mais le résultat était plus proche d'un chuchotement.

— Je t'interdis de bouger.

Elle se pencha et posa doucement les lèvres sur les siennes. Il poussa un soupir de contentement.

— Ça valait la peine de se faire tirer dessus.

Elle appuya la joue contre son front.

— Ne plaisante pas avec ces choses-là.

Oubliant sa douleur et sa fatigue, Rylan savoura le contact de Bree, baignant dans le bonheur. Jamais il ne s'était autorisé à désirer autant. Il ferma les yeux. Pour la première fois de sa vie, il se sentait en paix. Accepté tel qu'il était.

Il rouvrit les yeux.

— Je t'aime, tu sais.

Bree leva la tête et sourit.

— Je sais.

— Ah ! enfin réveillé !

Tous les deux tressaillirent en entendant la voix enjouée de Trey.

— Le médecin m'a recommandé de ne pas te fatiguer.

— Un de ces jours, marmonna Rylan, il va falloir qu'on dise à ton frère de mieux choisir ses moments.

— Qu'est-ce qui vous fait rire ? demanda Trey alors que Bree se rasseyait.

— Rien. On est contents d'être en vie, c'est tout.

— Tu as eu de la chance, c'est sûr.

Trey fit mine de lui serrer la main, puis se ravisa.

— Merci d'avoir sauvé la vie de ma sœur.

Rylan sourit à Bree.

— J'avais une idée derrière la tête.

Le shérif arqua des sourcils interrogateurs, mais Bree se hâta de détourner la conversation.

— Comment va Jekyll ?

— Je ne savais pas que les chiens pouvaient faire la tête, mais celui-là est un champion. Je l'ai ramené au ranch. Dinah m'a dit de vous dire qu'elle allait s'en occuper et vous embrasse tous les deux.

Il tira une chaise et s'assit, puis jeta un coup d'œil méfiant aux appareils qui entouraient le lit.

— Tu te sens assez solide pour discuter de l'enquête ?

— Si je pense que la discussion est trop éprouvante pour Rylan, on arrête, dit-elle fermement. D'accord ?

Séduit par cette nouvelle facette de son caractère, Rylan tendit la main vers la sienne.

— D'accord.

Elle noua ses doigts aux siens.

— Bien, acquiesça Trey. Apparemment, David a payé un sans-abri pour se faire passer pour lui. Le type est passé aux aveux dès que la police de Winnipeg a voulu l'inculper.

— Et Loupsolitaire ? Qu'a dit David à son sujet ?

— Rien, avoua Trey en se massant la mâchoire. Il est à

l'hôpital sous bonne garde, mais il refuse de parler pour l'instant. La seringue que tu lui as plantée dans l'œil ne contenait que de l'analgésique, mais…

— Comment ? s'étrangla Rylan, son regard atterré allant de l'un à l'autre. Répète-moi ça. Qui a planté une seringue dans l'œil de David ? Quand ?

Bree toisa son frère d'un air de reproche.

— J'allais lui expliquer tout ça progressivement.

— Quoi ?

Rylan eut un haut-le-corps, mais une douleur cuisante le traversa, l'obligeant à se laisser retomber sur l'oreiller.

— Tu vois ce que tu as fait ?

On aurait dit une tigresse protégeant son petit. Elle lissa les cheveux de Rylan.

— Je vais bien. Ne t'inquiète pas.

— C'est vrai. Elle a affronté le méchant et elle a gagné, confirma Trey.

Rylan se détendit légèrement. Bien que bouleversé d'apprendre que Bree avait été menacée alors qu'il était impuissant sur son lit d'hôpital, il était soulagé que David soit enfin hors d'état de nuire.

— Pour en revenir aux mails, reprit le shérif, David prétend ne rien savoir de ce Loupsolitaire. Il sait qu'il risque une lourde peine de prison, mais il affirme ne pas avoir de complice.

Trey haussa les épaules.

— Ce qui m'incite à penser que ton idée était la bonne, Rylan. Je crois qu'il a inventé un alter ego.

— Nous ne le saurons peut-être jamais avec certitude, observa Rylan. Même si ce type existe, il peut disparaître à présent.

— En ce qui me concerne, je suis juste très heureuse que David soit en prison. De savoir que nous pouvons enfin vivre sans regarder constamment par-dessus notre épaule.

— Je doute de pouvoir regarder par-dessus mon épaule

avant un certain temps, répondit Rylan avec une petite moue. Mais je vois ce que tu veux dire.

— Encore là, shérif ? lança une voix sévère sur le seuil de la chambre. Je vous avais pourtant demandé de ne pas fatiguer mon patient.

Trey leva les yeux au ciel.

— Je m'en allais, docteur. Je te reconduis, Bree ?

— Non, merci.

Elle porta la main de Rylan à ses lèvres.

— Je ne bouge pas d'ici.

19

Bree observa Rylan tandis que le médecin l'auscultait. Son expression demeura la même. En revanche, sa pâleur s'accentua. Quand il se laissa retomber sur l'oreiller, il avait le visage couvert de sueur et des cercles sombres sous les yeux.

— Mon bras sera-t-il comme avant ?

Sa voix était calme, mais elle devinait combien il lui en avait coûté de poser la question.

— Je pense que oui. La balle a traversé l'articulation de part en part et causé des dégâts considérables aux tissus, mais tout devrait redevenir normal avec le temps. Cela dit, la convalescence sera longue.

— Quand pourra-t-il rentrer à la maison ? intervint Bree.

Elle voulait que Rylan retrouve son environnement. Qu'il soit au ranch, entouré de ses terres et de ses animaux. Désormais, le ranch serait leur foyer à tous les deux.

Le médecin la regarda par-dessus ses lunettes.

— S'il est raisonnable et qu'il fait ce qu'on lui dit, dans une semaine.

— Tu entends ? Il faut que tu sois sage !

L'homme parti, Rylan tourna la tête vers elle.

— Où en étions-nous ? Oh ! je me souviens. Je t'ai dit : « Je t'aime. » Tu m'as répondu : « Je sais. » Je ne sais toujours pas si tu m'aimes en retour.

Elle lâcha un petit rire.

— Tu en doutes ?

Il lui renvoya un sourire taquin.

— Pas tout à fait les trois petits mots que j'espérais.

Bree s'approcha, jusqu'à ce que leurs visages se touchent presque.

— J'aime tout chez toi, Rylan Bennet.

Il sourit.

— Je n'avais jamais cru au coup de foudre, admit-il. Mais la première fois que je t'ai vue, Bree… mon cœur s'est rempli d'une émotion que je n'avais jamais ressentie auparavant. Brusquement, le monde entier avait un sens. C'était merveilleux, et effrayant à la fois. Au cas où ça t'aurait échappé, je n'aime pas perdre le contrôle.

— J'ai remarqué.

Bree voyait ses paupières s'abaisser peu à peu. Il avait frôlé la mort, et elle était stupéfaite par sa force, sa détermination à s'accrocher.

— Je ne cherchais pas l'amour, reprit-il d'une voix ensommeillée. Mais au moment où je t'ai vue, ça a été comme si un signal s'était déclenché dans ma tête. Je savais que je t'avais trouvée.

— Nous nous sommes trouvés, souffla Bree en le regardant sombrer dans le sommeil. Et nous avons toute la vie devant nous.

Épilogue

Quatre semaines plus tard

— J'ai été blessé à l'épaule, pas aux jambes, grommela Rylan.

— Et tu as perdu beaucoup de sang, lui rappela Bree. Les médecins ont dit que tu avais encore besoin de beaucoup de repos.

— Je ne vois pas en quoi une promenade pourrait me faire du mal.

Ils déjeunaient sur la terrasse, contemplant quelques nuages duveteux qui flottaient dans le ciel bleu. Les chiens étaient éparpillés sur l'herbe, à l'exception de Jekyll, pelotonné sous la chaise de Bree. Les canetons de Pub barbotaient dans la mare, surveillés par leur maman adoptive allongée à l'ombre sur la rive.

Bree contempla cette scène paisible, aux antipodes des épreuves qu'ils avaient affrontées, et sentit son cœur s'emplir de bonheur.

— Si tu te sens assez en forme pour marcher un peu, j'ai quelque chose à te montrer.

Rylan lui adressa un regard espiègle.

— J'ai tout vu. Ce matin, au lit, et tout à l'heure, sous la douche.

Elle secoua la tête d'un air chagrin.

— Je t'ai toujours soupçonné d'avoir les idées mal placées. Maintenant, j'en ai la preuve.

Il captura sa main.

— Mais tu m'aimes, murmura-t-il, une profonde note de contentement dans la voix.

— Je t'aime avec tous tes vices, répondit-elle en riant. Viens.

Main dans la main, ils suivirent lentement la rivière, les chiens à la queue-leu-leu derrière eux. Jekyll essayait toujours d'empêcher ses congénères de s'approcher trop près de Bree, mais son comportement s'était amélioré. Il était plus calme à présent, moins agressif.

— C'est parce qu'il se sent aimé, commenta Bree.

Rylan arqua un sourcil.

— Ah bon ? Je me demande d'où il tient cette impression ?

Lorsqu'ils arrivèrent à la limite de la propriété, Bree pointa du doigt le ranch abandonné.

— Tu te souviens de la première fois que nous sommes venus ici ? Quand tu m'as parlé de tout ce que tu aimerais faire si tu possédais ces terres ?

— Malheureusement, ce n'était qu'un rêve.

— Peut-être pas, dit-elle en continuant à marcher. Elles nous appartiennent à présent.

Rylan lui lança un regard perplexe.

— Je ne comprends pas.

— Après ce qui s'est passé avec David, j'ai appris qu'il valait mieux ne pas utiliser mon nom dans les transactions immobilières. Pendant que tu étais à l'hôpital, j'ai contacté mon oncle Russ, et il a demandé à son conseiller juridique de négocier l'achat de ce ranch. Le contrat de vente a été signé il y a quelques jours. Je ne voulais pas te le dire avant, au cas où il y aurait un problème de dernière minute.

Elle embrassa d'un geste les terres qui s'étendaient devant eux.

— C'est ma contribution à notre refuge animalier.

Rylan demeura immobile, les lèvres légèrement entrouvertes, les yeux plissés contre la lumière du soleil.

— Dis quelque chose, murmura Bree, gagnée par la nervosité.

Avait-elle eu tort ? La fierté de Rylan allait-elle l'inciter à refuser un tel cadeau ?

Quand il pivota vers elle, ses yeux brillaient d'une émotion contenue.

— Tu n'étais pas obligée de faire ça.

— Non, mais j'en avais envie.

Elle mit une main sur son bras.

— Nous formons une équipe à présent, non ? Je tiens autant que toi à créer ce refuge.

Il l'attira vers lui.

— Et la galerie ?

— Elle occupera toujours une place à part dans mon cœur. Et je compte bien continuer à peindre. Cela dit, je suis allée plusieurs fois rendre visite à Kasey pendant que tu étais à l'hôpital. Je lui ai demandé si elle serait d'accord pour diriger la galerie quand elle serait complètement rétablie. Elle est ravie. Quant à moi, je peux adopter un rôle plus général, et n'aller sur place qu'un ou deux jours par semaine.

— Tu as pensé à tout, constata Rylan en souriant. Comme d'habitude.

— Quand j'ai cru que tu…

Elle secoua la tête, refoulant des pensées négatives.

— À l'hôpital, j'ai beaucoup réfléchi. Je sais à quel point j'ai de la chance de t'avoir trouvé, et je veux passer le plus de temps possible avec toi.

— C'est moi qui ai de la chance.

Elle enroula un bras autour de sa taille.

— On a de la chance tous les deux.

— M. et Mme Chance.

Blottie contre lui, Bree hocha la tête contre sa poitrine. Quand Rylan reprit la parole, sa voix était devenue rauque.

— C'était une demande en mariage, Bree.

Elle leva les yeux, bouche bée.

— J'allais attendre. Faire les choses comme il faut. Acheter une bague et me mettre à genoux… mais le moment m'a paru parfait.

— N'importe quel moment aurait été parfait, souffla-t-elle, avant de se hisser sur la pointe des pieds pour l'embrasser. Et ma réponse, bien sûr, est…

— Bree ? Rylan ? Je vous ai cherchés partout !

— Dis-le vite, sinon, il va falloir que j'ordonne à Papadum de s'asseoir sur lui le temps qu'on s'enfuie.

— Oui ! lâcha Bree, prise d'un fou rire.

— Je ne sais pas pourquoi vous commencez toujours à rire en me voyant, vous deux, grommela Trey.

— On est heureux, voilà tout, répondit Rylan d'un air innocent. Tu peux être le premier à nous féliciter. Nous venons de nous fiancer.

— Pas trop tôt, marmonna le shérif. Vous avez pris votre temps.

Il étreignit sa sœur et serra la main de Rylan.

— Félicitations.

— Tu n'apportes pas de mauvaises nouvelles, au moins ? s'inquiéta Bree.

— Non, au contraire. J'ai parlé à mon informateur hier soir. Il m'a confirmé qu'il n'était plus question d'une attaque visant le Château ou la Loge.

— Encore une chose à fêter, commenta Rylan.

Bree glissa son bras sous le sien, et l'autre sous celui de son frère, et ils s'en retournèrent vers la maison.

Trey regarda les chiens qui gambadaient devant eux et fronça les sourcils.

— Rassurez-moi. Vous savez qu'un de ces chiens est un mouton ?